À corps brisés

De la même autrice :

À corps brisés, Luv
Dark Ride, Addictives
Last Ride, Addictives
Vicious Ride, Addictives
The Dominant, Addictives
Evil Ride, Addictives
Sensual Stepbrother, Addictives
Un enfoiré mais un coup d'enfer !, Addictives
Say Yes to the Boss, Addictives
Le Meilleur Ami de mon frère, Addictives
Entre nous le chaos, Addictives

ANA SCOTT

À corps brisés

addictives
POCHE

À mon mari et à mes enfants, avec tout mon amour.

« L'amour n'est ni raisonnable, ni raisonné ?
C'est une évidence, une intuition. »
Anne Bernard

Prologue

Je me suis longtemps demandé ce que serait ma vie.

Où ma destinée allait-elle me mener ?

Quelle carrière m'attendait ?

Est-ce que quelqu'un, quelque part, était fait pour moi ? Un homme en tous points conforme à mes valeurs, fort, viril, sensible, digne de confiance. Dans ses bras, je me sentirais soutenue, rassurée, accompagnée, aimée sans restriction.

Est-ce que cette personne existait seulement ?

À 12 ans, je voulais que les jours défilent aussi vite que possible, pour oublier le présent, le poids du quotidien, ne penser qu'à l'avenir, m'émanciper, gagner ma vie, vivre enfin, mais malheureusement, les journées étaient interminables, s'étiraient à n'en plus finir, me laissant comme un goût d'inachevé.

Aujourd'hui, j'en ai 22, et pour la première fois de ma vie, j'ai le sentiment d'être à ma place, malgré lui, et malgré le vide qu'il laisse dans mon cœur.

Julien...

Comment combler cet abysse de solitude qui me cueille dès le réveil, pour ne plus me lâcher ? Comment continuer de vivre, après ce qu'il m'a fait ?

Une boule enfle dans ma poitrine, détruit tout sur son passage, comme une vague incandescente irrépressible. Il me manque tellement que lorsque la souffrance est insupportable, j'ai envie d'en finir et d'aller me fracasser contre un platane pour lui faire payer son abandon, pour qu'il ait ma mort sur la conscience.

En serait-il peiné ?

Rien n'est moins sûr, car s'il m'a abandonnée, c'est qu'il ne m'aime plus, qu'il n'a plus aucun sentiment pour moi, mon sort ne l'intéresse pas, et je me serai supprimée pour rien. Ce serait si facile, juste un petit coup de volant brusque, et hop, terminé.

Je résiste. Je n'ai pas le choix, je dois trouver un nouveau sens à ma vie, m'efforcer de l'oublier, alors je serre les dents, comme je serre mes mains sur le volant.

Je résiste, le cœur en mille morceaux.

Je résiste, jour après jour.

1

Jeanne

Un café fumant à la main, accoudée à la balustrade du parc, je me perds dans la contemplation du paysage. Trois semaines que je travaille ici en tant que masseur-kinésithérapeute, dans ce centre de rééducation fonctionnelle appartenant à la Croix-Rouge française, un véritable château, planté en haut d'un piton rocheux. Lorsque l'on arrive dans cette petite ville, à mille mètres d'altitude, on ne voit que lui. Restauré récemment, il domine, flanqué de quatre tours, et bordé d'un immense parc surplombant une forêt de pins et de sapins. Les hivers, ici, sont rudes, m'a-t-on dit, avec un bon mètre de neige pendant plusieurs mois. La vie semble alors au ralenti, mais aujourd'hui, en cette belle matinée de début juillet, le soleil est radieux, les arbres encore verts et feuillus.

Trois semaines, mais depuis trois jours, je m'efforce de survivre. Sans y parvenir tout à fait. Je n'ai plus goût à rien, plus rien ne m'intéresse. Ni le centre, ni mes patients, ni ce paysage majestueux qui se déploie sous mes yeux, ni ce soleil déjà haut dans le ciel.

Il fait chaud, les abeilles bourdonnent, les effluves des rosiers en fleur chatouillent agréablement mes narines, et tout cela hier aurait pu me faire sourire et soupirer d'aise, mais aujourd'hui je frissonne, recroquevillée autour de ma tasse brûlante, le cœur en lambeaux, à me demander comment je vais réussir à faire semblant et trouver le courage de continuer.

Ce matin, après deux jours de désespoir intense, avec la sensation permanente que mon cœur allait s'arrêter de battre, parce que privé de ce qui le fait vivre depuis trois ans, est apparue la colère, salvatrice, mais tout aussi destructrice.

Comment a-t-il pu me faire ça ?

Me larguer sans explication, sans presque rien me dire, juste qu'il ne savait plus où il en était, et qu'il avait besoin de temps.

De temps pour quoi, pour qui ?

Mes yeux s'emplissent de larmes, je réprime un sanglot. À n'importe quelle heure du jour et de la nuit, lorsque je suis seule, son absence me terrasse, me fait suffoquer, et je me retiens pour ne pas hurler.

Comment faire sans lui ?

J'ai la sensation qu'en plus de m'avoir arraché le cœur, on m'a ôté une partie de mon cerveau, celle qui me donnait envie de m'occuper de moi, de réfléchir, de sourire, d'aller de l'avant, et de faire des projets. Il a été le centre de mon univers, mon quotidien pendant trois ans, mon alter ego, et je voulais faire ma vie avec lui. Je lui appartenais, corps et âme, j'étais aux petits soins, je faisais tout pour lui plaire.

Trop, certainement.

Pourtant, tout a plutôt bien commencé pour moi ici, et j'ai été heureuse les premiers jours, détendue et motivée, sans le stress des cours à réviser ou l'angoisse des examens. Dès mon arrivée, je me suis liée d'amitié avec Léa, une fille du Sud, jolie brune aux yeux bleus. Elle m'a tout de suite prise sous son aile, m'a fait visiter le centre, et présentée à tout le monde. Avec Xavier, un autre de nos collègues, nous sommes rapidement devenus inséparables. Tous les deux savent ce que je traverse. Alors que je ne me confie pas facilement, j'ai compris que je pouvais leur faire confiance, et je me suis un peu livrée. Pour me faire rire et me changer les idées, ils m'ont dressé un portrait assez satirique de nos autres collègues, et surtout de notre chef, Christophe Ferrières, 32 ans, célibataire et apparemment grand tombeur. Toutes les infirmières sont folles de lui. C'est vrai qu'il est plutôt beau gosse, grand, brun, et je crois comprendre que Léa n'est pas insensible à son charme dévastateur. Pour ma part, j'avoue qu'il me met mal à l'aise. Je ne sais pas pourquoi, son regard, comme s'il pouvait lire en moi, me trouble.

Je pousse un long soupir, bois une gorgée de café. Comme souvent, Julien s'immisce dans mes pensées. Trois jours qu'il a rompu, par téléphone, comme un lâche.

Un connard de lâche, et si je l'avais en face de moi, je lui arracherais les couilles pour les lui faire bouffer.

Je devrais le haïr pour ce qu'il m'a fait, le détester et le maudire, de tout mon être et jusqu'à la fin des temps. Je devrais lui souhaiter tout le mal possible.

Qu'il en crève lui aussi.

Oui, je le devrais.

Alors pourquoi je n'arrête pas de regarder cette saloperie de téléphone désespérément muet ?

Pourquoi j'espère encore un signe, un petit geste de sa part qui me prouverait qu'il ne m'a pas oubliée en si peu de temps ? Pas après tout ce que nous avons vécu.

En voyant Léa courir vers moi, j'essuie mes larmes.

– Je me rends à la réunion de synthèse, et je voulais te voir avant de monter, ça va ? demande-t-elle, en me mettant une main sur l'épaule.

Je lui souris tristement, une boule dans la gorge.

Ignorant mon trouble, elle continue :

– Xavier te réclame, il a une proposition à te faire, et ce soir, je t'emmène boire un verre. Tu ne vas pas rester éternellement dans ta tour avec tes bouquins, tu vas finir par prendre la poussière et rouiller. Compte sur moi, je vais te faire oublier ce sale type.

– Écoute, je ne sais pas, peut-être, je réponds, d'un air las. J'avoue que le soir, j'aime bien rester tranquille.

Elle regarde sa montre, s'écrie :

– Oups, je me sauve, sinon je vais finir par être en retard. On se voit plus tard, lance-t-elle, en s'éloignant à grandes enjambées.

C'est tout Léa, impulsive, boute-en-train, pleine de vie. Après l'avoir suivie un instant des yeux, mon cerveau part à la dérive et je replonge dans mes souvenirs.

***

Julien n'a pas voulu m'accompagner chez une fille rencontrée en stage, alors nous avons passé le week-end dernier séparément.

« Vas-y seule, ça te fera du bien, et puis tu l'aimes bien cette fille, vous allez passer de bons moments, j'en suis sûr. Amuse-toi, et profite de ton week-end, je t'appellerai », m'a-t-il dit. Deux semaines auparavant, nous nous étions retrouvés à Dijon, et nous discutions, couchés l'un à côté de l'autre. Nous venions de faire l'amour, et j'étais loin d'imaginer, à ce moment-là, que c'était la dernière fois qu'il me touchait. Durant les deux jours, je n'ai eu aucune nouvelle. Je regardais mon téléphone toutes les cinq minutes, je l'ai appelé mille fois. Il n'a pas répondu. Silence radio. Rien. Aucun message, ni aucun appel. J'ai cru devenir folle, et je sentais sans vouloir l'admettre, que quelque chose n'allait pas.

En y réfléchissant, je l'avais déjà trouvé bizarre à ce moment-là, distant, renfermé, taciturne, il n'avait pas l'air très heureux de passer du temps avec moi, alors que nous ne nous étions pas vus depuis plusieurs jours. J'avais mis ça sur le compte de son échec aux examens. Avec du recul, même ma réussite, il me l'a foutue en l'air, en se tirant dès les résultats, presque sans un mot, en me laissant seule à l'appartement. Un appartement que nous avons partagé pendant trois ans. Trois années durant lesquelles je l'ai véhiculé, dorloté, soutenu, porté à bout de bras en plus d'avoir assumé les tâches ménagères, les courses, la bouffe, et autres gâteries.

Comment me réjouir alors que j'avais mal pour lui, et qu'il me manquait terriblement ? L'amour est aveugle. Je comprends maintenant qu'il s'est servi de moi toutes ces années et qu'il m'a prise pour une conne, en plus de me traiter comme sa bonniche.

J'ai fini par l'avoir au téléphone dimanche soir en rentrant au château. Sa voix m'a tout de suite alertée, froide, désincarnée.

Puis c'est tombé comme un couperet :

« J'ai besoin de faire une pause, de respirer, je ne sais plus où j'en suis. Je vais prendre un peu de recul, et je reviendrai, si… »

Je reste pétrifiée.

Il m'annonce que c'est fini, comme ça, à trois cents kilomètres de distance, par téléphone. Je ne comprends pas. Ça ne peut pas être réel, c'est un cauchemar, et je vais me réveiller. Une petite note d'espoir s'allume dans mon cœur. Il me demande d'attendre, c'est peut-être que tout n'est pas perdu. Il faut que je me raccroche à cette idée, dès qu'il se rendra compte que je lui manque, il me reviendra.

Il faut que je le voie.

J'ai besoin de le voir, de lui parler, de voir ses yeux lorsqu'il m'annonce que tout est terminé entre nous. De crier. De le frapper. En un mot, j'ai besoin d'une vraie scène de rupture, et d'explications. Je veux savoir ce que j'ai fait de mal pour qu'il m'abandonne, maintenant, alors que nous avons des projets d'avenir.

Je tente de lui faire entendre raison :

– Julien, s'il te plaît, ça ne peut pas finir comme ça. Je t'aime, tu es tout pour moi, je ne pourrai pas vivre sans toi. Tous ces moments que nous avons partagés pendant trois ans, ce n'est rien pour toi ?

Je sens mon cœur se déchirer et j'éclate en sanglots.

– S'il te plaît, je t'en supplie, ne fais pas ça, ne me laisse pas. On était bien tous les deux, on voulait ouvrir notre cabinet ensemble, tu te souviens ? Parce que tu vas l'avoir, ce diplôme, j'en suis sûre.

Je le rassure, comme je le fais toujours et pour continuer notre conversation. Je ne veux pas qu'il raccroche, je ne veux pas couper le lien. C'est impensable. Parce que dès qu'il aura raccroché, ce sera fini, et ça, je ne peux le supporter, j'en mourrai. J'ai peur. Je suis morte de trouille. Et soudain, ça me percute de plein fouet : si ces projets, cette complicité, l'amour peut-être même, n'avaient finalement existé que pour moi, dans ma tête, ou dans mes rêves ?

***

Que fait-il en ce moment ?

Pense-t-il un peu à moi ? Est-ce que je lui manque, ne serait-ce qu'un tout petit peu ? J'en crève de ne plus avoir de nouvelles. J'ai l'impression d'avoir été amputée d'une partie de mon corps. Je ne me reconnais plus, moi toujours si battante et si forte, je me traîne comme une âme en peine.

Les dernières minutes de notre échange téléphonique me reviennent en mémoire :

« – Je t'en prie, Julien, ne raccroche pas tout de suite, j'ai besoin de savoir, il y a quelqu'un d'autre, c'est ça ? demandé-je, d'une petite voix.

Après une brève hésitation, il répond :

– Non, bien sûr que non. C'est toi qui es partie, Jeanne, tu ne m'as rien demandé.

Je reste muette.

Il était d'accord, nous en avions parlé évidemment. Il savait que je devais prendre mon poste au château, dès l'obtention de mon diplôme d'État, que je n'avais pas le choix, et nous avions décidé qu'il me rejoindrait après les grandes vacances. Je n'ai jamais pensé une seule seconde qu'il échouerait à son examen final.

Et puis soudain :

– Je dois te laisser, au revoir, Jeanne… »

Puis, plus rien.

Plus rien que ce putain de silence qui s'éternisait, me vrillait les oreilles et le cœur. Je suis restée prostrée, hébétée et anéantie, assise par terre contre le mur pendant des heures. J'ai perdu en une fraction de seconde mon amour et ma raison de vivre. Je me suis retrouvée seule au monde, sans plus personne à aimer.

Je ne peux m'empêcher d'espérer, mais s'il ne revenait jamais ? Si je passais mon temps à attendre, à gâcher ma vie et mon avenir pour rien ? Peut-être a-t-il seulement voulu atténuer mon chagrin, mais sa décision est déjà prise, quoi que je fasse.

Notre histoire est bel et bien terminée.

Il faut que je me rende à l'évidence, que je l'accepte. Que je me fasse une raison pour aller de l'avant. Là encore je n'ai pas le choix.

***

Je traverse le service kiné à la recherche de Xavier, pour le trouver dans la pièce commune. J'aime cet endroit.

Cette salle spacieuse, lumineuse, où règnent convivialité, entraide, ainsi qu'une certaine joie de vivre. Car même si les patients peinent à retrouver leur autonomie, parfois dans la douleur, ils se parlent, se soutiennent, se racontent des histoires ou leur vie tout simplement, et il n'est pas rare d'entendre de grands éclats de rire. Contrairement à ce que l'on pourrait croire, un centre de rééducation n'est pas un lieu triste ni morbide.

Je m'approche de lui, alors qu'il est en train de surveiller un patient occupé à marcher dans les barres parallèles.

– Salut, tu voulais me voir ?

– Salut, ma belle, je t'attendais. Tu fais quelque chose ce week-end ?

Comment lui dire ? Que je ne fais plus aucun projet, que ma vie est désespérément morne depuis que Julien m'a quittée.

– Non, je n'ai rien de prévu.

– Un ami vient passer le week-end chez moi, ça te dirait de sortir prendre un verre avec nous, puis d'aller en boîte ?

Ils se sont donné le mot, tous les deux ? C'est un coup monté, Léa et lui, même combat.

– Honnêtement, je ne sais pas, Xav. C'est très gentil de ta part, mais je n'ai pas le cœur à faire la fête pour le moment. Demande à Léa, elle sera certainement partante pour vous accompagner.

Devant sa mine déçue, je me ravise :

– Je te promets d'y réfléchir, d'accord ? Je te laisse, mon patient doit certainement déjà attendre dans mon box. Au revoir, monsieur Boisson, travaillez bien.

– Au revoir, mademoiselle Jeanne, bonne journée.

Je lui rends son sourire, me dépêche de rejoindre mon espace pour mon dernier patient de la matinée.

– Bonjour, Alex, désolée pour le retard. Déshabille-toi, et allonge-toi sur la table, dis-je, en lui faisant un geste du bras pour qu'il me précède. Comment vas-tu ce matin ?

– Bien, et vous ? répond-il, en s'installant.

– Ça va, merci. J'ai une bonne nouvelle pour toi, tu sors fin de semaine prochaine.

– Yes, s'écrie-t-il. Enfin.

Il me regarde, sourit.

– Vous allez me manquer. J'aimerais vous inviter au restaurant, pour vous remercier. Mon coloc a invité tous ses thérapeutes : son ergo, son kiné, des infirmières de l'étage.

– Alors si tu invites tous ceux qui se sont occupés de

toi, je veux bien. Allez, détends-toi, et n'hésite pas à me dire si tu as mal. Nous en reparlerons plus tard, mais ça me ferait très plaisir.

– Merci, mademoiselle Dubreuil… euh… Jeanne. Je peux vous appeler Jeanne ? Vous êtes si triste en ce moment, vous avez tout le temps les yeux rouges, quelque chose ne va pas ?

Puis il enchaîne :

– Vous avez un petit ami ? Plusieurs mecs de l'étage craquent sur vous, alors je leur ai dit que je vous le demanderais. Ils pensent que je vais me dégonfler, mais je veux savoir, moi aussi.

Je ne suis pas surprise.

Ici, rien ne passe inaperçu. Nous prenons soin de nos patients, mais eux, de leur côté, s'intéressent à nous. C'est un lien très fort, que je n'ai connu nulle part ailleurs. À l'hôpital, c'est complètement différent, nous nous occupons de personnes après des chirurgies ou des maladies nécessitant une hospitalisation, seulement quelques jours, avant qu'ils ne rentrent chez eux, ou ne soient dirigés vers les centres de rééducation fonctionnelle. La plupart du temps, ils souffrent tellement, qu'ils sont peu enclins à se lever pour faire quelques pas, et ne nous voient pas toujours arriver dans leur chambre de gaieté de cœur.

Je réprime un sourire, en me rendant compte que je me fais draguer par un patient de 19 ans. D'accord, il est plutôt mignon, attendrissant même, avec ses cheveux ébouriffés, son style sportif débraillé, mais bien trop jeune pour moi, il ne faut pas abuser. Je ne vais pas les prendre au berceau non plus. En plus, j'ai une règle d'or : pas de relation avec un patient !

– Tu n'es pas sérieux, Alex, enfin, je suis ta kiné, et tu peux dire à tous ces curieux que je ne suis pas libre.

À ce moment-là, le chef sort la tête de son bureau situé juste à côté de mon box, et me fait un petit signe discret pour que je le rejoigne.

Je ne peux pas être tranquille cinq minutes ? Qu'est-ce qu'ils ont tous aujourd'hui ?

Quelques minutes plus tard, je frappe à sa porte.

– Vous vouliez me voir, monsieur ?

Il se lève, me fait entrer, puis referme derrière moi.

– Oui, Jeanne, asseyez-vous, dit-il, en me désignant une chaise.

Je m'assieds du bout des fesses, un peu angoissée.

Il continue :

– Ce matin, nous avons admis un nouveau cas un peu particulier, un jeune homme victime d'un accident de moto il y a trois mois. La fracture est consolidée, depuis un mois et demi, il a l'autorisation du chirurgien pour appuyer, il devrait pouvoir marcher, il en a les capacités, mais il ne marche toujours pas, il tient à peine debout. Les psychologues ont tout essayé, personne n'y comprend rien. Après s'être engueulé avec tout le monde, il a quitté le centre qui l'a accueilli après sa chirurgie. Il est caractériel, ne supporte rien ni personne. Voici sa fiche. Il vous attendra à quatorze heures dans sa chambre.

2

Jeanne

Deux heures plus tard, à quatorze heures précises, je frappe à la porte 303.

Pas de réponse.

Je frappe plus fort, et comme je n'ai lu que quelques lignes dans l'ascenseur, je jette un coup d'œil à la fiche d'entrée.

Alors, qu'avons-nous : Adam Champdor, 25 ans, codirigeant de l'entreprise familiale, accident de moto le 3 avril, disjonction pubienne, fracture du bassin, fracture diaphysaire du fémur gauche traitée par enclouage centromédullaire, entorses des genoux, nombreuses brûlures dues aux frottements sur la route, un mois de hamac, (c'est-à-dire qu'il est resté un mois sans pouvoir poser les pieds par terre !). *Il a dû trouver le temps long, le pauvre.* Pas d'antécédents médicaux ni chirurgicaux. Bonne évolution des fractures. Appui autorisé. *Depuis un mois et demi, alors pourquoi ne marche-t-il toujours pas ?*

Je planifie déjà un protocole de rééducation. Ils devraient mettre une photo, ce serait sympa, on pourrait au moins se faire une idée de la personne, même si l'habit ne fait pas le moine !

J'aime ces moments, juste avant de faire connaissance avec un nouveau patient. C'est comme d'ouvrir un livre pour la première fois. Après la couverture, je découvre une nouvelle histoire, et j'ai toujours un petit moment d'excitation et d'appréhension, car parfois, c'est compliqué, la magie n'opère pas, et malgré toutes les bonnes volontés, il y a incompatibilité d'humeur. Pour l'instant, je n'ai pas eu de problème. Je pense que sans jugement, avec patience, compréhension et empathie, je peux m'occuper de tout le monde.

Je n'ai peut-être pas entendu la réponse, alors je frappe un peu plus fort, et j'entre.

J'ai un mouvement de recul en voyant tant de personnes dans la pièce : mon nouveau patient, en fauteuil, une jeune femme assise sur le lit derrière lui, ainsi qu'un couple de personnes d'une cinquantaine d'années. Certainement ses parents.

– Bonjour, excusez-moi, dis-je, en m'avançant pour lui serrer la main. Monsieur Champdor, je m'appelle Jeanne Dubreuil, et je suis votre kinésithérapeute.

Nos yeux se croisent.

Le regard froid et peu amène qu'il me renvoie me déstabilise.

Que de colère, et que d'impatience ! Autre chose, également. De la souffrance, peut-être. Oui, je le vois, je le ressens, cet homme a souffert, dans son corps et dans sa chair. Pourtant, il est beau, ce regard, d'un joli brun, avec des reflets verts, il pourrait certainement être très doux et caressant s'il n'était comme maintenant empli de colère et de défiance.

Je le détaille.

Il paraît plutôt grand, et très mince. Sans doute a-t-il perdu beaucoup de poids depuis son accident, surtout s'il n'a pas bougé de son lit. Certaines personnes peuvent perdre dix à quinze kilos en quelques semaines. Même cloué dans son fauteuil roulant, il garde une attitude fière et dominante, presque rigide, se contentant de me fixer avec froideur. Nos yeux, toujours rivés l'un à l'autre, engagent un combat, que j'espère bien gagner.

– Je suis venue vous donner vos horaires de rééducation, continué-je, après quelques secondes de silence. Je vous attendrai dès demain matin…

Il me coupe la parole :

– Parce que je ne vais pas faire de piscine ?! Je suis ici pour faire de la balnéothérapie, alors je n'en ai rien à foutre de vos horaires à la con !

– Adam, s'il te plaît, dit calmement sa mère, en posant une main sur son épaule.

Le père fronce les sourcils, lui jette un regard réprobateur, tout en se dirigeant vers la porte.

– Je vous souhaite bien du courage, mademoiselle. Ne vous laissez pas faire. C'est un petit con, trop couvé par sa mère.

Il jette à sa femme un regard entendu, et quitte la pièce.

Je me racle la gorge, mal à l'aise.

Eh bien, ça commence bien : accident, mauvaise ambiance familiale, caractère de cochon. Quoi d'autre ? Je vais devoir l'amadouer tout en me montrant intraitable et en faisant taire mon ressentiment Ce n'est pas parce qu'un homme vient de me briser le cœur que je dois me venger sur ce patient...

Je prends une profonde inspiration. et ma voix la plus douce :

– Je m'occuperai de planifier vos séances de balnéothérapie, et s'il n'y a pas de contre-indications majeures, nous pourrons les mettre en place très rapidement, mais que les choses soient claires, je vous attends à dix heures demain matin pour votre première séance de rééducation, et c'est non négociable. Nous nous verrons deux fois par jour, et jusqu'à nouvel ordre, matin et après-midi. Si vous n'êtes pas d'accord avec le fonctionnement de cette maison, il existe d'autres centres, vous êtes libre de partir, nous ne vous retenons pas.

Alors là, je m'avance un peu, il n'obtiendra certainement pas si facilement une place ailleurs, et mon chef va être en colère s'il apprend que je fais fuir mes patients, mais je m'en moque. Ici, c'est moi qui dicte les règles.

Je reprends, sur le même ton :

– Si vous décidez de rester parmi nous, je veux votre entière collaboration. De mon côté, je ferai tout ce qui est en mon pouvoir pour mener à bien votre rééducation et vous remettre sur pied rapidement, je vous le promets. Nous sommes bien d'accord ? Dix heures, demain matin ? Et je vous demanderai d'être à l'heure, je ne tolérerai aucun retard, j'ai d'autres patients que vous, terminé-je, avant qu'il ne puisse placer une parole.

Il me regarde, étonné. Je mettrai ma main au feu que personne n'ose lui parler sur ce ton. La jeune femme sur son lit est restée la bouche ouverte tout au long de mon monologue.

Eh, minette, n'aie pas peur, je te le laisse ton mec ! Tu peux le garder avec son sale caractère, c'est bon, j'ai déjà donné !

Une petite lueur d'intérêt traverse ses iris, tandis qu'un sourire se dessine sur ses lèvres. J'ai la nette impression que cet affrontement n'est pas pour lui déplaire. Il me fixe encore un instant, rétorque :

– D'accord, je veux bien vous faire confiance. J'aime aussi que les choses soient carrées et j'obtiens toujours ce que je veux. Si je reste, j'exige de votre part un total dévouement. Plus vite je serai debout, plus vite je quitterai ce château de merde. Je ne suis ici que parce que ma mère et mon médecin ont insisté, mais j'aurais bien autre chose à faire, croyez-moi.

– Alors je suis sûre que nous allons bien nous entendre, j'obtiens toujours le meilleur de mes patients, et vous ne ferez pas exception à la règle. Je vous dis donc à demain, et je vous souhaite de passer un bon après-midi. Madame, mademoiselle…

Je me retourne et je quitte la chambre avec un soupir de soulagement. À peine la porte franchie, je m'adosse contre le mur, ferme brièvement les yeux pour me remettre de mes émotions.

Quel combat et quel accueil ! Mon Dieu, il mordrait presque.

Je me dirige vers les ascenseurs, et M. Champdor père, qui visiblement m'attendait, m'apostrophe lorsque j'arrive à sa hauteur.

– Vous pensez pouvoir faire quelque chose pour lui ?

– Je l'espère en tout cas, monsieur.

– Il va vous donner du fil à retordre, j'en ai peur, il n'a pas un caractère facile.

Je souris au souvenir des mots houleux échangés. S'il croit que je vais me laisser intimider, il va tomber de haut, ce n'est pas mon genre.

– Moi non plus, rassurez-vous.

– Je dois également vous dire que nos rapports sont plutôt conflictuels.

J'ai cru comprendre, effectivement.

Je regarde ma montre, et comme il me reste encore un peu de temps avant la prise en charge de mon patient suivant, je demande :

– Monsieur, si vous le permettez, j'aimerais vous poser quelques questions sur l'accident de votre fils, vous voulez bien descendre avec moi dans le parc ?

À mon grand soulagement, il acquiesce, car même si je veux en apprendre un peu plus sur mon patient, je ne prendrai pas le risque qu'il nous surprenne dans le couloir.

***

Un soleil éblouissant nous cueille dès que nous passons les portes automatiques. Après avoir traversé la cour gravillonnée, nous accédons au parc, immense, surplombant une forêt de pins et de sapins à perte de vue, pour nous approcher de la barrière. À cette période, l'odeur de térébenthine est particulièrement puissante, les aiguilles de pin écrasées par les promeneurs laissant s'échapper leur essence, bénéfique pour les poumons.

Je salue quelques patients, sortis chercher un peu de fraîcheur sous les arbres. Les yeux au loin, M. Champdor semble perdu dans ses pensées, et je toussote pour le faire revenir sur terre.

– Monsieur, que savez-vous de l'accident de votre fils ?

Il me fait face, se racle la gorge.

– Adam est très discret sur le sujet et ma femme ne veut rien me dire. Elle le surprotège, et veut me faire payer notre passé commun, mais un couple, c'est un peu plus compliqué que ça, vous ne pensez pas, mademoiselle Dubreuil ?

– Je ne sais pas, monsieur, je n'ai pas beaucoup d'expérience sur la vie de couple, je réponds avec un sourire contrit. Veuillez continuer, s'il vous plaît.

– Ne croyez pas que je me cherche des circonstances atténuantes, mais les faits sont là. Voilà ce que je sais : Adam et sa bande sortaient d'une soirée. Il n'avait pas bu. Lorsqu'il est à moto, il ne boit pas. Je ne peux pas lui enlever ça, c'est un garçon sérieux. Colérique, mais sérieux. Il était seul sur sa moto, fort heureusement, sa petite amie n'était pas avec lui car ils s'étaient disputés, comme bien souvent. Ils devaient se retrouver dans une discothèque distante de plusieurs kilomètres.

Je vois bien que me raconter les événements est douloureux pour lui, le mettant très certainement face à la réalité. Une dure réalité de la vie. L'accident ! Pourquoi Adam ? Pourquoi son fils ? Ça aurait pu être pire, il aurait pu y laisser la vie. La suite de son histoire est terrible, je le sais, je l'ai compris, et je crois qu'Adam n'aurait pas voulu survivre à ça.

Le voyant si triste, je pose une main sur son avant-bras, pour tenter de lui apporter un peu de réconfort, et de chaleur humaine, alors qu'il poursuit :

– Philippe, son meilleur ami, conduisait une voiture très puissante, que ses parents venaient de lui offrir, et depuis peu, il travaillait pour nous. Il avait les affaires dans le sang, tout comme son père.

– Avait ?

Alors qu'il allait me répondre, une toux autoritaire nous fait nous retourner. Je retire ma main.

– Je vois que tu n'as pas perdu de temps, papa.

Sa façon de dire papa me fait sourciller.

– Peu importe l'âge, il te les faut toutes.

Quoi ?!

Je n'aime pas du tout la façon dont il me regarde, et je me sens blessée, plus que je ne saurais le dire.

– Maman te cherche, elle veut rentrer.

Sur ces mots, il fait pivoter son fauteuil, et commence à partir dans l'allée. M. Champdor sort une petite carte de la poche intérieure de sa veste.

– Tenez mademoiselle, vous pouvez m'appeler à tout moment, de jour comme de nuit. Peut-être voudra-t-il un jour vous raconter sa version des faits, ça lui ferait certainement du bien de se confier à vous. Vous savez écouter, cela se sent. Je vous laisse, je vais retrouver ma femme et ma nièce.

Je m'en saisis, le regarde s'éloigner pour rejoindre son fils. Il le rattrape, et s'ensuit une conversation houleuse. Par moments, les yeux d'Adam me cherchent, jusqu'à ne plus me lâcher, et il ne semble plus écouter ce que lui dit son père. Celui-ci fait un signe de renoncement du bras, pour se diriger ensuite vers le bâtiment principal à grands pas. Alors qu'il me dévisage, je me détourne. S'il attend que je le rejoigne, alors là, il peut toujours courir. Je ne lui ferai pas ce plaisir. J'ai beau être dévorée de curiosité, je ne suis pas prête à oublier son regard accusateur.

Non mais, que croit-il ?

Que son père me draguait ? Il me prend pour qui ? Il ne me connaît pas. Pour lui, toutes les femmes sont des salopes ? Je manque éclater de rire. Et pour moi, tous les hommes ne sont-ils pas des pourris ? Des petits cons, imbus d'eux-mêmes et tellement fiers de ce qu'ils ont entre les jambes, mais avec finalement si peu de courage. Tellement peu qu'ils sont incapables de dire les choses en face.

Peut-être a-t-il lui aussi traversé une terrible déception ?

En tous les cas, il me ferait presque oublier ma douloureuse histoire, en m'apportant un dérivatif, et je remercie le ciel, une fois de plus, de m'avoir donné ce travail. M'occuper des autres, de leur vécu et de leurs misères est réellement un soutien, en m'empêchant de pleurer sur mes propres problèmes.

Je trouverai toujours plus malheureux que moi.

Je m'éloigne de la balustrade, tout en cherchant mon patient des yeux. En ne le voyant nulle part, contre toute attente, je ressens une vague déception. J'aurais voulu lui dire ce que j'avais sur le cœur, pour lui rendre la monnaie de sa pièce.

Il se prend pour qui, sérieux ?

Je ne suis pas près d'oublier ce qu'il vient de se passer. Je n'ai pas aimé son regard accusateur, pas du tout même. Avoir souffert ne lui donne pas tous les droits, loin de là, nous avons tous nos démons, nos failles, la vie est loin d'être *un long fleuve tranquille,* pour chacun de nous, et j'en sais quelque chose. Je me demande ce qu'il cache, quelle est son histoire, ce qu'il a vécu de si traumatisant pour être à ce point sur la défensive et tant en colère.

Je suis surprise de le découvrir devant la porte du service kiné.

Il ne manque pas d'air ! Je m'attendais à tout sauf à ça.

Je m'arrête devant son fauteuil, le toise :

– Que faites-vous ici ? Je ne crois pas vous avoir donné rendez-vous aujourd'hui.

– Je me disais que je pourrais peut-être commencer ma rééducation, plutôt que de me faire chier dans ma chambre.

OK...

– Vous n'étiez pas obligé d'exiger une chambre individuelle si vous aviez peur de vous ennuyer, je réponds, d'une voix dure.

– Je ne suis pas très sociable.

– Je m'en suis rendu compte, effectivement. Maintenant, si vous voulez bien m'excuser.

Je le contourne, pour franchir les portes automatiques.

– Vous voulez peut-être que je vous supplie ?

Je me retourne, attendant la suite.

Où veut-il en venir ?

– Si je le pouvais, croyez bien que je me mettrais à genoux.

À voir son sourire en coin, il n'en pense pas un mot. Il se moque de moi.

Quel connard !

Un parfait connard !

Imbu de lui-même, séduisant, très séduisant même, mais un parfait connard quand même.

– Très bien, je vais voir ce que je peux faire.

Un sourire de satisfaction illumine ses traits.

– Mais avant, je veux que vous vous excusiez.

Il se renfrogne aussitôt.

Ah, tu veux jouer ? Eh bien nous allons jouer, mais avec mes règles.

– Pardon ?

C'est ça, fait semblant de ne pas comprendre.

– Vous m'avez parfaitement comprise.

– Pour quelles raisons devrais-je m'excuser ?

– Vous savez très bien pourquoi, répliqué-je. Peut-être avez-vous l'habitude que tout le monde s'aplatisse devant vous, mais avec moi, c'est peine perdue.

Ses iris flambent de colère, et visiblement, il fait de gros efforts pour se maîtriser.

– Je veux faire une séance, insiste-t-il. C'est votre travail, non ? Vous êtes payée pour ça.

– Je ne dis pas le contraire, mais il y a une façon de demander.

Il se mord la lèvre inférieure, me sort le grand jeu.

– Vous voulez que j'y mette les formes ?
– Pourquoi pas ?
– Je pourrais très bien le faire si je le voulais.
Je vois.
– Qu'est-ce qui vous en empêche ? Vous vous excusez, et je vous fais entrer. Je n'aurai pas le temps de m'occuper de vous, mais je peux vous faire faire des exercices actifs en pouliethérapie.
Il me regarde, étonné.
– Des quoi ?
– De la pouliethérapie. Vous n'en avez pas fait dans le centre précédent ?
– Non.
– Que vous faisaient-ils faire alors ?
– Pas grand-chose.
– Je vois. Alors ?
Il vrille ses magnifiques prunelles aux miennes, se fait visiblement violence pour paraître agréable.
– Jeanne, veuillez excuser mon ton quelque peu… euh…
– Accusateur.
– Voilà, c'est le mot que je cherchais, merci. Mes paroles ont dépassé ma pensée, et vous n'étiez en aucun cas visée.
Je retiens une grimace.
Peut mieux faire, non ?
– C'est tout ?
Il lève un sourcil.
– Ça ne vous suffit pas ?
– Non, pas du tout.
Une fois de plus, un charmant sourire étire ses lèvres, qu'il a très belles. Je ne peux en détourner le regard, tout comme je me sens fondre sous son air frondeur de *bad boy.*
Je me reprends, avant de céder et de perdre la face.
– Vous êtes toujours aussi dure en affaires ? s'enquiert-il.
– Et encore, vous n'avez rien vu.
Il se rencogne dans son fauteuil, croise les bras.

– Très bien, que voulez-vous entendre ?

– Ah non, ne comptez pas sur moi pour vous aider, ce serait trop facile.

Je regarde ma montre.

– Mon temps de patience est écoulé. À demain, monsieur Champdor, le devoir m'appelle.

Je le plante là, m'éloigne, le sourire aux lèvres, ravie d'avoir réussi à lui damer le pion.

Il croyait me faire plier avec ses grands yeux lumineux, son petit sourire en coin à faire damner un saint, ses belles dents blanches.

Mon sourire s'étire lorsque j'entends derrière moi :

– Jeanne, putain, vous n'allez pas…

3

Adam

Elle se fout de ma gueule ?

Elle va me laisser comme un con dans le couloir, devant la porte, comme si c'était un putain de sanctuaire inaccessible ?

Pour qui se prend-elle, bordel de merde ?

J'en ai marre de toute cette merde. Une fois de plus, l'envie d'en finir une bonne fois pour toutes, de sauter d'une fenêtre, me taraude. Ou peut-être par-dessus la balustrade du parc, tiens, pourquoi pas ? J'ai regardé, c'est haut. Le plongeon de l'ange ne me laisserait aucune chance.

Je serre les poings, grince des dents.

Mes pieds me démangent, bougent sans que je le veuille, répondant à je ne sais quel sortilège infernal. Comme s'ils voulaient vivre leur propre vie. J'aimerais me mettre debout, et courir comme un fou, courir après elle, pour la charger sur mon épaule, lui foutre la fessée qu'elle mérite, et l'obliger à m'obéir. Jamais aucune femme ne m'a parlé sur ce ton, ni ne m'a tenu tête de cette façon.

Je remonte dans ma chambre, la rage au cœur.

Une rage que je commence à bien connaître, et qui va m'empêcher, comme toutes les nuits précédentes, de trouver le sommeil et le repos.

À croire que mon âme ne sera jamais en paix, tout comme mon corps.

4

Jeanne

Durant tout l'après-midi, je me force à oublier mon nouveau patient pour me concentrer sur ma tâche, mais ses yeux torturés, son charisme indéniable, ses airs de mauvais garçon mal embouché ont déjà envahi mon cerveau. Je ne pense qu'à lui. Adam Champdor est toujours au centre de mes pensées lorsque je rejoins Léa et Xavier pour le repas du soir.

– Alors, le nouveau, il est comment ? lance Xavier, en enroulant son bras autour de mes épaules.

Il est incroyable, il m'épate, il sait toujours tout avant tout le monde, une vraie commère. Il écoute aux portes ? Il couche avec le chef ? Pourquoi pas. Xavier, attiré par les hommes ? Finalement, il est assez discret sur la question. Mais le chef, non, impossible, il fait des ravages dans tous les services.

Je fais une moue dubitative en réponse à sa question.

Quelques minutes plus tard, nous sommes attablés au restaurant du personnel. Je me contenterai d'un potage et d'une tranche de jambon, je n'ai envie de rien. Je cherche au fond de mon cœur la souffrance habituelle, celle qui est devenue ma compagne depuis que Julien a rompu, pour me rendre compte, à ma plus grande surprise, qu'elle s'est un peu estompée.

À sa place, un nouveau visage. Très beau, très mâle. Des cheveux bruns un peu trop longs, (ce garçon aurait besoin d'une bonne coupe !), des iris marron vert avec des petites touches dorées. Un léger sourire à cette évocation se dessine sur mes lèvres. Lorsque je lève les yeux de mon assiette, je surprends Léa et Xavier à me dévisager.

– Quoi, demandé-je, j'ai quelque chose entre les dents ?

Je sais très bien ce qu'ils attendent de moi. Sans trop entrer dans les détails, nous avons pour habitude de parler de nos patients, mais je vais les laisser mariner encore un peu et garder l'histoire d'Adam pour moi seule, jalousement, pour pouvoir analyser les éléments calmement. Je ne sais pas tout, mais le puzzle se met tout doucement en place. Je me suis fait un scénario, et je ne pense pas être loin de la vérité. Il faut que je l'amène à se livrer, cela fait partie de la thérapie. Nous nous occupons des corps, mais aussi des âmes. J'incite mes patients à mettre des mots sur leurs souffrances, des mots sur leurs maux, leurs pathologies ou leurs traumatismes, ainsi qu'à décrire leurs émotions, car parler avec quelqu'un d'extérieur, un thérapeute, quel qu'il soit, qui ne juge pas mais sait écouter, est toujours libérateur. Nous sommes parfois un peu psychologues.

– Et pour ce week-end, alors, tu es partante ? demande Xavier, me coupant dans mes réflexions. Baptiste est bourguignon, vous aurez des tonnes de choses à vous raconter. Léa peut passer te chercher vers vingt heures, comme ça, tu n'auras pas à prendre ta voiture.

– Et tu en profiteras pour me faire boire et me pousser dans les bras de ton ami, je m'esclaffe. Xavier, je te connais par cœur, tu es tellement prévisible.

– Allez, viens, s'écrie Léa, ça te changera les idées, et promis, nous ne te pousserons dans les bras de personne. Tu pourras finir ta nuit toute seule si ça te chante et moi, un petit bourguignon, je ne dis pas non. C'est un homme comme un autre après tout, et comme ça fait des semaines que je n'ai pas, enfin, vous voyez ce que je veux dire, je ne serai pas trop regardante, pour peu qu'il ait deux bras, une bouche et une grosse…

– Léa, veux-tu bien te taire, dis-je, en me bouchant les oreilles.

Xavier et moi éclatons de rire devant son expression, qui a tout d'une petite chatte se léchant les babines devant un bon verre de lait frais. Elle lève les yeux, devient rouge pivoine. Je me retourne, et je comprends son embarras, en voyant le chef se diriger vers notre table, et à la façon dont il la regarde, je pense qu'il n'a rien loupé de notre conversation. Elle rougit de plus belle, plonge le nez dans son assiette en lui jetant par moments des petits coups d'œil discrets. Son intérêt est tellement évident, ça crève les yeux qu'elle aimerait le mettre dans son lit.

– Je peux me joindre à vous ?

Il s'assied à côté de moi sans attendre la réponse.

– Vous avez l'air d'aller beaucoup mieux, Jeanne. Vous avez pris le soleil cet après-midi ?

Est-ce une façon détournée de me dire que je ne travaille pas beaucoup dans le service ? Il est vrai que dès que je peux être à l'extérieur, surtout par ce temps, je n'hésite pas. Je suis une fille de la campagne, j'aime le grand air, les fleurs des champs, l'odeur de la luzerne et du gazon coupé, et j'apprécie tout particulièrement le parc du château, alors j'emmène très souvent mes patients se promener dans les allées.

– Oui, parfaitement, mais j'ai aussi accueilli M. Champdor, comme vous me l'avez demandé et…

– Alors, comment s'est passée votre entrevue ?

Léa et Xavier n'en loupent pas une miette, la fourchette en l'air et le buste en avant.

– Eh bien, hum…

Je me racle la gorge, cherche mes mots :

– Il est déroutant, et somme toute assez antipathique. Il ne sait pas s'il va rester.

– Ah bon ? Mais pourquoi, s'alarme tout de suite le

chef. Vous n'avez pas été trop directe avec lui ? Je vous avais dit d'en prendre soin, d'y aller doucement. Il ne faut surtout pas qu'il nous file entre les doigts, le directeur ne me le pardonnerait pas.

Je ne peux m'empêcher de m'amuser encore un peu à ses dépens.

– Je ne sais pas monsieur, vous ne m'avez rien expliqué, et je ne peux pas le questionner, il paraît encore à fleur de peau. Je ne connais pas son histoire, il faut qu'il me fasse confiance et qu'il se livre, ce qui est loin d'être gagné.

– C'est vrai, je n'ai pas pris le temps de vous briefer, pardonnez-moi. Ce type est une vraie bombe à retardement, il est ingérable, très instable psychologiquement depuis son accident. Sa petite amie l'a quitté alors qu'il était à l'hôpital. Elle ne voulait pas passer le restant de ses jours avec un handicapé, lui aurait-elle dit. Les psychologues font tout ce qu'ils peuvent, mais il est fermé comme une huître, ils ne peuvent rien en tirer.

Le reste de son discours ne m'intéresse plus. Je n'ai retenu que cette phrase : sa petite amie l'a laissé tomber. Alors qui était la jeune fille sur son lit ? Son père a dit quelque chose à son propos, que je n'ai pas relevé sur le moment, il a parlé de sa nièce. Adam est donc célibataire, sans attache, mais avec le cœur en mille morceaux. Alors je décide, subitement, de faire tout ce qui est en mon pouvoir pour l'aider, en dépit de son sale caractère et peut-être même, malgré lui, contre sa volonté. Je vais l'aider. Je *veux* l'aider. Je veux voir dans les yeux de cet homme, quelles que soient ses souffrances passées, une petite lumière d'espoir. Je veux lui apporter du réconfort, l'aider à se reconstruire, lui faire oublier ses douleurs, afin de guérir les miennes.

Ensemble, nous pourrons peut-être nous sauver.

Oh là, oh là, Jeanne, ma fille, tu vas un peu trop vite

en besogne, me sermonne ma conscience. *Qu'est-ce qui te fait croire qu'il voudra te connaître un peu plus ? T'accepter comme sa kiné, c'est une chose, mais faire de toi sa confidente, son alliée, et se livrer, c'en est une autre.*

Et il est tellement beau et sexy, avec cette petite touche de fragilité qui le rend attendrissant. Toutes les minettes du service vont lui tourner autour, de la femme de ménage aux infirmières, en passant par la psychologue et la diététicienne.

C'est le problème des centres de rééducation : il y a beaucoup trop de femmes !

– Alors, je vous le demande encore une fois, Jeanne, je peux compter sur vous ?

Je n'ai absolument rien écouté du discours de mon chef, mais comme je ne veux pas le décevoir, je lui réponds que *oui, je ferai tout ce qui est en mon pouvoir pour que M. Champdor reste parmi nous et apprécie le service kiné.*

Comme s'il n'attendait que cette réponse, il se lève et, sur un bonsoir collectif, après avoir jeté un dernier regard à Léa, il quitte le self. En remarquant la façon dont elle le mate, ou plus exactement comment elle le bouffe des yeux, je lui passe le doigt sur le menton, la faisant sursauter.

– Tu as de la bave, là, lui dis-je, en m'esclaffant.

– Ça se voit tant que ça ?

– Comme le nez au milieu de la figure, rétorque Xavier.

– Il a quand même de belles fesses le salaud, dit-elle en se léchant les lèvres. Hein, Jeanne ?

– Si tu le dis. Moi, il me laisse indifférente, alors que toi, ma belle, tu es subjuguée.

– Aux dernières nouvelles, il est avec Nathalie, rage-t-elle.

– L'infirmière du premier ?

– Celle-là même, une vraie salope, paraît-il. Bref,

changeons de sujet. Et ton patient alors ? Il a l'air d'avoir subi un traumatisme important, tu crois qu'il peut se remettre d'un truc pareil ? S'il est en permanence en colère, c'est peut-être qu'il culpabilise.

Je réfléchis à sa remarque, pour répondre :

– Je ne le pense pas. Selon son père, il n'est pas responsable. Je ne sais pas encore ce qu'il s'est passé, mais je compte bien le découvrir rapidement. Ce que je sais par contre, c'est qu'il a souffert, et souffre encore. Comme beaucoup de personnes sur cette Terre, il est victime d'une destinée. Il ne sait pas encore pourquoi, il ne comprend pas et il lui faudra du temps, mais il devra accepter son accident, ainsi que les séquelles, physiques et morales qui en découlent, il n'a pas le choix s'il veut s'en sortir, et je compte bien lui en faire prendre conscience le plus rapidement possible, dans son intérêt. Plus vite il acceptera, plus vite il se remettra. Bon, je vous laisse, je monte dans mes appartements, terminé-je, en prenant une petite voix de châtelaine guindée, ce que je suis d'ailleurs, puisque j'habite dans l'une des tours.

– Tu ne veux pas sortir ? demande Léa.

Je lui souris piteusement.

– Ne m'en veux pas, Léa, mais je n'ai pas la tête à ça. À demain, je réponds, en leur faisant un petit signe de la main, et en m'esquivant, avant qu'ils ne cherchent à me faire changer d'avis.

***

Je me débarrasse rapidement de mes vêtements pour filer sous une douche brûlante. Les mains à plat contre le mur, les yeux fermés, je laisse l'eau glisser sur mes épaules nouées et sur mon dos, en me repassant le film de la journée. Je fais jouer mes épaules pour les délasser, et j'attends avec angoisse la bouffée de tristesse qui m'assaille tous les soirs dès que je suis seule. Mais ce soir, pas de larmes. Au contraire, aujourd'hui, quelque chose a changé, je ressens comme un renouveau.

J'ai un challenge à relever.

Un patient à sauver.

5

Jeanne

À sept heures cinquante, j'entre dans le service kiné.

Le temps d'enfiler ma tenue de travail, pantalon blanc, blouse blanche, et je suis la première à entrer dans le bureau.

À moi la corvée de café.

Léa arrive à son tour et comme d'habitude, elle me prend dans ses bras. Cette fille a tellement d'amour à donner. Elle est chaleureuse, humaine et en vraie fille du Sud, joviale et toujours de bonne humeur. Son accent chantant et ses reparties me font mourir de rire. Heureusement qu'elle est là, et comme souvent, je me demande ce que je deviendrais sans elle.

Je regarde la grosse pendule du service.

Les minutes paraissent des heures.

Pourquoi cette saloperie d'horloge avance-t-elle au ralenti aujourd'hui ?

J'attends dix heures avec appréhension. Comment vais-je le trouver ce matin ? Allons-nous encore nous affronter ? De quelle humeur sera-t-il ? Cet homme est une véritable énigme.

Les patients défilent et je leur fais leur séance de rééducation dans un état presque second. Xavier est passé me voir, et devant son insistance, j'ai fini par accepter son invitation. Il est parti heureux, en me faisant un clin d'œil, ainsi qu'un grand sourire, les pouces levés. Je me mets à sa place, avoir invité un ami, et se retrouver seuls comme deux ronds de flan, ce n'est pas drôle, mais il ne faudra pas compter sur moi pour mettre l'ambiance, ce n'est pas mon truc, même après quelques verres. Vu mon humeur, je risque au contraire de me mettre à pleurer.

9h58.

J'entends les portes automatiques s'ouvrir et les roues d'un fauteuil crisser sur le carrelage.

Mon cœur manque un battement.

C'est lui, j'en suis sûre !

Comment peut-il me faire autant d'effet alors que je le connais à peine ?

J'entends la voix de mon chef, qui devait l'attendre lui aussi :

– Monsieur Champdor, bienvenue dans le service kiné. Comme vous pouvez le constater, il a été entièrement rénové. Nous avons aujourd'hui un équipement haut de gamme : des ultrasons, des Milta, un grand gymnase que bien sûr vous pourrez utiliser comme bon vous semble. Si vous le voulez bien, je vais vous accompagner au box de votre thérapeute, mademoiselle Dubreuil.

Je rêve.

On dirait un commercial vantant les qualités de son entreprise. Il faut qu'il arrête de lui cirer les pompes, je suis persuadée qu'il n'apprécie pas les ronds de jambe, et les courbettes à mon avis vont vite l'agacer. Je souris malgré moi en entendant mon chef continuer à déblatérer.

Quel boulet !

Je me demande ce que Léa lui trouve. Il a une belle gueule, c'est vrai, et un corps parfait, mais il est rasoir, et à mon sens, il manque cruellement de conversation. Mais comme je dis souvent à Léa, heureusement que nous ne craquons pas sur le même type d'homme, sinon il y aurait des morts.

– Je peux très bien me débrouiller pour trouver ma kiné. Je me souviens parfaitement d'elle. Dites-moi simplement où je dois me rendre.

Qu'est-ce que je disais ?

Mon rythme cardiaque s'accélère. Je ne me suis jamais sentie aussi désemparée avant une première séance avec un patient. J'ai les jambes en coton et les mains moites.

Que m'arrive-t-il ?

Comment vais-je réagir s'il m'agresse à nouveau ?

– Très bien, comme vous voudrez. Elle est au bout du couloir, à gauche. Vous pouvez patienter près des chaises sur la droite. Je vous souhaite une bonne journée, monsieur Champdor, et si vous avez besoin de quoi que ce soit, je suis dans mon bureau.

– Je devrais pouvoir m'en tirer, répond Adam, toujours aussi direct, en s'éloignant.

Je l'entends approcher, et ma tension monte d'un cran.

Je respire à fond, ferme les yeux une fraction de seconde, puis je sors du box, que je partage avec deux autres collègues, actuellement absentes. J'ai demandé au chef de changer pour être à côté de Léa, mais il tarde à me donner sa réponse, certainement par peur que nous ne travaillions pas beaucoup, plus enclines à papoter. Je ne peux pas lui donner tort sur ce point. La plupart du temps, je me sens un peu seule dans cet espace, qui pourtant a l'avantage d'être plus intime, surtout depuis que j'ai placé de-ci, de-là, des tableaux zen pour une ambiance plus chaleureuse. Avec ses grandes fenêtres, il est également très lumineux.

Je le regarde avancer dans ma direction, en actionnant les roues de son fauteuil comme s'il voulait les arracher.

J'allais ouvrir la bouche pour l'accueillir, lorsqu'il me devance, pour dire d'une voix glaciale :

– J'ai été retardé, désolé.

– Ce n'est rien. J'ai entendu. Vous avez passé une bonne nuit ? demandé-je, le plus gentiment possible.

– En quoi ça vous regarde ?

D'accord…

Je me fais violence pour ne pas lui rentrer dedans. C'est

définitif, ce type va finir par avoir ma peau.

– OK, je vois que monsieur est encore de mauvais poil. Vous avez raison, après tout, je m'en moque. Venez, allons nous installer sur une table, afin que je puisse regarder votre cicatrice, et vous mobiliser.

Il ne bouge pas, me retourne un regard noir.

– Je ne devais pas faire des exercices de… comment dites-vous déjà ?

– Pouliethérapie ?

– Oui, c'est ça, pour me remuscler. Je doute que des massages soient efficaces, ou même adaptés, dans mon cas.

Je commence à sentir la colère envahir mon cerveau.

Je vais me le faire ! Je vais l'emplafonner avant la fin de la journée, c'est sûr.

– Vous voulez m'apprendre mon métier ?

– Je ne veux pas que l'on me touche, c'est tout, il n'en est pas question.

– Pourquoi ?

– Parce que, c'est comme ça, je n'ai pas à me justifier.

– Très bien, suivez-moi.

Je n'ai pas envie de me battre avec lui. Du moins pas pour le moment. Il fera une heure d'exercices en cage de poulie, et ensuite, je le masserai, qu'il le veuille ou non.

C'est encore moi le boss, ici !

Je lui demande de s'allonger sur une table, puis j'installe un montage de sangles, de filins et de poulies, lui permettant d'écarter sa jambe sans avoir à en porter le poids. Tout ça sans le moindre mot, sans quasiment le regarder. Il ne desserre pas les dents lui non plus, semblant dans le même état d'esprit que moi.

Je réprime un soupir désabusé.

– Voilà. Je viendrai vous voir dans un quart d'heure.

– Pas la peine, je ne vais pas me sauver.

– Je sais, mais c'est une question de sécurité.

Punaise, il commence vraiment à m'énerver. Est-ce qu'il

va m'écouter ? Au moins une fois ? Juste une fois ?

– Une heure, ça vous va ?

– Parfaitement.

– Alors pour une fois, nous sommes d'accord.

Si nos yeux pouvaient croiser le fer, un combat à mort s'engagerait.

– À l'issue de la séance, vous me montrerez votre jambe, et encore une fois, ce n'est pas négociable. Vous êtes sous ma responsabilité, et ici c'est moi qui décide, que vous le vouliez ou non, que ça vous plaise ou non. À tout à l'heure.

Il me sonde, avant de finir par laisser tomber, d'une voix tranchante :

– Très bien.

Je suis dans un tel état de nerfs que je file aux toilettes me rafraîchir. J'hésite entre taper du poing contre le mur, ou me mettre la tête dans un lavabo rempli d'eau, pour m'y noyer. Je ne fais ni l'un, ni l'autre, me contentant de respirer profondément, pour permettre à mon rythme cardiaque de revenir à la normale.

Je reconnais et j'accepte de ressentir le besoin de tuer mon patient, Adam Champdor.

Je me répète cette phrase comme une petite litanie, alternant avec des ventilations profondes, pour finir par ressentir de l'apaisement, ainsi qu'un détachement certain, que j'espère à toute épreuve. Comme convenu, je passe le voir tous les quarts d'heure, entre deux patients, pour le regarder, de loin, s'échiner sur ses exercices. Il va avoir des courbatures, bien fait pour lui. S'il remarque ma présence, il n'en montre rien.

L'heure passée, j'entre dans la cage, avec la ferme intention de ne pas me laisser déstabiliser par sa mauvaise humeur, par son caractère de chien, et de ne pas m'énerver. S'il comprend qu'il est capable de me faire sortir de mes gonds, il va en profiter, pour me pousser à bout.

– Je vais vous détacher. Ça va ?

– Ça changera quelque chose si je réponds non ?

– Non.

Ça ne sert à rien de vouloir discuter avec lui. Il est le type le plus mal embouché que je connaisse, et pourtant, j'en ai déjà côtoyé, des malades compliqués à l'hôpital, mais des comme lui, jamais. Je voudrais lui en vouloir, lui rentrer dedans, et malgré toute la rage qu'il met à rendre nos rapports compliqués, je ne peux m'empêcher d'avoir de la peine pour lui, et de le plaindre. De tout mon cœur, de toute mon âme, même si j'ai encore envie de l'étrangler.

Je suis trop bonne ! Trop fleur bleue, trop romantique, trop gentille.

Respire Jeanne.

Respire.

Laisse couler.

Il souffre, ce n'est pas sa faute.

Lorsque j'ai fini, je demande :

– Vous voulez bien me laisser regarder votre jambe maintenant ?

Il me sonde quelques instants, rétorque :

– Vous ne lâchez jamais l'affaire vous, hein ?

– Rarement. Essayez de me faire confiance, vous ne le regretterez pas, je vous le promets.

– Très bien, allez-y.

Je tire les rideaux, puis je l'aide à se déshabiller. J'ai à peine les mains sur lui que je le sens se tendre. Son contact m'émeut, ma peau se hérisse. Je ne peux nier qu'à cet instant, il se passe quelque chose. Quelque chose d'indéfinissable. Je ressens sa souffrance, les efforts qu'il fait pour prendre sur lui et ne pas m'envoyer balader. J'aimerais gagner sa confiance, réussir à le détendre, pour lui permettre de ressentir autre chose qu'une agression, qu'il doit considérer comme une de plus. Même si je n'ai pas vécu ce qu'il a vécu, l'accident, le handicap, les doutes, même si je ne ressens pas ce qu'il ressent, même si je ne peux qu'essayer de me mettre à sa place, je le comprends. Je comprends son désarroi face à la trahison de son corps, son impuissance.

– Détendez-vous, je ne vais pas vous faire mal. Fermez les yeux et pensez à autre chose, laissez-moi faire.

Il obéit, sans un mot.

Je palpe doucement, à la recherche de contractures, de zones de tension. Au bout de quelques minutes, il saisit ma main, murmure :

– Ça suffit.

– Pas de problème. Ce que vous m'avez permis de faire est déjà très bien, et je vous en remercie. Je vais vous aider à vous rhabiller.

– C'est bon, je devrais pouvoir le faire. Je ne vous retiens pas.

– D'accord, alors à tout à l'heure. Quinze heures trente, et ne soyez pas…

– En retard, je sais. Même programme ?

– Oui, même programme. Vous viendrez directement ici.

– OK.

Je m'éclipse, le laissant se débrouiller, puisque c'est ce qu'il désire.

***

La séance suivante d'hier ainsi que celle de ce matin ont été en tous points identiques, hormis le fait que j'attends sa venue avec de plus en plus de fébrilité. Il m'intrigue toujours autant, sinon plus, et je me demande quand, à quel moment, il me laissera enfin l'approcher.

Après que je lui en fais la demande, il me laisse lui appliquer un baume décontractant, ce qui en soi, représente une petite victoire. Au bout de quelques minutes, il me demande à nouveau d'arrêter.

Son regard hanté est une véritable torture.

Aussitôt mon massage terminé, je lui tourne le dos, pour me laver les mains. Je ne lui ai quasiment pas parlé, j'ai respecté son silence, son besoin de quiétude, son recueillement. Ses réflexions, aussi, peut-être. Et peut-être commence-t-il à se détendre, à ressentir que mes mains ne lui veulent que du bien.

Je peux toujours rêver.

Je l'entends se remettre au fauteuil, enlever ses freins, avancer puis s'arrêter. Sentant son regard sur moi, je me retourne.

Il lâche, plongé au fond de mes pupilles :

– Merci, Jeanne.

Je suis tellement surprise que je ne réponds rien. Je le suis des yeux, jusqu'à le voir franchir la porte de la pièce commune. Sa solitude me fait mal, me serre le cœur. J'aimerais tellement faire plus pour lui.

Pourquoi suis-je comme ça avec lui ?

Qu'a-t-il de plus que mes autres patients ? Pourquoi est-ce que je me sens si concernée par ce qu'il lui est arrivé ? Pourquoi me suis-je mis en tête de le sauver, malgré lui ? Pourquoi me touche-t-il autant ?

Il faut que j'arrête avec toutes ces questions. Je suis sûre d'une chose, elles ne m'apporteront rien de bon.

***

Le lendemain, j'ai un moment de stupeur en le découvrant devant mon box, quelques minutes avant l'horaire de son rendez-vous, le seul de la journée puisque nous sommes samedi.

Mon sourire se veut engageant.

– Bonjour. Bien dormi ?

– Mieux, merci.

– Est-ce que je peux vous proposer une séance sur table ? Avec un bon massage ? Ça s'est bien passé hier, non ? Vous vous êtes enfin rendu compte que je ne mordais pas.

Il acquiesce :

– Pourquoi pas.

Je m'efforce de lui cacher que sa réponse me sidère.

– Alors venez.

Il me suit docilement, regarde autour de lui, paraissant surpris.

– Pas mal, la déco, c'est vous qui avez installé ces cadres ?

– Oui.

Il est tellement différent d'hier, tellement différent de ce que j'ai connu jusque-là, que je ne sais pas comment procéder, ni me comporter.

Je lui désigne une table de massage.

– Installez-vous.

Il s'exécute.

– Parfait, maintenant allongez-vous sur le dos, et ouvrez votre pantalon s'il vous plaît. Je vais examiner votre cicatrice, vous masser, puis vous mobiliser. Ce ne sera pas long.

À nouveau, il obéit. Il paraît bien docile, subitement. Tellement docile que je me demande ce qu'il me réserve. J'écarte sa jambe de jogging ouverte sur l'extérieur par toute une rangée de pressions.

Pratique !

– Vous êtes fâchée ?

– Non, rétorqué-je. Pourquoi le serais-je ? Vous êtes un patient si sympathique, si drôle, avec toujours le sourire, toujours un mot gentil. J'adore nos discussions, nos éclats de rire. C'est un réel plaisir de vous avoir comme patient.

– Vous vous moquez ?

– Moi ? je réponds, en mettant une main sur mon cœur, et en papillonnant des cils. Pas du tout.

– Jeanne ?

– Mmm ?

– Je m'excuse.

Ah, enfin ! Je commençais à désespérer.

Sa voix est rauque, incroyablement veloutée, elle entre dans chacun des pores de ma peau, s'infiltre sous mon derme.

Il me tend une main, que je regarde, surprise.

– Reprenons depuis le début, voulez-vous ? Je me présente, Adam Champdor, 25 ans, victime d'un accident de moto le 3 avril, polytraumatisé, présentant une fracture de bassin, une fracture diaphysaire du fémur gauche, traitée par enclouage centromédullaire. Entre autres, termine-t-il, avec une grimace.

Je ne peux m'empêcher de sourire à l'énoncé de son dossier médical, puis je saisis sa main, pour la serrer.

– Enchantée, moi c'est Jeanne Dubreuil, votre thérapeute.

– Je suis pardonné ?

– Je ne sais pas encore, il faut que je réfléchisse.

– Prenez votre temps, je ne suis pas pressé.

Quelle différence avec les jours précédents !

Il souffle le chaud et le froid, j'avoue que je suis un peu perdue. Je décide de passer outre, de paraître indifférente, pour me concentrer sur mon travail.

– Je vais devoir remonter un peu votre sous-vêtement pour voir votre cicatrice correctement.

Il bascule sur le côté, pour me laisser dégager le haut de sa hanche. J'effleure sa peau, le sentant frissonner.

– Vous avez confiance en moi ?

– Je ne sais pas encore, il faut que je réfléchisse à la question.

Pour la première fois, nous nous sourions, d'un vrai sourire, sincère et chaleureux, alors que nos iris ne se quittent plus. Je me racle la gorge, pour chasser le trouble qui ne demande qu'à m'envahir. Je me retranche derrière une approche professionnelle.

– Dites-moi si je vous fais mal, d'accord ?

– Pour l'instant ça va, mais la sensation est bizarre.

– C'est tout à fait normal, une cicatrice a une sensibilité particulière, mais la vôtre est souple, fine, et d'ici quelque temps, elle ne se verra plus. Votre chirurgien a fait du beau travail. Tout est parfait.

Je lui parle doucement, calmement, comme à un enfant,

pour le rassurer.

– Replacez-vous sur le dos, s'il vous plaît, maintenant, je vais vous masser. Vous voulez toujours tenter l'expérience ?

– Oui, répond-il.

– Sûr ?

– Sûr.

– Vous ne me demanderez pas d'arrêter au bout de trois minutes ?

– Promis.

Lorsqu'il me fait un clin d'œil, je manque de m'affaler par terre. Je suis dans la mouise. Il faut vraiment qu'il arrête de jouer avec mes nerfs de la sorte.

Il faut que je reste concentrée.

Le boulot. Que le boulot.

Ne pas regarder sa bouche, ni ses yeux, ni son… boxer.

Je me détourne pour verser dans ma main gauche une bonne quantité d'huile de massage relaxante, cent pour cent naturelle, faite à base d'algue, que je fais venir de Bretagne, à laquelle j'ajoute quelques gouttes de gaulthérie, une huile essentielle anti-inflammatoire, et d'hélichryse italienne à action circulatoire. Je frotte mes deux mains l'une contre l'autre. Puis je commence mon massage. Par la cheville, pour remonter, en pressions glissées superficielles jusqu'à sa hanche. Au départ, le massage est circulatoire, léger et rapide, pour devenir plus appuyé.

Je sens son regard sur moi.

Il analyse chacun de mes gestes. Quelques frissons d'appréhension lui échappent à nouveau, lorsque j'approche du haut de sa cuisse.

– Dites-moi si j'appuie trop fort.

– C'est parfait. Enfin, je crois.

Après quelques minutes, je demande :

– Et maintenant ?

– Ça va toujours, à mon grand étonnement.

– Vous voyez, dis-je avec un grand sourire. J'avais raison,

ou pas ?

– Effectivement. C'est même très agréable. Je ne pensais pas qu'un massage pouvait détendre autant.

Il soupire, ferme les paupières, et son visage se détend visiblement. Je suis un peu déçue de ne plus voir ses beaux yeux braqués sur moi, mais au moins, je peux me concentrer sur ce que je fais, et non sur ce que son regard déclenche dans mon corps. Soudain, je me prends à fantasmer comme une malade sur son anatomie, diablement attirante.

Je sais, ça ne se fait pas, mais, malgré moi, des images torrides inondent mon cerveau.

Je rêve que mes mains s'aventurent plus haut, sur son ventre plat, ses pectoraux bien dessinés, ses épaules, ses bras. Il a un corps si parfait. J'aimerais, par mes massages, lui faire oublier ses douleurs, prendre une part de sa souffrance. Que cette jambe, il l'aime à nouveau, qu'elle refasse partie de lui, et qu'il se la réapproprie. Sans m'en rendre compte, mes mains sont devenues caresses, et une bosse se forme sous son boxer.

Houla !

Je ferme les yeux, en m'efforçant d'ignorer ce que j'ai déclenché, bien malgré moi. Mes mains ont dû transmettre mes pensées libidineuses.

En ouvrant les yeux, je remarque qu'il me fixe, avec une lueur indéfinissable dans le regard.

– Vous avez des mains magiques, Jeanne. Pendant quelques minutes, j'ai oublié où j'étais, et ce qui m'était arrivé. Merci infiniment.

– Je vous en prie, monsieur, je réponds, en me raclant la gorge. Tout le plaisir était pour moi. Je suis heureuse que ça vous ait plu.

Non, mais ça ne va pas, c'est quoi cette voix enjôleuse ?

Notre relation a évolué en quelques minutes. De presque affrontement ces derniers jours, nous avons su créer aujourd'hui une intimité, une bulle de douceur et ça, c'est la magie du toucher. Je prends du papier d'examen, pour essuyer l'excédent d'huile sur sa jambe.

– Je peux vous mobiliser ?

– Allez-y, au point où nous en sommes.

– Si vous ne voulez pas, ce n'est pas grave, nous pouvons reporter à lundi. Vous aurez tout le week-end pour vous préparer psychologiquement.

– Non, maintenant.

Je rêve ou il me donne un ordre ?

Je fronce des sourcils, mais je me radoucis immédiatement, face à la lueur d'amusement que je crois déceler dans son regard.

– En fait, depuis le début, vous me testez ?

– Pas que.

– Quoi d'autre ?

– C'est un secret.

– Vous êtes un drôle de personnage.

– Et encore, vous n'avez rien vu.

– Arrêtez de piquer mes phrases, lui reproché-je.

– À croire que nous avons pas mal de points communs, finalement.

– Finalement, oui, en effet.

Pendant notre conversation, je l'ai mobilisé, sans qu'il s'en rende compte. Lorsqu'il commence à montrer des signes de fatigue, à se raidir imperceptiblement, et sans doute à avoir un peu mal, et avant qu'il ne me maudisse pour le restant de la journée, je décide d'arrêter la séance.

– Bien, je vous masse encore un peu, mais brièvement avec un produit froid, et je vous laisse remonter dans votre chambre. N'hésitez pas à demander un antalgique aux infirmières si vous avez mal, elles ont l'habitude, les kinés sont des bourreaux, c'est bien connu, et reposez-vous.

– Ouais, de toute façon, je n'ai pas trop le choix. J'ai été tellement odieux à l'hôpital et au centre que j'ai fait fuir tout le monde. Et vous, que faites-vous ce week-end ?

Tout en l'aidant à se remettre au fauteuil, je réfléchis à une réponse. Sa promiscuité me met dans tous mes états, me donne affreusement chaud.

– J'habite ici, dans une des tours, et j'aime particulièrement bouquiner dans le parc. La vue y est magnifique et je trouve toujours un banc au calme, nous nous verrons peut-être.

– Je serais heureux de passer quelques instants avec vous, Jeanne, alors à tout à l'heure. Seize heures ? J'apporte les cafés.

– Ah ? ! Alors d'accord, pourquoi pas. Je m'occupe des biscuits. Un goûter, ça vous dit ? Vous avez besoin de vous remplumer un peu.

Euh, j'ai peut-être été un peu directe.

Il me regarde bizarrement, un peu soufflé, je crois, par mon manque de tact.

– Oui, parfait, répond-il. Merci encore pour le massage.

Il s'éloigne, un sourire aux lèvres.

La matinée défile, et je ne pense plus qu'à notre rendez-vous.

Ça ne va pas un peu vite, cette histoire de goûter, demande ma petite voix intérieure.

Bah, je verrai bien, ça me passera un moment. Je compte bien en profiter pour continuer de l'amadouer, le questionner, l'inciter à se confier, et comprendre enfin pourquoi il ne peut toujours pas marcher.

Et la façon qu'il a de prononcer mon prénom…

À ce souvenir, mon cœur s'emballe.

6

Adam

Je sors du service de rééducation, puis je prends la direction de ma chambre, en regardant autour de moi. Tout ici m'use les nerfs : ce putain de fauteuil qui n'avance pas et me vrille les bras, cet ascenseur, jamais là quand on a besoin de lui, tous ces éclopés autour de moi, qui me filent le bourdon, me regardent avec pitié, en se sentant obligés de me faire la conversation.

J'entends d'ici leur réflexion : *si jeune et cloué dans un fauteuil, qu'a-t-il bien pu lui arriver ?*

Comme si j'en avais quelque chose à foutre de ce qu'ils ont à me dire, ou même de ce qu'ils pensent. Je sais que je passe pour un parfait connard, mais je m'en branle. Je me contente de les toiser de toute ma hauteur, pour faire taire les commérages. Ma vie ne regarde personne et je n'ai pas envie de raconter mon histoire à des inconnus, même s'ils sont comme moi en fauteuil. Je n'ai rien en commun avec ces gens-là. Avec aucun d'entre eux. Moi, je veux juste me barrer d'ici, et je ne comprends toujours pas pourquoi mon corps me joue des tours.

Pourquoi, malgré toute ma bonne volonté et mon acharnement, je n'arrive toujours pas à tenir debout ni à mettre un pied devant l'autre ? Putain, comme si mon corps refusait maintenant d'avancer.

Je marche depuis que j'ai quoi ? Un an ?

Et aujourd'hui, je suis cloué au sol dès qu'il faut que je

marche, je ne sais plus faire. Je perds tous mes moyens, j'ai les jambes qui tremblent, des sueurs froides, et je finis invariablement par me remettre au fauteuil. Personne n'est capable de me dire ce qu'il se passe exactement, les psychologues qui se sont penchés sur mon cas m'ont obligé à la patience en me disant que c'était normal après le choc que j'ai subi, et qu'il me faudra du temps.

Tous des nuls !

Du temps, je n'en ai pas, ou alors trop au contraire. Ma vie s'est arrêtée cette nuit-là, et les minutes me paraissent interminables.

Ce qui m'horripile plus que tout, ce sont toutes ces nanas autour de moi, les malades comme les employées, qui me matent ouvertement, se retournent sur mon passage, attirées comme des aimants par ma belle gueule, et qui s'acharnent à attirer mon attention. À croire qu'elles pensent me guérir en me maternant ou en me taillant une pipe, mais même ça, ça ne me dit plus rien.

Qu'ils aillent tous se faire foutre !

Après avoir franchi la porte de ma chambre, je respire enfin.

Je me transfère sur mon lit, avec beaucoup de difficultés, en portant ma jambe pour ensuite l'allonger. *J'ai mal.* J'ai fait le mariole pendant les exercices, mais malgré le massage, je sens que la douleur refait surface. *Tant pis.* Rien au monde ne pourrait m'arrêter, je veux récupérer au plus vite pour me tirer d'ici, même si je dois chialer toutes les nuits de souffrance.

Une seule chose pourrait me retenir en ces murs.

Je ferme les yeux, pour me replonger dans les sensations incroyables des mains de ma kiné sur ma cuisse.

A-t-elle ressenti quelque chose elle aussi ?

J'aurais voulu qu'elle ne s'arrête jamais. Qu'elle me masse encore et encore. Partout. Tant c'était agréable, étonnement. Je n'ai jamais rien ressenti de comparable. J'ai même eu une réaction un peu embarrassante.

S'est-elle rendu compte de quelque chose ? Après tout, c'était une réaction naturelle, non ?

Contre toute attente, cette fille me fait de l'effet, et je me suis rendu compte que j'attendais avec de plus en plus d'impatience mes séances de kiné, pour la revoir. Elle est douce, attentionnée, prête à se dévouer pour ses patients, mais avec un caractère bien trempé, ce qui ne gâche rien. Elle a su me tenir tête, m'amadouer, m'amener où elle voulait, pour que je me laisse aller entre ses mains. Elle m'a poussé dans mes retranchements, et honnêtement, je ne le regrette pas. J'ai même apprécié son massage, à ma grande surprise, et j'ai surtout apprécié qu'elle ne me considère pas comme un handicapé, qu'elle ne me ménage pas. J'ai eu l'impression d'être redevenu un mec normal.

Elle est tellement différente des filles que je côtoie habituellement, des pimbêches centrées sur leur nombril, attirées par mon fric et ma moto, et qui ne rêvent que d'une partie de jambes en l'air sur ma belle bécane. Même la dernière en date, Natacha, n'était pas si différente. Je l'ai pourtant pensé, au début, pas trop capricieuse, marrante, et bien roulée. Mais au bout de deux mois, j'en avais fait le tour. Elle était vide et ne m'inspirait plus que de la lassitude. J'aurais rompu de toute façon si elle ne m'avait pas devancé.

Quelle salope quand même !

Même si je ne voulais plus d'elle, quand elle m'a planté sur mon lit d'hôpital, en me rabaissant comme un pauvre chien, j'ai pété un câble. C'était la goutte d'eau qui a fait déborder le vase. Je suis entré dans une rage folle et j'ai tout balancé à travers la pièce. Cette petite pute n'a pas demandé son reste et s'est enfuie.

Qu'aurais-je bien pu lui faire à cette conne, cloué sur mon lit ?

Comme par hasard, mon père est arrivé pile à ce moment-là. J'ai alors détourné les yeux, verrouillé mon mental, ravalé mes larmes de rage, pour m'apprêter à recevoir le sermon habituel : trop gâté, ingérable, orgueilleux. Blablabla. J'ai entendu ce discours des milliers de fois. J'étais épuisé et je voulais qu'on me foute la paix. Alors j'ai écouté sans rien dire, les yeux fermés : les conclusions de la police, le chauffeur ivre, qui nous a foutus en l'air, et qui est maintenant derrière les verrous.

Que risque-t-il ?

Quelques mois de prison, à tout péter ? Alors que ma vie, à moi, est marquée à jamais, et à jamais j'en garderai les séquelles, tant physiques que psychologiques.

Quelle merde !

J'ai fait semblant de dormir, et mon père est parti.

J'en ai ma claque de tout ça, de lui, comme de son entreprise de merde.

À l'hôpital, après l'accident, j'ai largement eu le temps de réfléchir, de faire le point, et j'ai décidé, dès que j'aurai récupéré, de quitter la boîte. Sans Philippe, ce ne sera plus pareil. Nous avions des projets et les mêmes objectifs. Nous nous complétions, nous nous comprenions sans nous parler, nous aurions accompli de grandes choses ensemble.

Seulement, voilà, la vie en a décidé autrement.

Mon père m'a bien eu, en me promettant une totale liberté d'action, en me parlant de transmission, de famille, de flambeau. La société, créée par mon arrière-arrière-grand-père, devait impérativement rester dans la famille, c'était une question d'honneur, et il se sentait fatigué. Il a surtout d'autres ambitions. Mais comme il est incapable de déléguer, et qu'il veut tout régenter, il me traite comme un gosse. Contrairement à ce qu'il veut bien laisser croire, il est incapable de céder sa place.

À quoi ça a servi, putain, de m'avoir envoyé étudier à l'étranger, hormis pour se débarrasser de moi ? J'ai toujours pensé que je le gênais, sans trop savoir pourquoi. Partir pour l'Angleterre a été un déchirement. Laisser ma mère seule avec lui a été un déchirement.

J'avais 18 ans, je n'étais plus un gosse, pourtant, je pleurais tous les soirs, avec la sensation d'être seul au monde, abandonné de tous, même si Philippe était avec moi. J'étais angoissé, incapable de m'habituer à ce pays que je ne connaissais pas, et que je n'appréciais pas particulièrement. D'accord, l'école était prestigieuse et avec les diplômes obtenus, je pouvais prétendre à n'importe quel job en France ou à l'étranger.

Finalement, qu'est-ce que ça m'a rapporté ?

Travailler avec lui dans cette boîte de daube, que je n'ai maintenant plus du tout envie de reprendre seul.

Je me tourne difficilement dans mon lit, pour essayer de trouver une position plus confortable. C'est terrible de devoir toujours rester sur le dos à contempler le plafond, ça restreint l'univers et les perspectives d'avenir.

Je ferme les yeux.

***

Je me réveille en sursaut, complètement désorienté, mais plutôt en forme et reposé. Je regarde l'heure.

Déjà quinze heures !

J'ai dormi combien de temps ?

Dormi ?

Ça fait des semaines que je n'ai pas dormi comme ça, d'un sommeil de plomb, encore moins fait une sieste. Est-ce que le massage m'aurait détendu à ce point ?

Possible.

Les infirmières auraient pu me réveiller, mon repas va être froid.

Je soulève la cloche en plastique dissimulant mon assiette, la repositionne avec une grimace de dégoût, pour me contenter d'un morceau de pain.

En plus, la bouffe est dégueulasse !

J'ai juste le temps de me préparer, avant d'aller rejoindre

Jeanne dans le parc. Tout me prend un temps infini. Je me transfère dans mon fauteuil, me dirige vers mes sacs de fringues, pour troquer mon survêtement contre un pantalon de toile noire, une chemise en lin blanc et mes mocassins Boss d'été en nubuck que j'enfile pieds nus.

Je gagne la salle de bains, me mets debout devant le lavabo, mais très rapidement je suis au bord de l'évanouissement et obligé de me rasseoir, les jambes flageolantes. Je passe une main tremblante sur mon front.

Je ne me suis jamais senti aussi faible de toute ma vie.

Une vraie mauviette !

Moi si sportif, si endurant et si dur à l'effort, je ne me reconnais plus.

Pourtant me préparer pour ce rendez-vous me fait du bien. Je n'ai pas ressenti cette petite excitation depuis très longtemps, depuis plusieurs mois. Une éternité. Draguer ma kiné et l'amener dans mon lit va être un excellent dérivatif. Je me fais tellement chier, qu'il me faut bien trouver quelque chose pour me changer les idées. Lever des filles, je connais par cœur, je sais faire, juste pour le plaisir, sans chercher à m'attacher. Avec ma belle gueule, je n'ai qu'à claquer des doigts pour qu'elles tombent comme des mouches.

Est-ce qu'avec Jeanne, ce sera aussi facile ?

Nos débuts houleux, nos échanges musclés, me laissent à penser que je vais certainement ramer pour arriver à mes fins. De toute façon, il n'y a qu'elle d'à peu près baisable dans le secteur. Ou peut-être cette infirmière, comment déjà ? Lucie. Ouais, pas trop moche. Je verrai bien. Rien ne m'empêche de les draguer toutes les deux.

Je me souviens aussi des parties à plusieurs en Angleterre. Putain ! Qu'est-ce que je n'aurais pas fait pour me sentir vivant à l'époque ? Je me suis comporté comme un parfait salopard. Le fait d'être dans un pays étranger, peut-être, loin de la maison, sans personne pour me juger. Il y a bien eu cette anglaise, Kat. Notre relation a duré combien, trois mois ? J'ai rompu un soir, sans ménagements, en comprenant qu'elle était amoureuse de moi. Elle m'a arrosé de textos et de messages sur mon répondeur, en larmes. Elle voulait me voir, elle avait quelque chose de très important à me dire. Je n'ai pas cédé, puis je suis rentré en France pour les grandes vacances. À mon retour, elle avait changé d'école, et je n'ai plus jamais entendu parler d'elle.

Bon débarras !

Malgré mes dehors de gros dur, voir pleurer une fille me met toujours mal à l'aise, me rappelle trop ma mère. Avec Philippe, il nous est même arrivé de partager la même fille. À ce souvenir, je sens mon membre durcir douloureusement. Plus de trois mois que je n'ai pas tiré un coup. Le souvenir de mon meilleur ami vient instantanément gâcher mon plaisir.

Faites que ces images sortent de mon cerveau !

J'ai envie de hurler.

Je secoue la tête, me force au calme puis je me remets péniblement debout, pour me pencher vers le miroir et m'observer dans la glace sans complaisance.

Putain, j'ai pris dix ans !

Je prends de l'eau en coupe dans mes mains, me frotte le visage. Je passe ensuite mes doigts humides dans mes cheveux pour les discipliner, mais de longues mèches retombent sur mon front. Une fois de plus, je me dis que j'aurais besoin d'une bonne coupe, et je décide de m'en occuper dès lundi. J'ai envie de reprendre figure humaine et de m'occuper un peu de moi.

Un dernier coup d'œil dans la glace puis je sors de la chambre.

7

Jeanne

Je repose mon livre, une romance à succès que j'ai bientôt terminée, m'étire, reprends pied dans la réalité, regarde ma montre, et décide de prendre une douche fraîche, de me raser rapidement les jambes et de me faire belle. *Et pour qui tous ces efforts ?* demande ma conscience, toujours pressée d'appuyer là où ça fait mal.

Mais pour moi, d'abord, pour me redonner du courage. Il faut que je pense à moi, que je prenne soin de moi. Ce n'est pas parce que je n'ai plus d'homme dans ma vie que je dois me laisser aller.

Et oui, aussi pour mon rendez-vous de tout à l'heure.

Je reste un long moment sous le jet glacé, en savourant ses bienfaits, puis je me dirige vers mon lit. Comme j'ai encore un peu de temps avant mon rendez-vous avec Adam, je m'allonge, nue, soudain tentée par une expérience nouvelle. Mes mains, fébriles, parcourent alors mon corps, en manque des caresses d'un homme. Elles s'attardent sur mon ventre, mes cuisses, l'intérieur de mes cuisses, puis sur mon intimité, à la recherche d'un plaisir solitaire. Mes doigts, hésitants, s'immiscent entre les lèvres de mon sexe, pendant que mon autre main pétrit durement mes seins, en faisant darder leurs pointes. Un son rauque s'échappe de ma gorge, et je me cambre, abandonnée à mes propres caresses.

Un doigt maintenant à l'intérieur de moi s'active, puis un autre, et je gémis de plus en plus, des images plein la tête, en m'approchant de l'extase petit à petit. Mes seins sont si lourds, si sensibles. Ils ont besoin d'être malaxés, embrassés, titillés. Je les caresse, les comprime, je torture les tétons, mais rien ne vient.

Un sanglot déchire ma poitrine, tandis que le manque de Julien me vrille le ventre.

Pourtant je continue, le corps en sueur, en tremblant de tous mes membres. J'attends la délivrance. Je mords mon bras pour ne pas crier. Enfin, le plaisir me cueille, me laissant pantelante, bien qu'inassouvie.

Troublée, les joues en feu, je me dis que ce n'était pas une si bonne idée : comment vais-je faire pour ne pas sauter sur mon patient tout à l'heure ?

Mes mains remontent à mes seins et les sensations envahissent mon cerveau. Je les soupèse, je les palpe, et ils me semblent différents, plus lourds, plus sensibles, presque douloureux.

Je calcule rapidement.

Non, ce n'est pas possible !

Pitié, dites-moi que je me trompe.

Je me lève à toute vitesse, pour aller chercher mon agenda au fond de mon sac. J'ai vu Julien il y a quinze jours et j'aurais dû avoir mes règles cette semaine. Je me souviens que quelques jours avant de passer mon examen, j'ai été malade toute la nuit, le stress sans doute. J'ai vomi tripes et boyaux en me tordant de douleurs, sans que Julien vienne une seule fois s'enquérir de mon état. J'aurais pu crever, il dormait bien tranquillement, mais dès que môsieur avait un pet de travers, alors là, c'était la fin du monde, et il fallait appeler police-secours.

Non, mais quel goujat !

Finalement, il a bien fait de dégager le plancher. Quand je repense à tout ce que j'ai vécu par sa faute, j'ai des envies de meurtre. Il m'a vraiment traitée comme de la merde, je n'étais rien pour lui, j'étais juste bonne à être baisée et à m'occuper de sa petite personne.

Je tremble de rage, me force à respirer calmement.

Revenons à nos moutons.

Se pourrait-il que j'aie vomi ma pilule ? Je crois que c'est possible. On peut même être enceinte sous pilule et avoir ses règles. C'est le bordel, quand même !

Mes calculs me laissent entrevoir que oui, peut-être...

Je n'ai jamais le moindre retard.

Que vais-je faire ?

Les choses se mettent en place dans ma tête. D'abord, ne pas céder à la panique. Peut-être qu'il y a une autre explication à ce retard de règles, le choc émotionnel, par exemple. Deuxièmement, acheter un test de grossesse.

Mon Dieu, ça me fait tellement bizarre de prononcer ce mot.

Mes yeux se mouillent de larmes. Ce moment devrait être le plus beau de toute ma vie : être enceinte de l'homme que j'aime, mais cette perspective m'emplit de doutes et d'appréhensions, et mon univers vient de s'effondrer encore une fois en une fraction de seconde.

Et troisièmement, s'il est positif, je vais devoir prendre rendez-vous avec une sage-femme, faire une échographie au plus vite, et prendre une décision.

Non, je ne veux même pas y penser.

Je m'habille rapidement, prends mon sac à main, puis je dévale les escaliers, sans fermer ma porte à clé. Personne ne vient jamais par ici de toute façon, et je n'ai rien à voler, tout ce qui a de l'importance est dans mon sac.

Prête à démarrer, je regarde machinalement l'heure.

15 h 55.

Zut. Adam !

Tant pis. Je suis dans l'incapacité de le voir dans cet état, on dirait une folle. Je démarre en trombes, sors de l'enceinte du château, pour filer à toute allure en direction du centre-ville à la recherche d'une pharmacie. Étant arrivée dans cette ville depuis peu, je ne sais pas trop où me diriger. Je suis dans un tel état de nerfs que je manque d'écraser un adolescent qui traverse en dehors des clous. J'ai dû lui faire une peur de tous les diables, car il se met à vociférer, et il me fait un doigt d'honneur. Si je n'étais pas aussi stressée, j'aurais pu en rire, mais là, franchement, je n'en ai pas envie. Non, en fait, si je n'étais pas aussi stressée, jamais je n'aurais conduit de cette manière, et je me serais excusée.

Je lève le pied, avant de véritablement écraser quelqu'un.

Après avoir demandé mon chemin, je me gare devant une pharmacie. Je me dirige d'un pas décidé vers un guichet, pour demander un *test de grossesse, s'il vous plaît, madame.* La pharmacienne me regarde, un sourire affable de convenance plaqué sur le visage.

Arrête ça tout de suite ou je te fais bouffer ton sourire.

– Vous êtes en retard de combien, demande-t-elle, avec du miel dans la voix.

Je me retiens *in extremis* pour ne pas lui rétorquer : qu'est-ce que ça peut bien vous foutre ?

Au lieu de cela, je lui réponds gentiment :

– Euh, peu, mais j'ai besoin de savoir.

Je chialerais presque.

Allez, Jeanne, calme-toi, les autres ne sont pas responsables. Tu n'as pas de chance, c'est tout, le sort s'acharne sur toi. Un mauvais karma, sans doute.

– Je vais vous donner un test fiable à 99,99 % dès le premier jour de retard des règles. Par contre, je vous conseille d'attendre demain matin pour que vos urines soient plus concentrées, c'est mieux. Je vais vous chercher ça.

Elle revient avec une jolie petite boîte : *Clearblue* ça s'appelle.

Boîte à emmerdes, oui !

– Voilà, mademoiselle, ça vous fera douze euros, s'il

vous plaît.

En plus, ça coûte un bras, cette daube !

Je paie et je me tire en courant avant qu'elle ne m'explique comment il faut que je pisse sur la bandelette.

C'est bon, je sais lire, merci !

Putain, je suis tellement stressée que je vois trouble.

Dans ma voiture, prise de tremblements incontrôlables, je sanglote sans pouvoir retenir mes larmes. Après avoir balancé mon sac sur le siège passager, je pose mon front sur le volant pour essayer de me reprendre.

J'ai trop chaud et je crois que j'ai la gerbe.

Non, je ne vais pas vomir maintenant ?

Eh bien... si.

J'ai juste le temps d'ouvrir ma portière pour ne pas vomir sur mes genoux. Il ne manquait plus que ça. Comme je n'ai rien mangé depuis ce matin, ça fait un mal de chien. Je reprends un peu mes esprits, essuie ma bouche, me redresse et fouille fébrilement dans mon sac à la recherche de la petite bouteille d'eau minérale que j'ai toujours sur moi. Boire un peu d'eau me fait du bien, mais je sens que la nausée n'est pas loin. Je me regarde dans le rétroviseur.

Dans quel état je suis, mon Dieu.

Mon mascara a coulé, mes cheveux sont encore humides et emmêlés et je suis blanche comme un cadavre. Je ne vais pas remonter au château dans cet état. Je prends l'élastique que j'ai autour du poignet, m'attache les cheveux, puis je nettoie les coulures sur mes joues.

Voilà, c'est un peu mieux, je vais pouvoir faire illusion. Faire semblant, ce n'est pas trop compliqué, je suis habituée, mais je sens qu'à l'intérieur, une nouvelle faille de souffrance vient de s'ouvrir.

J'ai une trouille d'enfer !

Je vais devoir encore affronter ce coup du sort. Seule. Je suis désespérément seule à chaque minute de mon existence depuis que Julien m'a quittée. Je ne peux compter sur personne. Peut-être quand même sur Léa et Xavier. En quelques semaines, ils m'ont prouvé que je pouvais leur faire confiance, et une vraie relation d'amitié s'est installée entre nous. Oui, Léa me soutiendra, j'en suis sûre, elle acceptera ma décision, sans me juger. Car je le sais, je le sens, il y a bien un fœtus qui grandit en moi, j'en ai la certitude, et j'ai la certitude aussi que je n'irai pas au bout de cette grossesse.

Comment le pourrais-je ?

Je suis trop jeune, j'ai ma vie à construire, des ambitions. Je ne peux pas garder l'enfant d'un homme qui m'a rejetée. Je n'aurai pas ce courage.

Je prends mon téléphone, compose le numéro de Xavier.

– Salut la belle, ça va ?

– Non Xav, justement, je t'appelais pour te dire que ce soir je ne sortirai pas avec vous. Je suis vraiment désolée.

– Ah non, tu ne peux pas me faire ça ! J'ai parlé de toi à mon pote, et il avait hâte de faire ta connaissance. Tu as une drôle de voix, tu es sûre que ça va ?

– Oui, ne t'inquiète pas, je suis juste un peu fatiguée, et j'ai très mal à la tête, mais ça va passer. Je dois te laisser Xav, passe une bonne soirée, et merci encore pour l'invitation.

– OK, je t'appelle demain, alors.

– En fait, demain, je pensais me reposer. Tu sais, je ne suis pas très en forme en ce moment, alors ne m'en veux pas, mais... on se voit lundi, d'accord ?

– Comme tu veux, répond-il, visiblement déçu. Alors, à lundi.

Je raccroche, encore au bord des larmes. Ça me fait de la peine de lui mentir, et de l'envoyer paître, mais si je commence à parler de ma situation, je vais craquer.

Il faut que je sois forte !

Puis j'appelle Léa, pour lui dire ne pas passer me chercher. Semblant accepter mon mensonge, elle n'insiste pas, à mon grand étonnement, elle d'habitude si curieuse. Plus abattue que jamais, je démarre, pour, de retour au château, gagner les étages comme une somnambule, complètement déboussolée.

Je pousse la porte de ma chambre, marque un temps d'arrêt.

Mon cœur s'arrête de battre un instant, à la vue de la personne dans la pièce.

8

Jeanne

Je cligne des yeux, figée sur le seuil de ma chambre.

– Adam ? Que faites-vous ici ?

Il semble très à l'aise, sûr de lui, et nullement gêné. Devant lui, sur la petite table ronde, sont disposés un thermos, des mugs, ainsi que des viennoiseries.

J'entre, referme la porte derrière moi, en essayant de me donner une contenance.

– Nous avions rendez-vous, non ? Quand je vous ai vue passer dans le hall tout à l'heure, je me suis dit qu'un petit remontant vous ferait du bien.

– Je suis désolée, Adam, je vous ai fait faux bond, pardonnez-moi.

Je baisse la tête, rouge de confusion. Heureusement, mon entrée est un peu dans la pénombre, et la salle de bains tout de suite à ma gauche.

– Vous permettez, je reviens tout de suite.

Je fonce dans la salle de bains, m'enferme, pour ensuite aller m'asseoir sur la baignoire. Je vais lui demander de partir, je ne suis pas en état de faire la conversation. J'ai besoin d'être seule, de me ressaisir, de faire le point.

Je me lève, me passe de l'eau sur le visage, puis je m'inspecte dans la glace. Un soupir désabusé s'échappe de mes lèvres.

J'ai vraiment une sale tête !

Des petits coups contre ma porte me font sursauter.

– Jeanne ? Vous allez bien ? Je peux faire quelque chose ?

– J'arrive.

J'ouvre, pour le trouver devant moi, les yeux inquiets. Tellement craquant.

– Que vous arrive-t-il ? demande-t-il, d'une voix douce.

L'empathie, la sollicitude que je lis dans son regard me touchent, bien plus sûrement que des mots. Cette facette de sa personnalité me surprend agréablement, je ne pensais pas qu'il était capable de s'occuper d'autre chose que de sa petite personne.

Je m'appuie au chambranle de la porte.

J'aimerais me confier, lui dévoiler mon secret, j'aimerais pouvoir en parler à quelqu'un, pour que le poids soit moins lourd à porter.

Nos iris se fixent, ne se lâchent plus.

Mes pensées ne cessent de tourner en rond, plus saugrenues et délirantes les unes que les autres.

Comment cela a-t-il pu m'arriver ? Je ne comprends pas, j'ai l'impression que le ciel m'est tombé sur la tête, et je ne sais absolument pas comment je vais réussir à gérer la situation si je suis enceinte. Je ne voulais pas un bébé tout de suite, une grossesse ne faisait pas partie de mes projets, je faisais simplement l'amour avec mon petit ami, avec l'homme que j'imaginais fait pour moi, et avec lequel je voulais faire ma vie.

Je ne sais même pas si je vais en parler à Julien. Que me dirait-il de toute façon ? Que c'est ma faute ? Que je n'avais qu'à faire attention ? Que je n'ai qu'à me débrouiller. Qu'il n'en a rien à foutre, qu'il ne se sent pas concerné. Le connaissant comme je le connais, c'est très certainement la réaction qu'il aura.

Il me le reprochera, finira par me faire culpabiliser, plus que je ne le fais moi-même.

Ou bien est-il en droit de savoir ?

Je n'en sais rien.

Oh, je ne sais plus, tout se bouscule.

Moi d'habitude si rationnelle, si prévoyante, je suis perdue. Je prends conscience d'une chose, à quoi bon faire des plans d'avenir, des projets, alors que la vie peut basculer en une fraction de seconde.

Je pousse un soupir, redresse les épaules, pour ne pas me laisser envahir par le désespoir. Peut-être que la compagnie d'Adam saura me divertir, me faire oublier ma situation, en plus de m'apporter un dérivatif. Puisqu'il est là. J'aime nos joutes verbales, j'aime me mesurer à lui, le provoquer, avoir raison de sa résistance. Un peu comme un challenge personnel.

– Retournons dans ma chambre.

Il recule, pivote, et je pousse son fauteuil jusqu'à la petite table, pour prendre place en face de lui. Heureusement, ma chambre est de bonne dimension, très agréable, sobrement meublée, mais avec des meubles cossus : un grand lit rustique de chêne foncé, avec le chevet et l'armoire assortis, une petite table rectangulaire faisant office de bureau, une chaise, un fauteuil confortable dans lequel j'aime m'installer pour lire, et cette petite table ronde au centre.

Adam me regarde toujours, comme s'il voulait sonder mon âme, et son regard est doux comme une caresse.

Je me décide à engager la conversation :

– Alors, comment êtes-vous entré dans ma chambre ?

– Par la porte. Je vous rassure, je ne suis pas passé par la fenêtre. Vous l'aviez laissée ouverte, ce qui, soit dit en passant n'est pas très raisonnable. N'importe qui aurait pu entrer.

Il me lance un regard espiègle.

– Effectivement, puisque vous êtes là.

Il rit de ma boutade, se penche, pour me regarder dans les yeux.

Il me sort le grand jeu là, ou quoi ?

– J'avais envie de passer un moment avec vous, continue-t-il, avec un sourire en coin. Après m'être renseigné, je suis monté attendre devant votre porte. Lorsque j'ai remarqué que ce n'était pas fermé, je suis redescendu à mon étage, pour demander que l'on me prépare un thermos de café, et des croissants. C'est dingue, je pourrais réclamer une omelette en pleine nuit, les infirmières réveilleraient le cuisinier. Heureusement que je ne suis pas exigeant.

Il me fait un clin d'œil, me sourit.

Son sourire est tellement doux, enveloppant. Si séduisant. Je détourne les yeux. Mon cœur a fait un bond dans ma poitrine. Je dois me méfier, ne pas me laisser attendrir. Cet homme est très dangereux. Extrêmement dangereux même. Et j'ai bien trop de problèmes en ce moment pour lui laisser la moindre chance de me séduire. Il faut que je coupe court à tout, tout de suite.

– Oui, effectivement, heureusement pour nous tous, je réponds, sèchement.

Son sourire s'efface lentement. Il a l'air surpris.

J'ai conscience d'avoir une attitude détestable, alors que je voulais profiter de sa présence pour me divertir, mais finalement, j'ai hâte de me retrouver seule. Il m'intéresse, c'est vrai, je ne peux nier qu'il m'attire et qu'il me plaît, depuis que mes yeux se sont posés sur lui la première fois, mais la donne a changé.

– Laissez-moi me faire pardonner d'être entré chez vous sans y être invité. Je peux vous servir un café ?

Je me reprends, puis je décide de lui accorder quelques minutes supplémentaires avant de lui demander de partir.

– Oui, pourquoi pas. Ne vous excusez pas Adam, c'est ma faute, je suis dans une mauvaise passe, j'ai des soucis. Ma vie est compliquée en ce moment.

– Je peux vous aider en quelque chose ? J'ai le bras long, vous savez.

Il sert le café, et un délicieux arôme se répand dans la pièce. Après l'avoir remercié, je porte la tasse à mes lèvres, ferme les yeux, pour humer cette bonne odeur.

J'adore le café.

Sauf que… j'ai un haut-le-cœur.

La main sur la bouche, je renverse ma chaise, pour courir jusqu'à la salle de bains, et j'ai juste le temps de mettre la tête dans la cuvette des toilettes, avant de vomir. Comme précédemment, les nausées sont douloureuses, les efforts atroces, des sueurs froides me courent le long du dos, me faisant frissonner. Au bout d'un long moment, je me redresse et j'avance, chancelante, jusqu'au lavabo, pour m'asperger d'eau fraîche, et me rincer la bouche. Un peu rassérénée, je sors de la salle de bains.

– Jeanne, parlez-moi, que vous arrive-t-il ?

Une fois de plus, il est derrière la porte. À le voir si inquiet pour moi, des larmes, que je m'efforce de refouler, inondent mes yeux. Il est hors de question que je craque devant lui. Je ne peux rien lui dire, je ne vais pas lui avouer que je pense être enceinte, je ne le connais pas, je ne peux pas me livrer à un inconnu.

Je sursaute en entendant frapper.

– Vous attendez quelqu'un ? demande Adam.

– Non, personne.

J'ouvre, pour découvrir, avec surprise, qu'il s'agit de Xavier. Ses yeux quittent mon visage, pour regarder derrière moi.

– OK, je vois. Excuse-moi, je ne voulais pas te déranger, dit-il, visiblement en colère.

Qu'est-ce qu'il lui prend ? Pourquoi cette réaction ?

Il fait demi-tour, part à grandes enjambées.

– Attends, Xav, pourquoi pars-tu si vite ? demandé-je, en lui prenant le bras.

Il se retourne si brusquement que je manque de lui rentrer dedans.

– Tu avais une voix bizarre tout à l'heure, j'ai préféré passer pour voir si tout allait bien, si tu avais besoin de quelque chose, mais visiblement tu as tout ce qu'il te faut. Tu aurais pu me dire que tu ne voulais pas nous voir pour passer du temps avec ce type.

Il me fait quoi, là ? On dirait une crise de jalousie.

– Xavier, s'il te plaît. Je suis réellement malade et fatiguée, je ne t'ai pas menti. Adam était là quand je suis revenue dans ma chambre, après être allée à la pharmacie.

– Adam, répète-t-il, d'un ton sarcastique. Déjà intimes, à ce que je vois.

– Mais qu'est-ce que tu as à la fin ? C'est un patient comme les autres, et toi tu es mon ami.

– Et si j'ai envie d'être plus qu'un ami ?

Il s'approche de moi, me prend aux épaules.

– Jeanne, ça fait longtemps que…

Il marque un temps d'arrêt, reprend :

– Nous nous connaissons depuis peu, je sais, mais j'ai l'impression de te connaître depuis toujours. Tu es tout ce que…

Oh non, je sais ce qui va suivre, et je n'ai pas envie d'entendre ça.

Pas maintenant…

Percevant du bruit, je regarde derrière moi. Adam a les yeux braqués sur nous. Je connais ce regard, je le lui ai déjà vu, et je ne l'aime pas du tout. Les deux hommes s'affrontent. Un vrai combat de coqs. J'en aurais pleuré de rire si je n'étais pas aussi dévastée.

C'est quoi ce délire ? Je ne lui appartiens pas, pour qui se prend-il ?

– Je crois que je vais vous laisser, dit Xavier, en ne cessant de dévisager Adam. Je t'appelle demain, tu peux au moins venir manger avec nous, et j'ai vraiment besoin de te parler.

– D'accord, je viendrai, dis-je, en m'approchant.

Il me fait un baiser sur la joue. Je le regarde partir avec une petite pointe de déception et de regrets. Il est mon ami, mon seul soutien, avec Léa, il sait tout de moi, et jusque-là, j'avais confiance en lui.

J'ai même pensé qu'il était gay.

Comment ai-je pu me tromper à ce point ?

Je vais devoir m'en expliquer avec lui demain. Si j'ai fait quelque chose, si j'ai eu une attitude laissant à penser qu'il pouvait avoir des chances d'être avec moi et d'être plus qu'un ami, je vais devoir m'en excuser. Pourtant, il sait bien, lui, plus qu'un autre, ce que je vis en ce moment. Il sait que j'ai le cœur brisé, et que je ne peux pas me lancer dans une autre aventure.

C'est du grand n'importe quoi !

Je me tourne vers Adam.

Lorsqu'il me prend délicatement la main, son contact m'électrise, mais je m'oblige à afficher de l'indifférence.

– Venez…

Je baisse la tête vers lui, lui échappe.

– Non Adam, j'ai besoin d'être seule.

Je l'abandonne au milieu du couloir, pour rejoindre ma chambre, sans me retourner. Je ferme la porte, à clé cette fois, et comme un automate, je me saisis de mon livre, pour aller m'asseoir dans mon fauteuil, les jambes repliées sous mes fesses. Je ferme les yeux un moment, la tête sur le dossier du fauteuil, infiniment triste et lasse.

Je suis si fatiguée. Je ne me suis jamais sentie aussi fragile ni démunie.

J'ouvre les yeux, pour ne pas me laisser gagner par le sommeil, pour trouver refuge et oubli dans la lecture, comme d'habitude. Les livres ne m'ont jamais déçue. Ils sont ma grande passion, et je dévore depuis que je suis en âge de lire, parfois plusieurs livres en même temps. Mes lectures de prédilection sont surtout les grands romans d'aventures, ou de chevalerie, les sagas où des héroïnes hautes en couleur vivent des tas de turbulences au nom de leur amour, des romans historiques, et depuis peu une littérature plus légère, sentimentale, érotique. Ils m'ont toujours apporté l'évasion, le divertissement dont j'avais besoin lorsque je vivais des moments difficiles. J'espère qu'aujourd'hui il en sera de même.

Mes yeux parcourent les lignes, j'attends le petit frisson d'excitation habituel, mais rien ne vient. Je ne comprends même pas ce que je lis ! Pour la première fois de ma vie, je suis incapable de me concentrer sur ma lecture.

Épuisée, à bout de nerfs, je gagne mon lit et m'allonge, pour m'endormir presque immédiatement.

9

Adam

Putain, c'est quoi ce bordel ?

Je me suis fait envoyer sur les roses, pour la toute première fois de ma vie. Je n'y comprends rien, tout allait bien, je lui faisais les yeux doux, tout en ne pouvant m'empêcher de fixer sa bouche pulpeuse, ses lèvres pleines, les imaginant déjà autour de moi.

Bordel de merde.

Adam, mec, tu déraillles.

Comme je m'y attendais, je vais avoir du mal à l'attirer dans mes filets. Ça ne me gêne pas, j'aime quand les choses sont compliquées. J'aime les challenges et les défis, les poussées d'adrénaline, c'est pour cela que je ne me reconnais plus depuis l'accident. Ce mec en fauteuil, incapable de tenir sur ses jambes, ce n'est pas moi. Il faut à tout prix que je trouve une motivation, un but, pour renaître à la vie.

Un léger sourire aux lèvres, je reprends la direction de ma piaule. Au loin, j'aperçois Lucie, qui passe de chambre en chambre, pour la distribution des médicaments du soir. Je décide de l'attendre sur mon lit, décontracté, chemise légèrement ouverte. Ça leur fait toujours de l'effet.

Je m'installe, ferme les yeux, pour revoir en pensées les événements de l'après-midi.

Se pourrait-il qu'elle soit enceinte ?

Ce regard de biche blessée, cette lueur au fond de ses yeux, son comportement, si différent de ces derniers jours, il y a forcément une explication.

Je m'endors, sans m'en rendre compte, mon corps, malgré moi, encore épuisé par l'accident.

***

Des bruits de voix s'élèvent du salon.

J'entends ma mère sangloter, mon père crier, comme presque tous les soirs. Mon cœur tambourine dans ma poitrine. Je dois descendre la protéger, il n'a pas le droit de s'en prendre à elle.

Ce n'est qu'un pourri !

S'il n'arrête pas de la maltraiter, un jour, je le tuerai, j'en fais le serment !

Pourquoi a-t-il changé à ce point ?

Avant, il n'était pas comme ça, mais depuis quelque temps il boit trop, et quelles qu'en soient les raisons, il s'en prend à ma mère.

Je descends quelques marches d'escalier, sans faire de bruit, et, caché dans la pénombre, j'assiste impuissant à la scène qui se déroule sous mes yeux dans le salon, toutes portes béantes.

– Je t'en prie, Adam dort. Il… il a du mal à s'endormir en ce moment et il fait des cauchemars. Ne le réveille pas, s'il te plaît.

– Je crie si je veux, je suis ici chez moi. Viens par là.

Il la tire par les cheveux, la bascule sur le dossier du sofa. Il lui relève sa jupe, déchire sa culotte, et ouvre son pantalon. Je le vois de dos s'acharner sur ma mère avec des « han » de satisfaction.

– Tu aimes ça, hein, salope ? Je t'interdis de te refuser à moi, tu entends ? C'est quand je veux et où je veux, c'est moi le maître ici.

Ma mère ne répond rien. J'entends des sanglots étouffés, et quelques mots, prononcés d'une voix suppliante.

J'en ai assez vu, je m'enfuis dans ma chambre. Incapable de retrouver le sommeil, je repense aux événements de ces dernières semaines. J'ai entendu quelques conversations entre mes parents. Apparemment, la boîte est au bord de la faillite et mon père doit trouver de nouveaux investisseurs. Il travaille beaucoup, il est toujours sur les routes, rentre à des heures indues et passe toutes ses soirées avec de futurs clients.

Mes copains m'envient d'avoir un père ambitieux, travailleur, menant son entreprise de main de maître.

Seulement, voilà, la réalité est tout autre.

À la maison, c'est un tyran, un dominant, un être abject qui ne supporte rien ni personne, et moi encore moins que tous les autres. Dès que je fais le moindre bruit, je me fais disputer. Tout petit déjà, j'ai appris à jouer avec mes petites voitures sans qu'un seul son ne sorte de ma bouche. Le son, je l'avais dans ma tête, pour moi tout seul. J'ai des tonnes de jouets derniers cris, mais je me sens toujours désespérément seul. Heureusement, il y a Philippe, mon meilleur ami, le frère que je n'aurai sans doute jamais. Philippe et ses parents venaient souvent à la maison, avant. Le père de Philippe et mon propre père sont amis d'enfance, eux aussi. Banquier de son état, il soutient depuis longtemps l'entreprise familiale. Nous passions des week-ends entiers ensemble, nous partions au ski et à la mer ensemble, mais plus depuis quelque temps, sans que j'en connaisse les raisons. Je les considère quand même comme ma seconde famille, car à part ma grand-mère maternelle, qui habite à quelques pâtés de maisons, et chez qui je me réfugie souvent, personne ne s'occupe de moi. Ma mère travaille à l'entreprise comme secrétaire-comptable, et rentre aussi très tard. Alors, après l'école, je vais chez ma grand-mère et en arrivant chez elle, je me réfugie dans ses bras. Elle me serre fort contre elle, sans un mot, pour m'apporter tout l'amour qui me fait défaut à la maison.

Ma mère m'aime, je le sais. Souvent elle s'interpose entre mon père et moi, sinon il m'aurait tué à coups de ceinturon depuis longtemps. Il a des idées bien arrêtées sur l'éducation.

J'entends des pas. Je me tourne contre le mur en faisant semblant de dormir. Elle s'allonge près de moi, me prend contre elle et le nez dans mes cheveux, elle sanglote doucement. Encore une fois, je me demande pourquoi elle le laisse lui faire ces choses sans rien dire, pourquoi elle ne le quitte pas. Il faudra que je lui pose la question.

Un jour.

Quand je serai plus grand.

***

Je me réveille en sursaut et en sueur, complètement désorienté.

Où suis-je ?

Je reprends pied dans la réalité. Je n'ai plus 11 ans, ne suis pas à la maison, mais dans ma chambre au château, et mes médicaments sont dans une petite coupelle sur la desserte près de mon lit.

J'ai loupé le passage de Lucie.

Je mets les comprimés dans ma main, je me sers un grand verre d'eau, et je les avale tous d'un coup. J'en ai marre de bouffer ces merdes, mais sans ces médocs, j'aurais trop mal. La douleur dans ma jambe est latente, quoi que je fasse, elle ne demande qu'à prendre possession de mon cerveau. À l'hôpital, j'ai cru que ma tête allait exploser.

Les médecins m'ont dit que c'était le choc post-traumatique, et que c'était normal. Tout est toujours normal avec eux. J'aurais hurlé à la mort pendant des heures. Alors j'ai demandé qu'ils augmentent les doses, pour ne plus souffrir, ne plus penser, ne plus me souvenir, et depuis, je suis accro à ces pilules. C'est décidé, à partir de demain, je vais les diminuer pour me sevrer. Peut-être en rognant chaque comprimé tous les jours un peu plus. Je ne veux pas devenir un junky, j'ai besoin de toute ma tête si je veux racheter la boîte que je convoite, pour enfin voler de mes propres ailes.

La semaine dernière, j'ai contacté Jimmy, un ami anglais, un pro de la finance, pour lui demander de monter mon dossier et de faire une proposition intéressante au vendeur. Le connaissant, celui-ci n'aura plus qu'à signer au bas de la page et empocher son fric.

Des coups discrets résonnent contre ma porte.

– Entrez.

– Bonsoir, Adam. Est-ce que je peux vous inviter à dîner ?

Je reste con, me reprends, pour finir par laisser tomber :

– Oui, pourquoi pas, vous me donnez quelques minutes ?

En m'asseyant au bord du lit, un peu trop rapidement, j'ai un vertige.

Immédiatement, Jeanne s'approche pour me soutenir.

– Avez-vous mangé aujourd'hui ? demande-t-elle.

Je fais une grimace, pris en flag.

– Rien à midi, c'était dégueulasse, et je viens de prendre mes médocs. J'avais bien prévu quelques croissants pour le goûter, mais ça a foiré. Je me suis fait méchamment jeter, et je suis reparti, toujours aussi affamé.

Pourquoi me regarde-t-elle comme ça ?

Eh oui, peut-être qu'il y a un sens caché, poupée, c'est bien mon genre, les sous-entendus.

– Je suis vraiment désolée, je n'étais pas dans mon état normal, vous me pardonnez ?

– Je ne sais pas trop, vous m'avez outrageusement offensé,

jeune fille, je réponds, en roulant des yeux.

Lorsque je perçois son sourire, timide, doux et triste à la fois, quelque chose vibre au fond de ma poitrine, sans que je sache très exactement quoi.

– Il va falloir vous racheter, continué-je, en lui rendant son sourire. Et je ne serai pas tendre. Je vais mettre la barre très haut.

– Pas de problème, je suis prête à relever le défi. Si nous allions dîner pour commencer ? Vous voulez que je vous accompagne à la salle de bains ?

– Très bonne idée. Vous allez m'aider à prendre une douche.

Elle me regarde, éclate de rire. D'un rire frais et cristallin, qui me bouleverse.

– Ah non, vous vous trompez, moi je suis votre kiné, pas votre infirmière. Vous voulez que je vous appelle quelqu'un ?

– Oui, s'il vous plaît. Puisque je ne peux pas vous avoir, demandez Lucie, j'aime bien quand elle s'occupe de mon corps. Ceci dit, vous auriez pu remonter dans mon estime en acceptant.

Une lueur traverse son regard.

Serait-elle jalouse ?

Elle me veut déjà pour elle toute seule ? Alors il va falloir te défoncer, poupée, la compétition va être rude.

Elle reste silencieuse un moment.

– Pas ce soir, désolée, peut-être une autre fois, je vais voir si je trouve Lucie.

Elle sort en claquant la porte, me prenant à mon propre piège. Je pensais vraiment qu'elle allait accepter, à regarder sans cesse mes pectoraux dénudés. Peut-être que nous ne serions même pas descendus manger après tout. J'ai dans l'idée d'autres appétits, d'autres mets, et j'ai bluffé pour Lucie, juste pour l'emmerder.

Je vais jusqu'à la salle de bains, commence à me déshabiller en me tenant d'une main au lavabo, lorsque la porte de ma chambre s'ouvre à la volée, tandis qu'une voix, vieille de 120 ans gueule mon nom.

Je regarde dans le miroir, et je manque me casser la gueule.

Putain, c'est qui cette femme ?

Un petit tonneau sur pattes, vieille et moustachue. Jeanne m'a bien eu, en envoyant la plus moche de l'établissement.

Je ne l'avais encore jamais vue.

Elle l'a dégotée où, sérieux ?

– Vous avez besoin d'aide à ce qu'il paraît. Monsieur veut prendre une douche ? demande-t-elle, d'un ton revêche.

– Euh, je suis trop fatigué finalement. Merci beaucoup, madame, mais je vais me débrouiller, je suis désolé de vous avoir dérangée.

– Ah, ces jeunes ! Bon ben, je vous laisse, alors. Je suis là toute la nuit, appelez-moi si vous avez besoin.

– D'accord, madame, je n'y manquerai pas. Bonne nuit.

Je claque la porte de la salle de bains derrière elle. J'aimerais fermer à clé, mais c'est impossible.

Casse-toi, la vieille, tu me fais flipper !

Rien que de penser qu'elle hantera les couloirs cette nuit, je ne suis pas rassuré.

Je me débrouille pour prendre une douche rapide, assis sur un petit tabouret en plastique, en faisant attention de ne pas glisser. Tout, plutôt que de laisser cette vieille bonne femme poser ses mains sur moi.

Une serviette autour de la taille, je jette un dernier regard dans le miroir, me remets au fauteuil, puis je sors de la salle de bains. Jeanne est assise sur mon lit, les jambes croisées. Ses yeux accrochent les miens, puis descendent comme une caresse le long de mon corps, pour se fixer sur ma serviette. Je frissonne, en sentant des gouttelettes glisser dans mon dos. À moins que ce ne soit autre chose. Encore une fois, il se passe quelque chose d'indéfinissable dans mon corps.

Je la regarde.

Je ne peux en détacher le regard. Elle est belle, vraiment

très belle, sa tenue décontractée, mais terriblement sexy.

– Je vais vous aider, dit-elle, alors que je me lève pour me transférer sur mon lit. N'allez pas glisser, dites-moi où trouver vos vêtements, je vous apporte ce dont vous avez besoin.

– OK, alors... hum... un boxer noir... là, dans le petit sac, et dans le plus grand vous trouverez un jean et un polo, noirs, ça ira très bien, merci. Et le pull également, celui qui est sur la chaise.

C'est plutôt bizarre de voir une fille tripoter mes vêtements. Jamais je n'ai laissé quelqu'un s'occuper de moi de cette façon.

Jeanne revient vers moi avec ce que je lui ai demandé, me tend mon boxer, puis elle pose les autres fringues à côté de moi sur le lit. Instantanément, je l'imagine à genoux devant moi, afin de m'aider à m'habiller. J'ai les yeux fixés sur ses seins, fièrement maintenus par ce qui me semble être un balconnet de dentelle noire, et à l'évocation de la scène, je sens mon sexe se réveiller.

Putain, il faut que j'arrête, sinon je vais lui sauter dessus, là, maintenant.

– Vous voulez que je vous aide à vous habiller, ça, je sais faire, j'ai l'habitude.

– Non merci, je vais me débrouiller, je réponds, un peu trop vite.

– Bon, alors je vous attends dans le couloir.

Elle sort de ma chambre, avec une démarche de danseuse, tout en souplesse. Ses fesses rondes se balancent sous sa jupe en un ballet plus que diabolique. Elle a un cul magnifique.

Je bande dur cette fois.

Il me faut cette fille.

Avec un soupir, je m'habille en quatrième vitesse, pour ne pas la faire attendre, de peur qu'elle ne se volatilise.

Je colle mes fesses dans mon putain de fauteuil, place

mon pull sur mes épaules, et je me rue vers la sortie.

Elle m'attend bien sagement, face à la porte, les mains derrière elle sur la main courante, faisant ressortir ses seins. Je suis subjugué. Sa silhouette voluptueuse m'attire irrésistiblement. Elle est encore différente de cet après-midi, un peu maquillée, mais sans excès, ses cheveux mi-longs légèrement ondulés. Sa peau brille.

Je ne sais pas si elle a conscience de ce qu'elle dégage, et c'est peut-être ce qui la rend si sexy et unique.

– Bon, on y va, avant que la cafétéria ne ferme ?

– Oui, Jeanne, on y va, je réponds, avec un grand sourire.

10

Jeanne

Lorsque nous entrons dans la cafétéria, au sous-sol, normalement réservée aux membres du personnel, tout le monde nous regarde. Adam a l'air gêné, mais moi je souris à la ronde, en lançant un grand *bonsoir, tout le monde, bon appétit.*

Je dirige son fauteuil vers une table, isolée de la salle par des croisillons de bois et de grandes plantes vertes.

– Voilà, nous devrions être un peu tranquilles. Ne vous inquiétez pas, ils vont nous regarder un moment puis ils se lasseront. Ils ont l'habitude des histoires. Ici, tout le monde couche avec tout le monde.

Je m'assieds en face de lui, replace ma jupe sous mes fesses, et mon pied par inadvertance bute le sien.

Il retient une grimace.

Quelle conne !

J'ai dû taper dans sa jambe fracturée.

– Oh, je suis sincèrement désolée, je vous ai fait mal ?

– Ce n'est rien, Jeanne, je survivrai.

Il me regarde intensément.

– Et vous, vous couchez avec qui ?

Mon rire résonne dans la salle, et des têtes se tournent dans notre direction.

– Je ne crois pas que ça vous regarde.

Pour ne pas me laisser envahir par le trouble qui prend possession de mon cerveau, ainsi que de mon corps, une fois de plus, je me lève pour aller chercher les plateaux-repas, puis je raconte les histoires du château, volubile, comme toujours lorsque je suis en proie à une certaine nervosité.

Adam rit à chacune de mes anecdotes, franchement surpris de tant de libertinage en ces murs : les patients entre eux, (il n'est pas rare que les aides-soignantes trouvent deux personnes dans le même lit le matin en faisant leur tournée !), mon chef avec des patientes, puis aux dernières nouvelles avec une infirmière du premier, le médecin du deuxième étage avec une infirmière également, et les kinés entre eux, ou avec des patients. Le centre est un microcosme, un lieu à part, où tout se sait et où les bavardages vont bon train, tout comme les histoires sentimentales. Les couples se font et se défont, des histoires d'amour naissent, des liens se tissent. Les patients en perte de repères, loin de leurs familles, cherchent du réconfort entre eux, ou auprès de nous, pour oublier leur quotidien, leurs douleurs, leurs doutes, ou leur mal-être.

Il participe à la conversation, en posant de temps à autre quelques questions. Le plus souvent, il m'écoute sans rien dire, en fixant mes lèvres. Il mouille les siennes, se passe la main dans ses cheveux trop longs qui invariablement lui reviennent dans les yeux, le regard perdu, et je me sens… attirée.

Irrésistiblement.

Invariablement.

Trop, évidemment.

J'évite, autant que faire se peut, les questions personnelles, et je reste évasive sur ma situation actuelle, tant et si bien qu'il me reproche d'être secrète, de ne rien dévoiler.

S'il savait !

Il me cuisine, mais je ne lâche rien. Puis, à mon tour, je lui pose toutes sortes de questions : ses parents, son métier, tout en évitant l'accident.

Je sentirai quand il sera prêt.

Il me parle de ses projets, et, la main sous la joue, la

tête penchée, je l'écoute, conquise. Il est tellement passionné, passionnant, d'une énergie débordante, alors qu'est-ce qui cloche chez lui ? Il est plus profond qu'il n'en a l'air, il joue les gros durs arrogants, mais en réalité, il semble plein de douceurs, de bonté, de sensibilité, et sa voix seule me fait fondre. Au creux de mon ventre se propage une chaleur que je connais bien. Je savais que me donner du plaisir cet après-midi avant mon rendez-vous avec lui était une mauvaise idée. Une très, très, très mauvaise idée.

Cela n'a fait que me mettre le feu quelque part.

Mes yeux ne le lâchent plus. Le noir de son polo fait ressortir l'ambre doux de son regard, et par l'ouverture de son col, je peux apercevoir un petit triangle de peau. Une fois de plus, j'ai envie d'en découvrir la texture, la douceur, d'y poser mes lèvres, d'en lécher chaque millimètre carré, jusqu'à le faire gémir.

– Je vous ennuie avec mes histoires ?

– Oh non, Adam, pas du tout, pardonnez-moi si je vous ai donné cette impression, au contraire, vous racontez à merveille, je réponds, en me raclant la gorge, le feu aux joues, et affreusement gênée par mes pensées érotiques. Je peux vous poser une question, mais je vous autorise à ne pas répondre si elle vous dérange.

– Rien de ce que vous me direz ne pourrait me contrarier, Jeanne, c'est un plaisir de discuter avec vous. J'ai la sensation de retrouver une vie presque normale, si je n'étais cloué dans cette saloperie de fauteuil. Merci d'être venue me chercher, de m'avoir sorti de ma chambre où j'allais me morfondre comme tous les soirs, pour finir par broyer du noir. C'est tellement morbide, ici.

Je lui souris.

Je comprends sa solitude, elle fait tellement écho à la mienne. Nous sommes deux échoués de la vie, deux laissés pour compte, deux écorchés, avec le corps, ou le cœur, brisés.

Même peut-être les deux dans son cas.

– Justement, vous avez les capacités de marcher, c'est indéniable, vous avez l'autorisation de votre chirurgien pour appuyer sur votre fémur puisqu'il est verrouillé, et que la fracture est intégralement consolidée, alors, pourquoi êtes-vous encore dans ce fauteuil ?

Il semble réfléchir, chercher des réponses sur mon visage, que je ne suis malheureusement pas encore en capacité de lui fournir.

Il finit par soupirer.

– Je n'en sais rien, je ne le comprends pas moi-même. J'ai l'impression que quelque chose est brisé en moi. Je le voudrais, bien sûr que je voudrais marcher, mais dès que je suis debout, mes jambes se mettent à trembler, j'ai des sueurs froides, et je suis obligé de me rasseoir sinon elles cèdent et je tombe. Ils m'ont fait tout un tas d'examens à l'hôpital, je n'ai aucune lésion nerveuse, alors les médecins m'ont dit que c'était psychologique.

– Vous avez fait de la balnéothérapie dans le précédent centre ?

– Oui, mais je me débrouillais seul, alors la plupart du temps, je barbotais dans un coin jusqu'à ce que j'en aie ras-le-bol, et je me tirais.

– Vous n'avez pas essayé de faire quelques pas ? Ils vous ont expliqué que lorsque vous avez de l'eau jusqu'aux épaules, vous ne pesez plus que dix pour cent de votre poids total, d'où l'intérêt de la balnéothérapie ? De plus, le fait d'appuyer active la consolidation osseuse.

– Non, ils ne m'ont rien dit de tout ça. À vrai dire, ils me laissaient de côté. J'ai été catalogué patient à risque, caractériel, ingérable, alors ils ne venaient pas trop se frotter à moi, répond-il, avec un sourire en coin.

J'ai soudain une idée saugrenue, surréaliste et inattendue. Je n'en ai absolument pas le droit, mais tant pis, je prends le risque.

Je dois être complètement folle.

Je me racle la gorge.

– Il n'est pas trop tard, et j'ai les clés du service, je pourrais vous donner votre première séance de balnéothérapie, et voir un peu ce qui ne va pas. Nous pourrions faire une petite promenade dans le parc pour digérer, puis aller chercher nos maillots, ça vous dit ?

– Oui, avec plaisir. Mais, ce n'est pas autorisé, je suppose ?

– Vous supposez bien, alors je compte sur vous pour ne pas tomber, car j'aurais de gros ennuis. Nous allons attendre que les couloirs soient déserts, ni vus ni connus, chiche ? je réponds, avec un grand sourire.

Une étincelle s'allume dans son regard.

– Chiche, et promis, je ne tomberai pas.

Je m'occupe des plateaux, puis je suis Adam vers la sortie. Nous sommes les derniers, et les lumières s'éteignent dès que nous franchissons les portes.

Dans l'ascenseur, ma température monte d'un cran. Je ne peux m'empêcher de le détailler discrètement, focalisée sur ses lèvres, sa mâchoire carrée, diablement virile, ses traits fins, ses mains posées à plat sur ses genoux. Je les imagine sur mon corps, expertes, impatientes, exigeantes. Je les vois me caresser, me torturer, s'immiscer à l'intérieur de moi. Ses longs doigts aux ongles parfaits, entameraient un lent va-et-vient, pour devenir de plus en plus rapides, aller de plus en plus profond, jusqu'à me faire défaillir de plaisir.

Je m'arrête là, le souffle un peu court.

Sentant mon regard insistant, il lève légèrement la tête, me fixe à son tour, alors que je m'empresse de me détourner, le rouge aux joues, pour me concentrer sur mes ballerines.

Les portes s'ouvrent avant qu'il n'ait le temps de dire un mot. Nos yeux se parlent, et j'ai la sensation qu'il est aussi bouleversé que moi. Je m'éclaircis la voix, l'invite à sortir, puis je me place derrière lui, pour pousser son fauteuil à travers le parc jusqu'à la balustrade, avec l'idée de profiter de la vue ainsi que des derniers rayons du soleil. Il est vingt heures trente, et il n'y a plus personne. Les patients sont déjà tous dans leurs chambres, chacun certainement installé devant son téléviseur. Parfois, les animatrices organisent des soirées, ou des veillées jeux, mais à ma connaissance, pas ce soir.

Tout en contemplant le magnifique coucher de soleil, je sens la mélancolie me gagner. Adam, à mes côtés, est tout aussi silencieux. Je lui coule un regard en coin. Sa mâchoire est serrée, ses masséters se contractent, ses yeux, perdus à l'horizon, sont voilés. Il me fait de la peine. Jamais je ne me suis sentie aussi impliquée ni touchée par un patient, et pourtant, en trois ans d'étude, j'en ai eu, des jeunes, des moins jeunes, avec des histoires compliquées, mais cet homme me bouleverse. La détresse dans son regard, comme maintenant, fait vibrer une corde sensible au fond de mon cœur.

Que lui est-il arrivé, bon sang, pour qu'il soit dans cet état ?

J'aimerais tellement pouvoir l'aider, faire plus que mon travail. Je sais qu'il ne faut pas, que je ne devrais pas m'impliquer à ce point avec lui, mais je suis déjà allée trop loin, je ne peux plus reculer. Même si j'ai pleinement conscience de me mettre en danger, je me sens dans l'incapacité de faire marche arrière.

C'est trop tard.

Se sentant observé à nouveau, il lève les yeux.

– Mettez-vous debout en vous tenant à la balustrade, je demande, subitement.

Sans poser de question, il se penche pour enlever ses cale-pieds, et, tout en prenant appui sur la barre devant lui, il se redresse à la force des bras.

– Servez-vous de vos jambes, elles sont là pour ça.

Je me place derrière lui, mets mes mains sur ses hanches pour l'aider. Ses mâchoires restent crispées, et assez rapidement ses jambes se mettent à trembler.

– Grandissez-vous. Oui, comme ça, ne regardez pas vos pieds, mais plutôt loin devant vous. Allez, poussez sur vos jambes, encore quelques secondes, dis-je ensuite, pour l'encourager. Je suis derrière vous, vous ne craignez rien, je n'ai jamais laissé tomber personne.

– Tant mieux pour moi, dit-il, alors qu'un rire lui échappe.

Il fait ce que je lui demande, se redresse de toute sa hauteur, et à force de volonté, il réussit à stopper le tremblement de ses jambes. J'appuie sur son bassin à droite, puis à gauche, en lui demandant de résister.

– Vous pouvez vous rasseoir. C'était plutôt pas mal.

Je m'accroupis à côté de son fauteuil, pour être à sa hauteur.

– Vous allez réussir, j'en suis persuadée, j'ai foi en vous. Nous allons augmenter la puissance des exercices. Tous les jours, matin et soir, vous me ferez cinquante verticalisations, comme maintenant, au pied de votre lit. Vous devez reprendre confiance en vos appuis. Vous avez été réparé, vous êtes capable de tenir debout.

– Tenir debout n'est pas le problème, Jeanne, c'est marcher le problème, dit-il, dans un souffle.

– Je sais, je l'ai compris. Nous ferons ensemble des exercices dans l'eau, dans les barres parallèles, ainsi que de la musculation sur presse, et dans une semaine maximum, je vous assure que vous marcherez avec des cannes anglaises.

Il me prend soudain la main, la porte à ses lèvres.

Je le laisse faire. Un frisson me parcourt tout entière, en sentant ses lèvres sur ma peau.

Je déglutis, une boule dans la gorge.

– Merci, Jeanne, de me consacrer du temps.

Je récupère doucement ma main.

Je ne veux pas le brusquer, mais j'ai très envie d'en savoir plus, pour l'aider, si je peux, et pas seulement physiquement.

– Qu'est-ce qu'il s'est passé, pour que vous n'ayez plus envie d'avancer ? Vous pouvez tout me dire, Adam, jamais je ne vous jugerai.

– Je n'y arriverai pas sans lui, répond-il, en regardant à nouveau au loin. Il était mon frère, mon meilleur ami. J'aimerais, mais je ne peux pas. Il me manque tellement.

Sa voix se brise, et je détourne les yeux de son visage, par pudeur. En les sentant se noyer de larmes, je me relève d'un bond.

– Bon, on y va ? On va chercher nos maillots et on se retrouve à la porte du fond, vers les ascenseurs. Soyez discret, ne vous faites surtout pas repérer. Dans quinze minutes, c'est jouable pour vous ?

Son regard pétille à nouveau lorsqu'il le reporte sur moi.

***

Un quart d'heure plus tard, alors que j'attendais devant la porte du service kiné, je le vois arriver, dans une robe de chambre bleu nuit, décorée de paquets cadeaux multicolores.

J'éclate de rire.

– Un cadeau de ma grand-mère, dit-il, en pinçant des lèvres. Elle a toujours eu des goûts très douteux. J'ai pensé que ce serait plus discret, si je me fais pincer dans le couloir en remontant.

Je regarde d'un air dubitatif ses pieds nus dans ses mocassins, ses jambes nues, sa robe de chambre à motifs improbables, ses cheveux en bataille, et une fois de plus, je retiens un rire.

– Elle est très belle, peut-être un peu chaude pour la saison, mais elle semble confortable, me moqué-je gentiment.

– Ce n'est pas bien de se moquer des gens malades, mademoiselle.

À son air faussement pincé, je comprends qu'il se retient pour ne pas éclater de rire lui aussi, ou de me tirer la langue.

J'ouvre la porte du service kiné, referme derrière nous. Les roues de son fauteuil font un bruit d'enfer en crissant sur le sol, et j'ai l'impression que tout le château peut nous entendre. J'ai conscience que je joue peut-être ma carrière sur ce coup-là.

Pourquoi lui ai-je proposé un truc pareil ? Je suis folle, je pouvais attendre lundi pour sa première séance, mais alors je n'aurais pas pu aller dans l'eau avec lui, ce n'est pas dans nos habitudes. Comme nous avons quelqu'un qui surveille les patients, nous passons seulement de temps en temps, pour donner nos directives et contrôler leurs mouvements.

J'allume les vestiaires, les lumières de la piscine. Il quitte sa robe de chambre, ses chaussures, alors que je me déshabille de mon côté. Je passe devant lui, pour m'engager dans le couloir d'accès en plan incliné, me tourne face à lui, interceptant son regard sur moi.

Punaise, dans quel pétrin me suis-je encore fourrée ?

– Mettez vos freins, lui dis-je, troublée. Mettez-vous debout, et descendez doucement en vous aidant des rampes. Je suis là, je vous soutiens, ça va aller ?

– Bien sûr, un jeu d'enfant.

Il approche son fauteuil, verrouille ses roues, puis il s'agrippe d'une main à la barrière. Je me place légèrement de côté pour le soutenir par un bras. Il avance un pied, puis l'autre, concentré, bien que légèrement vacillant. Il entre dans l'eau. Petit à petit, celle-ci fait son œuvre, en le portant.

Nous faisons plusieurs fois le tour de la piscine en silence. Je marche à ses côtés sur la pointe des pieds, sans jamais l'aider. Au fil des minutes, ses pas se font plus sûrs. Je crois le voir sourire.

Puis je lui demande de s'adosser à la margelle pour faire des abdominaux, des pédalages, des mouvements avec les jambes, et je m'installe à ses côtés, histoire de m'occuper un peu l'esprit et cesser de le reluquer.

Il faut que j'arrête de fantasmer sur son corps comme une malade, ou je suis foutue.

– Alors, pas trop fatigué ? je demande, pour meubler le silence.

– Non, pas du tout, je suis content de bouger un peu et peut-être que je dormirai mieux cette nuit.

– Vous ne dormez pas bien, d'habitude ?

– Pas vraiment non, je fais des cauchemars.

– De votre accident ?

– Oui.

Je ne dis plus rien, j'attends. Nos yeux se fixent un moment. Je sens son regard dériver vers ma poitrine au ras de l'eau.

– Hum, on pourrait faire ça tous les jours, reprend-il.

– Oui, pourquoi pas ?

Je regarde ma montre.

Vingt-trois heures.

Je n'ai pas vu le temps passer. Il faudrait déguerpir, avant que le veilleur de nuit ne nous surprenne.

– Adam ?

Il tourne son visage dans ma direction, pour me fixer une nouvelle fois.

– Oui ?

– Nous devons remonter, il est tard. Je vous accompagne jusqu'à la porte, et nous nous séparerons pour monter chacun de notre côté.

– Pas de problème.

Il passe devant moi, s'arrête à ma hauteur. Nos visages sont proches, presque à se toucher.

– Jeanne, je peux vous poser une question ?

J'avale ma salive difficilement, le rythme de ma respiration s'accélère sans que je ne puisse rien faire.

– Oui, mais je vous préviens si c'est personnel, je ne répondrai pas.

– Oui, c'est un peu personnel. Avez-vous quelqu'un dans votre vie ?

Je le fixe un long moment, mais dans cette lumière légèrement bleutée, presque irréelle, je ne distingue pas l'expression de son visage, juste ses yeux, et son sourire. Il passe sa langue sur ses lèvres. Il faut qu'il arrête de faire ça ou je ne réponds plus de moi. J'ai une furieuse envie de mordre dans ses lippes charnues, de l'embrasser à pleine bouche.

C'est plutôt direct comme question, mais j'ai déjà compris

qu'Adam est un homme qui ne s'encombre pas de détails.

Se moque-t-il de moi ? Sa question est-elle sincère ?

– C'est un peu gênant de parler de ça avec vous, vous ne croyez pas ?

– Alors ça veut dire que vous êtes libre ?

– Je n'ai pas dit ça.

– Mais vous n'avez pas dit le contraire non plus.

– C'est vrai.

Il s'approche de moi, place ses mains de chaque côté de mon visage. Je le regarde avancer, immobile, fascinée, les yeux fixés sur sa bouche, mais au prix d'un violent effort, je le repousse doucement.

– Non, Adam, s'il vous plaît. C'est un peu compliqué en ce moment, je ne sais plus trop où j'en suis.

– Je ne suis pas pressé, je vous l'ai déjà dit, répond-il, en me touchant légèrement l'épaule. Ce qui a pour effet de me faire frissonner de la tête aux pieds.

Je lui fais un petit sourire penaud. Nous nous rhabillons en silence, et toujours sans un mot, je l'accompagne jusqu'à la porte.

– On se voit demain, tu as prévu quelque chose ? demande-t-il, d'une voix rauque.

– Je dois passer voir Xavier, mais l'après-midi je suis libre. Si vous… si tu veux, on se retrouve dans le parc.

– Avec plaisir, alors, à demain.

Il effleure ma main du bout des doigts.

Je joue avec le feu, cet homme me fait beaucoup trop d'effet pour ma tranquillité d'esprit. Je le regarde partir, puis j'emprunte l'ascenseur à mon tour, seule et désemparée.

Pourquoi l'ai-je repoussé ?

Il a envie de moi, autant que j'ai envie de lui, alors pourquoi ? Je n'avais qu'un mot à dire et j'aurais passé la nuit dans ses bras.

Quelle conne !

11

Jeanne

J'ouvre péniblement les yeux, regarde ma montre.

Onze heures.

Je pousse un long soupir. J'aimerais rester couchée toute la journée, mais j'ai des choses à faire, aller voir Xavier, puis retrouver Adam en fin d'après-midi dans le parc. Je vais me préparer, me faire belle pour un rendez-vous avec un garçon qui m'intéresse. Je veux ne penser qu'à lui, lui consacrer tout mon temps, toute mon énergie, mais je suis tellement lasse. J'en ai assez de cette fatigue, de cette sensation d'avoir un corps transformé en plomb.

Je prends mon portable pour envoyer un texto à Xavier :

[Désolée mais je suis toujours malade,
pas envie de bouger. À demain.]

Sa réponse ne tarde pas.

[OK à demain.]

J'ai un petit pincement au cœur.

Pas un mot de plus, pas bon rétablissement, ou quelque chose de gentil, non, rien. Il m'en veut, mais tant pis, j'ai d'autres chats à fouetter pour le moment. S'il ne veut plus me parler, c'est son problème.

Je ferme les yeux, résiste à l'envie de me lever pour

faire le test qui m'attend bien sagement dans le tiroir du meuble de salle de bains. Je repousse l'échéance, lâchement, pour me laisser du temps.

Une semaine, pourquoi pas ?

Une petite semaine pour conserver l'illusion que tout va bien, que ma vie n'est pas un chaos total, parce que dès que j'en aurai la preuve, il faudra que je prenne une décision, aussi dure soit-elle, et alors, c'en sera fini de mon insouciance. Je sais pertinemment que ce que je m'apprête à faire pèsera sur ma conscience toute ma vie de femme.

Une semaine n'y changera rien. Si je suis enceinte, dans une semaine je le serai toujours.

Je mets mon réveil à midi, j'essaye de me rendormir, mais rien n'y fait, je tourne en rond. J'ai envie de m'habiller et d'aller voir Adam, sa chambre est seulement à quelques mètres de là, un étage en dessous.

Non, non, non, il ne faut pas, je dois résister.

Plus je le verrai, plus je m'attacherai à lui, et alors, que se passera-t-il ?

Les patients finissent invariablement par partir un jour, par quitter le centre, alors que moi je resterai, seule et encore plus malheureuse qu'avant, parce que je me serai habituée à sa présence, à son corps pratiquement nu sous mes mains. Je me serai habituée à le voir deux fois par jour pour ses séances de rééducation, et peut-être encore tous les soirs pour sa séance de balnéothérapie individuelle, dans une piscine que j'aurai privatisée pour lui. Une piscine où tout est possible, où la température fait pulser mon cœur, chavirer mon corps, où une légère sueur se colle à ses cheveux, où des gouttelettes d'eau s'accrochent à la fine toison de son torse, à la peau tendre de ses bras, pour ensuite glisser vers le bas, vers son ventre plat. Il lissera ses cheveux, la tête en arrière, son cou offert, abandonné, détendu, légèrement essoufflé par l'effort.

Je suis dans une belle merde, mais qu'est-ce qui m'a pris !

De rage, je repousse ma couette, pour me lever. Une douche rapide pour calmer mes ardeurs, un short en jean, un tee-shirt large, une queue-de-cheval, mes tongs, mes lunettes de soleil, et me voilà prête.

Je prends un livre sur la pile, j'en ai toujours plusieurs d'avance, et je m'enfuis dans le parc.

Après avoir trouvé un banc au soleil, j'ouvre mon livre, et dès les premières pages je suis happée par l'histoire.

– C'est bien ? demande une voix près de moi.

Je sursaute, me redresse.

– Oh, Adam, bonjour.

– Désolé si je t'ai fait peur. Tu étais si concentrée, ça fait cinq bonnes minutes que je suis là à te regarder, et tu ne t'es même pas rendu compte de ma présence.

– Oui, il est plutôt captivant, dis-je, en désignant mon livre.

– Et il parle de quoi, ce livre si intéressant ?

– D'un type en fauteuil.

Il sourit, lève un sourcil.

– Mais lui, c'est irréversible, j'ajoute rapidement.

– Raconte-moi.

Je ferme mon livre.

Avant que je n'aie pu faire quoi que ce soit, il enlève ses cale-pieds, se met debout en s'appuyant sur ses accoudoirs, fait deux pas, et s'assied à mes côtés avec un grand sourire.

J'applaudis.

– Waouh, pas mal!

Il place ses avant-bras sur le dossier du banc, croise ses jambes avec une légère grimace.

– Hier soir, j'ai fait cent verticalisations, comme tu me l'as demandé, et encore ce matin. J'ai l'impression d'avoir franchi un cap. Je ne vais pas me réjouir trop vite, mais je crois que je suis sur la bonne voie, non ?

– Tu as des courbatures ?
– J'ai un peu mal aux jambes.
– *No pain, no gain.*
– Pardon ?
– Pas de douleurs, pas de gains. Prépare-toi à soulever de la fonte dès demain, et à ajouter les squats à tes exercices quotidiens. Dix, pour commencer.
Il me jette un regard interrogateur.
– Je te montre.
Je me lève d'un bond, tends les bras, en pliant les genoux, le dos bien droit.
– Les squats, c'est ça. Je vais te faire transpirer, je serai intransigeante, mais ne fais pas systématiquement le double de ce que je te demande, ou tu le paieras par des douleurs, continuai-je, en me rasseyant à ses côtés.
– OK cheffe. Tu es contente ?
– Oui Adam, très contente, et demain nous essayerons les cannes. Tu pourras nous quitter plus rapidement que prévu si tu fais des progrès. C'est bien ce que tu veux, non ?
– Je suppose, oui, répond-il, en me regardant si intensément que mon cœur a un raté.
– Pour les jeunes, ici, c'est plutôt mortel.
– C'est le moins que l'on puisse dire. Comment fais-tu pour rester dans ce trou perdu ?
– C'est une longue histoire.
– Que tu n'as évidemment pas envie de me raconter, je commence à te connaître.
– Désolée, je ne me livre pas facilement, je n'aime pas parler de moi. Ma vie est… en fait, il n'y a pas grand-chose d'intéressant à en dire, répliqué-je, en baissant les yeux.
Par habitude, et sans doute un peu par anxiété, je balance ma tong au bout de mon pied. Je sens le regard d'Adam sur mes jambes nues, mes ongles peints.
– Moi, elle m'intéresse, dit-il, en posant sa main sur

mon genou près de lui, pour l'empêcher de tressauter.

Une main chaude comme la braise, qui enflamme mon corps instantanément.

Je me sens rougir jusqu'à la racine des cheveux, alors que des images torrides de son corps contre le mien inondent mon cerveau.

– Alors donnant-donnant, je réponds, mes yeux plongés au fond des siens.

– Quoi ?

– Tu me racontes ton histoire, et je te raconte la mienne.

– Il parle de quoi, ce bouquin ?

Je pars dans un grand éclat de rire.

– Tu es aussi mystérieux que moi.

– Oui, c'est ce qui fait mon charme.

– Oui. Enfin, je veux dire, nous avons tous une part de mystère, répliqué-je, en bégayant.

– Ne pas trop en dire…

– Exactement. Pour laisser planer le doute, je continue, tout sourire.

– Et laisser l'autre découvrir qui l'on est…

– Qu'il se pose des questions, cherche par lui-même, s'il en a la patience…

– Et l'envie. J'ai envie de te connaître, Jeanne, lâche-t-il subitement.

Son regard une fois de plus me déstabilise.

Il est très dangereux, extrêmement dangereux, l'homme le plus dangereux qu'il m'ait été donné de rencontrer.

Pourtant je ne peux m'empêcher de lui sourire.

– Alors c'est l'histoire d'un type, Will, qui est percuté par une moto et qui se retrouve cloué dans un fauteuil.

– Et ?

– Je n'en suis qu'au début. Apparemment, une charmante aide-soignante va lui redonner goût à la vie. J'espère que ça finit bien, j'ai horreur des histoires d'amour qui finissent mal, continué-je, les larmes aux yeux. Si celui-ci me fait pleurer, je le balance de la balustrade, c'en serait trop pour moi.

– Je te consolerai.

– Hum, et toi, tu lis ? je demande comme si je n'avais rien entendu, mais je crois bien que j'ai encore piqué un fard.

Il faut que j'arrête de rougir comme une débile tout le temps.

– Oui, beaucoup.

– Comme quoi ?

– Des manuels d'économie, de finances mondiales, de géopolitique, et je suis abonné à plusieurs magazines scientifiques.

– Tout ce que je déteste. Moi j'ai besoin de rêves, d'évasion, pas de me plonger dans la misère du monde, mon boulot me suffit pour ça. Jamais de littérature ?

– Si parfois, Stephen King, Musso, Legardinier...

– Ah Legardinier, je connais, et Musso, je lis aussi. Voilà, des choses plus légères, de grands classiques.

– Ken Follett, *Les...*

– *Piliers de la Terre,* oh oui, j'ai adoré, tu as vu la série ?

– Non, ils ont fait une série ?

– Oui elle est top. Et *Le Trône...*

– *De fer,* juste la série, je n'ai pas lu, c'est bien ?

– Je te les prêterai si tu veux, ça t'occupera. J'ai lu pendant quatre mois, Martin a su créer un univers extraordinaire et la série est très bien faite, il y a quelques dissemblances, mais globalement, c'est bien rendu.

– Depuis mon accident, je n'ai pas repris un livre ni une revue, je n'arrive plus à me concentrer sur quoi que ce soit, reprend-il, les yeux perdus à l'horizon.

– Moi non plus, mais là j'accroche bien, depuis le début, c'est bon signe. J'aime les livres. Depuis que je suis en âge de lire, je dévore. Je ne compte plus les nuits blanches sous ma couette, à lire à la lampe électrique, j'avais toujours peur que mes parents me surprennent parce que je préférais mes bouquins à mes devoirs, mais si je le pouvais, et si j'avais du temps, je...

– Oui ? Dis-moi ?

– J'écrirais, j'inventerais des histoires d'amour.

– Qui finissent bien.

– Oui c'est ça, des histoires qui finissent bien, je réponds, la voix enrouée par l'émotion.

– Et pourquoi pas ? Il faut aller au bout de ses rêves, Jeanne.

– Je sais.

Je réfléchis.

Comme je n'ai aucune envie de passer ma journée seule, pourquoi ne pas lui proposer une petite virée, juste pour le connaître un peu plus, et parce que j'aime sa compagnie. Il est charmant, intelligent, à l'écoute, attentionné, il aime lire, et il est très agréable à regarder.

Plus que ça même. Il est tout ce que j'ai toujours cherché chez un mec.

Attention, terrain très glissant, me sermonne ma conscience, que je fais semblant de ne pas entendre.

– Adam ?

– Mmm ?

– Ça te dirait d'aller manger, puis de faire un tour, il y a un lac pas très loin d'ici, je demande, intimidée, le rouge aux joues.

Il réfléchit une fraction de seconde.

– Oui avec plaisir, c'est une très bonne idée. Alors, laisse-moi t'inviter au restaurant.

– Ah euh… si tu veux. Je monte me changer. Ma voiture est là-bas, la noire.

Je désigne mon petit bijou de la main, garée sur le côté du bâtiment.

– Sympa.

– Ouaip, on va pouvoir rouler décapoté, j'adore !

– Ça me va ! répond-il, avec un grand sourire.

J'aime le voir sourire, son visage en est illuminé de l'intérieur, et je m'étais juré de le faire sourire le plus souvent possible, non ?

***

Un quart d'heure plus tard, nous roulons dans la ville à la recherche d'un restaurant.

– Qu'aimes-tu en termes de gastronomie ? demande-t-il, en faisant défiler les restaurants sur son Smartphone.

– Je ne suis pas trop difficile, j'aime tout.

– Mais quelles sont tes habitudes ?

– À vrai dire, je ne suis jamais beaucoup sortie, mes parents n'ont pas trop les moyens, et la vie étudiante, tu sais sans doute ce que c'est, avec les cours, les stages, je n'ai pas eu trop le temps.

Il me désigne une enseigne, un peu plus bas dans la rue.

– Gare-toi là, celui-ci me semble bien. Cuisine traditionnelle, ça te va ?

– Oui, c'est parfait, je réponds, en me garant juste devant l'entrée.

Je descends de voiture, sors un fauteuil roulant pliable de mon coffre, que je déplie. J'ai également pris des cannes anglaises, s'il lui prenait l'envie de faire quelques pas.

Il m'attend, debout, en se tenant à la voiture, puis lorsque j'arrive vers lui, il demande :

– Ça va aller avec le fauteuil ?

– Bien sûr, ils ont l'habitude, je vais quand même voir s'il n'y a pas une affiche sur la porte interdisant les fauteuils roulants.

Je m'avance et je fais mine de regarder en direction de l'entrée.

– Non, ils acceptent même les chiens.

Il rit, nullement vexé.

– Ah ben alors, nous sommes sauvés.

Puis il s'assied d'un bond dans son fauteuil, pour ensuite s'amuser à rouler sur les roues arrière.

– Si c'est pour m'épater, c'est inutile, moi aussi, je sais

le faire.

– Moi qui pensais me faire mousser un peu. Je sais, l'équilibre est encore précaire, mais j'ai appris seulement hier avec mon voisin de chambre. Nous avons fait les cons dans le couloir, jusqu'à nous faire virer.

– Avec Alexandre ?

– Oui, c'est ça. Il est super sympa. Nous avons parlé de toi.

– Oh, et qu'a-t-il dit ?

Il a un petit sourire en coin que je déteste sur-le-champ.

– C'est secret.

Il aime me faire marcher, et moi j'aime ce qu'il me dit, et ce qu'il me fait ressentir. Sa façon de s'intéresser à moi, de me faire réagir, de me titiller. Je me sens vivante, bien plus que ces derniers temps.

Il se met subitement debout, et pousse son fauteuil vers moi.

– Je veux voir. Je ne te crois pas, une fille ne sait pas faire ce genre de choses.

– Alors, détrompe-toi, je réponds en riant. Nous nous éclatons dans les hôpitaux. Je faisais la course avec mes patients, et j'étais même la meilleure à ce petit jeu.

– Ouais, et si tu t'étais cassé quelque chose, tu aurais été au bon endroit.

– Et j'aurais dragué mon chirurgien. Ils sont souvent très beaux.

– Ah non, pas le mien.

– Tu es un garçon, c'est normal que tu n'y connaisses rien en beauté masculine, je rétorque, en m'asseyant dans son fauteuil. Prends-en de la graine.

Il me regarde faire, un rictus au coin des lèvres.

Je bascule en arrière, j'actionne les roues, une vers l'avant et l'autre vers l'arrière et hop, je fais des tours sur moi-même, je sautille, si, si, c'est possible, recule entre les voitures, puis j'avance dans sa direction, pour m'arrêter à ses pieds en pilant sur les quatre roues.

– Pas mal, pour une fille ! lance-t-il, en applaudissant.

– Demain, on fait une course, et je suis sûre que je te mets minable. Nous ferons ça en bas, dans le couloir du service kiné, pour être tranquilles.

– D'accord, mais je compte bien gagner. Ne t'attends pas à ce que je sois galant, je suis un très mauvais perdant, alors je m'arrange pour être vainqueur en toutes circonstances. Je crois que je te l'ai déjà dit, j'arrive toujours à mes fins, termine-t-il, avec une moue sensuelle.

Est-ce que je dois comprendre ce que je crois comprendre ?

– Bon, je peux récupérer mon moyen de locomotion, ou je te le laisse ? Vous avez l'air de bien vous entendre tous les deux.

– Je le garde. Tu n'as qu'à prendre les cannes, elles sont sur le siège arrière, dis-je, pour le tester, un rien provocante.

Je crois que c'est la bonne tactique pour obtenir de lui ce que je veux, et le faire sortir de sa zone de confort. Le provoquer, lui faire entendre qu'il n'y arrivera pas, et il fera en sorte de me faire mentir.

Il s'avance, en se tenant à la voiture, et je m'apprête à sauter de mon fauteuil pour le soutenir s'il flanche. Il ouvre la portière, prend les cannes avec un air de défi.

– Même pas cap, répliqué-je, en me levant, et en m'approchant.

– Je vais très bien me débrouiller, tu verras. Reste où tu es !

Il ajuste les cannes, les avance, et…

– Stop ! je crie. Le pied gauche en premier, je te montre. Donne.

Il me tend les cannes.

– Ne va pas faire n'importe quoi. Alors, les cannes en avant, pied gauche, tu attaques par le talon, puis pied à plat, tu soulages le poids du corps avec les cannes, le pied droit passe devant, puis pointe de pied à gauche. Voilà, à toi.

Il me gratifie d'un grand sourire, en me prenant les cannes des mains.

– C'est quand même cool d'avoir sa kiné personnelle, j'apprécie, merci infiniment Jeanne.

– Il faut bien que je gagne mon repas. Je te suis avec le fauteuil et dès que tu es fatigué tu t'assieds, OK ?

Je ne suis pas contre quelques heures supplémentaires, tant que c'est avec lui et pour lui, pensé-je. Il avance, en chancelant un peu, mais en s'appliquant du mieux qu'il peut. Je lui tiens le bras, pour le rassurer tout en tractant le fauteuil derrière nous.

– Très bien, continue. Ça va ?

– Je crois. Putain, Jeanne, je marche, s'écrie-t-il.

Il a déjà fait une bonne vingtaine de pas derrière les voitures en stationnement. Les automobilistes se détournent pour nous laisser de l'espace, certains klaxonnent, pour l'encourager.

– Attention !

Je le sens vaciller. Avant que ses jambes ne flanchent tout à fait, je le tire à moi pour le rééquilibrer, et le faire tomber dans le fauteuil que j'ai vivement placé sous ses fesses. Il a lâché les cannes qui se sont écrasées au sol avec un bruit métallique. Il porte à son front une main tremblante, blanc comme un linge.

– Ce n'est rien, rassure-toi, et c'était super. Tu te rends compte, pour une première fois, tu as fait au moins dix mètres, dis-je, avec enthousiasme en lui serrant l'épaule. Tu verras, dans les barres parallèles demain, ce sera un jeu d'enfant.

– Mouais, répond-il, avec un petit air de chien battu.

Je sens que la colère et le ressentiment ne sont pas loin.

Je me baisse à sa hauteur, mets une main sur sa cuisse en pressant légèrement. Je sais, je suis tactile, déformation professionnelle !

– Tu vas réussir, ce n'est plus qu'une question de jours,

fais-moi confiance, et ne sois pas trop dur avec toi-même. J'ai une idée, si nous prenions des sandwiches pour pique-niquer au bord du lac. Je n'ai pas très envie d'un restaurant finalement, et il fait si beau, ce serait dommage de s'enfermer.

– Ça me va, je n'ai pas envie d'aller dans un lieu public non plus. Et merci, tu as de bons réflexes.

– Ah bah, c'est un métier, je réponds en riant. Allez, en route.

Il est tellement taciturne que je parle sans discontinuer pour essayer de le dérider, jusqu'à ce que je m'arrête pour prendre des sandwiches et des boissons. Il a insisté pour payer, et de retour dans l'habitacle, je lui tends le sac.

– Allez, ne fais pas cette tête.

– Je ne fais pas la tête, Jeanne, je suis déçu. Je dois donner l'image d'un type vulnérable, plus bon à rien. Je fais pitié et je déteste ça.

– Pitié ? Ah non, je ne crois pas, Adam. Ce n'est pas le premier mot qui me vient à l'esprit quand je te regarde. Tu ne peux pas te réduire à ce fauteuil, ce n'est pas toi, c'est juste un petit accident de parcours.

– Un accident, oui. Un putain d'accident qui a foutu ma vie en l'air, réplique-t-il, entre ses dents. Tu sais ce qui me manque le plus finalement, hormis mon meilleur ami ?

– Non, je réponds, d'une voix douce, un peu tremblante.

Sa voix aux accents de désespoir me fait monter les larmes aux yeux. J'aimerais l'étreindre pour enlever ce pli amer de son beau visage, le consoler de toutes ses peines, lui redonner goût à la vie. J'aimerais tellement faire quelque chose pour lui.

– Ma moto, la vitesse, me sentir tout-puissant au guidon de ma bécane, indestructible. Maintenant, je sais que tout ça n'est qu'un leurre, que la vie est fragile et qu'elle peut s'arrêter à tout moment.

– C'est ce qui en fait la beauté non ? Savoir que tout

peut arriver, alors il faut profiter du temps qui nous est imparti. Tu es vivant, et pour toi la vie n'est pas finie. Tu as tes deux bras, tes deux jambes, et tu vas récupérer, j'en suis sûre. Donne-toi encore un peu de temps.

– Du temps, je n'en ai pas, je suis habitué à vivre à cent à l'heure et à ne compter que sur moi. Je ne me suis jamais senti aussi vulnérable, ni aussi fragile. Toutes mes croyances, mes certitudes, tous mes projets ont volé en éclats. Ma vie entière a volé en éclats. Irrémédiablement. C'est difficile pour moi d'être dépendant des autres. Je suis resté dans un hamac pendant un mois. Un putain de mois entier à me faire torcher, laver, à bouffer couché, à avoir mal au cul parce que je n'avais pas le droit de me mettre sur le côté à cause de mon bassin pété. Tu ne sais pas ce que c'est, tu n'as rien vécu de tel alors tu ne peux pas comprendre. Personne ne peut comprendre, sauf ceux qui sont passés par là. Quand tu me dis d'avoir confiance, confiance en quoi ? En qui ? Laisse-moi rire ! En la vie ? Cette chienne de vie qui m'a pris ce que j'avais de plus cher au monde ? Non merci, je ne sais pas à quoi me raccrocher. Je n'ai plus rien, Jeanne.

Je ne sais pas si je vais réussir à trouver les mots. Il semble si désabusé, si brisé. Je ne peux pas me retrancher derrière des phrases toutes faites : l'espoir, la confiance, la vie qui continue. C'est vrai, c'est facile pour moi, j'ai plutôt été privilégiée jusque-là, je n'ai jamais connu une souffrance comparable à celle que je vois dans ses yeux. Sauf ces derniers jours, depuis que Julien m'a quittée. Une souffrance morale, qui m'a fait perdre pied. Son chagrin fait tellement résonance au mien.

Je lui prends la main qui reposait inerte sur sa cuisse, pour la serrer doucement.

– Si. Tu m'as, moi. Je n'ai pas vécu d'accident, mais la vie ne m'a pas pour autant fait de cadeaux, alors je comprends ce que tu traverses et je vais t'aider, si tu le veux bien. Et à un moment tu sauras, tu trouveras un nouveau sens à tout cela. Les choses n'arrivent pas par hasard.

J'ai l'impression de chercher à me convaincre moi-même.

Il me sourit.

– Peut-être qu'il fallait que nous nous rencontrions. J'aime cette idée.

Je me racle la gorge, en évitant son regard. Quand il me dit ce genre de choses, d'une voix si douce, j'ai l'impression de rêver et je n'ose y croire.

Pourquoi s'intéresserait-il à moi ?

– Bon, on décapote ?

– Oui Jeanne, on décapote.

J'appuie sur un bouton, et la capote de ma 206 CC se rétracte.

Nous roulons jusqu'au lac, situé à une quinzaine de kilomètres, le vent dans les cheveux, perdus dans nos pensées respectives. Je laisse de côté la partie aménagée surpeuplée pour prendre un chemin caillouteux, en roulant doucement, pour ne pas abîmer ma voiture au châssis extrêmement bas.

Je me gare sur le côté, près de l'eau.

– Ça va aller avec le fauteuil ? demande Adam.

– Oui, l'herbe est sèche et je vais t'aider.

J'étends une couverture au pied d'un arbre, puis je déplie le fauteuil. Il se transfère avec aisance, roule jusqu'à la couverture sans avoir besoin de mon aide, et s'installe au sol à la force de ses bras. Il n'a pas encore le réflexe de se servir de ses jambes.

Je pose le sac de sandwiches entre nous, lui tends le sien.

– Tu as pris tes antalgiques ? je demande, soucieuse, lorsque je le vois grimacer.

– Non, j'ai oublié.

Je fouille dans mon sac.

– J'ai de l'ibuprofène si tu veux.

Je lui donne un comprimé, ainsi que la bouteille d'eau puis nous mangeons en silence. Étonnamment, le silence ne me pèse pas. J'ai plaisir à être près de lui, tout simplement. Très souvent, nos regards se croisent, pour ne plus se lâcher, et invariablement il sourit, alors que je baisse les yeux. Un seul de ses regards me fait frissonner. J'aime ce jeu de la tentation, j'aime sa subtilité, qu'il me charme, sans brusquerie.

C'est tellement rare de nos jours.

Notre repas fini, je sors mon livre de mon sac, et je lui tends l'intégrale 1 du *Trône de fer.*

– Tiens, les cent cinquante premières pages sont ardues, mais ça vaut vraiment le coup. Si tu as aimé la série, tu adoreras.

– Merci, je te fais confiance.

Il s'allonge, presque à me toucher, un bras sous sa tête, puis il démarre sa lecture sans plus faire attention à moi, tandis que je m'installe sur le ventre. Je tente de me concentrer sur ce que je lis, mais comment faire avec un homme irrésistible couché à côté de moi, la chemise ouverte, l'avant-bras à quelques centimètres de mon visage. Je peux entendre son souffle régulier, et par moments, je suis persuadée qu'il me regarde, dissimulé derrière ses lunettes de soleil, que ses yeux se posent sur mes jambes nues, sur mes fesses, sur la cambrure de mes reins.

Je peux même voir les veines de son avant-bras.

Ma respiration se bloque.

Je ferme les yeux, de peur qu'il ne lise le désir que j'ai de lui, irréfléchi, irraisonné, pour me laisser doucement glisser dans une torpeur bienfaisante.

Une caresse sur mon bras nu me réveille en sursaut, et je me redresse d'un bond. Je suis sûre que j'ai la marque du bouquin incrustée sur ma joue. Je lèche mes lèvres sèches. Adam se penche vers moi, et j'arrête de respirer.

Il va... il va... il va m'embrasser ?

Il écarte de mes lèvres une mèche de cheveux.

– Tu es marrante au réveil.

Je lui retourne un regard noir.

Comment ça, marrante ?

Est-ce sa façon de me dire que je suis bouffie, et que j'ai un filet de bave en train de sécher sur le menton ? Je préfère en rire et dédramatiser. Je suis incapable de me prendre au sérieux.

– Oui, je sais, on me l'a souvent dit, c'est ce qui fait mon charme. J'ai ronflé ?

– À mort. Je ne m'entendais plus lire.

– Oh, je suis désolée. Je m'étais fait un devoir de te changer les idées, et au lieu de ça, je me suis endormie, dis-je en me relevant, en lissant mes cheveux et en commençant à rassembler les affaires.

Son regard s'attarde sur mes jambes.

C'est pas vrai, il m'a regardée dormir !

Je rougis une fois de plus.

– J'ai bien vu, tes jambes sont déjà couleur écrevisse, et je ne me suis pas ennuyé une seule seconde, arrête de t'excuser. Je croyais que ta lecture était passionnante.

– C'est le cas, mais la fatigue a été la plus forte, je dors très mal en ce moment, depuis plusieurs jours en fait.

– Pourquoi ? Qu'est-ce qui t'empêche de dormir ?

– Pas mal de choses, à commencer par mes patients. Certains me donnent du fil à retordre.

– Je ne vois pas du tout de quoi tu parles, dit-il, en se mettant debout sur sa jambe valide. Bon, on bouge ?

– Avec plaisir, où veux-tu aller ?

– Nulle part en particulier, juste rouler.

– OK, je réponds.

Je l'aide à faire les quelques pas qui nous séparent de la voiture, en le tenant contre moi. Il prend appui sur mon épaule et s'installe sur le siège passager.

Nous roulons au hasard des routes de campagne, en nous arrêtant pour profiter du paysage, des points de vue sur la vallée, sur les forêts de pins et de sapins jusqu'à l'horizon. Nous sommes seuls au monde. Je n'ai pas envie de retourner au château, je voudrais que ce moment dure encore, encore et encore, pour le plaisir de me laisser bercer par ses paroles, et sentir son regard sur moi.

Je voudrais que cette journée ne finisse jamais.

12

Jeanne

La semaine défile à toute vitesse.

Adam reste dans le service kiné presque toute la journée. Je m'efforce de ne pas passer trop de temps avec lui au détriment des autres patients, mais je suis capable de sentir, aux battements de mon cœur, le moment où il arrive. Je reste professionnelle, distante, sur mes gardes, mais au fond de moi, je me laisse attendrir et je succombe, jour après jour, minute après minute.

Quand je le masse après ses séances intensives de musculation, je me retiens pour ne pas fermer les yeux et le caresser. Alors je sens son regard sur moi, et l'envie de lui me traverse et me terrasse. J'ai envie de goûter à ses lèvres, de l'entourer de mes bras, je rêve de douceur. Nous nous contentons de nous tourner autour, de nous chercher constamment du regard. Je n'ai jamais passé autant de temps à la salle commune avec mes patients que cette semaine. Pour je ne sais quelles raisons obscures, ils ont tous besoin de faire des barres parallèles ou de la musculation sur presse. Léa, me sentant survoltée, ne cesse de me poser des questions, auxquelles je réponds évasivement. Je crois que notre attitude ne leurre personne même si nous nous efforçons d'être discrets. Nos regards ne sauraient mentir.

Je me languis, à longueur de temps, à longueur de nuits.

J'ai envie de lui, à en mourir.

Jour après jour, il prend une place plus importante dans

ma vie, et emplit peu à peu le vide de mon cœur.

Il a fait d'énormes progrès, même s'il reste très fatigable, avec un manque cruel de confiance en ses appuis. Sa musculature récupère tout doucement. Il est capable maintenant de faire des longueurs de service avec les cannes anglaises, mais il garde le fauteuil pour monter dans sa chambre et se déplacer dans le château.

J'ai gagné à la course, sans réelle surprise, et lorsque je l'ai raccompagné sans cesser de le titiller sur le sujet, il a réclamé un baiser, pour le consoler d'avoir perdu. Je me suis alors approchée de lui, pour lui faire un baiser sur la joue, mais il a tourné légèrement la tête, et effleuré mes lèvres des siennes.

J'ai cru m'évanouir.

Il joue avec mes nerfs, il sait très bien ce qu'il déclenche en moi.

Après le repas du soir, nous nous retrouvons dans le parc pour profiter du coucher de soleil, mais j'ai renoncé aux séances de balnéothérapie individuelles, trop risquées. Assis l'un à côté de l'autre, sur notre banc, nous plongeons dans nos lectures, et parfois il me lit de sa belle voix rauque un chapitre qui lui plaît tout particulièrement. Comme j'ai déjà lu *Le Trône de fer,* il ne peut pas s'empêcher de me poser des questions sur la suite de l'histoire. Nous discutons du scénario et des personnages, comme si nous parlions de personnes proches. Quant à mon histoire, je suis presque à la fin, et je suis maintenant persuadée que ça va mal finir.

J'en suis justement aux dernières pages. De grosses larmes coulent sur mes joues. Je me retiens pour ne pas éclater en sanglots lorsque j'entends Adam approcher.

Il me regarde essuyer mes larmes.

– Ça finit mal ?

– Voui, je réponds, d'une toute petite voix qui tient plus du miaulement de chaton que de la voix sexy d'une femme fatale.

Bravo, Jeanne, bien joué, le sex-appeal !

– Je n'ai pas encore fini, mais j'en suis sûre maintenant, il va le faire. C'est tellement injuste. Cette auteure est une sadique. Comment peut-elle nous faire ça ?

– Il va faire quoi ?

– Je vais te le prêter, ce sera plus simple.

– D'accord, je ferai une pause avec *Le Trône de fer,* j'en ai un peu assez qu'il décime les Stark les uns après les autres, cet écrivain est un être insensible.

– Je suis bien d'accord, il s'amuse à nous torturer, et tu n'es pas au bout de tes peines. Le mien n'est pas mieux, il est très fort pour faire pleurer dans les chaumières.

– Tu veux que je le balance dans les sapins ?

Je ris, malgré mes larmes qui continuent de couler silencieusement.

Il se souvient de tout, c'est ahurissant, à croire que chacun de mes mots est gravé dans sa mémoire. Il sait que je déteste les histoires d'amour qui finissent mal, et que je m'étais juré de me débarrasser de celui-ci si c'était le cas. J'ai vu qu'il y avait une suite. Que peut devenir Lou après ça ? Je vais me dépêcher de le commander, et je vais attendre pour lire les dernières pages.

– Non, je vais le garder pour toi, bien que je doute que ce soit une littérature de mec, tu n'aimeras sans doute pas.

– Qui sait ? Je suis hyper sensible comme gars.

– C'est bon à savoir. Je vais essayer de ne pas te faire pleurer, alors.

– Jeanne ? demande-t-il soudain, d'une voix suave qui me chavire et allume des petites flammes dans le bas de mon ventre.

La petite boule de feu enfle et enfle encore, alors que je le dévore des yeux sans pouvoir m'en empêcher.

– Oui ?

– Je peux te poser une question ?

Encore ?

Je m'approche de lui, sans le quitter des yeux, pour me noyer dans son regard. Je sais ce qu'il va me demander une fois de plus, et ce soir j'ai bien envie de lui répondre que non, il n'y a personne dans ma vie.

Je pose mes mains sur les accoudoirs de son fauteuil, ignorante de ce qui m'entoure, et de tout ce qui n'est pas lui. Je ne sais pas si c'est ma lecture qui m'a bouleversée à ce point ou ce que je lis dans ses yeux depuis de nombreux jours, mais j'en ai assez de lutter contre mon attirance.

Je ne veux plus attendre.

Je le désire depuis le premier jour, depuis le premier regard, et tant pis si c'est une mauvaise idée, tant pis si je me plante encore, je veux pour cette nuit ne plus être sa kiné, ni lui mon patient, mais une simple femme, dans les bras d'un homme.

Une femme comme les autres attirée par un homme comme les autres, sans passé ni futur, mais réunis, ici et maintenant.

Je veux le sentir en moi et m'endormir au creux de ses bras.

Il me regarde avancer, un désir mordant au fond de ses pupilles, et lorsque je pose mes lèvres sur les siennes, il ferme brièvement les yeux en faisant lentement glisser ses mains le long de mes bras nus.

– Tu veux venir dans ma chambre ? je demande dans un souffle.

Sa voix est diablement rauque lorsqu'il répond :

– Oui Jeanne, tout ce que tu voudras.

Nous voulons la même chose, alors pourquoi attendre ?

***

Je cours dans le couloir en poussant son fauteuil.

Je ne peux pas voir son visage, mais je sais qu'il sourit.

Alors que je passe devant lui pour ouvrir la porte que je n'ai pas fermée à clé, comme d'habitude, il me ceinture, pour m'attirer sur ses genoux. Il m'embrasse dans le cou.

Sa main remonte le long de ma cuisse, pour se poser sur mon entrejambe déjà trempé.

Il est direct, et j'aime ça !

Je ne veux pas qu'il me ménage. Je veux au contraire qu'il me malmène, qu'il me pulvérise sur l'autel de son désir, qu'il me revendique. Qu'il revendique mon corps.

Je me liquéfie en l'imaginant me faire l'amour, en l'imaginant en moi. J'ai le sentiment de perdre la tête, de ne pas réaliser ce que je suis en train de faire. Je l'ai désiré, si fort, que je crois rêver.

Je gémis, la tête en arrière, agrippée à ses épaules, lui laissant libre accès à ma gorge. Je cherche ses lèvres, et nous nous embrassons, comme si notre vie en dépendait.

J'aime ses lèvres, j'aime sa langue, j'aime la façon dont elle s'enroule autour de la mienne. J'aime ce que ses baisers déclenchent dans mon corps. Cette urgence, cette soif de lui, que rien ne saurait étancher. Le feu entre mes jambes ne cesse de croître, enflamme tout sur son passage. Je deviens incandescente, je brûle. D'un désir si violent que j'ai peur que mon corps ne résiste pas.

Adam interrompt ses baisers, à bout de souffle lui aussi, pour susurrer à mon oreille :

– Nous devrions entrer.

– Tu as raison, je réponds, haletante. J'ai un lit, mais j'avoue que ton fauteuil me tente aussi.

– Ce n'est que partie remise, ma belle. Allez maintenant, ouvre cette porte.

Après un dernier baiser enfiévré, je saute de ses genoux, puis j'ouvre, me plaque contre le mur, pour le laisser passer. Je verrouille derrière lui. Il se dirige tout droit vers mon lit, retire ses chaussures. Je le regarde faire. Je ne peux cesser de l'admirer, de me gorger de sa présence. Il est si beau, si sûr de lui malgré son handicap, si attirant. Et enfin il est à moi. Pour quelques heures, peut-être pour toute la nuit, j'ose l'espérer. Malgré ma timidité soudaine, mon désir monte d'un cran. J'ai tellement envie de lui que j'ai mal.

Il s'allonge, commence à se tortiller pour se dévêtir.

– Attends, je vais t'aider.

Il relève la tête.

– Arrête de toujours vouloir m'aider. Je peux le faire.

Je monte sur le lit, retiens sa main.

– J'en ai envie, s'il te plaît.

J'ouvre les boutons de son jean, un à un, lentement, pour caresser le bas de son ventre du bout des doigts. Depuis une semaine, je me demande comment est sa peau à cet endroit. Je retire son pantalon, les yeux rivés à ses pupilles dilatées, et ma main, attirée comme un aimant, se pose sur son boxer. Je presse son membre doucement, le sentant prendre du volume, devenir si dur que je retiens un gémissement. Sans le quitter une seule seconde des yeux, je le caresse. Je crois même que je me lèche les lèvres de gourmandise.

– Jeanne… me dit-il, d'un ton implorant.

Il couvre ma main de la sienne, imprime un rythme de va-et-vient plus soutenu.

– Chut… laisse-moi faire.

Il lève les bras au-dessus de sa tête avec un soupir de contentement, puis il ferme les yeux, me laissant visiblement diriger les opérations. Je retire son boxer, je contemple son sexe d'homme dans toute sa splendeur, je l'effleure du bout des doigts, le faisant tressaillir.

Quand son regard cherche à nouveau le mien, je ne le lâche plus. Je me déshabille entièrement, puis je m'installe entre ses jambes, à quatre pattes, les fesses pointées vers le ciel. Il n'arrive pas à détacher son regard de mes seins. Un regard qui me brûle et m'envoûte, me donne la sensation d'être une déesse païenne, la tentatrice absolue. Je le prends dans ma bouche, le lèche sur toute sa longueur, aspire son frein, puis je le fais coulisser entre mes lèvres. Je veux connaître son goût. J'accélère la cadence et je l'entends haleter.

Il pousse son bassin contre moi, grogne :

– C'est bon, continue.

Je continue. Je le prends si profondément qu'il vient buter contre le fond de ma gorge. Ses gémissements allant crescendo me font accélérer la cadence.

– Jeanne, si tu n'arrêtes pas, je vais…

Je quitte son membre charnu sur une dernière aspiration, pour déposer des baisers mouillés sur son ventre, son torse, tout en le caressant. Plus tard, je le laisserai venir dans ma bouche, mais là, maintenant, je le veux au plus profond de moi, dans mon sexe avide du sien. Il me regarde venir jusqu'à lui, me saisit les hanches, enfonce ses doigts dans ma chair.

Je le prends dans ma main, le redresse, pour le placer à l'entrée de mon vagin.

Oh, Dieu, j'attends ce moment depuis tellement longtemps.

Mes chairs pulsent de désirs, gonflent d'anticipation, et une délicieuse chaleur envahit mon bas-ventre.

– Dis-moi si je te fais mal, d'accord ?

– Tu t'occuperas de mes douleurs plus tard. Je veux te sentir autour de moi. Viens, ma belle, j'attends ce moment depuis des jours.

Il gémit alors que je m'empale avec un râle de plaisir, répondant au sien, millimètre après millimètre, jusqu'à le sentir buter au fond de mon ventre. Puis je bouge, je fais glisser mon sexe trempé le long de sa queue dressée, dure et épaisse, doucement d'abord, pour m'habituer à sa présence, puis de plus en plus vite.

Ses mains impriment le rythme, me maintiennent collée contre lui.

C'est torride.

Torride et magnifique !

Je n'ai jamais ressenti autant de plénitude. Je perds le contrôle, hypersensible, gorgée de plaisir, montant et descendant sur lui dans une cadence infernale. Nos corps se reconnaissent, fusionnent dans une parfaite harmonie, nos yeux sont rivés l'un à l'autre, ne se lâchent plus. Je sens qu'il est tout près du point de non-retour. Je lui fais l'amour jusqu'à ce qu'il explose, puis je le rejoins dans la jouissance.

Couverte de sueur, le corps repu et l'esprit enfin apaisé, je m'effondre dans ses bras. Petit à petit, il sort de moi, et immédiatement, un vide immense m'envahit.

Oh non, pas déjà.

J'aimerais le garder encore un peu.

Je le veux, encore, j'ai encore besoin de lui.

– Putain, Jeanne, ronronne-t-il dans mes cheveux.

J'embrasse ses lèvres.

– Ouais, comme tu dis. C'est le mot. Ne bouge pas.

Je descends du lit pour prendre une couverture dans l'armoire. Je n'ai pas oublié qu'il est encore convalescent, enfin si, j'ai un peu oublié, dans le feu de l'action, mais il ne m'a pas arrêtée, donc ça devait aller pour lui. Je remonte dans le lit, et je nous couvre en me calant contre son corps, la tête dans le creux de son épaule, un bras et une jambe sur lui. Il resserre son bras autour de moi, m'attire à lui, et dépose un baiser sur mes cheveux.

– Tu as sommeil ? demandé-je, en lui caressant la joue.

– Mmm...

– Ça va, tu n'as pas mal ?

– Mmm...

– Tu peux rester cette nuit si tu veux.

Pas de réponse.

Son souffle est régulier. Il s'est endormi, et je souris dans l'obscurité.

C'était complètement fou, inattendu, je ne pensais pas pouvoir faire l'amour avec un autre homme que Julien, en tous cas, pas si rapidement, mais avec Adam, c'est comme une évidence, un besoin absolu, primaire, pour me sentir vivante, désirable.

Je ne regrette pas de m'être donnée à lui, c'était magique.

Le souvenir de Julien s'estompe, même si la douleur est encore là, tapie quelque part, pour laisser la place à quelque chose d'autre.

À une nouvelle histoire, qui sait ?

À quoi servent les regrets, ce qui est fait est fait. J'ai succombé, attiré par cet homme dès les premiers instants, et pour une fois, je n'ai pas réfléchi, j'ai laissé parler mon cœur, et surtout mon corps.

Maintenant, advienne que pourra !

Même si demain, il veut oublier ce qu'il vient de se passer, les souvenirs de ces moments de pure passion me nourriront jusqu'à mon dernier souffle.

Je repense au test de grossesse. Je me suis laissé une semaine de répit, je voulais me donner du temps et profiter de mon insouciance, de ma liberté, d'Adam, oublier mes souvenirs douloureux et mes déboires, retrouver une vie normale, une vie de femme mais le moment est venu.

Je ne vais pas repousser l'échéance indéfiniment, je dois prendre mes responsabilités.

13

Adam

Lorsque je me réveille, à quatre heures du matin, je sens un corps chaud contre mon flanc droit. Jeanne est dos à moi, et je peux entrevoir à la lumière des réverbères ses courbes pleines et gracieuses. Je me tourne un peu difficilement, pour me plaquer contre elle. Je caresse sa cuisse, le haut de ses fesses, pour me poser sur un sein. Elle a des seins sublimes, volumineux, mais pas trop, juste comme je les aime. Le téton hypersensible se dresse déjà. Elle gémit et des images reviennent à ma mémoire.

J'ai été baisé comme jamais. Je me suis laissé faire, et sa nature généreuse m'a comblé.

Je suis dans la merde !

Peut-on tomber amoureux en une fraction de seconde ?

Certainement, puisque le coup de foudre existe. Elle m'intéressait, c'est vrai, mais je ne pensais pas ressentir autant d'émotions dans ses bras. Nous sommes attirés, irrésistiblement, depuis des jours, comme deux affamés, certainement privés de sexe depuis trop longtemps.

Elle a pris les rênes, je me suis laissé faire, j'étais consentant, j'ai rêvé de son corps tellement de nuits. Je ne m'attendais pas à cette fusion, à cette communion, ni à cette fièvre inextinguible.

Depuis une semaine, je résiste à l'envie de la prendre dans mes bras. Depuis une semaine, je me laisse séduire par sa personnalité. Elle est gaie, spontanée, brillante et séductrice.

Elle est authentique, vraie, *oui c'est ça,* elle est vraie, elle ne triche pas. Elle sait écouter, et, chose que je ne fais jamais d'habitude, je lui parle de moi, de mes projets, je me mets à nu. En général, je ne me dévoile pas, trop habitué à me taire lorsque j'étais petit.

J'ai grandi avec la peur au ventre de déranger et de me faire rabrouer.

Mais putain, je suis adulte maintenant, et je suis devenu quelqu'un !

Alors pourquoi le petit garçon qui est en moi tremble-t-il encore d'être jugé et rejeté ?

Pourquoi je me sens encore indigne d'amour, et incapable d'en donner ?

C'est freudien comme truc ça, non ?

Jeanne, je le sens, a fissuré ma carapace, et ça me fait flipper comme un malade.

Déjà dans la piscine samedi dernier j'avais une envie folle de l'embrasser, de me plaquer contre elle, pour qu'elle me donne un peu de sa chaleur. J'avais déjà tellement envie d'elle, je rêvais de la sentir autour de moi, de posséder son corps si tentant, de lui faire l'amour toute la nuit. Finalement, ça valait le coup d'attendre, c'était au-delà de mes espérances. Moi qui ne suis pas patient, j'ai su prendre sur moi, fantasmer, encore et encore, nuit après nuit, et y prendre du plaisir, comme avec un bonbon que l'on suce lentement pour le laisser fondre et en découvrir toutes les saveurs subtiles.

Jour après jour, en la regardant évoluer auprès des autres malades, je l'imaginais dans mes bras, contre moi, vibrante de plaisir sous mes coups de reins exigeants, mes doigts effleurant sa peau rosie par nos ébats, s'attardant sur un sein, une épaule, une cuisse et entre ses cuisses. Je me faisais l'effet d'être un putain de voyeur, un addict en manque.

Je voulais qu'elle aussi me touche, que ses mains habiles dénouent mon corps meurtri, me massent et me fassent revivre. J'espérais qu'elle guérisse mon âme en même temps que mon corps, qu'elle me fasse oublier ce putain d'accident qui a foutu ma vie en l'air en plus de me clouer dans cette saloperie de fauteuil.

Et elle est là, dans mes bras.

Je me rapproche, la serre contre moi, l'embrasse dans le cou. Je bande. Je glisse une main entre ses cuisses, lui murmure doucement à l'oreille.

– Jeanne, il faut que je retourne dans ma chambre.

Elle gémit, et dans une demi-conscience, tourne son visage vers moi. Je l'embrasse doucement sur les lèvres, puis plus passionnément, et nous sommes très vite tous les deux à bout de désir.

– Déjà ? Tu ne veux pas rester encore un tout petit peu ?

Je l'embrasse voracement, grogne contre ses lèvres en sentant sa petite main se refermer sur ma bite, pour la caresser. Son contact m'électrise. Je durcis. J'ai envie d'elle, encore.

– Viens en moi, s'il te plaît, j'en ai besoin, supplie-t-elle.

Je ne demande pas mieux. Je m'immisce entre ses cuisses si chaudes, et je trouve instantanément le chemin. Elle est encore trempée, et pourtant si étroite, si serrée autour de moi, que c'est un véritable délice. J'ai hâte de pouvoir la baiser à fond, arc-bouté au-dessus d'elle, mais je vais devoir patienter pour pouvoir en être capable. Je la presse contre moi, j'intensifie mes coups de reins, tout en faisant tourner son clitoris gorgé avec le bout de mes doigts.

Notre plaisir est rapide et fulgurant.

J'éjacule en elle en mordant son épaule. Nous restons un long moment emboîtés, laissant nos respirations se calmer, puis je sors de son corps.

Jeanne me fait face, les yeux brillants.

Elle a pleuré ? Pourquoi ?

Je n'aime pas la voir si triste.

– Qu'est-ce que tu as, je t'ai fait mal ?

– Non, pas du tout, ne t'inquiète pas, je vais bien, très bien même. Tu veux que je t'aide à t'habiller ? Tu veux prendre une douche ?

Elle me regarde sournoisement.

– Tu veux que j'appelle Lucie ?

– Non, ça va aller. Tu es là, tu vas te dévouer, tu me dois bien ça.

– Comment donc ? Ça fait un partout, mon p'tit gars. Allez, à la douche.

Elle s'apprête à se lever, mais je la retiens par le bras.

– Je ne t'ai pas posé la question, Jeanne, mais nous ne nous sommes pas protégés. Tu ne m'as rien dit alors j'ai pensé que…

Elle plaque un baiser sur mes lèvres.

– Ce n'est pas un problème, je prends la pilule, je suis clean, et toi aussi, tu l'es, j'ai lu ton dossier médical, elle ajoute avec un charmant sourire. Alors pas de panique, tout va bien !

Elle m'aide à sortir du lit, me conduit à la douche, et me savonne, ravie de l'effet qu'elle a encore sur moi. Je me laisse dorloter. Je me sens apaisé comme jamais dans ma vie. Tout est tellement naturel avec elle. Elle m'aide même à m'habiller, accroupie devant moi comme je l'imaginais déjà samedi dernier.

– On se voit plus tard ? je demande.

– Oui, bien sûr, j'ai promis à Xavier de passer le voir, mais nous pouvons nous retrouver vers seize heures dans le parc et nous dînerons ensemble si tu veux. Tu veux bien dormir encore avec moi cette nuit ? minaude-t-elle, en m'enlaçant.

Qu'elle parle de Xavier me fait froncer les sourcils. Ce type est amoureux d'elle, ça crève les yeux.

– OK pour tout à l'heure, et oui je veux partager ton lit ce soir encore, avec grand plaisir. Je n'en ai pas fini avec toi.

Je l'embrasse à pleine bouche, déjà en manque de son odeur et de sa peau.

– Tu es sûr de vouloir partir ?

Elle se frotte contre moi comme une petite chatte en chaleur.

– Oui, Jeanne, c'est plus raisonnable, je dois être dans mon lit avant la tournée des infirmières.

– D'accord, alors à tout à l'heure.

Elle saute dans son lit, se met à plat ventre, et m'envoie un baiser du bout des doigts.

Je suis presque sûr qu'elle est déjà rendormie lorsque je franchis la porte de sa chambre.

Je m'allonge tout habillé sur mon lit, les yeux fixés au plafond.

Qu'est-ce qui m'arrive, bordel !

14

Jeanne

Je m'étire langoureusement, le corps encore endolori de mes prouesses nocturnes, un sourire béat sur les lèvres. J'essaye de retrouver l'odeur d'Adam, en prenant son oreiller contre moi et en fourrant mon nez dedans.

Quelle midinette je fais !

Mais qu'est-ce qui m'a pris aussi, de l'attirer dans mon lit ?

Les voix Ange et Démon se bousculent dans ma tête.

Ange : Quand même, Jeanne, tu te rends compte, ce garçon, tu ne le connais même pas !

Démon : Ouais et alors ? Tu as bien eu raison ma belle. Un si beau mâle, ça se croque, et avidement avec ça ! Et puis, maintenant ils auront tout le temps de faire plus ample connaissance.

Ange : Jeanne n'est pas comme ça, elle a une morale, des valeurs.

Démon : Et ça lui a servi à quoi jusque-là ? Moi je suis bien content qu'elle se réveille. Elle plaît, elle a des atouts, alors qu'elle profite de la vie, que diable ! Oups pardon, je n'aurais pas dû.

Ange : Mon Dieu, pardonnez-lui, il ne sait plus ce qu'il dit. Jeanne est encore amoureuse de Julien, et elle porte peut-être son enfant.

Démon : Oui, ben ce n'est pas comme si elle l'avait trompé, il a rompu, je te le rappelle ! Alors bon débarras, Jeanne est trop jeune pour renoncer à la vie, elle ne va pas le pleurer indéfiniment.

STOP tous les deux !

Arrêtez de vous disputer comme si je n'étais pas là !

Je me rue dans la salle de bains, fais le test.

Une minute plus tard, je tourne comme une toupie dans la chambre, les yeux rivés sur cette cochonnerie.

Allez, dépêche !

Je secoue l'engin à bout de bras pour accélérer le processus.

Trois minutes, qu'est-ce que c'est long !

Un petit trait rose est déjà apparu dans la grande fenêtre, signe que le test a fonctionné, et un autre, très faible, commence à se distinguer dans l'autre, pour devenir de plus en plus visible. Je retourne à la salle de bains récupérer la boîte que j'ai déjà jetée à la poubelle, car j'étais sûre d'en avoir mémorisé la notice.

Deux traits roses.

Putain, j'en étais sûre, je suis bel et bien enceinte, mon corps ne m'avait pas trompé.

Mon Dieu, non !

Que vais-je devenir ?

MERDE, MERDE, MERDE !

Ange : Jeanne, arrête de jurer, ce n'est pas beau !

Démon : Gnagnagna, ne l'écoute pas Jeanne, si ça te fait du bien, continue, évacue.

Je m'effondre contre la cuvette des toilettes, complètement sonnée. J'ai fait l'amour avec un homme en étant enceinte d'un autre.

Super, Jeanne, magnifique !

En même temps, je n'ai fait de tort à personne, et j'ai pris mon pied, un pied gigantesque, le plus fou et le plus beau que je n'ai jamais eu. Même avec Julien, je n'ai jamais approché ce degré d'extase. Lui me jugeait, me voulait passive, et j'avais toujours peur de mal faire. Au moins, mes recherches n'ont pas été inutiles, et ont porté leurs fruits. Dans les beaux yeux d'Adam, je n'ai vu la nuit dernière que du désir à l'état brut, de la fascination pour ce que je lui faisais, et c'était un pur bonheur.

Alors non, une fois de plus, je ne regrette rien.

Et maintenant ?

Il faut que je planifie, que je m'organise.

Demain matin, je demanderai à mon chef deux jours de congé, sans solde, tant pis. Je sais qu'il acceptera. Puis je file à l'hôpital où j'ai fait des stages en maternité pour consulter une sage-femme, et faire une échographie. Puis il faut que je voie Julien, je ne peux pas lui cacher ma grossesse, il est en droit de savoir.

Lasse de ces réflexions qui ne mènent nulle part, je regarde ma montre.

Dix heures.

Je me lève péniblement et vacille.

J'ai tellement faim, je pourrais manger un bœuf ! Mon estomac crie famine, mais la cafétéria est fermée à cette heure-ci. Je n'ai plus qu'à passer acheter des croissants en ville avant d'aller chez Xavier : de bons pains au chocolat, tout chauds, j'en salive d'avance, mais un haut-le-cœur me plie en deux dans le lavabo.

Je me traîne jusqu'à mon armoire pour m'habiller. Un petit short en jean clair, mon top noir col V à larges bretelles de dentelle – j'adore le noir, c'est ma couleur préférée –, mes ballerines, une queue-de-cheval haute, un peu de gloss, et me voilà prête.

Aucun bijou. Jamais.

Je m'examine dans le miroir placé au-dessus du lavabo. Même si je suis dans une galère monstre, même si les choix que je m'apprête à faire vont être difficiles et certainement bouleverser ma vie entière, mes yeux brillent : une rencontre en a changé le cours, un homme m'a fait du bien et cet homme c'est Adam.

***

Xavier m'accueille avec de grands remerciements pour les

croissants. Je reste déjeuner avec lui, et après le repas je lui demande si nous pouvons marcher un peu. J'ai repoussé toute la semaine cette conversation et nous avons peu échangé depuis samedi dernier, mais je dois lui expliquer que j'ai besoin de lui, en tant qu'ami, qu'il comprenne qu'il n'y aura jamais rien d'autre entre nous.

Je n'arrête pas de regarder ma montre, le temps passe trop lentement.

Mon cœur s'emballe, rien qu'à l'idée de retrouver Adam dans quelques heures. Xavier semble convaincu, dit ne pas m'en vouloir et me prend dans ses bras. Puis il me regarde intensément.

– Il se passe quelque chose avec ton patient ?

Je hausse les épaules.

– Je ne vais pas te mentir, je suis attirée par lui. Je ne sais pas où ça me mènera et honnêtement, je m'en fous, je veux profiter de la vie, de lui, de tous les moments que nous passerons ensemble. Si notre histoire doit avoir un avenir, eh bien tant mieux, sinon tant pis. Je n'ai pas envie de me prendre la tête, tu comprends ? Dis-moi que tu ne m'en veux pas, Xav, s'il te plaît ?

Il baisse la tête, puis me fait un petit sourire désabusé.

– Je ne t'en veux pas, c'est la vie. Je dois avaler toute cette histoire et accepter de te voir t'afficher avec un autre.

– Je suis vraiment désolée, pour tout, j'aurais voulu que ça se passe autrement entre nous, mais nous serons discrets. Je n'ai pas envie que tout le château déblatère sur mon compte. Je dois te laisser maintenant, passe un bon après-midi, et à demain.

– Salut, à demain, bon après-midi à toi aussi, me répond-il, mi-figue, mi-raisin.

Je lui fais un rapide baiser sur la joue, puis je prends congé.

Je cours jusqu'à ma voiture, en me sentant pousser des ailes.

***

Je cherche dans le parc une silhouette déjà familière. Mon

cœur bat comme un cheval au galop, comme si j'avais couru un cent mètres, et enfin je l'aperçois, près de la barrière, face à l'infini. Seul. Je ressens sa solitude, sa détresse et elles me font mal. Il est malheureux, marqué par la vie et son regard perdu au loin me fait frissonner.

Est-ce que je saurai lui suffire ?

Vais-je savoir lui apporter tout ce dont il a besoin ? Vais-je pouvoir combler ce vide qui l'habite ? Et pour combien de temps ?

Pendant mon trajet en voiture, je n'ai fait que m'angoisser, me poser mille questions, et plus j'approchais du château, plus mon cœur se serrait.

Sera-t-il à notre rendez-vous ?

Et si sa famille était avec lui ? Ou pire, une fille ?

Je m'avance dans sa direction. Mes chaussures crissent sur les graviers, et comme s'il avait reconnu mon pas il fait faire un demi-tour à son fauteuil et me regarde, ses yeux plantés dans les miens.

Je m'arrête face à lui.

Son sourire est magnifique. Il pousse un profond soupir de soulagement.

– Jeanne, enfin, j'ai cru que ce moment n'arriverait jamais.

Il me tend la main et je m'assieds sur ses genoux.

Tant pis si les autres patients me voient et tant pis pour la discrétion.

Aujourd'hui encore je veux être une femme, tout simplement, une femme attirée par un homme, et animée d'une débordante envie de vivre.

15

Adam

Enfin, elle est là.

J'ai senti son regard sur moi comme un fil invisible entre nos deux corps. Je me suis retourné et je l'ai regardée avancer. Fascinante, envoûtante. Elle dégage vraiment quelque chose.

Je suis heureux qu'elle s'intéresse à moi : moi, le cabossé de la vie, et encore, elle ne sait pas tout. Je crois qu'elle a déjà compris pas mal de choses, elle est très intuitive et elle a une façon spéciale de me regarder. Elle semble voir à travers moi et elle me comprend. Je sais que je peux tout lui dire, mais je ne veux pas de sa pitié. Je veux qu'elle s'intéresse à moi pour ce que je suis devenu.

Toute la journée, j'ai eu peur qu'elle ne vienne pas, qu'elle se rende compte finalement que tout va trop vite entre nous, que *nous sommes* allés trop vite, et que sortir avec un patient n'est pas une bonne idée.

Mais d'après ce que j'ai cru comprendre, nous ne sommes pas les seuls !

Est-ce que je pourrais, après ce que nous avons fait cette nuit, la considérer seulement comme ma thérapeute si elle voulait arrêter ? La voir se balader devant moi, dans sa petite blouse blanche, ses seins magnifiques tendant les pressions à les faire sauter ? C'est moi qui serais sous pression et prêt à sauter. Ses petites fesses moulées dans…

Bordel de merde.

Non, certainement pas. Je veux plus !

Je veux la conquérir, et lui prouver que je ne suis pas qu'une belle gueule. Si elle ne veut plus de moi, je partirai d'ici.

J'ai même appelé ma mère et ma grand-mère pour passer le temps, c'est dire si je me faisais chier. Sans surprise, ma mère a pleurniché sur mon sort, son pauvre chéri qui a échappé à la mort de justesse.

J'en ai marre d'elle !

Elle est molle, trop docile, elle n'a jamais réussi à tenir tête à mon père.

Je lui ai demandé une nuit, après une énième scène de violence, pourquoi elle restait avec lui. Elle était venue se réfugier dans mon lit comme souvent après leur dispute et elle pleurait silencieusement contre moi. Elle m'a caressé le visage, m'a dit que j'étais ce qu'elle avait de plus cher au monde, et qu'elle ne voulait pas sacrifier ni mon avenir, ni mon héritage, qu'elle n'avait de toute façon nulle part où aller. Mon père l'avait un jour menacée de me garder et de l'empêcher de me voir si elle partait. Elle aurait dû renoncer à moi et ça, elle ne le voulait à aucun prix.

Quel immonde salaud !

Alors elle subissait la situation sans rien dire en essayant d'être une bonne épouse, une bonne mère, et de ne pas l'irriter. Elle comme moi étions otages de ce tyran, et même si nous n'avions rien fait, il s'en prenait quand même à nous. Souvent, elle s'interposait entre lui et moi et dirigeait sa colère sur elle pour me protéger. Ce n'était pas une mauvaise mère, elle me protégeait de lui, mais elle était elle-même piégée par ce porc puant.

Cette nuit-là, j'ai compris que cette situation ne pouvait plus durer. Je me suis forgé une carapace, puis j'ai attendu mon heure.

Jusqu'à ce jour...

Je devais avoir 17 ans. Philippe, comme bien souvent, m'avait invité à passer le week-end chez lui, et je suis allé au bureau de mon père pour le prévenir. Lorsque j'ai poussé la porte, j'ai été étonné de ne pas trouver la secrétaire à son poste, et je les ai surpris tous les deux. Elle, la jupe retroussée au-dessus des hanches, couchée sur le bureau, et mon père entre ses cuisses, le pantalon sur les chaussures.

Son pauvre cul tout blanc tressautait d'ardeur, et il grognait de plaisir.

Un vrai porc !

J'aurai cette image gravée sur ma rétine jusqu'à la fin de mes jours.

En deux enjambées, j'étais sur lui. Je l'ai tiré par sa veste de costume, et je lui ai mis des gros pains dans sa gueule de sale connard. Sa pouffiasse, décoiffée, les joues barbouillées de rouge à lèvres, hurlait comme une truie qu'on égorge. Finalement, ils allaient bien ensemble. J'aurais pu le tuer.

Comment pouvait-il baiser cette femme?

Je lui ai tout crié. Je lui ai dit que s'il touchait encore à un seul cheveu de ma mère, je le tuerais. Il était à moitié ivre et ne s'est même pas vraiment défendu. Puis je suis parti.

À partir de ce jour, il a moins bu, il a remonté sa boîte et il a essayé d'être sympa avec moi, je crois même que je lui faisais un peu peur. Puis il m'a envoyé en Angleterre.

La distance m'a fait du bien, a calmé ma colère, pourtant j'avais peur pour ma mère. Elle me rassurait, mais je n'étais jamais tranquille. Alors je cherchais l'oubli dans l'alcool et les filles faciles, mais je n'ai jamais perdu de vue mes ambitions.

Je savais qu'il fallait que je réussisse pour mener ma vie comme je l'entendais, pour ne dépendre de personne, et surtout pas de mon paternel.

Ma grand-mère m'a légué un petit héritage, et sur les conseils de mes amis financiers, j'ai fait des placements sur des fonds boursiers qui m'ont rapporté gros, et aujourd'hui je peux dire que je suis un homme riche. J'ai aussi acheté des bureaux dans à peu près toutes les grandes villes de

France et les loyers tombent régulièrement. Je vais pouvoir faire un apport considérable pour l'achat de la boîte que je convoite. En tout cas, les banques ne seront pas frileuses, au vu de mes comptes.

Je soupire, pour laisser tous ces souvenirs derrière moi, tout en caressant le dos de Jeanne assise sur mes genoux. Le nez dans son cou, je hume son parfum, à m'en faire exploser les narines.

– Et si on montait dans ta chambre ? On pourrait passer prendre un jeu de Scrabble, et jouer. Tu aimes jouer, Jeanne ?

– Euh… oui, et le Scrabble est un de mes jeux préférés. Je ne pensais pas que tu aurais ça en tête, mais ça me va.

Elle se racle la gorge.

– Quoi d'autre ? je lui demande.

– Je ne sais pas, dit-elle, gênée.

Elle se lève et pousse mon fauteuil. Je sens qu'elle est désemparée et un peu perdue. Elle ne s'attendait pas à ça.

Déçue, peut-être ? Certainement.

Nous passons récupérer un jeu à l'accueil, puis nous montons dans sa chambre.

Tout en installant le jeu, elle me regarde, me sourit, faisant visiblement contre mauvaise fortune bon cœur. Quand elle passe à côté de moi pour installer mon fauteuil, je la bloque, l'attire à moi, pour lutiner son cou.

– Tu ne crois tout de même pas que je vais me contenter d'une partie de Scrabble ?

– Eh bien, j'ai pensé que tu ne voulais plus, enfin, pas forcément…

Mon sourire se fait diabolique lorsque j'ordonne :

– Déshabille-toi, allonge-toi sur le lit et écarte les jambes.

Elle m'obéit.

À mon tour, de mener la danse, poupée !

La vue de son intimité offerte me fait bouillir le sang. Je caresse ses cuisses, me lèche les lèvres en frôlant ses parties intimes.

Sa chatte est magnifique.

Je veux la goûter, en sentir les fragrances, le velouté. Elle me regarde faire, appuyée sur les coudes, le souffle court, la bouche entrouverte. Je me penche et ma langue, mes doigts entament un ballet infernal, jusqu'à la faire crier de plaisir et se libérer, en inondant mes doigts de sa jouissance. Son orgasme est incroyable, je n'ai jamais rien vu d'aussi poignant, ni d'aussi beau. En une fraction de seconde, je sais que je vais aimer la faire jouir, je vais aimer jouer avec son corps, pour pouvoir à mon tour jouir du spectacle de son plaisir.

Elle pleure et rit à la fois, se cache le visage avec ses mains comme si le plaisir lui faisait peur, comme s'il était trop fort, trop puissant. Comme si c'était le premier vrai orgasme de toute sa vie et qu'il l'avait cueillie par surprise.

Sans même lui laisser le temps de récupérer, je m'installe sur une chaise, sort mon sexe, puis je lui tends la main.

– Viens sur moi, j'ai besoin de te sentir autour de moi.

Elle s'en saisit, s'installe face à moi, sur mes genoux, les cuisses bien écartées, et je suis sur le point d'éjaculer, en la sentant bouillante et prête à m'accueillir. Elle se frotte sur ma queue, m'inonde de son nectar, et lorsqu'elle s'empale tout doucement, millimètre après millimètre, je n'en peux plus. Avec un grognement sourd, je la saisis par la taille, pousse contre elle, pour m'introduire plus profondément, jusqu'à la garde. Je saisis un téton entre mes dents, mordille, la faisant feuler et onduler avec encore plus de vigueur. Nos corps sont à l'unisson, ils vibrent avec la même passion, et bientôt le plaisir nous emporte, nous laissant essoufflés, enlacés.

Au bout de quelques minutes, en sentant des larmes couler dans mon cou, je lui relève doucement le menton pour plonger mon regard dans le sien.

– Jeanne, parle-moi. Tu peux tout me dire.

Je lui souris, pour la mettre en confiance. Je voudrais qu'elle me parle, qu'elle se dévoile, j'aimerais lui faire du bien et la guérir, comme je veux qu'elle me guérisse. Corps et âme. Je ne sais pas d'où me vient ce désir urgent de la protéger, de la combler d'attention, de prendre soin d'elle. C'est rapide, j'en ai parfaitement conscience, mais je crois n'avoir jamais rien voulu d'aussi fort de toute ma vie. Je sais qu'elle a souffert, comme j'ai souffert, peut-être pas autant, mais nous sommes deux êtres brisés, deux âmes écorchées par la vie.

Elle baisse les yeux pour fuir mon regard, murmure :

– Tu éveilles en moi des sensations inconnues et…

Elle est incapable de continuer, alors que de grosses larmes coulent sur ses joues. Sa sincérité, sa fragilité, la façon dont elle se met à nu, me touchent et m'émeuvent à la fois.

– Il s'appelle comment ? je demande, en l'embrassant.

– Pardon ? De qui parles-tu ?

– L'homme qui t'a brisé le cœur, il s'appelle comment, et où est ce que je peux le trouver ?

Un sourire se dessine sur ses belles lèvres, mais ses yeux me dévoilent toute sa détresse. Elle pose sa main sur ma joue.

– Tu es mignon, mais tu ne peux rien pour moi.

– Si. Je veux que tu me racontes. Nous nous mettons au lit, et tu me dis tout.

– Enfin Adam, il est dix-sept heures.

– Et alors ?

Je me lève, en la prenant dans mes bras, mais une douleur me cloue sur place, m'empêchant d'avancer. Je bande mes muscles, pour ne pas la laisser tomber.

– Putain de merde, ma jambe. Je pensais être guéri.

– Pose-moi, dit-elle, en s'esclaffant. Tu manques encore de forces.

Je la laisse glisser contre mon corps, puis je sautille sur un pied jusqu'à son lit.

– Tu vas voir si je manque de forces. Dimanche ou pas, si je veux me coucher en plein après-midi avec toi, dans ton lit, et te faire l'amour jusqu'à ce que tu t'évanouisses, qu'est-ce qui m'en empêche ?

– Rien, en effet, tu ne voulais pas faire un Scrabble ?

– Non, pas de jeu. Viens te coucher et raconte-moi ton histoire.

– D'accord, mais tu me racontes la tienne. Je te l'ai déjà dit, c'est donnant-donnant.

– Tu sais déjà beaucoup de choses sur moi, alors que moi, je ne sais rien de toi.

Elle vient se blottir dans mes bras.

– Allez, ma belle, accouche.

Elle me regarde comme si j'étais un extraterrestre.

Zut ! J'ai dit une connerie.

Elle ne sait pas que je me doute de quelque chose. Ses sautes d'humeur, ses pleurs, son hypersensibilité, ses nausées, ses seins magnifiques, gorgés, qui réagissent à la moindre caresse, ses appétits sexuels.

Putain. Quel con !

Elle se positionne sur le ventre pour me faire face, les genoux pliés, les pieds en l'air. La courbe de ses reins, ses fesses découvertes m'attirent irrésistiblement. En bloquant sur son cul, je me vois en prendre possession. Est-ce qu'elle me laissera entrer par là aussi ? Je sais que certaines filles détestent la sodomie, mais je veux tout faire avec elle, tout tester, tout tenter, tout explorer. Je sens mon membre se dresser d'envie, et je m'efforce de faire refluer ces délicieuses pensées, pour me concentrer sur ses lèvres.

Merde, ça ne va pas m'aider.

– Qu'est-ce que tu veux savoir, demande-t-elle.

– Tout. Je veux tout savoir de toi.

Le menton au creux de sa main, elle démarre son histoire :

– Eh bien, je te passe les détails sur ma famille, je vais résumer en quelques mots : fille unique, j'étais plutôt solitaire, toujours plongée dans des bouquins, tous plus romantiques les uns que les autres. Je me suis élevée aux romans d'amour, aux fresques historiques, à l'amour courtois et aux preux chevaliers. Du coup, ma vie me semblait terne. J'ai longtemps cherché l'homme qui répondrait à ces critères de bravoure et d'honneur, capable de mourir pour sa belle, de se battre pour un baiser, mais je me suis vite rendu compte que ces hommes-là n'existent que dans les livres.

Elle me regarde avec un sourire entendu, reprend :

– Après mon bac, je suis entrée en fac de médecine, et c'est là que j'ai rencontré Julien. J'ai tout de suite fantasmé sur lui, mais lui ne me voyait pas. Nous sommes devenus amis, enfin on traînait dans la même bande et il me saoulait avec une de mes copines avec laquelle il voulait sortir, Magali. Il n'arrêtait pas de me parler d'elle, et ça me rendait dingue. J'aurais déjà dû me méfier à l'époque, mais bon, nous sommes sortis ensemble à une soirée, et il a été le premier, et le seul, jusqu'à toi. Nous avons tous les deux réussi le concours et nous sommes entrés à l'école de kiné. La fameuse Magali aussi. Elle avait un mec donc il a renoncé à elle, mais la façon qu'il avait de la regarder me mettait en colère. J'étais effroyablement jalouse. La deuxième année, le colocataire de Julien est parti alors je me suis installée avec lui. Pour lui, c'était plus par nécessité que par réelle envie, mais moi, j'étais aux anges. Je me voyais faire ma vie avec lui. Je me suis occupée de tout, des courses, du ménage, j'allais le chercher à la gare les dimanches soir, je le véhiculais partout.

– Tu penses qu'il n'a jamais eu de réels sentiments pour toi ?

– Je ne sais pas. Au début peut-être qu'il tenait à moi, je vais lui laisser le bénéfice du doute, mais ensuite je pense que c'était plutôt confortable pour lui. L'engagement lui faisait peur, comme à beaucoup de mecs.

Ouais, c'est vrai, nous, les mecs, il ne faut pas nous attacher !

Elle continue, après un long soupir :

– Je voulais plus. Je sais, je suis allée trop vite, je ne referai plus les mêmes erreurs.

Je crois voir briller des larmes lorsqu'elle baisse la tête, désemparée.

Comment peut-on faire du mal à une fille comme elle ?

– Viens.

Je l'attire contre moi. Sa tête vient se loger naturellement dans le creux de mon épaule. J'aimerais lui faire oublier cet abruti de première, qui l'a laissée filer. Je lui caresse doucement les cheveux. Encore une fois, je m'étonne de ce que je ressens pour elle.

Qu'est-ce qu'elle a de plus que les autres ?

Je n'en sais foutre rien, et je m'en fous. Ce que je sais, c'est que je veux être avec elle. Pour la première fois de ma vie, j'ai envie d'être correct avec une femme et ce n'est pas juste parce que je prends mon pied, il y a autre chose.

– Et au lit, c'était comment ? j'ose demander.

Elle se racle la gorge, gênée.

– Hum, comment te dire. Il était très exigeant, centré que sur sa petite personne. J'avoue que ça me plaisait d'être sa chose et son objet de plaisir au début. Je pensais qu'il m'aimerait pour ça, mais il avait tendance à me rabaisser. Il m'a fait perdre confiance en moi, je l'ai laissé me maltraiter et me manipuler, c'est ma faute.

Elle me regarde, murmure :

– Il me disait que j'avais des problèmes, que j'étais trop longue à… enfin, tu vois… à atteindre le plaisir. Alors il me traitait de frigide et ne faisait pas trop attention à moi.

Je lui coupe la parole. Je ne veux pas en entendre davantage.

Jeanne, frigide ?

Putain, s'il était devant moi, je lui péterais la gueule. Je sais que je n'ai pas toujours été correct avec les meufs, mais je ne les ai jamais maltraitées, je les ai toujours respectées, ne prenant que ce qu'elles voulaient bien me donner.

Ce mec y va fort.

Quel enfoiré, il a bien failli la démolir !

– Charmant, et ensuite ?

– Il a loupé son diplôme en juin et, dès que je suis venue

ici, il a rompu.

– Bordel, Jeanne, c'est tout récent alors ?

– Oui, ça fait deux semaines. Deux semaines aujourd'hui.

Elle baisse la tête, et je lui soulève le menton. Son regard brille. Je la fixe, attendant la suite.

– Je comprendrais que tu m'en veuilles, mais j'ai décidé de profiter de la vie, de ne plus me poser de questions et tu me plais, voilà, je l'ai dit. J'ai eu envie de toi à la minute même où je t'ai vu. Je n'ai jamais ressenti avec Julien ce que je ressens dans tes bras. Tu me fais du bien, je me sens revivre lorsque je suis avec toi. J'ai envie de tout oser, de me laisser aller, d'être moi. Maintenant, si tu ne veux plus que l'on se voie, je te l'ai dit, je comprendrais.

– Ça va être compliqué, tu es ma kiné.

– Oui, je sais, je continuerai à m'occuper de toi, c'est mon job.

– Pourquoi ? Toi, tu veux arrêter ?

– Non, Adam. Non, bien sûr que non. Tu me fais renaître, tu m'empêches de sombrer, je suis bien avec toi. Plus que bien même. Je me sens femme et désirable. Je me trouve belle dans tes yeux, j'aime celle que je deviens en ta compagnie.

– Tu es belle, Jeanne, la plus belle et la plus désirable femme que j'ai approchée jusque-là.

Elle me fait un sourire timide. Elle est adorable. Pourtant je dois être honnête avec elle.

– Je ne peux rien te promettre, j'ai été un sale con, et j'ai fait des trucs dont je ne suis pas fier. Ce que je sais, c'est que je veux passer du temps avec toi.

Elle pousse un soupir de soulagement, vient se mettre à califourchon sur moi. Nous sommes nus, et elle n'a aucun mal à se rendre compte de l'effet qu'elle a sur moi. Elle m'embrasse dans le cou, sème de petits baisers mouillés jusqu'à mon entrejambe déjà au garde-à-vous, pour enfin me prendre dans sa bouche. Cette fille me tue. Après quelques secondes seulement de divine torture, elle se redresse.

Quoi... mais... non ! ?

Elle me regarde avec un sourire pervers.

– Allez, à toi maintenant.

– Quoi ? Comment veux-tu que je te raconte ma vie après ça ? Tu vas te dépêcher de continuer ce que tu as si bien commencé.

– Non, ce sera ta récompense. Tu me dis tout ce que je veux savoir, et moi ensuite, je…

Elle place sa main sur la partie la plus sensible de mon anatomie, et je frissonne des pieds à la tête. Elle me provoque, elle ne sait pas à quoi elle s'expose.

Je fonds sur elle, la plaque sur le dos, si subitement qu'elle ne m'oppose aucune résistance et glousse. Une douleur me vrille la jambe, mais je l'ignore. Je veux la sentir sous moi, je veux la posséder, la faire jouir et me perdre en elle. Elle referme ses bras autour de mon cou, et les yeux dans les yeux, nous nous unissons, jusqu'à nous perdre l'un dans l'autre.

Mes états d'âme peuvent attendre.

16

Jeanne

Adam a passé l'après-midi et pratiquement toute la nuit dans mon lit. Je refusais de me priver de sa présence, même dans mon état. D'autant que je compte en terminer avec cette grossesse non désirée.

Nous avons fait l'amour un nombre incalculable de fois, jamais rassasiés, à chaque fois comme si c'était la dernière. Nous n'avons pas cessé de rire, de nous taquiner, de nous séduire. Nous avons le même humour, les mêmes goûts, la même façon de voir les choses. J'ai l'impression d'avoir trouvé un autre moi. Nous avons grignoté, pris une douche, en nous éclaboussant comme deux adolescents, et regardé un film sur ma tablette, collés l'un contre l'autre.

Il a appelé son étage pour leur signaler qu'il ne serait pas dans sa chambre pour le repas du soir et il a raccroché sans attendre la réponse. J'ai écouté la communication, en lui faisant les gros yeux devant son ton autoritaire.

Non, mais quand même, on ne parle pas comme ça aux gens.

Sans nous concerter, nous avons évité les sujets sérieux alors malgré sa promesse, il ne s'est pas ouvert à moi, mais je suis patiente, je sais qu'il le fera. Lorsque sa douleur à la jambe a augmenté, je lui ai donné un antalgique, puis je l'ai massé. Avec les multiples orgasmes qu'il m'avait donnés, je lui devais bien ça.

Je l'ai aidé à s'installer au sol, sur un futon de massage

que j'ai toujours avec moi, j'ai enduit son corps d'huile, et je l'ai massé des pieds à la tête, recto verso, en terminant par le visage et le cuir chevelu. Je suis adepte de ces massages de confort, j'aime masser et être massée.

Heureusement me direz-vous, j'en ai fait mon métier !

J'ai fait abstraction du corps somptueux que j'avais sous les doigts, que je commençais à connaître par cœur, en évitant de fantasmer lorsque mes mains remontaient le long de ses cuisses, le faisant frissonner. J'ai fermé les yeux sur ses réactions, naturelles et normales, pour ne plus voir sa virilité exposée et tellement tentante. Sous mes mains, je l'ai senti se détendre, s'oublier, et je l'espérais, se reconnecter.

Un sourire béat flottait sur ses lèvres.

***

Vers six heures du matin, comme la nuit précédente, il est retourné dans sa chambre, persuadé que nous nous verrions pour sa séance de kiné, me laissant une nouvelle fois seule et désemparée. Je ne lui ai rien dit de ma grossesse, je n'ai pas pu, c'est trop dur. Je n'ai pas envie de le perdre en lui dévoilant une situation qui ne le concerne pas, ou tout au moins, pas encore.

Je lui enverrai un texto en route.

À sept heures quarante-cinq, je frappe à la porte de mon chef, puis j'entre :

– Bonjour Christophe, est-ce que je peux vous déranger ? J'ai un service à vous demander.

Demander, ce n'est pas mon fort, je préfère me débrouiller seule en général, mais là, je n'ai pas vraiment le choix.

– Bien sûr, Jeanne, quel est le problème ?

– J'ai besoin de quelques jours, je dois retourner en Bourgogne gérer un souci familial.

– Pas de problème, je vais faire une note de service pour déclarer votre absence, et je verrai avec la compta pour prendre sur vos RTT. Ce n'est pas trop grave, j'espère ?

– Non, ne vous inquiétez pas, je serai vite de retour. Je peux avoir une semaine ?

– Bien sûr, prenez tout le temps qu'il vous faut, je confierai vos patients aux autres, ils auront un surcroît de travail, mais entre collègues, nous devons nous entraider, n'est-ce pas ? Je mettrai la main à la pâte s'il le faut, partez tranquille. Je vous demanderai simplement de laisser les dossiers de vos patients à disposition dans le bureau.

– Merci, Christophe, c'est vraiment gentil à vous. Merci pour tout.

Je suis soulagée, et agréablement surprise par sa sollicitude et sa compréhension. Je l'aurais presque serré dans mes bras.

Je passe ensuite par le bureau des kinés, sûre d'y trouver Léa et Xavier. Ils sont au café, avec nos autres collègues, et me regardent, surpris que je ne sois pas en tenue de travail. J'attire Léa à part pour lui annoncer mon départ et lui promettre de lui téléphoner dès que possible. Elle me dit de ne pas m'en faire, et que tout va forcément s'arranger.

Si elle savait…

Xavier, un peu en retrait, m'observe, en buvant mes paroles. Je lui souris gentiment, puis je m'approche de lui.

– Alors, beauté, tu nous quittes ?

– Je n'ai pas le choix. Ça va, toi ?

– Ouais, ça pourrait aller mieux, disons que j'ai pris une douche froide ce week-end et que j'ai un peu de mal à avaler la pilule, mais bon, ça va passer.

Je lui caresse le bras.

Oui, je sais, je suis tactile, je ne peux pas m'en empêcher.

– Xav, tu sais que je t'aime, comme le frère que je n'ai jamais eu, nous passons toutes nos journées ensemble, cinq jours sur sept, notre relation est importante pour moi. Avec Léa, vous êtes mes seuls amis, je n'ai personne d'autre, alors ne rends pas les choses plus compliquées qu'elles ne le sont déjà, s'il te plaît, je ne veux pas te perdre, lui dis-je, les larmes aux yeux.

– Je sais, tu me l'as déjà dit, mais c'est plus fort que moi, je suis malheureux. J'aurais mieux fait de me taire. Dès que j'aurai trouvé du boulot dans le Sud, je partirai.

– Je comprends, et je respecte ton choix, tu nous en avais déjà parlé. Alors, amis ?

– Amis. Tu sais que je ne peux rien te refuser. Viens dans mes bras. En tout bien tout honneur. Avant que ton beau gosse n'apparaisse.

– Xav, il s'appelle Adam, et c'est un mec bien, j'ai confiance en lui. Je ne peux pas te dire pourquoi, mais je le sens, il ne me fera jamais de mal. Allez, je dois filer, terminé-je, pour ensuite l'embrasser.

Je remonte rapidement dans ma chambre prendre mes bagages, et je m'apprêtais à entrer dans ma voiture, lorsqu'un texto de Léa m'annonce qu'Adam a mal à sa jambe et qu'il faut impérativement que je monte le voir.

Mon Dieu, j'espère que ce n'est pas trop grave !

Je me dépêche de retourner dans le service, pour enfiler ma tenue.

17

Adam

Je n'arrête pas de penser à elle, à chaque minute, à chaque seconde de mon existence, depuis que mes yeux se sont posés sur elle, davantage depuis que je l'ai possédée. Mon corps ne peut se rassasier de son contact, de sa peau sous mes lèvres, ma tête de ses gémissements lorsque je la pénètre, et de ses cris lorsqu'elle jouit. Je connais maintenant son histoire, je sais que la vie n'a pas été tendre avec elle, et qu'un connard lui a brisé le cœur. Pourtant, elle me donne tout, sans retenue, elle se laisse aller dans mes bras, avec cette générosité qui la caractérise, en me donnant le sentiment d'être le roi du monde.

Je la voulais, là, maintenant, tout de suite. Je ne voulais rien d'autre, personne d'autre. Qu'elle. Et accessoirement, sa petite chatte trempée autour de moi.

Alors j'ai sonné et demandé à l'aide-soignante qui est accourue d'appeler ma kiné parce que j'avais mal à ma jambe. Par chance, elle n'a pas insisté pour que je voie le doc au préalable. Et depuis, j'attends, en peignoir, dans mon fauteuil, que ma belle pointe le bout de son nez.

Mon cœur accélère lorsque j'entends ses pas, lorsque je reconnais sa façon de frapper à ma porte, davantage lorsqu'elle apparaît dans mon champ de vision.

– Adam, j'ai fait aussi vite que possible. Tu as très mal ?

Je réprime un sourire, grimace, en jouant la comédie.

– Oui, très !

– Tu veux que je regarde, demande-t-elle, en s'approchant, le regard soucieux. Où ça ?

J'ouvre mon peignoir, pour lui dévoiler l'endroit de ma douleur. Ses yeux balayent mon corps, avant de se poser sur mon membre dressé. Elle se mouille les lèvres, ses pupilles se dilatent, sa respiration s'accélère. Je lui désigne avec mon index ma queue turgescente.

Elle pouffe, mais la colère n'est pas loin.

– Ne t'avais-je pas promis qu'un jour on baiserait sur mon fauteuil ? je demande, avant qu'il ne lui prenne l'idée de me passer un savon.

– Si, mais pas dans ta chambre, alors que n'importe qui peut entrer.

– On s'en tape. Viens.

– Tu n'es pas raisonnable, et tu t'es bien foutu de moi. J'ai eu peur, je pensais que tu souffrais.

Un sourire m'échappe. Je m'empoigne à pleine main.

– C'est le cas, je t'assure.

Ses yeux brillent.

Malgré tout ce qu'elle pourra me dire, je sais que cette situation l'excite, autant qu'elle m'excite.

Ma voix devient rauque, presque suppliante :

– Jeanne… viens. Tu as bien quelques minutes pour moi, non ? Pour ton patient préféré ?

– D'accord, vite fait alors.

– Aussi vite que possible.

– Tu es vraiment incorrigible, grogne-t-elle, en s'emparant de mes lèvres.

Ce qui m'empêche de lui dire qu'elle n'a encore rien vu.

Notre baiser n'en finit pas.

Puis elle se détache de moi, pour appuyer sur un bouton. Une petite lumière s'allume à côté de mon lit, ainsi qu'au-dessus de la porte, signalant au reste du personnel que je suis occupé pour des soins.

Et quels soins !

Ma queue tressaute, en imaginant les mains expertes de ma kiné autour de moi, sur moi. La lueur intense de ses pupilles m'enflamme plus encore.

Elle fait glisser sensuellement son pantalon le long de ses jambes, puis son string. Je bloque sur sa chatte parfaitement épilée. Cette nana est mon fantasme absolu. Je me retiens de rire en pensant qu'elle est celui de bien des mecs. Je ne sais pas si c'est délibéré, mais depuis quelques jours, elle ne met rien d'autre sous sa blouse, que des strings et des balconnets de dentelle blanche. J'aime l'idée que ce ne soit que pour moi. Mais putain, le premier qui la mate passera un sale quart d'heure. Je me retiens de ne pas grincer des dents à cette évocation.

Elle est à moi, à personne d'autre !

Je ne la partagerai avec personne.

Elle dégrafe d'un coup sec les pressions de sa blouse, me dévoile sa poitrine bombée, puis elle s'avance, pour s'agenouiller.

Bordel.

Elle tend la main. Mon ventre se crispe, sous l'impulsion d'un désir mordant.

Elle me saisit, me touche du bout des doigts, pour mieux me lâcher, me tente du regard, me provoque, en me caressant l'intérieur des cuisses. Elle connaît le corps par cœur, ses failles, ses faiblesses, elle a une sensualité à fleur de peau, des mains magiques qui savent me détendre autant que m'exciter.

Je n'en peux déjà plus.

Je me penche pour englober sa nuque d'une main possessive, pour lever vers moi son visage et m'emparer de ses lèvres pulpeuses. Je mords dans sa bouche, j'enroule ma langue autour de la sienne. Mon bassin bouge, sans que je le veuille, mimant cette danse que j'appelle de toutes les cellules de mon corps.

En quelques jours, elle est devenue ma drogue, mon héroïne, mon oxygène même si j'étouffe de désir à son contact. Elle répond à mon impatience, gémit, excitée autant que je le suis. J'aspire son souffle, et lorsqu'elle me prend enfin dans sa main, j'ai le sentiment de toucher le paradis.

Je grogne, d'une voix que je reconnais à peine :

– Viens. Maintenant.

Elle se redresse, écarte les pans de sa blouse.

Putain de bordel de merde, ce qu'elle est belle.

Je me mords la lèvre au sang, redresse ma queue, pour qu'elle s'empale. J'aime cette position. Elle grimpe sur mes genoux. Je glisse mon bassin au bord du fauteuil pour qu'elle puisse se loger, et je la regarde me prendre en elle. Je me vois entrer, puis disparaître dans son corps voluptueux, dans sa chatte lubrifiée à souhait, faite pour moi, et putain je suis déjà prêt à tout lâcher. Normal, j'ai passé les dernières minutes à imaginer ce tableau, et elle est là. Enfin. Là où est sa place, sur moi, avec mon membre planté en elle.

Son visage reflète sa jouissance. Elle aussi aime, je ne peux en douter. Elle aime m'avoir en elle. Alors, elle commence à bouger, et une fois de plus, je perds les pédales. Des grognements s'échappent de ma gorge. Le risque d'être surpris en pleins ébats décuple mes envies, mes sensations, m'excite au plus haut point. Je libère ses seins de leur nid, pour en saisir les pointes entre mes dents.

Un combat s'engage.

Le plaisir nous fait devenir enragés, embrase chacune de nos terminaisons nerveuses, nous rend avides et insatiables. Je la mords pour ne pas crier, elle tire sur mes cheveux, pour m'attirer au plus près de son corps. Elle ondule, se frotte et gémit, de plus en plus fort. J'enfonce mes doigts dans ses chairs, alors qu'elle monte et descend sur ma queue lubrifiée par son plaisir. Je n'en peux déjà plus, mais je me retiens, en serrant les dents. Je veux la faire jouir, je veux la faire monter si haut qu'elle touchera les étoiles, si haut que son âme rejoindra la mienne, si haut et si fort qu'elles se reconnaîtront pour ne plus se quitter. Je la veux dans ma vie, je ne peux plus vivre sans elle. Je lui confierai mon cœur, tout comme mon corps. Pour qu'elle me répare, me guérisse de mes blessures.

Le voudra-t-elle ?

Est-elle dans le même état d'esprit que moi ? Est-ce que je compte pour elle ? N'est-ce pas un peu tôt pour avoir ce genre de pensées ? Je m'en moque, je la veux, c'est tout, peu importe ce qu'il se passera, peu importe le prix à payer, je suis prêt à me battre pour l'avoir.

Je la regarde aller et venir sur moi, comme hypnotisé. Je pousse mon bassin contre elle, percute durement le fond de son vagin, en la bloquant contre mes hanches, encore et encore. Fort. Ses yeux se révulsent, sa poitrine tressaute devant mes yeux, sa peau se couvre d'une légère sueur. Un liquide chaud s'écoule sur mes cuisses. *Putain, j'y suis presque.* J'en badigeonne son clitoris avec mon pouce, appuie, tourne, frotte. Elle frémit, tremble, me supplie.

– Adam…

Son murmure est comme une litanie.

– Oui ma belle, qu'est-ce que tu veux ?

– Toi, Adam, maintenant, je veux tout de toi, plus fort… oui encore…

Moi aussi je veux plus, j'ai envie de plus, j'ai envie de la pilonner à fond pour lui faire hurler mon nom, mais je ne tiens pas encore suffisamment sur mes jambes pour la prendre debout contre un mur. J'accélère mes percées. Je ne sens plus rien, plus aucune douleur, plus rien qu'un plaisir immense, ravageur, qui me donne des ailes, et l'impression d'être un homme neuf.

Je la bloque contre moi, m'enfouis au plus profond, aussi fort que je le peux.

Une fois.

Deux fois.

En trois coups de reins, elle est prête à jouir, son vagin se resserre. Elle mord sa lèvre, pour ne pas crier, et jouit. Fort. En la sentant jouir, je me libère à mon tour, n'en pouvant plus moi-même, le cœur au bord de l'explosion. En la serrant contre moi, je l'embrasse dans le cou, la mordille.

Mmm, je la mangerais, j'en veux encore, je ne veux pas que ça s'arrête.

J'allais le lui dire lorsque des coups retentissent contre ma porte.

– Putain, elle sert à quoi la lumière, bordel ?

Après m'avoir jeté un regard ulcéré, du genre « tu vois, je te l'avais bien dit », Jeanne s'échappe dans ma salle de bains. Je shoote dans ses fringues et ses chaussures pour les camoufler sous mon lit, et je me dépêche de cacher ma bite encore au garde-à-vous, tout ça, en à peine trois secondes.

Il était temps.

– Monsieur Champdor, j'ai appris que vous étiez tombé. Je viens voir si vous avez besoin de quelque chose.

Je la toise.

– Vous avez besoin de lunettes ?

– Non, pourquoi ?

– Pour rien, c'est bon, barrez-vous, j'ai tout ce qu'il me faut.

– Ah bon… ben… n'hésitez pas, je me ferai un plaisir de…

– Oui Lucie, je sais, merci. La prochaine fois, respectez la petite lumière au-dessus de la porte, crié-je, alors qu'elle en franchit le seuil.

Elle m'énerve, je ne supporte plus ses regards transis de désir. Je ne sais pas d'où m'est venue cette idée de vouloir la draguer.

Je me dépêche d'aller rejoindre Jeanne. Appuyée contre le lavabo, elle fronce des sourcils, en resserrant sa blouse autour d'elle. Elle est à moitié à poil, et je ne peux m'empêcher de la contempler. J'ai encore envie d'elle, mais cette fois-ci, je doute d'arriver à mes fins, la colère ombrage ses prunelles.

Merde.

– Je rêve, ou elle te drague ?

– Qui ça ? je demande en m'avançant.

Je glisse mes mains sous sa blouse.

– Tu as le temps pour une petite douche ?

– Alors si tu crois éluder le sujet en me proposant un deuxième round, tu te trompes lourdement.

– Loin de moi cette idée, je veux juste me laver avec toi.

Je la regarde, je me noie dans ses iris, mon cœur à nu :

– Il n'y a que toi, Jeanne.

Ma voix se veut persuasive. Je veux qu'elle sache à quel point je la désire. Je veux qu'elle me donne tout, son plaisir, son corps magnifique, ses orgasmes. Je veux la marquer pour toujours, me tatouer sous son derme, envahir son cerveau. Qu'elle ne pense qu'à moi, tout le temps, à chaque seconde, devenir son tout, le centre de son univers, son unique préoccupation.

Je sais, c'est un peu excessif, mais c'est ce que je ressens pour elle, là, dans l'instant, et c'est ce que je veux, de tout mon cœur, de toute mon âme.

Elle papillonne des cils, enlève le peu de vêtements qui lui reste sur le dos, s'empare de ma main, m'attire dans la douche, et allume les jets. Alors que je me maintiens au mur, elle me savonne, s'amuse de mes réactions, puis s'agenouille.

– À toi maintenant.

– Tu n'es pas obligée, Jeanne.

– Je sais, mais j'en ai envie. Vite fait, termine-t-elle, avec un sourire en coin.

Elle referme son poing sur ma queue déjà tendue. Ses yeux ne me quittent pas, alors qu'elle me lèche sur toute ma longueur, aspire, suce, fait glisser ses lèvres. Je regarde sa bouche pulpeuse m'engloutir, je me retiens pour ne pas appuyer sur sa tête et buter tout au fond de sa gorge. Je voudrais disparaître dans cette bouche, me laisser aspirer, pour me fondre en elle, pour me perdre, ne jamais reprendre pied, pour oublier mon calvaire quotidien, mes idées noires, ces souvenirs qui me hantent à longueur de temps lorsqu'elle n'est pas avec moi.

– Tu aimes, demande ma diablesse, après une dernière aspiration.

– Bordel, Jeanne tu sais bien que oui. Continue.

– Sinon, quoi ?

Elle me reprend dans ses mains expertes, continue de me branler en se mordant les lèvres.

Je suis au supplice.

– Qu'est-ce que tu aurais envie de me faire là, maintenant ?

– Je prendrais ton petit cul si tentant, je te ferais si bien jouir que tu finirais par t'évanouir de plaisir.

Elle me regarde, une flamme de convoitise au fond de ses prunelles.

– Je ne l'ai encore jamais fait. C'est douloureux ?

– Je prendrai mon temps ma belle, je te préparerai avec mes doigts, petit à petit… oh putain, continue…

Elle accélère, murmure d'une voix sensuelle, qui résonne dans mon membre.

– Bientôt je te le promets. J'ai envie de tout faire avec toi, Adam.

L'image est si réelle, que je me vois en elle, entre ses deux merveilleux globes si tentants. Elle accélère la cadence, me titille divinement, m'agace, si fort, que lorsqu'elle me reprend dans sa bouche pour ne plus me lâcher, j'explose, à m'en péter la tête et les neurones.

18

Jeanne

Je souris au souvenir de la séquence de baise torride que je viens de vivre tout en regagnant le parking. Si quelqu'un m'avait dit un jour que je serais capable de faire l'amour avec un patient, dans sa chambre, en plein jour, je n'aurais pas cru cela possible. Et pourtant, c'est bien ce qu'il vient de se produire, et c'était, encore une fois, merveilleux.

J'ai perdu du temps, je vais être en retard, mais je m'en moque. Je voulais me perdre dans ses bras, quelques minutes, pour oublier le marasme de ma vie, les décisions que je vais devoir prendre. Je ne voyais que lui, il n'y avait que lui, et notre désir de nous appartenir, de nous fondre l'un dans l'autre.

Comment lui résister ?

Adam est doué, incroyablement doué, charmeur, exigeant, viril, incroyablement sexy, avec ce petit grain de folie que j'affectionne particulièrement. Il sait me surprendre, m'amener à me dépasser, me faire vibrer de mille manières. Dans ses bras, je me sens une autre femme, en le laissant me guider, faire de mon corps ce qu'il veut, pour n'en récolter que du plaisir. Beaucoup de plaisir même. Comme jamais je n'en ai eu jusque-là.

Est-ce pour cette unique raison que je suis devenue si accro en si peu de temps ? Parce qu'il éveille ma sensualité ? Parce qu'il éveille mon corps, me fait découvrir une sexualité plus libérée, plus dévastatrice, plus addictive ?

Si ce n'était qu'un attrait physique finalement ?

Non. Je sais bien que non. Il y a autre chose.

Adam me plaît. Énormément. Je veux le connaître mieux, passer du temps avec lui. Je veux faire partie de sa vie.

J'espère qu'il ne m'en voudra pas d'être partie comme une voleuse, après quelques baisers langoureux, prétextant trop de travail. J'ai voulu lui dire mille fois que je m'absentais, pour finalement m'abstenir, à la dernière minute. Je ne voulais pas lui mentir, je ne voulais pas débuter notre relation sur des mensonges, alors je me suis tue. Je prie pour que la situation ne m'explose pas en pleine poire un jour ou l'autre.

Je lui envoie un texto, prétextant une urgence familiale, en m'excusant de n'avoir pas le temps de le lui dire de vive voix, puis je démarre et sors de l'enceinte du château.

***

En arrivant dans le service maternité de l'hôpital, je me présente à l'accueil, demande à voir Émilie, mon amie sage-femme, en espérant qu'elle ne soit pas trop occupée pour pouvoir m'accorder un peu de temps. Je lui fais entièrement confiance, je sais que je peux tout lui dire, elle me comprendra et me soutiendra quel que soit mon choix. Dans la salle où l'on me demande de patienter, je regarde autour de moi. Je n'en reviens pas, il y a quelques mois, j'étais stagiaire dans ces locaux. J'ai le sentiment qu'une éternité s'est écoulée depuis.

Tant de choses ont changé, je ne suis plus avec l'homme que j'aimais à l'époque, mais enceinte de lui, et un autre homme commence à prendre sa place dans mon cœur.

Quel merdier !

Pour ne pas m'appesantir sur le chaos de ma vie, je reporte mon attention sur les femmes qui m'entourent, toutes centrées sur leur bidon, visiblement épanouies.

Qu'est-ce que je fais là ?

Pitié, Émilie, dépêche-toi !

Je pousse un soupir de soulagement lorsque je la vois arriver. Elle m'aperçoit, me fait un petit signe de la main, et se dirige vers moi.

– Jeanne, quelle bonne surprise, Dijon te manquait ? Tu es venue retrouver Julien ?

– Salut. C'est un peu plus compliqué que ça, je peux te parler ?

– Bien sûr, allons dans mon bureau.

Elle me prend sous le bras, me fait entrer dans sa salle de consultation. Après m'avoir invitée à m'asseoir, elle contourne son bureau.

– Tu parais bien soucieuse, qu'est-ce qui t'arrive ?

– J'ai besoin de toi, Émilie.

Je baisse les yeux, déjà prête à laisser couler mes larmes.

Non, je ne dois pas pleurer.

Il faut que je sois forte. Je respire profondément.

– Julien m'a plaquée il y a quinze jours, et je suis enceinte de lui.

– Oh Jeanne, je suis vraiment désolée pour Julien et toi. Je sais que tu étais amoureuse, mais lui, je peux bien te le dire maintenant, je n'ai jamais pu l'encadrer. Il avait une façon de te parler qui ne me plaisait pas. À quand remontent tes dernières règles ?

– Elles ont démarré le premier juin.

– Tu prenais la pilule ?

– Oui, mais le dimanche avant les oraux, j'ai été malade, se pourrait-il que je l'aie vomie ?

– Non Jeanne, des grossesses sous pilule surviennent lorsqu'elle n'est pas assez dosée, en particulier chez les femmes jeunes, ou à cause d'une plaquette défectueuse. Une pilule n'est plus efficace qu'au bout de huit jours d'arrêt, donc ce n'est pas en l'oubliant une fois ou en l'évacuant que tu aurais pu te retrouver enceinte. Mais rien n'est fiable à cent pour cent, il faut le savoir aussi. Tu avais changé de pilule récemment ?

– Oui, il y a deux ou trois mois, je ne supportais plus l'autre, j'avais des migraines permanentes, je n'en pouvais plus, et mon médecin m'a prescrit une microdosée.

– Elle n'était visiblement pas assez dosée pour toi donc elle n'a pas mis ton hypophyse au repos, et tu as eu des ovulations. Tu la prends toujours ?

– Je la prenais, mais j'ai cessé depuis que je sais que je suis enceinte.

– On va passer à côté, et je vais te faire une échographie. Tu es à six semaines d'aménorrhée, donc une conception vers le 13/14 juin. Nous allons voir ça tout de suite.

Je m'installe sur sa table d'examen, malade d'angoisse. Elle me badigeonne de gel échographique, et plaque sa sonde glaciale sur mon bas-ventre, en appuyant assez fort.

– Voilà, nous y sommes, regarde…

Elle tourne l'écran vers moi, et je vois une petite poche noire au sein de mon utérus. Elle fait tourner une roulette pour prendre des mesures.

– L'embryon fait quatre millimètres, ce qui correspond bien à quatre semaines de gestation. Tout a l'air parfait. Je vais te faire entendre le cœur.

Avant que je n'aie le temps de dire quoi que ce soit, elle appuie sur un bouton, et j'entends soudain des pulsations d'une rapidité incroyable. Je n'arrive pas à quitter l'écran des yeux. Entendre son petit cœur battre me bouleverse.

Cette petite vie se révèle à moi, bel et bien réelle.

– Voilà l'écho, dit-elle en me tendant l'image. Tu comptes faire quoi ?

Je me rhabille au ralenti, complètement anéantie.

– Je ne peux pas le garder, Émilie, je ne m'en sens pas la force. Tu dois m'aider.

– Écoute, ne te précipite pas, tu as encore une semaine pour faire une interruption volontaire de grossesse médicamenteuse. Prends le temps de peser le pour et le contre, mais passé ce délai, il faudra faire un curetage, et effectivement c'est plus compliqué, car il s'agit d'un vrai geste chirurgical, avec une hospitalisation de quarante-huit heures. Légalement, tu as jusqu'à la douzième semaine de grossesse soit quatorze semaines d'aménorrhée pour pratiquer une IVG. Je serai près de toi, quoi que tu décides. Tu vas en parler à Julien ?

– Oui, je pense qu'il est en droit de savoir. Tu travailles demain ?

– Demain, c'est le 14 juillet, Jeanne, répond-elle en riant.

Devant mon air éberlué, elle pouffe.

J'ai complètement perdu la notion du temps.

– Désolée, évidemment demain le service est ouvert, mais je ne suis pas de permanence. Si tu veux, je te prends un rendez-vous avec notre psychologue, et à la suite de cet entretien, tu pourras voir la sage-femme de garde qui te donnera les médicaments pour arrêter ta grossesse, si c'est ce que tu désires vraiment. Je t'accompagnerai si tu veux. Tu devras revenir maximum quarante-huit heures après pour une deuxième phase, et nous te donnerons un médicament qui cette fois-ci décrochera l'embryon.

Dis comme ça, ça ne donne pas envie.

– C'est douloureux ?

– La première phase, non, tu ne sentiras rien. Par contre, pour l'expulsion, tu auras des contractions utérines et tu sentiras passer le petit œuf. Tu vas devoir en parler, Jeanne, tu ne pourras pas garder ça pour toi. Un avortement n'est pas anodin et peut laisser des séquelles.

– Ne t'inquiète pas pour moi, ça ira, je ferai ce qu'il faut. Je compte bien reprendre ma vie en main et oublier Julien. Dans quelques jours, tout ceci ne sera plus qu'un mauvais souvenir, c'est pour ça que je veux aller vite. Tu peux me prendre un rendez-vous pour demain ?

– Bien sûr, attends-moi là.

Elle sort de la pièce. Je déplie mes doigts, regarde l'échographie toute chiffonnée. Malgré moi, cette petite image me bouleverse. Et entendre son petit cœur, mon Dieu, je n'en reviens toujours pas. C'est un cauchemar, dites-moi que je vais me réveiller, et que tout ceci ne sera plus qu'un mauvais souvenir.

– Tiens, ton rendez-vous, dit Émilie, me faisant sursauter. Demain, dix heures, avec Nathalie Sallaz, notre psychologue, cela te convient ?

– Bien sûr, c'est parfait. Je suis obligée pour la psy ?

– Oui, Jeanne, c'est obligatoire, pour toutes les femmes. Tu verras, elle t'aidera à y voir plus clair, et à assumer ton choix si jamais tu te décides à avorter. Elle ne juge pas, acceptera ta décision sans chercher en aucune façon à t'influencer.

– Merci encore pour tout, je te tiens au courant, dis-je, en me levant et en l'enlaçant.

– Où dors-tu ce soir ?

– Je vais prendre un hôtel.

– Tu veux venir chez moi ?

– Non, tu es gentille, mais je dois refuser. Je t'appelle si ça ne va pas, promis.

J'ai hâte maintenant de sortir de cet hôpital.

Dehors, la canicule m'assaille. Je titube en allant récupérer ma voiture, proche de l'évanouissement. Une terrible migraine me vrille les tempes.

Putain, ce qu'on peut être mal, enceinte !

Je ne sais pas si toutes les femmes subissent ce que je subis ou si je suis dans cet état parce que je ne désirais pas ce bébé. Et parce que je mène un combat intérieur. Mais c'est un véritable calvaire. C'est bizarre, j'ai eu des nausées à partir du moment où je me suis posé des questions sur une éventuelle grossesse, pourtant je suis enceinte depuis un mois. Depuis un mois, j'ai une petite vie qui grandit en moi, et je n'en savais rien.

Il est presque midi et je meurs de faim.

J'opte pour un hôtel proche de l'hôpital, d'une chaîne assez classe. J'ai envie de me faire plaisir malgré tout, et après m'être installée dans ma chambre, je commande un plateau-repas au room service. Tout en dévorant mon en-cas, mes pensées vagabondent vers Adam. Penser à lui me distrait de mon état et de la culpabilité pour ce que je m'apprête à faire.

A-t-il reçu mon texto ?

S'il m'en voulait ? Tellement, qu'il ne veuille plus me voir ? J'en mourrais.

Je m'inquiète un peu de sa réaction, je devrais peut-être l'appeler.

Je prends mon portable, pour remarquer qu'il a cherché à me joindre plusieurs fois.

Mon cœur se serre d'appréhension. Je compose son numéro, tombe sur sa messagerie.

– Adam, c'est Jeanne. Je suis vraiment désolée d'être partie rapidement, mais il fallait que je rentre en Bourgogne de toute urgence, je t'expliquerai. Je suis disponible, si tu veux, tu peux m'appeler, ça me ferait vraiment plaisir d'entendre ta voix. Je rentre jeudi soir, et tu… euh… je t'embrasse.

Je raccroche, avant de lui dire qu'il me manque plus que tout, et que contre toute logique, je suis tombée amoureuse de lui. Je suis un peu déçue de ne pas l'avoir eu directement. Maintenant que j'y repense, je ne sais pas ce qui m'a pris, j'aurais dû lui parler, et ne pas partir sans lui dire. J'ai fui, c'est ça la vérité. De peur de tout lui avouer, de lui demander son soutien. Je ne lui ai déjà que trop dévoilé mes sentiments. Je ne devrais pas m'emballer, rester prudente, pour ne pas le faire fuir comme j'ai fait fuir Julien.

Comment faire ?

Il me rend dingue, je suis raide dingue de lui. J'aime tout chez lui, son sale caractère, sa fragilité savamment dissimulée, son sourire dévastateur, son humour, sa tendresse. Tout. En plus, côté sexe il assure.

Je me demande comment j'ai pu tomber amoureuse de lui si rapidement ?

Je ne le connais que depuis une semaine.

Jeanne, sept jours, sois raisonnable, on ne peut pas aimer quelqu'un en seulement quelques heures, si ?

J'ai beau me raisonner, m'exhorter à la prudence, à plus de tempérance, me dire que tout va trop vite et que je risque encore de me planter, je n'ai pas envie de passer à côté de ce qu'Adam m'offre. À chaque fois qu'il prend mon corps, au fil des heures que je passe avec lui, je m'attache un peu plus, je le laisse entrer dans mon cœur.

Les belles choses que nous offre la vie méritent d'être vécues intensément, non ? Sinon, à quoi bon ? Alors, je vais plonger tête baissée, je vais le laisser m'aimer, et advienne que pourra.

Je m'allonge confortablement sur mon grand lit moelleux, repue et bien décidée à profiter de ces quelques heures pour faire le point sur ma vie. Bientôt, je me retrouverai face à Julien. J'ai peur de manquer de courage, peur de sa réaction quand je lui annoncerai ma grossesse. Il va certainement me rejeter, et je ne sais pas comment je vais réagir.

Mon téléphone vibre. Je suis si fatiguée que je n'ai pas le courage de décrocher.

19

Adam
Plus tôt, dans la matinée.

– Monsieur Champdor… Adam… réveillez-vous, c'est bientôt l'heure de votre séance de kiné.

J'ouvre difficilement les yeux pour apercevoir le visage de Lucie, presque collé au mien.

Un autre moi, quelques mois en arrière, l'aurait immédiatement culbutée sur le lit pour lui arracher sa petite culotte, mais l'Adam d'aujourd'hui a mûri, et surtout n'a plus qu'une fille en tête. En repensant à ce que je viens de faire avec Jeanne, une partie de mon anatomie se développe vitesse grand V.

J'ai très envie de recommencer.

Merde.

L'autre pomme va croire qu'elle me fait de l'effet, alors que je ne pense qu'à ma kiné. Cette fille m'a ensorcelé. Je ne pensais pas trouver une telle perle ici, et encore moins qu'elle puisse s'intéresser à moi.

Malgré ma petite heure de sommeil, j'ai mal partout. J'ai des courbatures sur tout le corps certainement dû aux folies de mon corps, mais je m'en fous royalement. Je me sens gonflé à bloc, prêt à bouffer du lion, et plus vivant que toutes ces dernières semaines. De plus, depuis que je passe mes nuits avec Jeanne, je ne fais plus de cauchemar de l'accident, mon cerveau est enfin en paix. À vrai dire, je n'ai pas beaucoup dormi non plus. Alors je dors la journée, il faut bien que je récupère. Je suis encore en convalescence, pourquoi elle me réveille, je ne lui ai rien demandé.

Ah oui, ma séance kiné !

Jeanne ne va pas être contente si j'arrive en retard.

Je me recule pour mettre de la distance entre Lucie et moi, demande, d'une voix mordante :

– Je pourrais avoir un café, s'il vous plaît, et mes antalgiques ?

– Bien sûr, Adam, euh… monsieur Champdor, je vous apporte ça tout de suite.

Elle me sourit et je crois la voir papillonner des cils.

Elle ne comprend rien, cette quiche !

Qu'imagine-t-elle ? Que je saute sur tout ce qui bouge ?

Je sais que j'ai une belle gueule, et j'en ai bien profité jusque-là, je ne vais pas le nier, mais j'ai décidé de me ranger et d'avancer dans la vie. Jeanne a raison, je commence à voir le bout du tunnel, à faire de nouveaux projets, à trouver de nouvelles raisons de vivre.

Je laisse retomber ma tête sur l'oreiller.

J'ai dormi comme un bébé, et je n'arrête pas de sourire comme un con. Dans quelques minutes je vais la revoir. Je l'ai quittée il y a seulement une heure, et elle me manque déjà.

Putain, je suis raide dingue de cette fille !

Lucie revient avec mes médicaments, mon café, et se plante au pied de mon lit.

– Vous voulez que je vous aide à vous préparer ?

– Non, ça ira, merci.

– Comme vous voudrez, je voulais juste me rendre utile.

Elle sort de ma chambre, la mine renfrognée.

***

Je me grouille, et à neuf heures cinquante-huit, je franchis les portes automatiques du service kiné, où il règne une bonne odeur de café, mêlée aux effluves des produits de massage. Je commence à trouver ce lieu sympathique, on se demande bien pourquoi.

Je m'installe pour patienter.

Je jette des petits coups d'œil dans le box, mais je ne la vois nulle part, ni ne l'entends d'ailleurs. Elle aurait déjà dû venir à moi, comme les jours précédents, le rouge aux joues, le souffle un peu court.

Le chef kiné se dirige vers moi, et j'ai soudain un mauvais pressentiment.

– Bonjour, monsieur Champdor. Mademoiselle Dubreuil étant absente quelques jours, je vais m'occuper de vous ce matin, et à partir de cet après-midi, vous serez pris en charge par monsieur Xavier Delorme.

Quoi ? Pardon ?

Je n'ai pas bien saisi, là ?

Des mecs vont poser leurs sales pattes sur moi ?

Certainement pas !

Je ne vais pas me faire masser par un mec, il est malade, c'est hors de question !

– Vous me prenez un peu au dépourvu, je préférerais avoir Léa, si c'est possible ? Et Jeanne, je veux dire, mademoiselle Dubreuil, où est-elle ? Enfin, je vous pose cette question, je sais que ça ne me regarde pas, mais je suis très satisfait de ses soins, je ne veux pas changer de kiné.

– Je comprends très bien et j'en suis heureux, mais rassurez-vous, son absence n'est que temporaire, elle reste votre thérapeute, bien entendu. Je suis content que vous vous entendiez bien, je vais voir si mademoiselle Delaunay peut s'occuper de vous. Ne bougez pas.

Il s'éloigne.

C'est quoi ce bordel ?

Pourquoi ne m'a-t-elle rien dit, alors qu'il y a un peu plus d'une heure, elle était dans mes bras ?

Je mets la main dans ma poche à la recherche de mon portable, (j'ai peut-être loupé son appel), pour me rendre compte que je l'ai laissé dans ma chambre, sur la desserte.

Je monte le chercher, tant pis, ils attendront !

En passant devant le box de Léa, je m'arrête aux nouvelles.

– Monsieur Champdor, je vous présente mademoiselle Delaunay, qui va s'occuper de vous pendant l'absence de mademoiselle Dubreuil. J'espère que…

– OK merci, c'est bon, on va s'en sortir.

Il me gave avec ses courbettes et ses blabla, je ne peux pas le saquer ce mec !

Il se casse enfin.

Je regarde Léa et je lève les yeux au ciel. Elle pouffe derrière sa main. Je sens que l'on va bien s'entendre. Elle a l'air sympa, et je sais qu'elle est amie avec Jeanne, elle va peut-être pouvoir me dire ce qui se passe.

– Léa, ça vous embête si je remonte dans ma chambre, j'ai oublié mon portable ? je demande, dès que le chef kiné a tourné le dos.

– Pas de problème, prenez tout votre temps. De toute façon, je ne peux pas vous prendre tout de suite, je vous aurais fait attendre, alors on se voit tout à l'heure.

– Si vous n'avez pas de temps pour moi ce matin, ce n'est pas grave, je comprends, je peux faire des exercices seul.

– C'est vrai, ça ne vous dérange pas ? Ce serait super, j'avoue que je suis déjà surbookée, mais pas un mot au chef, d'accord ?

– Ne vous inquiétez pas, ça restera entre nous, je réponds avec un clin d'œil.

Je remonte rapidement, entre dans ma chambre, marque un temps d'arrêt en découvrant Lucie assise sur mon lit avec mon portable entre les mains.

Qu'est-ce qu'elle fout encore là ?

Et pourquoi tripote-t-elle mon portable ?

Lorsqu'elle me remarque, elle rougit, saute de mon lit, me tend mon téléphone.

– M… monsieur Champdor… déjà de retour ? Je suis désolée, il sonnait alors… tenez, je vous laisse.

Je le récupère tout en la fusillant du regard.

– J'apprécierais à l'avenir ne pas vous trouver fouillant dans mes affaires.

– Je ne fouillais pas, monsieur, je suis venue débarrasser, et comme je vous l'ai dit, il a sonné…

– Et vous vous êtes empressée de regarder qui m'appelait, logique, tout à fait normal. On ne peut pas avoir un peu d'intimité dans ce putain de château de merde ? C'est quoi votre problème ?

Elle blêmit, bafouille des excuses, s'enfuit sans demander son reste. Je regarde qui m'a appelé, et je suis un peu déçu en constatant que ce n'est pas Jeanne, mais mon ami anglais Jimmy avec qui je suis en affaires. Je vais le rappeler, mais je veux entendre la voix de Jeanne avant. Je compose son numéro. Après plusieurs sonneries, je passe sur messagerie et je raccroche sans laisser de message.

Putain, qu'est-ce qu'elle me fait ?

Je ne peux pas m'empêcher de m'inquiéter pour elle. Soudain, je pense à quelque chose : si son absence avait un rapport avec sa grossesse ? Elle est peut-être allée voir son ex et ils vont se remettre ensemble, pour le bébé. Pourtant, elle m'a dit qu'elle ne voulait plus rien avoir à faire avec ce connard et je dois lui faire confiance. Elle était sincère, elle ne simulait pas, elle ne peut pas avoir déjà oublié ce que nous avons partagé. Je ne peux pas croire que tout s'arrête déjà. Je ne veux pas. Impossible. Je tente de la rappeler, mais de nouveau je tombe sur sa messagerie.

J'appelle alors mon ami Jimmy.

– Salut, Jim, c'est Adam.

– Hey, mon pote, ça fait du bien de t'entendre…

Jimmy a un accent franglais des plus drôles. C'est un type génial, et mon deuxième meilleur ami, après Philippe bien sûr. Philippe, jamais personne ne pourra prendre sa place. Jim est un vrai requin de la finance, il a su faire fructifier mon capital au-delà de mes espérances et grâce à lui, aujourd'hui, je suis à l'abri du besoin. Je peux me payer à peu près tout ce que je désire, et ce que je désire par-dessus tout, c'est racheter une boîte dans la Plastics Vallée, pour enfin voler de mes propres ailes et montrer au monde entier, ainsi qu'à mon père en particulier, ce que je vaux dans le monde des affaires.

– Tu as des nouvelles pour moi, Jim ?

– Yes, et tu vas être très content. La proposition de rachat est étudiée en ce moment par les avocats du vendeur, mais nous sommes largement au-dessus des autres offres. D'après mes contacts, je pense que nous devrions l'emporter. Je t'appelle dès que j'ai la réponse, ils doivent me contacter en début d'après-midi. Prépare-toi à faire sauter le champagne ce soir, pour fêter ça. Dans quelques heures, si tout marche comme je l'espère, tu seras l'heureux propriétaire d'une usine, certes au bord du gouffre, mais qui a un immense potentiel. Si c'est OK pour toi, je saute dans le premier avion et je suis chez toi demain, avec les contrats.

– Génial, Jimmy, tu es le meilleur, je savais que je pouvais te faire confiance. Je suis heureux que tu viennes, tu vas me changer les idées, mec, j'en ai besoin, et il faut que l'on parle de ton gros chèque.

– Ne t'inquiète pas pour ça, nous avons le temps, je vais d'abord te sortir. Je vais louer une cabriolet, et on ira se promener. Tu me feras visiter. Demain, c'est congés chez vous, non ?

– Ouais, et j'ai plein de choses à te raconter.

– Super ! Et ça va, toi sinon ? Tu as la moral ?

– On dit *le* moral Jim, et *un* cabriolet, je réponds, en riant. Oui, ça va, je remonte la pente tout doucement et j'ai… euh… rencontré quelqu'un.

– Cool, *guy,* je suis très heureux pour toi. Je veux tout savoir, une infirmière ?

– Non, Jim, ma kiné. Je te raconterai quand on se verra.

– OK, alors à demain ! Ah, attends, j'ai oublié, j'ai une lettre à te remettre de la part de Kathleen, tu te souviens, tu avais eu une histoire avec elle.

– Bien sûr, je me souviens d'elle, qu'est-ce qu'elle me veut ?

– Aucune idée. Je t'apporte son lettre.

– D'accord, bye Jim, et encore merci.

Je raccroche, encore sous le choc de ses révélations.

Enfin, mes espoirs se concrétisent !

Plus que quelques heures, et je serai fixé. Seule ombre au tableau, Jeanne. Je l'appelle, mais toujours pas de réponse.

Putain, qu'est-ce qu'elle fout ?

Pourquoi ne répond-elle pas ?

Et Kat, qu'est-ce qu'elle me veut ?

20

Jeanne

Depuis plus d'une demi-heure, je poireaute devant mon ancien appartement, enfin, celui que je partageais avec mon ancien petit ami. Je prends des risques, j'aurais dû le prévenir de ma visite, mais comme ça, il n'aura pas la possibilité de se défiler. J'espère qu'il ne rentrera pas trop tard, et qu'il sera seul, sinon je ne réponds plus de rien. J'ai dormi une bonne partie de l'après-midi, j'ai pris un bon bain chaud en m'évertuant à ne penser à rien et je me suis préparée psychologiquement à cette confrontation, mais de là à rester zen en toutes circonstances, il y a encore un pas.

Je saisis mon portable au fond de mon sac. L'envie d'appeler Adam me démange. Il me manque, j'ai besoin d'entendre sa voix même s'il ne peut m'apporter son soutien.

Zut, plus de batterie…

Quand on a besoin de ces satanés téléphones, il y a toujours une merde, pas de réseau, plus de batterie. Vive la technologie ! Je peste contre les aléas du modernisme, le jette sur le siège passager, lorsqu'une voiture s'arrête au bout du parking. Une Peugeot blanche avec une fille au volant. Une angoisse indescriptible m'étreint la poitrine.

Ah non, je ne vais pas craquer maintenant, je me suis juré d'aller jusqu'au bout. Mes mains tremblent sur le volant. Julien sort de la voiture, s'accoude au montant dans une attitude décontractée et provocante. Je reconnais cette posture, il drague ! Il éclate de rire, ferme la portière, fait un petit salut de la main, et traverse la route pour entrer dans son immeuble.

Je m'arme de courage, je souffle un bon coup et je sors.

Allez, il faut en finir !

Je monte les trois étages en prenant tout mon temps, et je sonne à la porte. J'ai encore les clés, mais je ne vais pas entrer comme une fleur, je ne suis plus chez moi ici.

La porte s'ouvre, et Julien est là, devant moi, méconnaissable. Il a un mouvement de recul en me voyant. Si je ne le connaissais pas si bien je penserais qu'il est prêt à pleurer. Je le regarde des pieds à la tête, effarée : ses cheveux sont trop longs, négligés, une barbe de plusieurs jours lui mange le visage. Il est débraillé et son tee-shirt taché. En quatre ans, je ne l'ai jamais vu dans un tel état.

– Jeanne ?

Il a un pauvre sourire.

– Tu es revenue, dit-il avec une toute petite voix pleine d'espoir.

Je ne le crois pas. Qu'est-ce qu'il me fait ?

– Non Julien, je ne reviens pas. Il faut que je te parle, tu me laisses entrer ?

– Euh… oui, bien sûr.

Il se décale, et j'entre dans cet appartement qui a été le centre de mon univers pendant trois ans. Depuis le hall, je jette un coup d'œil dans la chambre à coucher. Le lit est défait, des vêtements jonchent le sol. Une vraie porcherie.

– Hum… je t'offre un café ?

– Oui, si tu veux. Enfin, non, plutôt un thé si tu as.

– Thé vert à la menthe ? Je crois qu'il reste ta boîte dans la cuisine.

Je le suis et je m'installe à la petite table, en poussant des assiettes sales pour me faire un peu de place. Mes yeux font discrètement le tour de la pièce.

Mon Dieu, quel bordel ici aussi.

Je ne veux pas le mettre mal à l'aise, mais il me fait pitié, et son intérieur parle pour lui, il est incapable de se débrouiller seul. En même temps, la nana qui lui servait de bonniche est partie, et visiblement aucune autre n'a franchi la porte de cet appartement. Je le regarde s'affairer et je me demande ce que j'ai bien pu lui trouver toutes ces années.

– Euh… désolé pour le bordel, mais je n'ai le temps de rien. Je bosse, je sors pas mal avec les copains et tu sais bien, le ménage et moi, ça fait deux. Ma mère vient ce week-end pour mettre un peu d'ordre.

– Ben voyons. Julien, il faut que je te dise qu…

Il me coupe la parole.

– Reviens, Jeanne, j'ai déconné. Je suis désolé, je ne sais pas ce qui m'a pris. D'avoir planté mon exam, je me suis senti mal, et comme toi tu l'as eu haut la main, j'ai eu l'impression d'être un moins que rien, de ne pas te mériter. Mes parents ont proposé de venir me chercher, ils avaient peur que je fasse une connerie.

– Hé, c'est bon, ta vie n'est pas foutue, tu vas le repasser et tu l'auras, cet examen, ce n'est pas la fin du monde, ça peut arriver à tout le monde.

– Ouais, mais moi, je n'ai pas droit à l'erreur, tu sais comment ils sont.

Oh que oui !

Je ne le reconnais plus, je découvre des failles que je ne lui connaissais pas.

– Tu m'as fait beaucoup de mal, Julien, je ne te pardonnerai jamais de m'avoir larguée, comme ça, à distance alors que l'on était ensemble le week-end d'avant. Je me suis sentie humiliée, tu t'es bien foutu de ma gueule ! Si tu avais eu un minimum de respect pour moi, tu m'aurais dit en face que tu ne voulais plus de moi.

– Je suis désolé, Jeanne, crois-moi. Je tiens à toi, je le sais maintenant. Depuis que je suis seul, je dépéris, regarde-moi.

Puis plus doucement :

– Tu me manques.

– Je te manque ? ! je crie. N'importe quoi, tu as juste besoin d'une bonne à tout faire et d'une soumise dans ton lit, mais tu n'as certainement pas besoin de moi, sinon tu m'aurais traitée autrement. Tu es parti le jour des résultats, sans presque rien me dire, tu as tout bousillé, tu n'as pensé qu'à toi, comme d'habitude. Tu m'as laissée, Julien. C'est trop tard maintenant, je ne veux plus rien avoir à faire avec toi.

– C'est toi qui es partie, Jeanne.

Je vois rouge.

– Arrête de dire ça, bordel ! On en avait parlé, tu étais d'accord. Je m'étais engagée vis-à-vis du centre, je ne pouvais plus reculer. J'ai cherché du boulot pour nous deux, souviens-toi, j'avais besoin de planifier ce que j'allais faire après les examens. Je ne suis pas comme toi, moi, je n'ai pas des parents friqués qui me paient tout. Tu voulais prendre au moins deux mois de vacances parce que tu étais fatigué, paraît-il, et visiblement, je ne faisais déjà plus partie de tes plans.

– Ouais, je sais, tu as raison, je ne me suis pas rendu compte, j'étais paumé.

– Tu ne m'as pas rendue heureuse, je le sais maintenant, et ça, ça ne changera jamais. Je n'ai plus confiance en toi, je ne pourrai jamais revenir, Julien. Et… est-ce que tu m'as laissée pour une autre fille ?

Il se trouble, visiblement mal à l'aise.

– Euh… non, pourquoi tu demandes ça ?

– Parce que c'est important pour moi, espèce d'andouille. Et quand on était ensemble, tu m'as trompée ? Tu peux me le dire maintenant, je peux tout encaisser, crevons l'abcès. Après je te dirai pourquoi je suis là.

– J'ai flippé. J'ai eu besoin de souffler. Je me suis rendu compte que j'étais dépendant de toi, que notre relation m'étouffait. Tu es trop…

– Trop quoi, Julien ? Trop conne, ça, c'est sûr.

– Non, trop gentille, trop bonne. Trop aux petits soins, trop directive. Tu m'étouffais, Jeanne. Tu avais déjà tout planifié, hein, avoue ? Le cabinet ensemble, le mariage, des gosses. Putain, je me voyais déjà casé et j'ai encore envie de m'amuser, de profiter de ma jeunesse.

Je baisse la tête.

Il a tellement raison. Oui, j'avais tout planifié. Je voulais faire ma vie avec lui, avant qu'il ne brise mon petit cœur, et tous mes rêves d'avenir.

– Il y a bien eu Magali un soir où tu n'avais pas voulu sortir, reprend-il, à voix basse. On avait pas mal picolé, mais on n'a rien fait, je te jure, mais depuis, eh bien…

– OK, j'ai compris, en fait je m'en fous. Tu as pu baiser tout Dijon, je ne veux plus rien savoir.

– Il n'y a personne d'autre, Jeanne, je te le jure. Je le voudrais mais je n'y arrive pas. Je me suis rendu compte que je tenais vraiment à toi et que tu sois là ce soir, c'est juste incroyable. Tu es tellement jolie, magnifique même, je t'aime toujours, Jeanne.

Euh, il me fait quoi, là ?

– Attends, attends, je t'ai dit que je ne revenais pas, Julien. J'ai besoin de te parler de quelque chose d'important.

– Reste avec moi, s'il te plaît. Reste cette nuit, supplie-t-il, en se rapprochant dangereusement.

– Tu écoutes quand je te parle ? C'est fini, Julien, terminé, je ne veux plus de toi, ni de ton enfant.

Je mets la main devant ma bouche.

Je n'aurais jamais dû lui dire de cette façon, c'est cruel de ma part.

Il me regarde, figé de stupeur, et je peux suivre le cheminement de ses pensées : il est dans l'incompréhension la plus totale et il a une trouille d'enfer. Ce n'est qu'un gosse lui-même, il est incapable d'imaginer en avoir un à lui.

– Quoi ? Qu… Qu'est-ce que tu viens de dire ?

– Excuse-moi, je ne voulais pas te l'annoncer comme ça.

– Quand ? Comment ? Tu es sûre qu'il est de moi ?

– Non, mais tu t'entends ? Tu penses que je viendrais

t'annoncer un truc pareil si ce bébé n'était pas de toi ? Tu me prends pour qui ? Il n'y avait que toi, Julien, depuis le début. Je suis enceinte de quatre semaines, mais rassure-toi, je ne compte pas le garder, j'ai rendez-vous demain à la maternité pour faire une IVG. Je voulais juste que tu le saches, c'est tout, mais ma décision est prise, et je ne reviendrai pas dessus. Dans quelques heures, tu seras définitivement débarrassé de moi, c'est bien ce que tu voulais non ? Je n'aurais rien dû te dire, je me suis trompée, je n'aurais même pas dû venir, dis-je, en me levant pour partir.

Il me retient par le bras.

– Non, tu as bien fait, excuse-moi, je dis n'importe quoi.

Il me prend dans ses bras, prêt à m'étouffer et je gigote, mal à l'aise et raide comme un piquet. Il me donne chaud et le voir dans cet état est douloureux, malgré tout ce qu'il m'a fait. Je ne veux pas lui faire de mal, je regrette d'avoir été si directe, mais j'ai fait des choix. J'ai Adam dans la tête, j'ai besoin de tirer un trait sur mon histoire avec Julien, de refaire ma vie, ailleurs, avec quelqu'un d'autre. Quelqu'un dont je suis tombée éperdument amoureuse, et qui m'a donné en quelques jours plus d'amour que Julien en trois ans. Je sais, c'est fou, mais c'est comme ça. Le cœur a ses raisons.

J'en suis malade.

– Attends, pousse-toi, il faut que je…

J'ai juste le temps de mettre la tête dans l'évier.

Il s'approche de moi, me caresse le dos, me tend un mouchoir en papier.

– Tu as besoin de quelque chose ? Tu veux un verre d'eau ?

– Non, merci, je ne peux rien avaler. Excuse-moi, je retourne m'asseoir, je ne me sens pas très bien, dis-je, en le poussant gentiment.

Il reste appuyé contre l'évier, me regarde. Il inspire et je sens que sa décision est prise.

– Tu fais ce que tu veux, mais moi je n'en veux pas, que diraient mes parents ?

Voilà, c'est dit. Je le savais.

Je n'en ai rien à foutre de ses vieux. Ils ne m'aiment pas de toute façon, ils ne m'ont jamais aimée, je ne suis pas assez bien pour leur fils chéri.

Je reste silencieuse.

Je suis tellement fatiguée. Je n'en peux plus de cette situation. Je pourrais me coucher par terre et dormir, alors que j'ai dormi une bonne partie de la journée. C'est fou cet état de fatigue, je n'ai jamais été à ce point épuisée. Les nausées, les vertiges, la fatigue, tu parles d'une sinécure.

Vivement que j'y mette un terme.

– Quoi ? Qu'est-ce que tu dis ?

– Je te demandais si tu voulais que je vienne avec toi demain ? Je peux t'accompagner si tu veux.

– Non, ça ira. Je ne veux pas de toi, Julien, je vais y aller seule.

– Très bien, comme tu veux. Tu m'appelleras ? Demain où plus tard… quand tu veux… je serai là pour toi, Jeanne.

Je me lève.

En deux enjambées, il est contre moi. Il me prend dans ses bras.

– Pardonne-moi, je ne voulais pas te faire autant de mal. Ça va aller ? Tu vas t'en sortir toute seule ? Reste avec moi cette nuit, s'il te plaît, juste une dernière nuit. Je ne te toucherai pas, promis.

Je soupire.

Une dernière nuit dans ses bras, pourquoi pas ?

Il a eu des paroles gentilles, il a été compatissant et prévenant, et il regrette notre séparation.

– Non Jeanne ! Tu ne vas pas te laisser amadouer par de belles paroles ? Il est inconstant, ce garçon. Il veut coucher avec toi, c'est tout. Enceinte de lui ou pas, il n'en a rien à foutre !

– Peut-être que non, Démon, on peut lui laisser le bénéfice du doute. Il n'est pas si mauvais, il a surtout l'air malheureux.

Il a compris qu'il avait perdu notre Jeanne.

– Oui, eh bien, bien fait pour lui, il fallait y penser avant. Tu es trop sympa, Ange.

Ma tête va exploser. Je veux juste un lit.

– Bon, je vais y aller.

Je fouille dans mon sac.

– Tiens, tes clés.

Je me hisse sur la pointe des pieds, l'embrasse sur la joue.

– Adieu, Julien.

Avant qu'il ne réponde, je m'enfuis de l'appartement, sans me retourner, le visage baigné de larmes. Dans les escaliers, je suis obligée de m'arrêter. Je suffoque, je tremble de tous mes membres. Je pleure sur mon amour perdu, ma jeunesse et mon insouciance enfuies à jamais, et sur ce bébé qui ne verra jamais le jour.

***

De retour dans ma chambre d'hôtel, à bout de souffle et de larmes, je me jette sur mon lit, pour me recroqueviller sur moi-même et m'endormir tout habillée. Vers minuit, je me réveille, complètement désorientée. Je prends une douche bien chaude, puis j'allume mon portable. Adam a encore appelé de nombreuses fois et envoyé des textos. Le pauvre. Qu'est-ce que je vais lui dire ? Ses SMS sont plutôt sympas :

[Jeanne, pourquoi es-tu partie
sans rien dire ?]

[Je ne comprends pas !
Où es-tu ?]

[Ton chef voulait me masser,
j'ai préféré demander Léa.]

Alors là, non !

Je ne suis pas d'accord du tout, elle va lui faire du plat, d'autant plus qu'elle ne sait même pas que nous sommes ensemble. La connaissant, elle va tenter sa chance. Je me ronge un ongle.

Je suis jalouse, très jalouse, même, Adam, je le veux pour moi, pas touche.

Il est très tard, il doit déjà dormir, je ne devrais pas, il faut qu'il se repose, mais j'ai quand même envie de l'appeler.

Ça sonne…

Mon cœur tambourine dans ma poitrine. Au bout de trois sonneries, il décroche et mon Dieu… sa voix, même endormie, même à distance, déclenche des choses au creux de mon ventre. J'en ai les larmes aux yeux.

– Salut toi…

– Oh, Adam, comme je suis heureuse de t'entendre. Je suis vraiment désolée, tu t'es inquiété, tu n'as pas eu mon texto ? Et je t'ai laissé un message vocal aussi.

– Le texto, non, mais ton message, oui. Bizarre. Ah attends, je comprends. Je crois savoir pourquoi, je t'expliquerai. Jeanne, tu veux bien me dire ce qu'il se passe ?

– Je te raconterai tout ça jeudi, promis. Je n'en ai pas le courage maintenant, je suis fatiguée. Tu dormais ?

– Mmm, oui, je suis crevé, je me demande bien pourquoi ? J'ai une petite amie insatiable. Tu me manques, Jeanne. Moi aussi, j'ai une chose importante à te dire.

Le terme « petite amie » fait battre mon cœur un petit peu plus vite. Tout à coup, je me sens revivre, sûre de moi, et des choix que je fais ou que je vais faire.

– Toi aussi, tu me manques, j'aimerais tellement être avec toi dans ton petit lit. Comme il y a peu de place, on serait obligés d'être collés.

– Jeanne ?

– Oui ?

– Tu seras là.

– Où ?
– Dans mes rêves. Je vais rêver de toi.
– Et moi de toi.
– Je vais te laisser, à plus ma belle.
– À plus, beau gosse.
Nous raccrochons, et je m'endors en une fraction de seconde, des images de nous deux plein la tête.

***

Lorsque mon réveil sonne, je me traîne jusqu'à la salle de bains. Je vomis. Je trouve le courage de m'habiller, mais je vomis encore. Dans la voiture, je vomis. En attendant mon rendez-vous, je vomis dans la poubelle de la salle d'attente. J'en ai ras-le-bol, je n'en peux plus, je vais m'évanouir, là maintenant, et ils vont être obligés de me perfuser.

La psychologue m'appelle enfin, et je la rejoins, ma poubelle à la main, au cas où. Elle me regarde venir à elle, un sourire aux lèvres.

C'est ça ma belle, rigole, j'aimerais bien t'y voir !

– Mademoiselle Dubreuil ? Jeanne Dubreuil ? Vous êtes l'amie d'Émilie, c'est bien ça ?

– Oui.

D'ailleurs, elle n'est pas là, Émilie ?

– Vous êtes kinésithérapeute ?

– Oui, pourquoi ? On ne peut pas être kiné et vouloir avorter ?

– Je n'ai jamais dit une chose pareille, mademoiselle, calmez-vous, je sais que ce sont des moments difficiles et je respecte votre choix, loin de moi l'idée de vous juger. Vous êtes venue seule ?

Je regarde derrière moi.

– Ben, oui, comme vous pouvez le voir.

– D'accord, dit-elle, en soupirant.

– Ça va durer encore longtemps cette mascarade ? Je ne

veux pas paraître mal élevée ni impolie, mais je ne suis pas d'ici, ma décision est prise, et je ne changerai pas d'avis, alors nous pouvons peut-être activer le mouvement.

– Je comprends, nous allons faire au plus vite. Je dois vous le demander encore une fois, pardonnez-moi. Vous êtes vraiment sûre de vous ? Vous prenez cette décision seule et sans contrainte ?

– Oui, en mon âme et conscience, et rien ne me fera renoncer, alors, qu'on en finisse.

– Je vais chercher une sage-femme pour qu'elle vous donne les médicaments, je reviens tout de suite.

Elle se lève et sort, en me laissant seule.

Je prends la petite image échographique restée dans mon sac, regarde ce petit haricot, mon bébé, et je fonds en larmes. Une nausée me plie en deux, d'une violence inouïe, me laissant épuisée avec l'impression que je vais vomir mon estomac. Les deux femmes reviennent. La sage-femme, le visage fermé, me regarde à peine, ouvre un petit sachet, et en sort deux comprimés.

Quoi ?

Où est le problème ?

Ça ne se fait pas, c'est ça ?

Je vais devoir vivre avec ça toute ma vie, dans la culpabilité et les remords ?

Qu'ai-je fait au bon Dieu pour vivre une chose pareille ?

Je l'écoute à peine.

– Tenez, voici des comprimés de mifépristone, qui vont interrompre votre grossesse en coupant la production de progestérone. Vous allez certainement saigner, mais rares sont les femmes qui évacuent l'œuf dans cette première phase, mais ça peut arriver, dit-elle, d'une voix désincarnée. Nous devons nous revoir jeudi pour la deuxième phase. Là, vous aurez des contractions utérines, et des douleurs d'enfantement. Nous vous donnerons de quoi calmer les douleurs. Nous ferons ensuite une échographie de contrôle pour être sûres que vous avez bien tout évacué.

– Je ne peux pas revenir demain ? Comme je l'ai déjà dit, je viens de loin et je pensais pouvoir repartir le plus rapidement possible.

Elles se consultent du regard.

– Nous pouvons essayer, ça fera plus de vingt-quatre heures, ça devrait suffire, décrète la sage-femme.

Cette femme ne me plaît pas, mais alors, pas du tout, et j'ai bien envie de passer mes nerfs sur elle. Un peu d'empathie, de gentillesse, de compréhension et de compassion me ferait le plus grand bien, au lieu de ça, j'ai juste l'impression d'être une merde et de faire quelque chose de mal.

La société a légalisé l'avortement, c'est vrai, avec la loi Veil le 17 janvier 1975, mais les mentalités n'ont visiblement guère évolué. J'ai lu un truc un jour, *Journal d'une femme en blanc* d'André Soubiran, qui dépeint assez bien cette société réac d'avant la légalisation de l'avortement. C'est l'histoire d'une jeune femme médecin, l'une des rares femmes de la faculté de médecine de Paris et elle décide de devenir gynécologue. Elle se heurte déjà tout au long de ses études au diktat de ses confrères masculins, et après l'obtention de son diplôme, elle vient en aide à de pauvres femmes, des campagnardes pour la plupart, qui subissaient des grossesses à répétition. Désespérées, ces femmes allaient se jeter au ruisseau ou se faisaient avorter à la sauvage et mouraient du tétanos. Même dans les cas de contraction de la rubéole par exemple, l'avortement était interdit. Les jeunes couples dans les villes industrielles surpeuplées étaient expulsés de leur meublé dès qu'ils attendaient leur premier enfant. Les médecins n'avaient pas le droit de parler des préservatifs ni d'aucune autre méthode anticonceptionnelle, il fallait repeupler notre pays après les ravages de la guerre. Du grand n'importe quoi, et les femmes évidemment subissaient.

Un monde d'hommes, fait par des hommes, pour des

hommes !

Alors même si les mentalités n'ont pas beaucoup changé, la pilule a heureusement libéré la femme. Nous pouvons normalement aujourd'hui choisir le moment pour faire un bébé.

Sauf que parfois…

– Bien, mademoiselle Dubreuil, nous allons encore vous laisser quelques minutes pour réfléchir et dès que vous serez prête, vous prendrez les comprimés, me dit la psychologue.

Elles quittent la pièce, me laissent seule une fois de plus, perdue, anéantie, et complètement désemparée. Je regarde le grand verre d'eau, les médicaments. Je me cale au fond de ma chaise, et mon regard embrasse le ciel, si bleu, si limpide.

J'ai conservé le petit bout d'échographie dans ma main, et des larmes coulent sur mon visage sans discontinuer.

Je ne souhaite ça à personne ! Même pas à ma pire ennemie.

C'est la pire décision de toute ma vie. Tout est maintenant si confus dans ma tête. Je pensais être sûre de moi, mais je ne sais plus.

S'il vous plaît, un petit signe.

Allez, Jeanne, plus qu'un petit effort et tout sera terminé !

***

Un petit moment plus tard, je quitte enfin cet hôpital de malheur. Au volant de ma voiture, je me surprends à sourire aux anges. Je sais que j'ai pris la bonne décision.

21

Adam

Nous sommes de retour dans ma chambre.

Comme convenu, mon ami anglais Jimmy est venu me rendre visite et j'ai signé les contrats de rachat de l'entreprise que je convoitais. Nous avons descendu quelques bières, enfin moi surtout, et avec mes traitements, j'ai l'impression que ça ne fait pas bon ménage. J'ai la tête lourde, l'esprit embrumé et j'ai sommeil.

Je pousse un soupir de contentement.

Elle m'a coûté une blinde, cette boîte, plusieurs millions d'euros, mais je ne regrette rien, j'ai les moyens de mes ambitions. Jimmy m'a trouvé un financement, et j'ai encore une trésorerie conséquente malgré l'investissement de départ. Je suis largement à l'abri du besoin. Je peux même dire que je suis riche. Nous avons parlé affaires une bonne partie de la journée.

J'aimerais que Jimmy reste près de moi, j'aurais besoin de quelqu'un de confiance, pour me seconder depuis que Philippe n'est plus. Ce projet, nous l'avions en commun, mon meilleur ami et moi, c'était notre but de monter une affaire ensemble, et si possible de racheter une boîte autre que celle de mon père.

Philippe.

Putain, ce qu'il me manque.

Chienne de vie !

Je m'attends toujours à le voir débarquer à l'improviste.

Il me surprendrait, comme il aimait si bien le faire pour me mettre en rogne. Il aurait poussé la porte de cette chambre, un sourire carnassier au coin des lèvres.

T'as vu, la petite infirmière dans le couloir ? Plutôt bien roulée, non ? J'irais bien mater sous sa blouse ! Elles m'ont toujours fait bander, ces nanas ! aurait-il dit.

Il était incorrigible en matière de filles, pire que moi, un vrai dépravé. Il n'avait pas mes carences affectives. Est-ce qu'il aurait lui aussi fini par trouver la femme de sa vie ? Je pense que oui, car c'était vraiment un mec bien. Déconneur, c'est sûr, mais le meilleur pote qui soit. C'est vraiment dégueulasse, mourir comme ça, connement, parce qu'un connard de demeuré alcoolisé a été incapable de négocier un virage avec son camion. Il n'y a pas de belle mort, mais là, putain, ce type m'a enlevé quatre de mes meilleurs amis. Si je l'avais sous la main, là maintenant, je lui ferais bouffer ses dents. J'en ferais de la bouillie ! Saloperie de poivrot de merde.

À une heure du mat, il avait plus de trois grammes, cet enfoiré ! Qu'est-ce qu'il faisait sur cette route, bordel ? On dit, les jeunes, les jeunes… mais il y a des types qui, à cinquante balais, sont pires que nous. Il faut voir ce qu'ils descendent, les salauds, de vraies bonbonnes.

Jusque-là, j'étais anéanti et sans réactions, il fallait que j'absorbe la tragédie de ma vie, mais maintenant, je vais mieux, et je vais pouvoir régler mes comptes. Je vais lui faire sa fête à ce connard, faire de sa vie un enfer, et il va raquer. Qu'il ne compte pas sur moi pour la mansuétude et le pardon, ce n'est pas mon truc. Il va payer pour toutes ces vies fauchées, pour que ça lui serve de leçon, pour qu'il ne fasse pas d'autres victimes. Comment peut-il encore dormir sur ses deux oreilles, ce mec ? Il n'a même pas pris de mes nouvelles, moi, le seul survivant.

J'ai une putain de rage !

Je pourrais tout péter et taper des poings contre les murs

jusqu'à épuisement. Pour que cette douleur sorte de moi.

Je comprends maintenant pourquoi certains se scarifient, ils n'ont pas le choix, c'est une vraie nécessité pour leur corps. Ils ressentent une colère que rien ne peut assouvir ni calmer. Jeanne m'a dit qu'une colère inexprimée, en médecine chinoise, atteint le foie, et que celui-ci monte en température, échauffe le sang, ce qui a pour conséquence une augmentation de la pression et la chaleur dans la tête et on peut péter un câble. Alors pour refroidir ce sang, il faut le faire couler.

Pas con. Pourquoi pas ?

Enfin, peu importe, je vais devoir évacuer tout ça, pour mon avenir et ma tranquillité d'esprit. Elle m'a dit aussi que les émotions sont de vrais poisons pour le cerveau, pour le corps et que les massages, entre autres choses, permettent de libérer ce qui est bloqué. Il est vrai que pendant son massage, des images de l'accident sont revenues à ma conscience, et je me suis senti mieux après, comme nettoyé.

A-t-elle compris à quel point j'étais mal et prêt à tous les débordements, quitte à me mettre en danger ? Que parfois, j'avais envie d'en finir pour que cesse cette souffrance ? Je pense que oui. Elle est mon ange gardien, la personne mise sur ma route pour me sauver, de moi-même, et de mes démons. Il faut que je lui raconte l'accident, et je suis sûr qu'elle m'aidera. Elle me sauvera.

Pour en revenir à cette boîte, j'attendais ce moment depuis longtemps, pour enfin m'épanouir, loin de mon père, et de ses sempiternels reproches. Je vais pouvoir donner à mon entreprise les orientations que je souhaite en m'entourant des meilleurs. Je sais juger les hommes, je me trompe rarement, je vais me constituer une équipe de choc. C'est pour cela que j'aimerais que Jimmy reste en France. Si je lui fais miroiter un salaire mensuel à cinq chiffres, il ne pourra pas refuser. Après tout, rien ne le retient en Angleterre : pas de femme, pas d'enfants, juste ses parents et sa sœur Mary. Ça me ferait plaisir de la revoir. A-t-elle changé ?

Jimmy et elle n'ont que onze mois d'écart, ils s'entendent comme larrons en foire. C'est un vrai boute-en-train, cette fille, toujours prête à faire la fête, une vraie dévergondée. Je crois bien qu'elle en pinçait un peu pour moi. Moi, par contre, j'avais un peu de mal avec son look grunge, piercings et tatouages, très peu pour moi, mais elle est adorable. Lors d'une soirée, elle m'a coincé dans un coin et m'a demandé de la dépuceler.

Complètement tarée, la minette !

La sœur d'un pote, ça se respecte, et j'ai quelques valeurs. Après avoir écouté les raisons de mon refus, elle est partie, hilare et titubante, pas vexée pour deux sous, chercher son plaisir ailleurs. Je l'ai surveillée du coin de l'œil, qu'elle n'aille pas se mettre dans un coup foireux, mais elle est restée à peu près tranquille. C'était moi qu'elle voulait. *Il n'y a pas une fille dans toute l'Angleterre qui ne soit amoureuse de toi, petit frenchy d'amourrrr,* me disait Philippe. Eh oui, mec, c'est comme ça, je n'y peux rien.

Aujourd'hui, c'est du passé tout ça, je me suis rangé. J'en ai marre de faire le con. Surtout que je vais enfin être libre, le seul maître à bord. Je vais pouvoir lui cracher son fric à la gueule, à mon paternel, et installer ma mère dans une belle petite maison. Elle pourra enfin sortir des griffes de ce manipulateur. Car même s'il s'est calmé, s'il est moins violent envers elle, je suis sûr qu'il la maltraite et la harcèle encore. C'est un pervers narcissique, tout doit tourner autour de sa petite personne. Ah, il était fier de pouvoir dire à tous qu'il envoyait son fils étudier dans une prestigieuse école anglaise. Ce qu'il disait moins en revanche, c'est que ce même fils, petit, il le rouait de coups à la moindre occasion.

Il ne m'a jamais aimé.

Pourquoi ?

Petit, j'aurais tout fait pour voir de la fierté dans ses yeux, pour exister vraiment pour lui, jusqu'à ce que je me rende compte que c'était peine perdue. Ce n'est qu'un pourri ! Un putain de pourri qui ne pense qu'à sa gueule, et avec sa bite.

Tout, plutôt que lui ressembler.

J'ai hâte de voir Jeanne, d'être à jeudi pour pouvoir tout lui raconter.

Elle me manque. Son corps chaud contre le mien, son rire, sa franchise, sa joie de vivre. Enfin une nana pas prise de tête. Et quel tempérament ! Putain, à chaque fois, c'est l'extase, et encore mieux que la fois précédente. J'espère qu'elle va bien, elle paraissait éteinte, pas la Jeanne que je connais. J'ai un mauvais pressentiment, mais je ne veux pas gâcher le plaisir de cette journée par des idées noires. Je suis au bout du tunnel, et comme le Phénix, je vais renaître de mes cendres.

Je sors de mes pensées brumeuses, pour regarder Jimmy pianoter sur son Smartphone.

– J'ai passé une super journée, Jim, merci infiniment. Demain, j'appellerai mon avocat d'affaires pour obtenir un entretien avec le vendeur. Dans une quinzaine, Jeanne m'aura remis sur pied, et j'essayerai de faire venir ce brave homme jusqu'à moi. Je les inviterai tous les deux dans le meilleur restaurant de la ville. Jeanne parce qu'elle est mon rayon de soleil, et M. Reine, eh bien, pour lui dire que maintenant, il peut couler une retraite heureuse, son entreprise est entre de bonnes mains et merde, je lui ai donné un paquet de fric.

– Oui, mais ça en valait la peine, cette boîte a un énorme potentiel, tu vas te faire des couilles d'or.

– On dit des couilles en or Jim, m'esclaffé-je.

– Yeh… C'est même chose. Dis-moi, tu as l'air amoureux, c'est dommage qu'elle ne soit pas là, j'aurais aimé faire sa connaissance.

– Ce n'est que partie remise, mec, je compte bien la garder dans ma vie le plus longtemps possible. Et merci encore pour la balade, c'était très agréable. Quand même, une Porsche 911 Carrera cabriolet, tu exagères, tu aurais pu louer une bagnole moins tape-à-l'œil.

Je rigole encore au souvenir de tous ces péquenauds qui nous mataient lorsque nous sommes partis du château dans cette magnifique voiture, moteur vrombissant.

– Elle est belle hein ? J'adore ces voitures ! On a vraiment fait une belle balade. La campagne ici est magnifique et je voulais te faire plaisir. Je sais que tu aimes les belles choses.

– Alors, reste avec moi, et je te l'achète comme cadeau de bienvenue. Allez, Jim, dis oui, et cette voiture est à toi.

– Arggh ! Tu me tentes, Adam, laisse-moi réfléchir. J'ai besoin de parler avec mes associés, mais rien ne m'empêche de travailler pour toi, et de garder CityDevelopment. Je te propose quelque chose, je rentre à Londres et dans moins d'une semaine, je te donne ma réponse. C'est OK ?

– OK, pas de soucis, je vais acheter une maison proche de l'usine. Tu pourras venir vivre chez moi en attendant de te trouver un petit pied-à-terre. Tope là, mec, je suis le plus heureux des hommes aujourd'hui, et c'est en partie grâce à toi. Merci, merci beaucoup, tu as fait du bon boulot.

Je me rapproche de Jim, pour lui mettre la main sur l'épaule. *Putain, je ne vais pas me mettre à chialer.*

– C'est normal, et te voir rire est un vrai bonheur. Ah, au fait, la lettre de Kathleen. Je l'ai vue il y a quelques semaines et je ne l'ai pas reconnue, elle a changé, c'est incroyable. On a tous vieilli, ça fait quoi, cinq ans qu'on était tous ensemble, mais elle alors…

– Qu'est-ce qu'elle devient, elle te l'a dit ? Pourquoi elle m'écrit ? je demande, soudain inquiet.

– Je crois que la vie est dure pour elle depuis qu'elle a arrêté les études. D'après ce que j'ai compris, ses parents l'ont mise à la porte, et elle a dû se débrouiller seule. Elle vit chez une amie, elle travaille dans un pub, je n'en sais pas plus.

Il sort une lettre marron un peu épaisse de son attaché-case, se lève, me la tend. Je la range dans le tiroir du chevet. *Je verrai ça plus tard.* Même si je suis curieux, il n'y a pas d'urgence. Je n'ai pourtant pas fait kiné cet après-midi, j'ai négocié avec Léa, mais je suis quand même fatigué. Cette balade en décapotable m'a lessivé.

– Je vais devoir partir si je ne veux pas louper mon avion. Je t'appelle très vite, dit Jimmy.

– Fais attention sur la route. Même si tu as un bolide, ne roule pas trop vite, je compte sur toi. Je ne voudrais pas perdre encore un pote.

Son regard s'assombrit. Pour lui aussi, ça a été un coup dur, Philippe était son ami. Il m'appelait tous les jours pour me remonter le moral et sans lui, je ne sais pas ce que je serais devenu. Ou plutôt si, je ne le sais que trop bien. Je ne serais plus de ce monde. Je lui suis reconnaissant de ce qu'il a fait pour moi. Il me serre la main, me prend dans ses bras dans une grande accolade virile. Nous nous tapons dans le dos. J'espère sincèrement qu'il acceptera ma proposition.

– Ne bois pas trop.

– Ouais, je verrai, je réponds avec une grimace.

Resté seul, un immense vide m'envahit. Aujourd'hui, je suis heureux, mais repenser à Philippe est douloureux. J'allume la télé, termine ma canette, puis je pioche dans le pack de bières.

L'alcool se répand dans mon organisme.

***

Des lèvres se posent sur les miennes. Une main me cherche, et m'attrape à travers les draps. Je bande immédiatement. Je dors, mais j'ai l'impression de rêver. Une chaleur animale m'envahit, avec l'envie furieuse de faire l'amour. Une langue essaye de se frayer un passage.

Je voudrais ouvrir les yeux, mais je n'en ai pas la force. Tout cet alcool, sûrement.

Un corps se couche sur moi.

Puis j'entends mon prénom, un bruit sourd.

Je sursaute, ouvre subitement les yeux, le cœur pulsant à mille à l'heure, comme à l'approche d'une catastrophe imminente. En une fraction de seconde, l'alcool quitte mes veines, et je prends conscience de la scène : sur moi, dans mes bras, contre moi, contre ma bouche, une Lucie au regard triomphant, et devant moi, Jeanne, comme foudroyée, son gros sac de voyage à ses pieds, une main sur la bouche.

Ses yeux s'emplissent instantanément de larmes.

Les miens vont de l'une à l'autre, dans l'incompréhension la plus totale.

Je ne comprends rien, c'est un cauchemar !

Je repousse Lucie, pour me lever, chancelant.

– Jeanne, attends, je crie. Ne pars pas, je peux tout t'expliquer.

Mais il est trop tard, elle a tourné les talons, en claquant la porte de ma chambre derrière elle. Ce bruit résonne dans ma tête comme un glas.

22

Jeanne

Je cours dans les couloirs pour regagner ma chambre, et m'enfermer à double tour.

Il s'est bien foutu de ma gueule !

Je ne pensais pas tomber sur une telle scène en revenant plus tôt que prévu.

Comment ai-je pu croire en ses belles paroles ?

Je suis naïve, mais naïve, je me mettrais des baffes.

Je suffoque, en larmes, en maudissant tous les hommes de la Création. Je pensais qu'avec Adam, cette fois-ci, je ne me trompais pas. Je pensais avoir trouvé la personne idéale. Une fois de plus, j'étais à côté de la plaque.

J'ai mal, atrocement mal, comme jamais je n'ai souffert.

J'en ai marre de souffrir.

À partir d'aujourd'hui, je ne veux plus d'homme dans ma vie.

Finies les histoires d'amour. Terminé. Je vais rester seule. Enfin, pas tout à fait. Mes mains se posent délicatement sur mon ventre.

Des coups résonnent contre ma porte.

– Jeanne, s'il te plaît, ouvre, supplie Adam. Nous devons parler.

Je me laisse glisser contre le mur.

– Je sais que tu es là. Ouvre.

– Fous le camp, je n'ai plus rien à te dire.

De grosses larmes coulent sur mes joues. Je mets les deux

mains sur ma bouche pour étouffer mes sanglots. Je ne veux pas qu'il m'entende. Je ne veux pas qu'il sache à quel point je souffre.

Il frappe à nouveau.

– Ne m'oblige pas à défoncer la porte, tu sais que j'en suis capable. Il est hors de question que ça se finisse comme ça. Laisse-moi au moins la possibilité de t'expliquer. Je n'y suis pour rien, je t'assure.

– Mais bien sûr, à d'autres. Tu me prends vraiment pour une conne. Je sais ce que j'ai vu, tu peux raconter ce que tu veux, je ne te croirai pas. Ça dure depuis combien de temps, vous deux ?

– Il n'y a rien entre cette infirmière et moi, je te le jure, laisse-moi t'expliquer.

– Dégage ! Tu m'as fait assez de mal comme ça. Je suis fatiguée, laisse-moi.

– Non, je ne partirai pas. Je vais rester devant ta porte, toute la nuit s'il le faut. Tu finiras bien par sortir. De quoi as-tu peur à la fin ? Je veux juste m'expliquer. Nous ne pouvons pas rester sur un tel malentendu, Jeanne. Qu'est-ce qui t'arrive ? C'est le bébé, c'est ça ? termine-t-il, après un court silence.

Comment sait-il ?

Je me lève, j'essuie mes larmes, puis j'ouvre. Nous nous faisons face. Il a l'air tellement malheureux. Je prends conscience qu'il a déjà conquis mon cœur, sans possibilités de retour. Mais c'est fini, même si je dois en mourir de chagrin, je ne le laisserai plus jamais me faire du mal.

– Quoi, le bébé ? Pourquoi dis-tu ça ?

– Laisse-moi entrer.

Je m'écarte.

– Tu as deux minutes.

– Il faut que tu me croies, je n'y suis pour rien.

Il essaye de me prendre la main, mais je la lui retire, tout en regardant au-dessus de lui.

– Allez, déballe tout, et tire-toi.

Il s'avance.

Ses yeux font le tour de la pièce, s'attardent sur mon lit. Ce lit où nous avons passé des heures merveilleuses, soudés l'un à l'autre.

– Elle m'a piégé.

– Qui ?

– Lucie, qui d'autre. J'étais un peu saoul, je dormais, elle m'a embrassé. Je croyais que c'était toi, je rêvais de toi, et j'ai cru sentir tes lèvres sur les miennes. Je te le jure, Jeanne, sur ce que j'ai de plus cher en ce monde, elle a profité de la situation.

– Mais bien sûr, ce n'est pas un peu gros, ton histoire ?

– Elle m'aguiche depuis le début. Hier déjà, je l'ai surprise dans ma chambre, à tripoter mon téléphone. Je pense qu'elle a supprimé ton message. Elle doit être au courant, pour nous, elle est jalouse. Je m'en fous d'elle, c'est toi que je veux. Je ne veux pas te perdre. Crois-moi, s'il te plaît. Je ne te mentais pas, je tiens à toi, je te l'ai prouvé, non ?

Je baisse les yeux, pensive.

– Quand bien même, je m'en contrefous. Va la retrouver et amusez-vous bien.

– Jeanne, tu ne peux pas tirer un trait sur tout ce que nous avons partagé. Tu étais sincère, n'est-ce pas, tout comme moi ? Tu sais que nous vivons quelque chose d'exceptionnel, quelque chose de fort, que notre rencontre n'est pas due au hasard. Je n'étais pas le seul à le vouloir, tu étais partante.

– Bien sûr que j'étais partante, je t'ai fait monter dans ma chambre au bout d'une semaine, mais tu ne m'as rien promis, souviens-toi, tu es libre, et tu ne me dois rien. Maintenant, je vais te demander de partir.

– Et le bébé ?

J'ai un moment de panique.

– Comment sais-tu ? je demande.

– Une intuition, tes nausées, tes sautes d'humeur, tes seins, ton corps si réactif… tes larmes.

Puis plus bas.

– Je l'ai senti, ne me demande pas pourquoi, tout ce qui te concerne me touche.

– Il n'y a plus de bébé, tu es content ? je crie.

– Quoi ? Tu as avorté ? C'est pour ça que tu es partie ? On aurait pu en parler, je t'aurais aidée. Ce bébé, tu aurais pu le garder.

– Et tu m'aurais aidée à l'élever peut-être ?

– Oui, pourquoi pas ?

– N'importe quoi, Adam, tu ne sais pas de quoi tu parles. On ne peut pas aimer l'enfant d'un autre. Enfin, pas comme il le mériterait. Et je n'étais pas seule.

Je vois Adam changer de couleur et devenir livide.

– Tu l'as revu ?

Je baisse les yeux.

Autant lui raconter n'importe quoi pour qu'on en finisse, lui mentir, pour qu'il se détache de moi, qu'il me foute la paix, et qu'il sorte de ma vie une bonne fois pour toutes. Peut-être pour lui faire un peu mal, pour lui rendre la monnaie de sa pièce, pour qu'il souffre lui aussi. Je ne sais rien de lui, ou si peu. Il n'est peut-être qu'un invétéré coureur de jupons, peut-être collectionne-t-il les aventures sans réellement s'attacher, même s'il veut me faire croire le contraire, par des regards, quelques mots doux. Pour mieux m'attirer dans ses filets. Des filets dans lesquels j'ai pris plaisir à tomber, étant affaiblie par ma récente rupture.

Je ne veux plus me mettre en danger.

Il faut que j'arrête cette relation, pendant que je le peux encore.

– Il devait savoir. Nous avons beaucoup parlé, et j'ai passé la nuit avec lui.

Il m'assassine du regard. Sa voix devient tranchante comme de l'acier.

– Je vois. Tu vas te remettre avec lui, après tout ce qu'il

t'a fait ?

– Non, Adam. Ni avec lui, ni avec personne d'autre.

– Et moi, je deviens quoi, dans tout ça ?

– Je ne peux pas oublier ce que j'ai vu.

– Et toi alors ? Ça ne représente rien ta nuit avec ton ex ? Tu crois que je ne suis pas jaloux à en crever ?

Il manipule son fauteuil avec rage puis il sort de ma chambre.

Je me retiens pour ne pas lui courir après.

À quoi bon ?

J'ai fait mon choix.

Le choix de ne pas lui pardonner, de rompre avec lui, de l'éloigner de moi, pour ne pas souffrir encore. Pour ne pas lui laisser la possibilité de m'anéantir pour toujours. Je dois me recentrer, pour avancer. J'ai maintenant d'autres priorités. S'il avait insisté, j'aurais fini par le croire. Il fallait que je le repousse.

Je m'installe dans mon fauteuil, un plaid sur les jambes, décidée à l'oublier.

Je pose les mains sur mon ventre, souris.

Je ne suis plus tout à fait seule et demain est un autre jour.

23

Jeanne

J'ai fini par rejoindre mon lit, repue de fatigue, la tête pleine d'images d'Adam embrassant Lucie.

Tous les hommes que je rencontre finissent invariablement par me faire pleurer et me quitter.

Qu'est-ce qui ne va pas chez moi ? Je suis trop cruche, c'est ça, trop fleur bleue ? Je crois trop au grand amour ? Alors que les hommes sont si inconstants. L'explication d'Adam ne m'a absolument pas convaincue, loin s'en faut.

Mais… s'il était réellement avec elle, attiré par elle, et tenté par une aventure, il ne serait pas venu me trouver dans ma chambre pour s'expliquer.

Oh, je ne sais plus.

J'ai la tête qui va exploser à force de me poser des questions, et de décortiquer la situation. Je vais me reposer, mais demain, je reprends du service, puisque je suis rentrée plus tôt que prévu. Je ne vais pas me tourner les pouces et ruminer dans ma chambre. J'ai besoin de travailler, ça me changera les idées.

Zut ! Comment vais-je faire pour Adam ? J'aimerais ne plus le voir, et en même temps je ne veux pas que quelqu'un d'autre s'occupe de lui.

Et s'il partait ?

S'il mettait sa menace à exécution, et partait dans un autre établissement. Je dois être complètement folle, cet homme me fait souffrir, je mets un terme à notre histoire, mais je veux quand même qu'il reste près de moi. Je dois me faire une raison. J'ai pris une décision et je dois m'y tenir.

J'ai choisi mon bébé plutôt que lui.

Je n'ai pas pu avorter. C'est contre mes valeurs. Je me suis enfuie de la maternité, avant de faire la plus grosse bêtise de toute ma vie et de le regretter. J'ai dit à Adam qu'il n'y avait plus de bébé, je lui ai menti sur toute la ligne, pour qu'il me laisse tranquille et m'oublie.

Je ne veux pas lui imposer mon enfant.

Je vais l'élever seule, j'en ai les moyens, je gagne bien ma vie. Nous sommes deux désormais. Je ne le voulais pas, c'est vrai, ce n'était pas un choix, mais maintenant qu'il est là, je n'imagine plus ma vie sans lui. Je l'aime déjà ce petit haricot, et je veux ce qu'il y a de mieux pour lui. Je dois me protéger émotionnellement et si cela signifie passer ma vie sans homme, eh bien, c'est ce que je ferai, pour notre paix à tous les deux, et pour mener à bien ma grossesse.

C'est maintenant mon unique priorité.

Mais comment faire pour ne pas que cela se voie ? D'ici quelque temps, je ne pourrai plus cacher mon petit bidon. Je vais devoir partir. Je ne veux pas de leur pitié. Je vais aller où l'on ne me connaît pas, et redémarrer une nouvelle vie. Dès demain, je vais me mettre en quête d'un nouveau job. Depuis toujours, j'ai envie de faire du libéral. Je vais trouver un cabinet quelque part, prêt à m'accueillir comme assistante. Pour l'instant, je ne peux pas me permettre de créer ou de racheter une patientèle, j'ai d'autres impératifs.

Pourquoi pas le Jura ? Ce n'est pas très loin d'ici, pas très loin de chez mes parents, je pourrai garder contact avec Léa. J'ai un merveilleux souvenir de la région des lacs où mes grands-parents nous emmenaient, mes cousins et moi, pour les vacances d'été. Et l'hiver, nous allions faire du ski aux Rousses.

Mon téléphone sonne.

Je sursaute, perdue dans mes pensées, et dans mes plans sur

la comète. Lorsque j'arrive à planifier les choses, que je sais où je vais, une partie de mon angoisse s'évapore. J'ai toujours fonctionné comme ça. J'ai besoin de planifier pour ma sécurité.

Adam ne faisait pas partie de mes plans, c'est peut-être pour ça que notre histoire a capoté.

Xavier…

Au fond de moi, je suis un peu déçue que ce ne soit pas Adam. J'aurais voulu entendre sa voix, que l'on se dispute, encore, pour garder le lien. Mais non, je pense qu'il est avec cette salope. Ils sont peut-être au lit à l'heure qu'il est. Il prend son pied, et se moque bien de mon chagrin.

Je retiens des larmes de souffrance autant que de rage.

Les deux voix que je commence à bien connaître font rage dans ma tête.

Ange : Mais Jeanne, c'est toi qui lui as dit d'aller se faire voir. Tu es à côté de la plaque ou quoi ? Tu l'as lourdé, tu ne crois pas qu'il va rester comme un chien devant ta porte ?

Démon : Et pourquoi pas, s'il est amoureux ? Il pourrait se battre pour elle.

Ange : Il a bien assez souffert lui-même, il commence juste à se reconstruire. Lui non plus ne veut plus souffrir. Je te rappelle que la vie n'a pas été tendre avec lui.

Démon : Tu parles, c'est un gosse de riche, oui, un gamin trop gâté.

Ange : Non, mais n'importe quoi, tu as bu ou quoi, tu pionçais quand on a vu sa vie défiler ? Son père, son accident, la mort de son meilleur ami… et son projet de rencontre avec notre Jeanne. Ils doivent s'aimer. C'est prévu, depuis toujours. Ils devaient se rencontrer, pour se sauver mutuellement.

Démon : Alors pourquoi il n'est pas là, hein ? Pourquoi il en a embrassé une autre ?

Ange : Parce que parfois c'est compliqué. Il y a le destin, puis les choix conscients et honnêtement, moi, je le crois quand il dit qu'il s'est fait piéger.

Démon : De toute façon tu ne vois jamais le mal chez les

gens, tu croirais n'importe quoi...

Ange : Je crois en Dieu, c'est déjà pas mal, et en l'Homme, ne t'en déplaise.

Agggrh ! Assez tous les deux. Silence. Vous me fatiguez ! Je prends l'appel.

– Salut. Ça me fait plaisir de t'entendre.

– Salut beauté. Alors où es-tu ?

– Ici, je suis rentrée.

Et malgré moi, je me mets à sangloter.

– Jeanne. Qu'est-ce qu'il se passe ? Tu veux que je vienne ? Tu as besoin de moi ?

– Je ne sais pas, Xavier, je ne voudrais pas que tu penses que je me sers de toi, mais c'est vrai que j'aurais bien besoin d'un peu de compagnie.

– Tu ferais la même chose pour moi. Ne bouge pas, j'arrive.

Il raccroche.

Qu'est-ce que j'ai fait ? N'importe quoi ! Je devrais appeler Léa pour ne pas rester seule avec lui. Nous allons reconstituer notre trio. Je les ai un peu délaissés dernièrement, et je m'en veux.

Léa décroche immédiatement.

– Salut, la Bourguignonne, alors ça va ? Tu fais quoi là-bas au juste ?

– En fait, je suis rentrée plus tôt que prévu. Tu veux bien monter ? Xavier ne va pas tarder et j'aimerais que tu viennes toi aussi.

– J'arrive tout de suite.

– Oh super, merci.

J'ai à peine raccroché, que j'entends frapper.

– Xav ? C'est toi ?

– Ben oui. Qui d'autre ?

J'ouvre.

Xavier entre, et me serre contre lui. Je me niche dans ses bras, pour puiser réconfort et chaleur humaine. Pourquoi ne suis-je pas tombée amoureuse de lui ? Tout aurait été tellement plus simple. Xavier est tempéré, gentil, prévenant, et il n'est pas un aimant à gonzesses. Alors qu'Adam, avec son charisme et sa belle gueule, je ne serais jamais tranquille. Je ne suis pas assez bien pour lui. Il vaut mieux que je l'oublie.

– Merci Xav d'être venu si vite. Léa ne va pas tarder. Entre.

Il va s'asseoir par terre contre le mur, à sa place habituelle, tandis que je m'installe dans mon fauteuil, les jambes repliées sous mes fesses.

– Tu es toute pâle. Tu es encore malade ?

Je pousse un long soupir.

– Non, Xav, je ne suis pas malade, je suis enceinte.

Il me regarde, les yeux ronds, la bouche ouverte.

Léa entre sans frapper, comme à son habitude.

– Salut la compagnie. Ben, vous en faites des têtes d'enterrement. J'ai loupé quelque chose ? Quelqu'un est mort ?

– Jeanne vient juste de m'annoncer qu'elle est enceinte, répond Xavier.

Elle a un moment de stupeur.

Clouer le bec à Léa Delaunay, c'est du jamais vu. Si je n'avais été aussi désemparée, j'aurais ri de son expression.

– Quoi ? Tu plaisantes ?

– Est-ce que j'ai l'air de plaisanter ? renchérit Xavier.

Elle vient me prendre dans ses bras, cale ma tête contre son épaule, pour me caresser le dos.

– Là, ma belle, ne t'inquiète pas, nous sommes avec toi. Qu'est-ce que tu comptes faire ?

Je m'écarte d'elle, les regarde tous les deux.

– J'ai déjà pris ma décision. Je vais avoir ce bébé. Dans huit mois maintenant, je serai maman.

24

Adam

– Non Natacha. Tu ne peux pas monter avec moi, je te l'ai déjà dit, n'insiste pas.

– Mais je n'ai pas bu.

– Ouais, c'est ça, à d'autres. Tu tiens à peine debout. Je t'ai vu picoler toute la soirée et te frotter à Jean-Pascal. Qu'est-ce que tu cherches? À me rendre jaloux?

Elle s'approche, se colle à moi, cherche à m'enlacer. Son odeur me donne envie de gerber.

– Pourquoi, t'es jaloux? C'est vrai? Tu m'aimes? Hein, dis-le-moi, dis-moi que tu m'aimes, tu ne me l'as jamais dit.

– Non, Natacha, je ne t'aime pas. Il faudra que je te le dise combien de fois? Tu dragues qui tu veux, j'en ai rien à battre. Allez, pousse-toi, va avec les autres. Tu ne monteras pas sur cette moto.

– Je m'en fous de ta bécane, et de toi aussi. T'es qu'un pauvre connard. T'aimes personne de toute façon, et tu finiras ta vie tout seul.

Philippe s'avance vers nous.

– Alors, les amoureux?

Natacha lui tourne le dos et part rejoindre les autres.

– Quoi? Qu'est-ce que j'ai dit? Il y a de l'eau dans le gaz, vous deux?

Je soupire.

– Pas plus que d'habitude. Elle commence vraiment

à me gonfler. Je crois que je vais la larguer. Elle s'accroche, j'ai beau la repousser, elle ne comprend rien. Je ne veux pas l'emmener, elle est bourrée, je la perdrais au premier virage.

– Tu as raison, mec, ne t'embarrasse pas d'une conne pareille. Elle colle tous les mecs. Tu l'as vue tout à l'heure avec Jean-Pascal ? J'ai cru qu'il allait se la faire devant tes yeux.

– Elle me nargue, elle pense me faire réagir, mais je n'en ai rien à cirer. Ils peuvent tous lui passer dessus si ce n'est pas déjà fait, je m'en branle. Bon, on va où ?

– Au Babylone.

– OK, je te suis.

Il monte avec trois autres potes dans le coupé Mercedes dernier cri que ses parents viennent de lui offrir. Les autres sont déjà partis.

Je fais démarrer ma moto.

Le bruit du moteur, bruit que j'aime par-dessus tout, m'emplit d'excitation, comme à chaque fois. J'actionne la poignée des gaz pour chauffer le moteur. J'aime cette bécane, j'en suis dingue. Et j'adore la vitesse. J'aime me coucher dans les virages, le genou presque au sol, collé à la route. Je pilote depuis que j'ai 18 ans, j'ai même eu une moto avant d'avoir une voiture, mais malgré mon amour pour la vitesse, je reste prudent, conscient des dangers. J'enfile mon blouson de cuir, mon casque, mes gants, et j'enfourche ma 1000 Kawasaki.

Il me faut quelques minutes seulement pour rattraper Philippe.

Merde, il va vite, ce con.

Dès qu'il me voit derrière lui, il accélère. Comme s'il pouvait espérer me distancer. Un petit coup d'accélérateur de rien du tout, et je lui colle à nouveau au cul. Pour m'amuser, je le laisse prendre de l'avance.

Dans un virage, je suis ébloui par des feux de camion

fonçant droit sur nous.

Putain. Il est complètement à gauche !

Je hurle dans mon casque :

– Philippe ! ATTENTION !

La voiture de Philippe percute le camion à pleine vitesse, part en tonneaux, et bascule par-dessus le parapet. Cela s'est passé en une fraction de seconde. N'écoutant que mon instinct de survie, je freine à mort, et je couche la moto pour ne pas me prendre le camion de plein fouet, mais je passe par-dessus bord, en tapant le réservoir avec mon bassin. J'ai l'impression que mon abdomen a explosé. En retombant sur la route, je sens ma jambe céder sous moi.

À peine au sol, je me traîne sur les avant-bras jusqu'au bord du précipice.

Philippe ! Putain, Philippe !

NONNNN !

Non, ce n'est pas possible, pas ça ! Pas lui !

Je hurle.

À l'aide, aidez-les… quelqu'un, s'il vous plaît…

Je pleure et je hurle, seul dans la nuit.

Je hurle, jusqu'à m'en faire exploser les cordes vocales.

Soudain, la voiture de Philippe en contrebas prend feu, à quelques mètres de moi.

Je ressens la puissance de l'explosion jusque dans ma poitrine, jusque dans mon cœur, me donnant l'impression qu'il a explosé lui aussi.

La douleur physique et mentale devient tellement insupportable que je perds connaissance.

***

Je me réveille en hurlant, me retrouve assis dans mon lit.

Encore ce cauchemar.

Ces derniers jours, il m'avait laissé un peu tranquille. La

présence de Jeanne m'avait calmé, mais les souvenirs de l'accident refont maintenant surface. Encore plus insupportables qu'auparavant. Je me sens mal. J'ai envie de vomir. Mon cœur va exploser. Il bat contre mes côtes, comme s'il voulait sortir de ma poitrine.

Allez. Qu'on en finisse !

Je n'en peux plus, c'est trop cette fois.

Pourquoi je suis toujours en vie, et pas lui ? J'aurais donné ma vie pour la sienne. Il était bien meilleur que moi.

Pourquoi le sort s'acharne-t-il sur moi ? Je commence seulement à sortir la tête de l'eau, je reprends l'envie de vivre, mes projets aboutissent, et tout s'écroule. J'ai envie de tout envoyer balader.

Le rachat de cette société, mon avenir…

À quoi tout cela va-t-il servir si je me retrouve seul ?

Pourquoi m'a-t-elle repoussé sans croire ce que je lui disais ?

Merde, je n'y suis pour rien cette fois, et j'étais sincère avec elle. Je voulais vraiment que ça fonctionne, nous deux. Je pensais qu'elle partageait mes sentiments, qu'elle avait les mêmes désirs que moi. Sa rencontre et les quelques heures passées en sa compagnie m'ont transformé. Je croyais vraiment en un avenir commun. Mais elle a tout foutu par terre. Je m'en fous de son avortement, de son ex, de ce qu'elle a pu faire avec lui, je la veux.

Je peux tout oublier, tout pardonner. Si elle veut encore de moi, j'accepterai tout.

Je ne me reconnais plus.

Moi, Adam Champdor, je me mettrais à genoux, je me laisserais dominer par une nana, aussi belle et sexy soit-elle ? N'importe quoi. Certainement pas.

Une de perdue… je ne vais pas me morfondre une minute de plus.

Il faut que je réagisse, bordel !

Je descends péniblement de mon lit. Je me change rapidement pour enfiler un pantalon et une chemise, noirs, de la couleur de mon humeur, et je sonne. Une infirmière arrive rapidement.

– Oui, monsieur Champdor, vous avez besoin de quelque chose ?

– Est-ce que Lucie est encore là ?

– Oui monsieur, vous voulez que je lui demande de passer ?

– Oui, s'il vous plaît.

Quelques minutes plus tard, Lucie franchit ma porte, le regard aux abois.

– Prenez un manteau, nous sortons.

Elle me regarde, complètement effarée.

Elle ne s'attendait pas à ça.

Cette fois-ci, je vois très nettement un éclair de satisfaction traverser ses prunelles.

– On prend votre voiture, je vous emmène dîner, ajouté-je en me levant.

– Euh oui, bien sûr. Où allons-nous ?

– Je ne sais pas. Il y a bien une pizzeria dans ce bled pourri ?

Une vingtaine de minutes plus tard, attablés face à face dans un restaurant on ne peut plus basique, je l'écoute me raconter sa vie d'infirmière, ses patients, sa passion pour son chien, les grenouilles en céramique, et je m'emmerde royalement. Elle rigole toute seule, en fait des tonnes, papillonne des cils, secoue ses cheveux.

Putain, mais qu'est-ce que je fais avec une cruche pareille ?

Comment ai-je pu penser une seule seconde qu'elle me ferait oublier Jeanne ?

Je l'écoute d'une oreille, mon attention distraite par le souvenir de Jeanne, et du premier repas que nous avions fait ensemble. Nous aurions pu être dans un palace, je ne voyais qu'elle. J'aimais qu'elle prenne des initiatives, me surprenne. Et elle n'a fait que ça depuis le début, me surprendre, et j'ai adoré. D'habitude, c'est moi qui mène la danse. Là, je me suis laissé faire. Ses massages, ses paroles réconfortantes, son corps… Elle m'a donné bien plus en quelques heures que n'importe qui d'autre dans toute ma chienne de vie.

Comment vais-je faire pour continuer à la voir, sans pouvoir la toucher ?

Contre toute volonté, Jeanne hante mes pensées. Tout en écoutant cette fille, qui ne m'attire pas, mais alors pas du tout, je décide d'un plan d'action. Je ne vais pas la lâcher. Hors de question. Je mettrai le temps qu'il faudra, mais je vais la reconquérir. Il le faut. J'ai trop besoin d'elle, je ne peux plus faire marche arrière, je l'ai dans la peau.

Je coupe Lucie dans son élan. Elle écarquille les yeux.

– Bon, Lucie, je suis fatigué. Allez me chercher la note, et reconduisez-moi au château. J'en ai assez entendu pour ce soir.

– Mais, Adam, nous n'avons pas pris notre dessert, larmoie-t-elle.

– Je n'en ai rien à battre. On rentre, et il n'y aura pas de prochaine fois. Vous n'êtes pas du tout mon type de femme. À l'avenir, tenez-vous loin de moi ou vous le regretterez. Je n'ai qu'un mot à dire, et vous perdez votre job. Je n'apprécie pas beaucoup que l'on se serve de moi.

Elle me lance un regard noir, se lève, prend son manteau, et sort du restaurant.

Eh bien, voilà, c'est mieux comme ça.

Je me tourne vers le patron, qui a vu toute la scène de derrière son bar, et qui hoche tranquillement de la tête.

– Et ben vous dites donc, vous n'y allez pas de main morte. Elle n'était pas contente, la p'tite dame.

Je pars d'un grand éclat de rire, en revoyant mentalement le visage empourpré de Lucie.

Putain ce que ça fait du bien de rigoler.

– Chef, venez boire un verre avec moi, et appelez-moi un taxi, s'il vous plaît.

25

Jeanne

Sept heures.

Mon réveil sonne.

Ah non, pitié. Pas déjà !

J'enfouis la tête sous l'oreiller pour ne plus entendre cette satanée sonnerie qui me vrille le crâne. J'étais dans un rêve magnifique où Adam me faisait l'amour, intensément, langoureusement, et je me perdais dans ses yeux. Il me prenait avec passion, je me sentais défaillir, je criais de plaisir sous ses coups de boutoir.

Alors, tout me revient en bloc et les larmes me montent immédiatement aux yeux. Lucie, notre dispute, notre rupture. Je suis malade d'angoisse rien qu'à l'idée de le revoir.

Je suis sa kiné, je ne peux pas le laisser tomber.

Je me dois de le rééduquer, c'est mon job, je vais me concentrer sur cet objectif seulement. Rien d'autre. Cela n'apporte rien de bon de sortir avec un patient, je le savais.

Oui, je le savais…

Alors, pourquoi ? Pourquoi j'ai succombé ?

Quelle conne.

Ce sera la première et la dernière fois, je le jure.

Bon, j'ai encore quelques heures devant moi pour me préparer à la confrontation.

Je pose les pieds au sol, et un vertige me saisit. La journée s'annonce ardue si j'ai la gerbe dès le matin. Je m'astreins à respirer lentement, à faire le vide, les mains sur mon ventre.

Allez, mon bébé, on ne va pas se laisser abattre. Pour commencer, allons prendre un copieux petit déjeuner.

Il faut que je prenne l'habitude de me nourrir correctement, j'ai un petit être à faire grandir. La nausée rebrousse chemin, et une fois prête, je m'assieds sur mon lit pour envoyer un texto à Julien.

[Il faut qu'on parle,
je peux t'appeler ce soir ?]

Sa réponse ne tarde pas.

[J'étais inquiet, j'ai attendu
que tu donnes
de tes nouvelles hier,
mais je ne voulais pas
t'embêter, ça va ?]

[J'ai connu mieux.
À ce soir.]

Je dois lui dire pour le bébé, et le plus tôt sera le mieux. Lui dire aussi que je n'attends absolument rien de lui, j'assumerai tout. Je ne lui demanderai rien, je ne veux rien lui devoir, mais s'il veut faire partie de la vie de cet enfant, il en aura la possibilité, je ne refuserai pas.

C'est quand même lui le père.

***

Quelques minutes plus tard, j'arrive dans le service kiné et je me rends au bureau du chef. S'il est étonné de me revoir si tôt à mon poste, il ne pose aucune question, et me donne de nouveaux patients.

Il ne manquait plus que ça, un surcroît de travail, super.

L'odeur de café dans tout le service m'incommode, me donne la gerbe. Je sors respirer le bon air et tenter de calmer la course effrénée de mon cœur.

Je n'y arriverai jamais.

Je suis déjà dans tous mes états alors qu'il n'est même pas là, qu'est-ce que ce sera lorsque nous serons face à face ? Je décide de prendre un peu de temps pour me calmer avant d'aller voir mon nouveau patient dans sa chambre.

Je dois prendre en charge un jeune homme qui a fait un syndrome de Guillain-Barré, une pathologie auto-immune, avec une inflammation aiguë des nerfs du corps, démarrant aux membres inférieurs, et s'étendant rapidement à tout l'organisme. Il s'est retrouvé paralysé de presque tout le corps. Il a été trachéotomisé, ce qui veut dire qu'à un moment il ne pouvait plus respirer seul. C'est un cas compliqué, et hier, je me serais réjouie, mais aujourd'hui, je manque de forces et d'entrain. Je vais devoir le manutentionner, l'aider dans ses transferts, le mobiliser, le masser, porter ses jambes pour leur faire faire des mouvements, et entretenir sa musculature. J'espère qu'il ne sera pas trop lourd.

Est-ce que je vais pouvoir forcer ? N'est-ce pas dangereux pour mon bébé ?

Mes pas me dirigent près de la balustrade, à cet endroit que j'aime tant, et je laisse mon regard se porter au loin. Il n'est que huit heures et l'air est encore frais sous les arbres. Cet endroit est vraiment magique, le quitter sera douloureux. Je me suis attachée aux gens, à ce lieu battu par les vents et proche du ciel.

Allez, le devoir m'appelle.

Je pousse un soupir à fendre l'âme, je me retourne, pour me retrouver face à face avec… Adam.

– Salut, je t'ai aperçue par la fenêtre de ma chambre. Il faut que je te parle, Jeanne, tu veux bien m'écouter ?

Je suis désemparée, sous le coup d'une émotion intense.

J'aimerais me blinder contre cet homme, ne rien ressentir, mais je me rends compte que c'est tout bonnement impossible. Je l'ai dans la peau. Il m'a marquée, a marqué mon cœur et mon âme, et c'est irréversible. Quoi que je fasse, où que je sois, il sera toujours là. Ce que j'ai vécu avec Julien n'est rien en comparaison.

Je donnerais tout pour être vingt-quatre heures en arrière, et ne pas voir cette… cette… Lucie vautrée sur lui. J'ai encore les images dans la tête, et je n'y peux rien, je ne peux pas oublier. Je ne suis pas quelqu'un d'excessif, je suis plutôt posée et réfléchie, mais il m'a trahie, merde.

Je ne peux pas faire comme si rien ne s'était passé, si ?

Je me contente de le fixer sans rien dire. Il a des cernes noirs sous les yeux, il a vraiment mauvaise mine. Je ne pense pas que ce soit à cause de nous. Je ne suis pas si importante à ses yeux, il a dû passer une folle nuit dans les bras de cette… autre que moi.

– Il n'y a rien entre cette infirmière et moi, Jeanne, elle ne m'attire même pas.

– Mais bien sûr, ne me prends pas pour une conne, s'il te plaît, tu es au-dessus de ça et moi aussi. C'est bon, nous avons pris du bon temps, nous pouvons maintenant passer à autre chose. En tout cas, moi, c'est ce que j'ai fait.

– Je ne te crois pas, Jeanne. Tu ne peux pas me rayer de ta vie si rapidement. Ce n'est pas toi.

– Qu'est-ce que tu en sais ? Tu es psychologue, maintenant ?

– Non, mais j'étais là, bordel, ne m'oblige pas à crier, je t'ai sentie vibrer dans mes bras, j'ai vu ton visage. Tu ne pouvais pas simuler, et aujourd'hui, tu ne peux pas faire comme si ces moments n'avaient jamais existé. S'il te plaît, donne-moi une seconde chance, nous irons aussi doucement que tu le voudras, nous sortirons, nous apprendrons à nous connaître. Nous avons grillé des étapes, maintenant nous pouvons ralentir. Je suis prêt à tout pour toi, Jeanne.

– Je suis désolée, Adam. Je le voudrais, je t'assure, mais

c'est trop tard.

– Je te le redis, je me suis fait piéger par cette salope, elle me voulait, elle était prête à tout.

– Tu la dragues depuis le début, n'est-ce pas ? C'était elle ou moi ? Ou même les deux en même temps, je connais des mecs que ça amuse.

– Oh ça va, certaines nanas aussi se font plusieurs mecs en même temps. Alors toi, tu as le droit de me tromper, ceci dit en passant, toi tu peux revoir ton ex, et ça n'a pas d'importance. Tu as couché avec lui, tu peux me le dire. Allez, jouons cartes sur table.

Une grande lassitude m'envahit. J'en ai assez de ces discussions sans fin, et de tourner en rond. Je vais jouer franc jeu, j'en ai marre de dissimuler, je vais tout lui déballer, et il se débrouillera, il en fera ce qu'il voudra, nous ne sommes plus des adolescents, mais des adultes. Et des adultes assument leurs choix.

– Non, je n'ai pas couché avec lui, je réponds dans un souffle. Je voulais te faire du mal. Je n'en suis pas fière, mais après ce que je venais de voir, mets-toi à ma place, j'étais anéantie. J'avais confiance en toi, Adam, confiance en nous, je voulais croire en notre histoire. Je te l'ai dit, ou pas, je ne sais plus, tu me plais, plus que n'importe qui d'autre, et je voulais construire quelque chose avec toi, en tout cas, passer du temps avec toi. Mais maintenant, je ne sais plus. J'ai envie de te croire, c'est vrai, mais j'ai peur de souffrir à nouveau.

Je fais une pause, le regarde intensément et reprends :

– Tu peux me laisser un peu de temps, je suis paumée, je ne sais plus où j'en suis. C'est possible ? Le temps que je digère cette histoire et nous verrons où ça nous mène.

– C'est vrai ? Tu es sérieuse ? Jeanne, regarde-moi.

Il s'avance pour me prendre la main. Je ne peux que le regarder au fond des yeux, sondant son âme, pour y découvrir du mensonge, de la fourberie. Au lieu de cela, il a le regard le plus limpide qui soit. Je ne lis qu'honnêteté et espoir. Un espoir de réconciliation.

Qu'est-ce que j'aimerais le croire.

– Je sais que tu es bouleversée, mais crois-moi, je t'en prie. Oublie tout ça. Oublie ce qui n'est pas nous. Ce n'est qu'un malheureux malentendu, un concours de circonstances, et je suis autant victime que toi. D'ailleurs, tu n'as qu'un mot à dire, et je la fais renvoyer.

– J'accepte d'y réfléchir, OK ? Pour le moment, je ne peux pas faire plus.

Je lui fais un pauvre sourire.

– À tout à l'heure pour ta séance. Tu viens quand même ?

– Oui Jeanne je viendrai, et je ne serai pas en retard, répond-il, avec un sourire qui allume malgré moi un petit arc-en-ciel dans mon cœur.

26

Adam

Je la regarde s'éloigner dans l'allée.

J'étais plutôt anxieux, mais finalement ça ne s'est pas trop mal passé, et j'en suis soulagé. Elle a accepté une espèce de compromis. Je vais la séduire, et elle ne pourra plus rien me refuser. Je ne vais plus la lâcher, je vais l'étonner, lui en mettre plein la vue. En un mot, je vais la faire craquer. Je veux la remettre dans mon lit. Je l'ai laissée mener la danse jusque-là, je me suis laissé faire, mais maintenant, c'est mon tour.

Tu vas voir, poupée. Tu ne sais pas encore ce que peut faire un homme amoureux.

Car je suis bel et bien tombé amoureux de ma kiné.

Peut-être un petit dîner aux chandelles, dès ce soir, dans le meilleur restaurant de la ville. Je vais lui faire envoyer des fleurs, avec un petit mot d'invitation, et je vais réserver un taxi. Je peux même lui faire livrer une magnifique robe, avec pochette, chaussures et bijoux assortis. J'ai toujours rêvé de faire un truc pareil à la fille de mes rêves : une tenue super sexy, rien que pour mes yeux, et qui mettrait ses magnifiques courbes en valeur.

Ouais, je vais faire ça, même si c'est *too much,* je m'en fous.

Je vais m'arranger pour traîner dans le service toute la matinée. Je veux être près d'elle chaque seconde, voir la surprise sur son visage lorsqu'elle recevra mes fleurs, et des étincelles dans ses jolis yeux. J'aimerais, plutôt que la faire pleurer, mettre des étoiles dans son univers. Je ne veux plus de disputes.

Peut-être que je ne devrais pas trop la brusquer. Elle a besoin de temps pour digérer toute cette merde, elle me l'a dit, mais putain, je n'y suis pour rien. Les éléments se liguent contre moi.

Pourquoi ? Mais pourquoi ? Merde.

Qu'est-ce que j'ai fait pour mériter une vie pareille ?

Cette histoire me bouffe littéralement. Je déteste quand les choses ne se passent pas comme je le veux. Avant de déprimer, je jette un coup d'œil à ma montre et je décide de retourner dans ma chambre. Il me reste encore un petit moment avant ma séance.

***

Je passe des coups de fil pour planifier ma soirée avec Jeanne. Petit à petit, je sens une effervescence et une excitation m'habiter. J'ai besoin de challenge, d'adrénaline, j'ai toujours fonctionné comme ça, pour me sentir vivant, et mon nouveau but est de reconquérir Jeanne. L'offensive a démarré.

Après avoir visionné plusieurs sites de réservations en ligne, j'opte pour une auberge un peu éloignée du centre-ville, une petite merveille : produits du terroir, accueil chaleureux, des boiseries partout et une décoration type chalet d'alpage, romantique à souhait. La carte me semble correcte et comme les prix importent peu, ce sera parfait. Je peux me payer le grand luxe si j'en ai envie. Rien ne sera trop beau pour Jeanne. En plus, ils ont des suites à disposition. Je décide d'en louer une et de jouer le tout pour le tout. Si nous décidons de terminer la nuit ensemble, nous resterons sur place, loin du château, de ses commérages et des esprits malfaisants. Si elle me pardonne, ce que j'espère de tout cœur, nous laisserons de nouveau libre cours à notre passion. J'ai hâte de retrouver son corps sensuel, la chaleur de ses bras et sa peau chaude comme la braise.

Elle me manque tellement.

J'ai l'impression que ça fait une éternité que je ne l'ai pas serrée contre moi. Puis j'appelle une maison de prêt-à-porter de luxe sur Lyon, et je demande à parler au responsable. Je sais exactement ce que je veux.

Voilà, les dés sont jetés.

Je fouille dans le tiroir de ma table de nuit à la recherche de la carte de Jimmy, et je tombe sur la lettre de Kat, que j'avais complètement oubliée.

Qu'est-ce qu'elle me veut ? Pourquoi m'écrire maintenant ?

Nous ne nous sommes pas vus depuis plus de cinq ans, et après ses coups de fil larmoyants au moment de notre rupture, elle n'a plus jamais cherché à me contacter. J'ai été un peu dégueulasse avec elle, c'est vrai, mais à l'époque, j'étais un jeune con, bien décidé à profiter de ma jeunesse. Je n'avais aucune envie de me caser, et encore moins avec une Anglaise.

Je décachette l'enveloppe, parcours les premières lignes des yeux.

Putain de bordel de merde !

C'est quoi encore ces conneries ? !

Je prends mon téléphone, compose le numéro de Jimmy. Il décroche à la troisième sonnerie.

– Hey, *guy,* je ne pensais pas t'entendre si rapidement, je te manque déjà ?

– Jim, c'est sérieux, je suis dans la merde. Tu sais ce que disait Kathleen dans sa lettre ?

– Non, pourquoi, c'est grave ?

– Ce n'est rien de le dire, c'est une vraie catastrophe. Le ciel vient de me tomber sur la tête. Dès que quelque chose s'arrange, ça merde ailleurs. Je venais juste de me réconcilier avec Jeanne et voilà, putain, je vais la perdre, et cette fois-ci, elle ne me pardonnera pas, j'en suis sûr. Elle ne voudra plus jamais me voir.

– Stop, je ne comprends rien. Reprends depuis le début. Tu étais fâché avec Jeanne ?

– Une histoire sordide. Bref, là n'est pas le propos. Kat me dit qu'elle a un fils de cinq ans et… putain, je n'y crois toujours pas… elle dit qu'il est de moi, et que je dois l'aider à l'élever. Elle a de gros soucis financiers, elle n'arrive pas à garder un job à cause du petit, alors elle veut du fric. Si ce n'était que ça, mais je la sens mal, cette histoire, elle va me faire chanter ou me laisser le gosse. Putain de merde, je vais me retrouver avec un mioche sur les bras, que je ne connais même pas, et qui va être un vrai chieur, comme tous les mômes.

– En effet, tu as un sérieux problème.

– Non, mais attends, je ne vais pas me laisser faire. Tu veux bien te renseigner ? Tu peux trouver son acte de naissance à ce gamin ? Peut-être qu'elle ment, elle avait d'autres mecs que moi à l'époque, mais elle veut me faire endosser cette paternité pour que je me rapproche d'elle. Tu peux faire ça pour moi, Jim ? Tu as certainement d'autres choses à faire bien plus importantes, mais c'est une question de vie ou de mort, tu comprends ?

– *Don't worry,* je ne peux rien refuser à mon futur boss. Tu peux compter sur moi, je te trouve toutes les informations, mais tu ferais mieux d'en parler à ton avocat.

– Tu as raison, je vais l'appeler. Ton futur boss ? J'ai bien entendu ? Tu as pris ta décision, tu viens bosser pour moi ? Ah, Jim, c'est la bonne nouvelle de la journée. Prends ton temps, je n'aurai besoin de toi qu'à partir de mi-septembre. Tu devras commencer sans moi, et prendre les rênes de la boîte en mon absence. Je suis bloqué ici jusqu'à mi-octobre au moins, et tu penses bien que maintenant, je ne suis plus pressé de partir. S'il n'y avait pas Jeanne, je ferais ma rééducation chez moi. Je vais acheter la maison que je voulais, et tu pourras t'y installer quand tu le voudras. J'appelle mon notaire pour finaliser et mettre en route les travaux, en deux mois, ça devrait être bouclé.

– Super, mais je ne vais pas gêner si tu t'installes avec Jeanne ?

– Il y a de la place pour tout le monde, tu pourras avoir tes quartiers indépendants, et puis peut-être que tu rencontreras une petite Française rapidement, et tu achèteras ta propre maison. Jeanne est cool, tu verras, tu vas l'adorer.

– Tu ne sais pas si elle va vouloir habiter avec toi si rapidement.

– Non, évidemment, je voulais acheter cette maison avant de la rencontrer, ça n'a rien à voir avec elle, mais maintenant qu'elle est entrée dans ma vie, je l'imagine vivre avec moi, et ça me plaît. Je serai patient, je ne veux pas la brusquer. Nous avons décidé de prendre notre temps.

– Toi, prendre ton temps avec une fille, alors là, tu m'étonnes, ce serait bien la première fois.

– Eh bien si, mon pote, tu vois, tout arrive. Bon, je dois te laisser, j'ai kiné. Essaye de trouver tout ce que tu peux sur Kat, et on se rappelle rapidement, OK ?

– Je m'en occupe tout de suite, compte sur moi, j'arrive dès que je peux.

– Super, tu es un vrai pote, Jim, je te revaudrai ça.

– C'est bon, tu me dois déjà une bagnole, je ne vais pas abuser.

Nous éclatons de rire tous les deux malgré les circonstances, heureux de nous retrouver bientôt, et je raccroche. J'espère que Jimmy va trouver quelque chose attestant que je ne suis pas le père de cet enfant, sinon je suis foutu.

Je regarde ma montre, je suis en retard.

Il est dix heures dix, et Jeanne va croire que je lui ai posé un lapin.

27

Jeanne

Je regarde encore une fois ma montre.

Il est en retard et je commence à m'inquiéter. Il a pourtant dit qu'il viendrait à sa séance. S'il avait changé d'avis ? S'il quittait le château ?

Je ne lui ai toujours pas parlé de ma grossesse, ni de mon désir de partir d'ici, il faudra que je trouve le bon moment, si nous devons nous réconcilier. De plus, hier, j'ai répondu à une annonce, et j'attends la réponse. Un cabinet dans une maison de santé, dans le Jura, cherche des kinés, tout près de l'endroit où j'aimerais m'installer. Ils ont une piscine, et fonctionnent quasiment comme un centre de rééducation, sauf que nous sommes tous en exercice libéral, ce qui me permettra, comme le nom l'indique, d'être libre. Libre de mes horaires, de mes congés, pas de hiérarchie, je serai mon propre patron. J'en ai envie depuis toujours, le château n'était qu'une étape dans ma vie professionnelle, le moyen de me faire la main sans angoisse, mais l'exercice libéral me conviendra mieux, je le sais. En tant qu'assistante, je ne vais rien gérer, je donnerai en compensation une rétrocession d'honoraires aux titulaires, c'est-à-dire un pourcentage de mes actes. Ils pourront même me loger dans un petit studio, le temps que je trouve un pied-à-terre. Une fois sur place, je pourrai prospecter, visiter, et acheter la maison de mes rêves. Oh, rien de grandiose, juste une petite maison confortable avec vue sur le lac, si possible. Pourquoi pas un petit chalet ?

S'ils m'acceptent dans ce cabinet, que vais-je leur répondre ?

Sans en avoir parlé au préalable avec Adam. Il sera peut-être vexé que je ne pense pas à lui, certainement, en colère même. Mais si ça capote de nouveau entre nous, je dois m'installer dans un endroit que j'aime et que j'ai choisi. Je dois penser à mon confort et à celui de mon bébé.

Je vais faire ça, je vais accepter et ensuite je verrai bien, si ça marche avec Adam, j'aurai toujours la possibilité de me rapprocher de lui, ou lui de moi. Je peux trouver du boulot partout, c'est l'avantage de cette profession. Pour ça, c'est un travail fantastique : nous pouvons choisir où et comment exercer notre métier sans critères d'expérience et travailler dès l'obtention du diplôme d'État, en hôpital, en centre de rééducation ou de thalassothérapie, en salariat, en libéral, n'importe où en France et dans les DOM-TOM, il n'y a que l'embarras du choix. Je n'ai jamais été tentée d'aller dans les îles, et surtout, je voulais vivre avec mon mec. J'avais des projets de cabinet avec Julien. Je suis vraiment nulle de ne pas profiter de ma liberté retrouvée, et de m'embarquer tout de suite dans une autre histoire. J'aurais pu, moi aussi, sillonner la France et m'établir, pourquoi pas, dans le Sud, au soleil. Mais de toute façon, maintenant, c'est foutu et je ne suis plus libre de mes mouvements. Je vais devoir me poser, et vite, pour préparer l'arrivée de mon bébé. Je devrais peut-être aller m'installer près de Julien, pour qu'il profite lui aussi de son enfant, s'il le souhaite.

Qu'elle sera sa réaction lorsque je lui dirai que j'ai gardé le bébé ? Va-t-il m'en vouloir ? Il a été clair sur le sujet, il ne veut pas de cet enfant.

Perdue dans mes pensées, je sursaute lorsqu'une voix résonne dans mon dos :

– Bonjour, tout le monde, je cherche mademoiselle Jeanne Dubreuil, j'ai une livraison pour elle.

– C'est moi, je réponds, en m'approchant.

Ma collègue me regarde et pouffe de rire.

– Petite cachottière, tu m'avais caché que tu avais un amoureux ! Des fleurs, voyez-vous ça, tu en as de la chance ? C'est le bel Alexandre qui t'envoie ce bouquet ? Allez, tu peux me le dire. Depuis que tu t'occupes de lui, il ne jure que par tes massages. Paraît-il que tu as des mains extraordinaires, des doigts de fée, qui lui déclenchent des choses, s'esclaffe-t-elle.

Je prends le magnifique bouquet de roses rouges des mains du coursier, après l'avoir remercié, les joues cramoisies, autant par les fleurs que par les remarques désobligeantes de ma collègue. Je fourre mon nez dedans, pour en inhaler le parfum et me dissimuler.

Les roses rouges, c'est la passion, non ?

Qui peut bien m'envoyer ces fleurs ?

Mon regard croise celui d'Adam, à l'entrée du box, et ce regard ne me dit rien qui vaille.

Il a tout entendu.

Merci Joss…

La colère gronde dans ses beaux yeux.

– Ah… Adam… euh… monsieur Champdor, je ne vous avais pas entendu arriver, vous êtes en retard, mais ça ne fait rien, je ne vous en veux pas, installez-vous par ici. J'arrive tout de suite.

Je m'enfuis avant d'être obligée de lui rendre des comptes. S'il tient un minimum à moi, s'il veut faire sa vie avec moi, il devra faire avec, mon métier m'amène à toucher des gens, à les masser, mais il n'y a rien de charnel là-dedans. Ce n'est pas parce que l'on s'occupe du corps qu'il y a forcément une connotation sexuelle, mais le massage a été récupéré par des tas de gens, pas toujours avec des intentions saines, et les déviances font malheureusement légion. Enfin bon, entre adultes consentants, il n'y a pas de mal à se faire du bien. Mais du coup, certains hommes m'ont demandé, lorsque je faisais des massages longs dans un institut pendant mes études pour me faire un peu d'argent, comment je finissais mes massages. J'ai fait semblant de ne pas comprendre et d'être déstabilisée par leur question : *Je ne comprends pas, monsieur, pardonnez-moi, de quoi parlez-vous ? Moi je ne suis que kiné, vous savez...* Seul Adam aura droit à une libération à la fin de mon massage californien, personne d'autre. Alors, il n'a pas intérêt à être jaloux, sinon, il est mal barré.

Je m'isole dans le local kiné, j'inspecte le bouquet pour découvrir parmi les roses une jolie petite enveloppe de papier kraft. Je me dépêche de l'ouvrir, excitée, bien que méfiante. Un grand sourire illumine mon visage à la lecture des quelques mots :

Je pense à toi chaque seconde.
Je veux que tu fasses partie de ma vie.
Accepte de dîner avec moi ce soir.
Adam.

Évidemment, j'ai tout de suite envie d'accepter, j'en crève d'envie même, mais est-ce que je suis prête à tout lui avouer ? Ma grossesse, mon départ, mes doutes. Est-il capable de m'aider dans cette recherche d'équilibre et de stabilité, de me seconder et de m'épauler ? Peut-il être un père pour mon enfant, un enfant qui n'est pas de lui ? En aura-t-il seulement envie ? Est-il prêt pour ça ? Je n'en sais fichtre rien. Et si je n'étais qu'un plan cul ?

Aujourd'hui, je ne peux pas m'engager à l'aveuglette. J'ai besoin de preuves de son attachement, de ses objectifs me concernant, alors ce n'est pas en le fuyant que je vais répondre à mes questions. Dîner avec lui sera un premier pas. Je vais accepter ce repas, le laisser s'expliquer, mener le débat, et je verrai bien ce qu'il prévoit pour nous.

Je prends un vase dans le placard, je le remplis d'eau, y place mon bouquet, puis je retourne dans mon box. Je dépose la magnifique composition sur le rebord de la fenêtre, et je regarde Adam, déjà installé sur une table de massage, la cuisse découverte. Il épie la moindre de mes réactions, le moindre de mes mouvements.

Serait-il inquiet ?

Je lui souris, m'avance vers lui.

– Alors comment vas-tu ? Tu n'en as pas trop fait aujourd'hui ?

Il prend ma main, la porte à ses lèvres, et une décharge électrique me parcourt le corps. Je ne pensais pas ressentir ça un jour, je pensais que c'était un truc d'écrivain, et que ça n'existait pas véritablement, mais, je vous assure que si, c'est tout à fait possible de se sentir foudroyé sur place. Sa bouche sur ma peau, son souffle chaud, ses yeux rivés aux miens, tout me transporte.

– Ça va, depuis que tu es près de moi, dit-il, de sa belle voix rauque.

Je redescends sur terre.

Jeanne, un peu de professionnalisme, je me sermonne.

– Bon, hum… tu as marché avec les cannes anglaises ?

– Oui. Hier j'ai fait tout le service, et dans ma chambre je n'utilise plus le fauteuil.

– Super, tu es content de tes progrès ?

Je me retranche derrière le travail, pour mettre un peu de distance, et me laisser le temps de réfléchir à sa proposition de ce soir. Je sais qu'il est impatient d'avoir ma réponse, mais honnêtement, je doute encore. Tout en parlant, je lui masse la cuisse.

– Pourquoi souris-tu ? demande-t-il, soudain.

– Je pensais à notre première rencontre, tu n'avais que tes séances de piscine en tête.

– Ouais, je sais, répond-il en riant. Tu as dû trouver que j'étais un parfait connard, mais mon père a le don de me mettre hors de moi. Il m'avait encore sermonné sur mon comportement à l'hôpital et au centre, ma mère se lamentait, comme toujours, et ma tarte de cousine ne savait plus où se mettre. Tu parles d'une famille.

– Ce n'est pas très gentil de dire ça, ton père m'a fait une très bonne impression. Il t'aime et il a eu très peur pour toi.

Adam se renferme immédiatement. Son visage se fige.

Il pousse un long soupir, détourne les yeux.

– Non Jeanne, tu te trompes, mon père ne m'aime pas.

– Pourquoi dis-tu une chose pareille ? Il ne te le montre peut-être pas, mais ça ne veut pas dire qu'il ne t'aime pas. Tu sais comme cela peut être difficile d'exprimer ou simplement de montrer ses sentiments, même à ses propres enfants.

– Je sais, mais ce n'est pas ça, ce n'est pas de la pudeur de sentiments. Mon père a toujours été un dominant, envers ma mère et moi. Il me… il me frappait, Jeanne, il me rouait de coups et m'humiliait à la moindre occasion. Il buvait beaucoup à une certaine époque, et je n'étais ni plus ni moins que son souffre-douleur. J'ai très vite appris à l'éviter, à ne pas le contrarier. Puis j'ai grandi et je ne me suis plus laissé faire. J'ai réglé mes comptes, mais je ne comprendrai jamais son comportement à mon égard, et… il y a certaines choses que je ne lui pardonnerai jamais.

Il a terminé sa tirade dans un souffle, si ténu que j'ai dû m'approcher pour entendre. Je me suis trompée sur son père, je pensais que c'était un homme bien.

– Je suis désolée, Adam, vraiment.

J'avais envie de le prendre dans mes bras, de consoler le petit garçon que je sentais encore en lui. Comment peut-on faire du mal à un enfant, à un être sans défense et vulnérable ? Mes parents n'étaient pas très disponibles, mais ils ne m'ont jamais maltraitée.

– Ce n'est pas tout, je pense qu'il y a un secret autour de ma naissance. Je ne sais pas quoi, mais je compte bien le découvrir un jour. Petit, j'ai entendu un truc à ce sujet et quand j'ai posé la question à ma mère, elle m'a répondu que j'avais mal compris et comme j'ai vu que ça lui faisait de la peine, je n'ai pas insisté. J'étais vraiment petit et maintenant, je ne sais plus.

– Tu devrais peut-être faire de l'hypnose.

– Quoi ? Ça fait flipper ce truc, non ?

– Non, pas du tout, c'est au point maintenant, et très utilisé dans les cas de traumatismes tant psychiques que psychologiques. Je n'ai pas testé, mais c'est apparemment très efficace. Tu ne devrais pas garder ce vécu douloureux. Aujourd'hui, il existe de nombreuses thérapies dites alternatives, c'est-à-dire complémentaires à l'approche psychologique classique, nous avons cette chance, dont justement l'hypnose, mais aussi le *rebirth*, les techniques de toucher, le reiki, la kinésiologie. Tu as subi un grave accident, dans lequel tu as bien failli perdre la vie, si je ne me trompe. Ça commence à faire beaucoup non ? Les thérapies ne sont pas que pour les fous.

– Je n'ai besoin de personne, je suis assez grand pour me débrouiller seul. Et oui, je suis fou, mais fou de toi, Jeanne.

Je me bloque instantanément. Mon cœur menace de se décrocher, c'est la première fois qu'il dévoile ses sentiments si directement. Je ne sais quoi répondre, et je ne sais toujours pas quoi lui dire pour ce soir.

– Bien, fini pour aujourd'hui. Je passe trop de temps avec toi, mes autres patients vont être jaloux. Tu peux aller dans la pièce commune pour faire ta séance de musculation.

Je me lève rapidement, mais il m'attrape le bras.

– Hep, hep, hep. Où crois-tu aller comme ça ? Je n'en ai pas fini avec toi. Et la réponse à ma question ? Il t'a plu mon bouquet ? Dis-moi oui pour ce soir, juste un petit dîner, ça ne t'engage à rien.

– Merci pour ton bouquet, je réponds, la poitrine oppressée. Il est superbe, ça me touche, vraiment, et désolée pour les remarques de ma collègue…

– Mais… parce qu'il y a un *mais*, n'est-ce pas ?

– Pour ce soir, je ne sais pas encore. J'ai des coups de fil à passer, et j'ai besoin de temps, je ne sais toujours pas où j'en suis, j'ai besoin de réfléchir à notre situation. Ne me bouscule pas, s'il te plaît.

Il n'a toujours pas lâché mon bras, je frémis sous sa main, et j'ai du mal à réfléchir.

– Juste un petit dîner en tête à tête, Jeanne, insiste-t-il. Laisse-moi te surprendre.

– J'aimerais bien, mais ce n'est pas si simple, et tu le sais. Si les rôles étaient inversés, comment réagirais-tu ? Si tu m'avais surprise dans les bras d'un autre homme ?

Même si je sais que ce ne sont pas là les seuls motifs à ma réticence.

– Je lui aurais défoncé les dents.

Je souris.

Ah, la possessivité de certains hommes !

Mais j'avoue que ça me touche, j'aime qu'il me revendique, qu'il me prouve que je lui appartiens. Jusqu'à un certain stade. Je ne suis pas prête à le laisser gérer ma vie intégralement.

– Je vais réfléchir, mais je ne te promets rien, je reprends. Lâche-moi, s'il te plaît, je dois m'occuper de mes autres patients. Nous nous voyons cet après-midi, d'accord ?

Il abandonne mon bras, comme à regret, et il s'assied en soupirant.

Il a l'air tellement malheureux. Il baisse la tête, et ses longs cils ombragent ses joues.

Je m'éloigne rapidement, mais je fais demi-tour, et je reviens vers lui.

Je cède à la tentation, et je prends son visage entre mes mains, pour coller mes lèvres aux siennes. J'aimerais tellement le soulager de toute cette tristesse.

Si je peux être son remède, j'accepte ce rôle avec joie.

***

C'est éreintée que je termine ma matinée de traitements, et plutôt que d'aller déjeuner, je monte dans ma chambre.

J'avais décidé de me nourrir correctement, mais une migraine me vrille les tempes, et je suis incapable de supporter le brouhaha de la cafétéria

Je m'allonge sur mon lit ; une sieste me fera le plus grand bien.

28

Jeanne

Lorsque mon alarme sonne, je sais qu'il ne me reste plus qu'un quart d'heure avant la reprise du travail. Heureusement que j'ai mis mon réveil, sinon, j'aurais dormi tout l'après-midi.

Je m'étire longuement, place les mains sur mon ventre comme j'en ai maintenant l'habitude, pour un petit moment de communion avec mon bébé.

Quand est-ce que je le sentirai bouger ? J'ai tellement hâte de percevoir ses petits coups de pied, ce doit être une sensation incroyable.

Je passe par le troisième étage pour prendre du pain et quelques fruits. J'ai faim, mais rien ne me tente. J'ai plus de dégoûts que d'envies. Les envies de fraises ou de choux à la crème, très peu pour moi, ça me ferait même plutôt vomir. Je suis devenue allergique aux odeurs trop fortes. Je ne me nourrirais que de compotes, de pain et de fromages légers. Ce petit en-cas me permettra de faire honneur au repas de ce soir, car je suis décidée à accepter la proposition d'Adam.

Je vais lui dire oui.

Oui à tout ce qu'il voudra, oui à tout ce qui lui plaira.

Oui pour tout, sans restriction, et sans tenir compte de demain.

Je me moque de l'après, seul compte l'ici et maintenant. *Carpe diem*. La vie est trop courte, tout peut basculer d'un instant à l'autre, je suis bien placée pour le savoir, j'aide des tas de gens qui ont vu leur vie brisée en une fraction de seconde, alors je veux profiter de tous les instants, et advienne que pourra.

Pour me rendre au service kiné, je passe devant la salle d'animation, normalement déserte à ce moment de la journée. Des notes de piano arrivent jusqu'à moi. Je m'arrête pour écouter, subjuguée, captivée par la triste mélodie. Cet air me piétine le cœur, me déchire les entrailles, me donnant envie de hurler à la mort, de me rouler en boule dans un coin. Je fonds en larmes. Tout ce que je me suis évertuée à cacher ces dernières semaines, à refouler au fond de mon cœur remonte à la surface aussi soudainement qu'un tsunami. Comme lorsque notre dernière heure arrive, paraît-il, je vois ma vie défiler derrière mes paupières closes : Julien, le château, Léa, Xavier, Adam et mon bébé.

J'aimerais renaître de mes cendres et regarder vers l'avenir sans avoir peur. La vie n'est pas simple, elle nous joue parfois des tours, mais ne dit-on pas que ce qui ne nous tue pas nous rend plus forts ? Les plus grands penseurs, philosophes, poètes, peintres n'étaient-ils pas des esprits torturés ?

Je n'y connais rien en musique, je serais incapable de dire qui a composé ce morceau ni même s'il est connu. Ce que je sais, c'est que c'est juste… beau, magnifique, envoûtant, mais tellement triste.

Cette mélodie m'attire, comme si elle me parlait, à moi, et à moi seule.

Je quitte le mur sur lequel je m'étais appuyée, et je pousse la porte. Je marque un temps d'arrêt.

J'aurais dû m'en douter.

Il quitte son piano du regard. Incapable de détacher mes yeux des siens, je m'accoude près de lui. Il continue, ne joue que pour moi, et sa musique me parle, bien plus que des mots. Je sens son désespoir, sa détresse, mais aussi son immense espoir, comme moi, d'une vie meilleure.

Si c'était lui mon âme sœur ?

Si nous étions destinés à nous rencontrer et à nous aimer, passionnément ? Ce sentiment de plénitude lorsque je suis à ses côtés, d'aboutissement, comme si je l'avais toujours connu, ne peut pas me tromper. J'aime cet homme, irrémédiablement. Il me charme, m'envoûte, à chaque instant passé en sa compagnie, et je ne céderais ma place pour rien au monde. Je le désire, si fort que mes larmes menacent encore de couler. Lorsque ses mains s'immobilisent, et qu'un grand sourire illumine son visage, je ne peux m'empêcher de m'approcher et de prendre ses lèvres. Notre baiser est tendre, a le goût de mes larmes. Je m'assieds sur ses genoux, l'entoure de mes bras, le nez dans son cou.

Il me serre contre lui.

– Jeanne, tu m'as manqué, c'est si bon de te tenir à nouveau dans mes bras, je pensais que ce moment n'arriverait jamais, j'avais peur de t'avoir perdue pour toujours.

Les yeux encore baignés de larmes, je murmure :

– Merci.

– Tu as aimé ? Je jouais pour toi.

– J'ai adoré, c'était magnifique. C'était quoi ?

– Une interprétation libre de Ludovico Einaudi.

– Je n'y connais rien en musique, je suis nulle dans l'art en général, je murmure.

– On ne peut pas être douée en tout, je t'apprendrai.

– Tu es un virtuose, jamais je n'aurais imaginé que tu jouais d'un instrument, et encore moins avec autant de talent.

Il s'écarte de moi, et nous nous faisons face.

– Il y a une quantité de choses que tu ignores encore à mon sujet ma belle, dit-il, en me prenant le menton, et en me fixant intensément.

Je lui souris.

Oui effectivement je ne sais pas grand-chose de sa vie, à part que son père le maltraitait, qu'il aime la moto, la vitesse, et qu'il aimait la vie, avant son terrible accident. Accident dans lequel il a perdu son meilleur ami et le goût de vivre.

– C'est vrai, mais je ne demande qu'à combler mes lacunes. Tu joues depuis longtemps ?

– Depuis que je suis tout petit. L'amour de la musique m'a permis de ne pas sombrer, il m'a nourri et me faisait me sentir vivant et capable de quelque chose de beau. C'est ma grand-mère qui m'a acheté mon premier piano, et qui me payait mes cours. Quand je jouais pour elle, je voyais ses yeux briller d'amour, de fierté, et je me sentais exister, vraiment. Je n'étais plus ce gamin timide et fracassé à l'intérieur, mais un être digne d'amour. J'avais l'impression d'être enfin quelqu'un, d'être aimé pour ce que j'étais, pour ce que je suis, là, à l'intérieur, dit-il en posant sa main sur son cœur. Depuis mon accident, je n'ai pas pu rejouer. Jusqu'à aujourd'hui, pour toi, termine-t-il, la voix cassée.

Je caresse sa joue tendrement, me noie dans son regard torturé. Pourquoi dit-il de telles choses ? Bien sûr qu'il est digne d'être aimé, comme tout un chacun dans ce monde.

– Hé, ma belle, je ne dis pas ça pour te faire pleurer. Je ne veux pas que tu pleures pour moi. J'en ai pris mon parti, et aujourd'hui, grâce à toi, j'ai envie de…

Il s'interrompt.

– De quoi as-tu envie ? je demande, le cœur vibrant d'un immense espoir.

– De vivre, tout simplement, et de profiter de chaque instant.

Je renifle, j'essuie mes larmes.

– J'en suis très heureuse. Tu aimes beaucoup ta grand-mère, tu en parles souvent, dis-je, pour faire diversion.

– Elle est très importante pour moi. Elle m'aime, sans restriction, elle a toujours été là pour moi. Elle m'a donné tout l'amour d'une mère. C'est certainement grâce à elle que je ne suis pas devenu totalement délinquant, répond-il en riant. J'ai très vite compris que si je voulais m'en sortir et faire quelque chose de ma vie, il fallait que je fasse des études pour aller le plus haut possible.

– C'est ta grand-mère maternelle ?

– Oui, elle habite tout près de chez moi. J'ai hâte de te la présenter.

– Tu crois que je vais lui plaire, je demande, avec appréhension.

– Bien sûr, puisque tu me plais, et elle a toujours respecté mes choix. Elle t'aimera, et je suis sûr que vous allez bien vous entendre. Et pour toutes les autres qualités que tu voulais découvrir, on démarre quand ? demande-t-il, avec son petit sourire en coin.

– Eh bien, ici, tout de suite, je ne veux plus attendre, je réponds, en me positionnant à califourchon sur ses jambes, et en me ruant sur sa bouche.

Nous échangeons un baiser passionné.

Nos langues se trouvent, s'enlacent, nos salives se mélangent. Collée contre lui, les mains dans ses cheveux, je l'attire à moi. Je voudrais fondre mon corps dans le sien. J'aspire son souffle, je me gave de son odeur à m'en faire péter les narines. Je ne peux m'empêcher d'onduler contre son bassin. Il m'appuie contre lui. Je sens son érection pousser contre mon entrejambe, alors qu'il gémit dans ma bouche. Je veux plus. Je vais sécher mon après-midi, en prétextant que je suis malade, et l'emmener dans ma chambre, pour reprendre là où nous nous sommes arrêtés. Mais ce ne serait pas raisonnable, j'ai des patients qui m'attendent, et qui comptent sur moi.

À bout de souffle, je quitte sa bouche, me recule.

– Je dois aller bosser, je suis déjà en retard, dis-je en me levant.

Il lève les yeux vers moi, et je pourrais me perdre dans leur lumière si intense. Mon cœur fait un bond dans ma poitrine. Il retient ma main, embrasse l'intérieur de mon poignet, ainsi que la partie charnue de mon pouce.

– À plus, poupée.

– À plus, beau gosse.

Je pouffe et je m'éloigne vers la porte. Avant d'en franchir le seuil, je me retourne.

– Quelle heure ce soir ? je demande, avec une petite moue.

J'ai l'impression de lui avoir décroché la lune. Son sourire illumine la pièce, et pour la première fois de ma vie, je me rends compte que je peux rendre un homme heureux. Vraiment heureux.

– Je ne sais pas, à quelle heure penses-tu être prête ?

– Dix-neuf heures ?

– Parfait, je confirme le taxi. Tu verras, tu ne le regretteras pas, je nous ai concocté une soirée de rêve, je ne t'en dis pas plus, je laisse le suspens. Je vais tellement te séduire, Jeanne, que tu ne pourras plus te passer de moi.

Je reviens vers lui, lui fais un baiser chaste sur les lèvres. *Allez, bon sang, décolle-toi de ce garçon et va bosser!* hurle ma conscience.

Je n'y peux rien, il m'attire, comme Icare était attiré par le soleil. J'espère ne pas finir comme lui, les ailes brûlées.

– Je n'en ai jamais douté, et je crois que c'est déjà le cas.

Je m'enfuis, c'est le mot, pour ne plus voir son beau visage, son regard profond, sa bouche pulpeuse, ses lèvres rouges, tout son corps qui m'appelle. Je ne me lasse pas de le contempler, et je voudrais vivre collée à lui. Il m'a montré aujourd'hui une autre facette de sa personnalité, et je craque complètement. Quelqu'un de subtil, de sensible, sous des dehors de gros dur mal embouché.

L'après-midi s'étire comme dans un rêve.

Adam est de retour dans mon box pour sa séance de quinze heures. Je le masse (je passerais mon temps à le toucher !), et nous discutons de tout et de rien. Nos regards s'enflamment. Comme au tout début, nous nous cherchons, séduisons, effleurons, incapables de nous détacher l'un de l'autre. Je ris aux éclats, très fière de mon petit effet, qu'il avait tu jusque-là, lorsqu'il me raconte la scène de la salle de bains, lorsque je lui avais envoyé l'aide-soignante la plus âgée du service, qu'il avait failli tomber par terre, et refusé qu'elle lui donne une douche. Même si je m'occupe d'autres personnes, je sens son regard sur moi et je m'embrase. La soirée risque d'être compliquée. Je me contenterais bien de l'inviter dans mon lit, mais je lui ai demandé du temps, alors me voilà prise à mon propre piège.

À la fin de mon service, je l'accompagne aux ascenseurs. Il me fait un clin d'œil, me murmure avant de me quitter *à tout de suite,* d'une voix veloutée pleine de promesses, et je me consume sur place.

***

Je pousse la porte de ma chambre, que j'ai évidemment laissée ouverte, comme d'habitude. J'entre, et découvre sur mon lit trois belles boîtes ivoire avec un gros ruban noir, du plus bel effet.

Là c'est trop, il exagère, pour qui me prend-il ?

Je suis encore capable de me payer mes fringues, car je suppose qu'il m'a acheté une belle robe, mais la curiosité est la plus forte et je veux lui faire plaisir et le séduire moi aussi. Il n'y a pas à dire, il sait s'y prendre avec les femmes. Rien que de penser à toutes celles qu'il a dû épater avec ce genre d'attentions, je meurs de jalousie.

J'ouvre la boîte la plus longue et je découvre, estomaquée, cachée dans du papier de soie, la plus magnifique robe de cocktail que je n'ai jamais vue de ma vie, (en même temps, je n'en ai jamais porté) : une robe fourreau noire, avec une petite bretelle arachnéenne agrémentée de strass, et sa veste assortie. Elle est parfaite, le tissu doux comme une caresse. Je la place devant moi et je vais m'admirer dans le miroir de la salle de bains. Elle m'arrive au-dessus du genou, tombe parfaitement. Je crois rêver. Personne ne m'a jamais offert un cadeau si somptueux.

Comment a-t-il fait pour savoir ma taille ?

Il a dû venir dans la journée fouiller dans mes affaires. Décidément, il est plein de surprise et j'adore ça, j'ai l'impression d'être importante à ses yeux et de ne pas être qu'un plan cul. Enfin, j'aurais bon dos de lui jeter la pierre, je lui ai quand même sauté dessus la première. Hormones ou pas, je me suis littéralement ruée sur lui à la première occasion. De nos jours, les femmes assument leurs envies, leur libido, et c'est très bien comme ça. Je ne suis pas pour autant une fille facile, loin de là. J'ai craqué pour cet homme au premier regard, et la vie a décidé de nous faciliter les choses, c'est tout.

J'ouvre les autres boîtes : des chaussures, OK, noires avec des strass, et d'une hauteur vertigineuse, (on va bien se marrer ! Je prendrai mes ballerines, au cas où, je n'ai pas trop l'habitude des talons), et une pochette, pour compléter le tout. L'ensemble a dû coûter une blinde. M. Champdor serait-il à l'aise financièrement ? Jusque-là, je ne me suis pas posé la question, et j'avoue que cela ne m'intéresse pas. Ces belles choses doivent sortir d'un grand magasin, et pour être livré dans la journée, il faut être persuasif, payer le prix, ou en avoir l'habitude.

Arrête de te torturer avec ça, Jeanne, apprécie ce qu'il t'offre, sans te poser de questions ! Il veut être avec toi, il te le prouve chaque seconde, et il fait des efforts pour se faire pardonner alors ne gâche pas tout avec une jalousie mal placée. Il a eu une vie avant toi, et toi aussi, alors fais table rase du passé, et profite ma belle, me dit ma petite voix.

Ange, c'est toi ? Comme tu as raison, je vais t'écouter.

Une heure plus tard, douchée, maquillée, coiffée, je me décide à enfiler cette merveille. Tout me va parfaitement bien. J'ai perdu quelques kilos, je n'ai jamais été aussi mince. Mon petit ventre est encore inexistant, je me sens en pleine forme bien qu'un peu anxieuse quant au déroulement de la soirée. J'ai ondulé mes cheveux qui m'arrivent maintenant bien en dessous des épaules, forcé un peu sur le maquillage, (une fois n'est pas coutume), tout en restant très naturelle, et badigeonné ma peau d'huile pailletée.

Je reconnais à peine la femme qui me fait face dans le miroir. J'espère que je vais lui plaire. J'ai aimé me faire belle pour lui, j'ai imaginé ses mains sur moi lorsqu'il retirera ma robe, et un feu prend naissance entre mes cuisses, que lui seul sera capable d'assouvir et d'éteindre.

***

Je sors de l'ascenseur.

Misère, tout le château s'est donné rendez-vous dans le hall, et les têtes se tournent instantanément dans ma direction. Heureusement, j'ai mis un imperméable pour cacher ma tenue.

Je franchis les portes automatiques, sans regarder personne, et j'arrive sur le perron.

Adam est déjà là, magnifique lui aussi, en costume noir et chemise blanche. Il se lève de son fauteuil en me voyant me diriger vers lui, et par habitude, je me précipite pour le soutenir, de peur qu'il ne tombe, mais maintenant il tient bon, bien campé sur ses deux jambes. Il m'enlace dès que j'arrive à sa portée, devant tout le monde, en me plaquant contre lui. Je pouffe. La soirée va être très, très longue, ou pas assez.

– Madame, prête pour une petite virée ?

– Bien sûr, monsieur.

Je lui susurre à l'oreille pour n'être entendue que de lui seul :

– Je suis toute à toi…

29

Adam

Elle se tient contre moi, me susurre à l'oreille : *je suis toute à toi…*

Putain, cette fille me tue.

Je pensais devoir batailler dur pour la mettre à nouveau dans mon lit, j'ai sorti le grand jeu, mais finalement, elle est prête pour moi, disponible, et déjà chaude comme la braise. Je lui ai manqué et elle m'a manqué, c'est aussi simple que ça. Mon corps répond instantanément à sa présence. Je la plaque un peu plus contre moi, pour qu'elle sente mon entrejambe grossir à son contact. Un léger sourire se dessine sur ses lèvres, je sais qu'elle partage mon impatience. Je changerais bien mes plans pour l'emmener directement dans la chambre sans passer par la case restaurant, mais j'ai réservé une table, alors je vais respirer profondément pour faire descendre la pression, et je vais patienter, cela n'en sera que meilleur.

– Allez, poupée, monte dans cette voiture, avant que je ne te baise devant tout le monde.

Elle me lance un regard faussement outré. Je sais qu'elle me veut, ses yeux ne trompent pas. Le chauffeur ouvre la portière d'une belle Jaguar bleu nuit. Je voulais leur plus belle voiture. Rien n'est trop beau ce soir pour ma princesse, je veux lui faire oublier tous ces mauvais moments, tout ce qu'elle a subi jusqu'ici, et lui montrer qu'avec moi, elle pourrait avoir une vie de rêve. J'ai une vue imprenable sur ses longues jambes, fines et chaussées de hauts talons lorsqu'elle se faufile dans la voiture, et mon cœur menace de se décrocher une fois de plus. Je m'installe à mon tour, laissant le chauffeur s'occuper de mon fauteuil. J'en ai ma claque de ce truc, mon sex-appeal en a pris un sacré coup. Je pense que je peux maintenant m'en passer, mais pour plus de sécurité, je préfère l'utiliser en milieu extérieur. Jeanne me sourit, se colle contre moi, place son bras sous le mien. Ma main vient instantanément se poser sur sa cuisse nue.

La voiture démarre en douceur, le chauffeur actionne la vitre de séparation, et une musique douce envahit l'habitacle. Je me penche en avant pour ouvrir le petit frigidaire devant moi, pour me saisir d'une bouteille de Luxor, ainsi que de deux flûtes en cristal. Un ami m'a fait découvrir cette marque, et j'avoue que maintenant je suis fan. C'est un très bon pétillant avec de fines particules d'or en suspension, c'est magique. Jeanne regarde son verre, le liquide ambré, les petites lumières dorées qui virevoltent, et je sais qu'elle va me poser la question.

Non poupée, tu es la première fille que j'emmène en voiture de luxe, et à qui je fais découvrir mon péché mignon.

Finalement, elle me presse la cuisse avec un « C'est très beau, on dirait des petites étoiles », et je suis content qu'elle ne joue pas la carte de la jalousie. J'ai eu une vie avant elle, alors autant accepter cet état de fait tout de suite, même si moi, j'ai un peu de mal avec son dernier amant en date, mais parce que je sais qu'ils ont partagé une liaison de trois ans, ce n'est pas rien.

Est-elle toujours amoureuse de lui ?

Pourquoi je pense à ça maintenant ?

J'apprécie sa subtilité, sa discrétion. Si elle me pose des questions, c'est pour s'intéresser à moi, à ce que je suis, et non pour me juger ou me reprocher un passé douteux.

Nous arrivons assez rapidement à l'auberge et entrons dans la salle de restaurant. Jeanne regarde partout avec de grands yeux. C'est vrai que c'est plutôt pas mal, pour un resto de campagne : bois et pierre se mélangent admirablement, une belle cheminée trône au fond de la pièce, de la belle vaisselle, une ambiance de chalet, tout à la fois conviviale et chaleureuse. Je ne regrette absolument pas mon choix. Je serais heureux de lui faire découvrir des lieux, des ambiances, peut-être même de bons vins, des mets subtils. Je sais qu'elle n'a pas beaucoup profité jusque-là avec ses études et les faibles moyens de ses parents, et visiblement, son mec ne la sortait pas souvent, ils ne faisaient pas grand-chose ensemble à ce que j'ai compris. Alors que moi, j'ai toujours aimé les belles choses, et je ne m'en privais pas. Philippe et moi, lorsque nous étions en voyages d'affaires, en France ou à l'étranger, avions pour habitude de dormir dans des hôtels de luxe et de nous payer des restaurants renommés.

J'aime bien l'idée d'être le Pygmalion de Jeanne, de la déflorer dans la découverte de sensations fortes. Je marche à l'adrénaline, elle l'a compris, et dès que j'aurai recouvré une parfaite santé, je reprendrai mes activités de l'extrême, moto, canyoning, parapente, ski. J'aime le risque, je ne sais pas si elle me suivra.

Un serveur prend nos vestes, et si je n'étais pas assis, je crois que je serais tombé. Elle est époustouflante ! Je ne pensais pas qu'une simple robe mettrait son corps en valeur de cette manière. J'étais déjà accro, mais là, je suis conscient de la chance que j'ai. Le serveur la mate sans retenue, et j'ai bien envie de lui montrer à qui elle appartient.

Hé mec, dégage, pas touche, c'est ma nana.

Les mets se succèdent. Voir Jeanne manger avec autant de plaisir et de gourmandise me ravit. Elle fait honneur au repas, et semble avoir un appétit à toute épreuve. J'ai envie de la toucher sans cesse, et lorsque ma main frôle la sienne, nos doigts s'enlacent, présageant une suite inéluctable. Nos corps n'attendent que ça, de pouvoir s'unir à nouveau.

Jeanne s'appuie au fond de sa chaise, visiblement repue.

– C'était délicieux, merci infiniment, je n'ai jamais rien mangé d'aussi bon de toute ma vie. Ce filet d'omble chevalier était une pure merveille. Et ces profiteroles maison, une tuerie. Je m'en lécherais les doigts si je n'étais pas si bien élevée.

– Je suis ravi que ça t'ait plu. Te voir manger de si bon cœur est un régal pour les yeux.

– Tu trouves ? Je vais exploser, je t'ai fait honte, non ? Je me suis littéralement empiffrée. Je n'ai plus de place dans ma robe.

– Ce n'est pas bien grave, puisque je ne vais pas tarder à te l'enlever, dis-je, avec un petit regard pervers.

– Nous rentrons déjà ? Tu ne veux pas rester encore un peu et profiter du cadre ?

– Je vais prendre un digestif, j'ai arrêté les médicaments. Alcool et médicaments ne font pas bon ménage. Veux-tu quelque chose ?

– Non pas d'alcool, merci.

– Tu n'as quasiment rien bu. Le vin ne te plaisait pas ? Nous aurions pu commander autre chose, il fallait me le dire.

– Il était très bien au contraire. Le pétillant m'a suffi, je crois.

– Tu n'as même pas fini ta coupe, j'ai dû boire pour deux.

– Je suis malade en voiture, j'avais peur d'abîmer ma belle robe.

Elle semble gênée tout d'un coup.

Je ne lui reproche rien, elle boit ce qu'elle veut, pas de problème. Ou alors c'est la robe. Elle n'a pas apprécié que je la lui offre ? C'était un peu trop, j'avoue, mais je n'ai pas pu m'en empêcher, et je ne regrette rien, elle est sublime, le noir lui va bien. J'aurais dû lui acheter des pendentifs en diamants pour aller avec la robe.

La prochaine fois.

Cette sortie n'est que la première d'une longue liste.

– Adam, tu ne m'écoutes plus.
– Oh, pardon, je pensais à ta robe, elle te plaît ?
Elle rougit de plaisir.
– Bien sûr, elle est merveilleuse, est-ce que je peux la garder ?
– Mais oui, Jeanne, pourquoi cette question ? C'est un cadeau, et je n'ai pas pour habitude de reprendre ce que j'offre.
– Elle a dû te coûter beaucoup d'argent, tout comme cette soirée. Au fait, je veux payer ma part, j'insiste.
– L'argent n'est pas un problème, je t'assure, j'en ai plus qu'il ne m'en faut. J'ai la chance de pouvoir me payer à peu près tout ce que je veux, et il est hors de question que tu paies quoi que ce soit ce soir.
– Tu es en convalescence, tu ne travailles pas, alors…
Je sens mon portable vibrer dans ma poche.
Qui peut bien m'appeler si tard ?
– Excuse-moi, Jeanne, j'ai un appel. Je regarde qui c'est, on ne sait jamais… *Hey, Jim, how are you ?*
J'écoute ce qu'il a à me dire, et je sens mon visage perdre toute substance. Je me racle la gorge, en proie à un immense trouble.
Merde, il est en train de foutre ma fin de soirée en l'air, je savais bien qu'il ne fallait pas que je décroche.
Jeanne me regarde avec attention en percevant très certainement mon malaise.
– Un problème ? demande-t-elle, d'une voix douce.
Je souris.
– Il faut que je te dise quelque chose.
– Oui, bien sûr…
Elle devient livide à son tour.
– Tu sais que j'avais pour projet d'acheter une entreprise, pour voler de mes propres ailes ?
– Oui, je me souviens, tu étais très emballé. Et, ça n'a pas marché ?
– Au contraire, ma belle. Tu as devant toi l'heureux P.-D.G.

de PlasticEngeneering, c'est son nouveau nom, société de milliers d'employés à travers le monde, car j'ai des antennes sur tous les continents. Jimmy, mon ami anglais vient m'épauler dans cette affaire, il sera mon bras droit. Il doit arriver à la fin du mois, c'est un financier et manager hors pair, et j'ai vraiment de la chance qu'il me suive dans l'aventure. Je te le présenterai, tu verras, il est génial, il a hâte de faire ta connaissance, il était vraiment déçu de ne pas te rencontrer la dernière fois qu'il est venu.

– Il t'a rendu visite au château ?

– Oui, lorsque tu t'étais absentée. Il m'a fait signer des papiers, et il est reparti, mais il a accepté ma proposition, c'est le principal. Je vais devoir recruter encore pas mal de personnes, j'ai du taf qui m'attend. En fait, je ne reprends les rênes qu'en septembre, les anciens patrons ont bien voulu faire la transition, mais je dois superviser. J'aime que les choses se fassent comme je l'ai décidé.

– C'est normal, c'est toi le boss. Félicitations, je suis vraiment très heureuse pour toi.

Et elle l'est, vraiment.

Jeanne ne dissimule rien, c'est ce que j'aime chez elle, ses yeux brillent, et elle me dévore du regard.

J'aime ses yeux sur moi.

– Nous devons fêter cet événement, continue-t-elle, c'est important. Il te reste du pétillant à l'or ? C'est incroyable, ce truc, je n'avais jamais vu ça.

– Ouais, c'est sympa. Depuis que j'ai découvert cette petite merveille, je ne m'en lasse pas. J'ai plusieurs bouteilles chez moi et j'en débouche une de temps en temps, avec des gens qui savent apprécier. C'est le cousin d'un ami qui a eu cette idée, il vend de la feuille d'or et a voulu l'associer à une boisson. C'est plutôt réussi, ça fait son petit effet.

Je la regarde intensément, et mon cœur se serre. Je vais lui faire du mal, je le sais, mais je vais lui dire en douceur, en prenant des gants.

Je prends une grande inspiration :

– Écoute Jeanne, j'ai également pris une décision. Je ne vais pas pouvoir rester au château. Comme je te l'ai dit, j'ai besoin d'être sur place pour tout manager. Je ne pensais pas que ça irait aussi vite lorsque j'ai tout déclenché. Les vendeurs ont accepté mon offre, et en un mois c'était bouclé. J'ai tout mis en branle un jour de cafard, sur mon lit d'hôpital, même si ce projet me trottait dans la tête depuis de nombreux mois, et j'ai appelé Jimmy. C'est lui qui a tout fait, je lui dois une fière chandelle. C'était ça ou je me mettais une balle dans la tête.

Elle me prend la main, enlace nos doigts. Sa chaleur me réconforte. Jamais je ne me suis confié comme ça à quelqu'un. Jamais je n'ai dévoilé mes failles, mes peurs, ainsi que mes attentes. Je mets mon cœur à nu pour elle, je lui dévoile mes tripes.

– J'ai également acheté une maison à proximité, et en ce moment je la fais retaper. Bref, je ne peux rester que deux semaines, au maximum, et je terminerai ma rééducation chez moi. C'est possible, dis-moi ?

Elle baisse la tête, mais j'ai eu le temps d'apercevoir une lueur de tristesse dans ses yeux bien qu'elle m'ait écouté sans m'interrompre.

– Bien sûr, j'en parlerai au médecin de l'étage dès demain. Tu devras sans doute signer une décharge, mais il ne peut en aucun cas te retenir contre ton gré. Pas de problème pour moi.

Elle me fixe.

– Le seul problème, Adam, ce sera de te voir partir.

Sa franchise m'émeut.

Alors, j'ai une impulsion subite. Quelque chose d'incontrôlable, de complètement irréfléchi, venu du fond de mon être. Je ne l'avais pas prémédité, même pas imaginé quelques secondes auparavant.

– Pars avec moi, démissionne. J'aurai besoin d'une kiné pour continuer ma rééducation à la maison, et je veux que ce soit toi. Tu serais d'accord ?

Elle ouvre de grands yeux.

– Pardon ?

– Viens avec moi. Quitte ce trou paumé.

Elle rit. Quelque chose résonne dans mes tripes.

Je voudrais tellement qu'elle accepte, je suis prêt à la supplier pour qu'elle me suive.

– Je ne sais pas, je pense que j'ai un délai légal à respecter.

– Je peux intervenir et t'arranger ça.

– Je vais y réfléchir. Tu me connais maintenant, tu sais que j'ai besoin de peser le pour et le contre, et que je ne me lancerais jamais tête baissée dans quelque chose, même si c'est une proposition intéressante. Et je serais quoi au juste ? Ta kiné coloc ? J'aurais quel statut ?

– Tu partageras ma vie, Jeanne, je pensais que tu l'avais compris. Je te veux avec moi, et tu ne t'occuperas que de moi, de mon corps, exclusivement. Tu seras ma thérapeute perso, mon coach, en quelque sorte. Ah putain, j'ai toujours rêvé de ça, de quelqu'un qui s'occupe de moi, jour et nuit, vingt-quatre heures sur vingt-quatre.

– Tu rêves, réplique-t-elle, légèrement irritée, mais avec les yeux brillants. J'aurai droit à des vacances quand même ?

– Nous discuterons des termes de ton contrat, mais tu ne seras pas perdante, je te le promets.

– En fait, tu es avec moi par intérêt ?

Elle n'a toujours pas compris ce qu'elle représente pour moi.

– Jamais de la vie, je réplique vertement, j'ai dit ça comme ça, pour plaisanter, tu peux évidemment refuser.

– Mais on ne se verra plus, c'est bien ça ? demande-t-elle, avec des sanglots dans la voix.

Elle fuit mon regard.

– Viens sur mes genoux.

Elle se lève.

Je l'attrape par le bras, l'attire à moi. Avec un gémissement, elle m'embrasse à pleine bouche. Son baiser me transporte, j'ai envie d'elle, là, tout de suite. Je risque un regard autour de nous, et lorsque je constate que nous sommes les seuls clients, je glisse une main sous sa robe jusqu'au galbe de ses fesses, grogne dans son cou :

– J'ai réservé une chambre pour cette nuit, montons, nous discuterons là-haut, si tu veux bien.

– D'accord, ça me va.

Je suis soulagé qu'elle accepte sans rien dire.

J'espère la convaincre, je suis prêt à me battre pour elle, contre elle-même s'il le faut, pour qu'elle me suive.

J'ai besoin d'elle dans ma vie, je ne veux plus la perdre.

30

Jeanne

Depuis le début de la soirée, j'ai l'impression de rêver, d'être une princesse dans un conte de fées. Jamais personne n'a fait autant pour moi, et j'ai une envie permanente de pleurer, ou de rire, c'est selon : la belle voiture de luxe, le restaurant et maintenant cette chambre, spacieuse, chaleureuse et très intime.

Tout était parfait, jusqu'à ce qu'Adam parle de son départ imminent.

Est-ce que j'ai envie de le suivre ?

En a-t-il réellement envie, ou veut-il juste m'avoir sous la main ? Sa petite kiné personnelle à domicile.

Je rêve…

Je dois me passer de l'eau sur le visage, j'ai un début de migraine, et je ne veux pas qu'elle me gâche ma nuit, que j'espère mouvementée. Je n'ai pas changé d'avis là-dessus : j'ai besoin d'Adam, de le sentir en moi, et de passer la nuit dans ses bras, sans plus me poser de questions. Je vais mettre mon cerveau en mode silencieux, pour laisser parler mes désirs et mes envies, une fois n'est pas coutume.

– Adam, ça t'embête si je prends une douche ? je demande, alors qu'il s'allonge sur le lit.

– Non, bien sûr, fais comme tu veux, je vais mettre la télé en t'attendant, prends ton temps, et détends-toi. Ensuite, je te veux toute à moi. Tu te souviens, tu me l'as promis tout à l'heure.

Il me sourit comme si de rien n'était, comme s'il n'allait pas me quitter dans quelques jours.

L'eau ruisselle sur mon corps, m'aide à me détendre. Un peu. Les mains contre la faïence, les yeux clos, je fais le vide. Je sursaute, pousse un petit cri lorsque des mains se posent sur mes hanches, et qu'un corps nu se plaque contre moi. Je ne l'avais pas entendu entrer. Secrètement, j'avais espéré qu'il vienne me rejoindre sous la douche, sans oser le demander.

– Tu ne pensais quand même pas que j'allais me contenter de la télévision, alors que tu es dans cette chambre avec moi ? Viens par là, ma belle.

Il me retourne face à lui. Il est nu lui aussi, et je ne peux m'empêcher de le regarder et d'en baver d'envie : ses pectoraux, son ventre plat, ses bras musclés, son sexe dressé pour moi. Je contemple l'objet de tous mes fantasmes, me lèche les lèvres. Ses mains me caressent et me pressent, sa bouche aspire la peau tendre de mon cou, alors que je m'agrippe à ses épaules, la tête en arrière. Plus rien n'existe que ces sensations qu'il éveille au plus profond de mon être. Depuis que je suis montée dans sa voiture, je ne pense qu'à ça, qu'à cet instant ultime, en me consumant d'amour toute la soirée, suspendue à ses lèvres, avide de ses baisers, de sa bouche sur ma peau, en l'imaginant contre moi, en moi. Nous nous embrassons, pris par une fièvre que rien ne saurait arrêter.

Je saisis son sexe, si tentant, si doux, si parfait, pour le caresser, le faisant grossir encore. Il grogne de plaisir dans ma bouche, me mord la lèvre, avance son bassin et quitte ma bouche pour descendre jusqu'à mon entrejambe. Le dos collé au mur, je le laisse me pénétrer avec sa langue, s'amuser avec mon bourgeon gonflé de désir, et je prie pour que mes jambes ne cèdent pas. Il sait se faire tendre puis plus exigeant, et quand il sent que je vais défaillir il ralentit et me regarde, fier de lui. Il va me rendre dingue, plus que je ne le suis déjà, dingue de lui. Ses doigts me fouillent, entrent et sortent, de plus en plus vite, alors qu'il aspire mon clitoris.

Je suis au bord de l'orgasme, prête à exposer sous sa langue, mais il en décide autrement. Ce soir, c'est lui qui mène le bal, et j'adore ça. Il remonte à ma bouche, et je peux sentir mon goût sur ses lèvres.

– Je n'en ai pas fini avec toi, ma belle, accroche-toi à moi.

Je suis incapable du moindre mot, transportée au-delà de tout, à sa merci. Il me prend sous les fesses, me soulève contre lui, et entre en moi sans aucune douceur. Tandis qu'il me martèle, me pilonne sans relâche, je me retiens pour ne pas hurler de plaisir. Il me possède, corps et âme, et j'en redemande, je n'ai jamais pris autant de plaisir à être possédée. Nos corps se séparent, se rejoignent, dans une danse aussi vieille que l'humanité, à une cadence infernale. Nos cœurs se répondent, vibrent à l'unisson et nous nous élevons ensemble vers la libération ultime, vers l'orgasme absolu.

Adam, dans un dernier soubresaut, se libère, et s'effondre au sol en m'entraînant avec lui. Je me couche sur lui, le visage dans son cou. Je pourrais m'endormir immédiatement. Il a du mal à reprendre son souffle. L'eau chaude coule sur nous, nous enveloppe d'une vapeur bienfaisante.

– Ça va ta jambe ? je demande, un peu inquiète.

– Tu veux bien me porter jusqu'au lit, je crois que je ne peux plus marcher.

– Je le voudrais bien, mais…

– Je rigole, aide-moi à me relever. Putain, je suis vidé, tu me tues, dit-il, en m'embrassant.

Il s'appuie sur moi et nous nous couchons, lovés l'un contre l'autre.

– C'était super, merci beaucoup, dis-je, nichée au creux de son épaule.

– De rien ma belle, tout le plaisir était pour moi, répond-il, en bâillant. Tu m'excuseras, mais je crois que je ne vais pas tarder à sombrer.

À peine a-t-il terminé sa phrase que j'entends son souffle devenir régulier. Je le contemple. Il dort comme un bébé. Sans doute a-t-il un peu présagé de ses forces.

Ah ces hommes !

Ils ne veulent pas avouer leur faiblesse, ni la reconnaître d'ailleurs.

Il fait des folies de son corps alors qu'il est encore convalescent. Je le contemple, une angoisse indicible au creux du ventre.

Que vais-je devenir sans lui ?

Imaginer qu'une autre kiné prenne ma place auprès de lui me révulse, c'est mon patient et avec mes patients j'aime aller jusqu'au bout de leur rééducation, je suis un peu possessive à ce sujet. Je suis persuadée qu'il ne fera pas appel à un homme, j'en mettrais ma main au feu.

Alors que faire ?

Le suivre où qu'il aille ?

Partager sa vie alors que nous ne nous connaissons que depuis quelques semaines, ou le laisser partir et ne plus jamais le revoir ? Serai-je capable de l'oublier ? Vais-je souffrir toute ma vie de l'avoir perdu et d'être passée à côté d'une belle histoire ?

J'ai soudain envie de pleurer. Sa fragilité, à cet instant me touche. J'aime sa personnalité ambiguë. D'un côté, homme d'affaires sûr de lui, diplômé d'une grande école, mélomane, pianiste, aimant les belles choses, généreux, (il me l'a prouvé ce soir), et d'un autre côté, *bad boy,* dominant, capable de jurer comme un charretier ou d'envoyer bouler les gens. Je voudrais tellement continuer à faire partie de sa vie.

J'ai envie, oui, j'ai envie d'essayer, je ne risque rien. Je ne vais pas vivre dans la peur constante que rien ne marche pour moi. Les peurs empêchent d'avancer, et elles ne sont que le fruit de notre imagination, encore une fois, je peux trouver du travail n'importe où, donc si ça ne marche pas avec Adam, je continuerai ma route, sans regret, car j'aurai vécu le grand amour.

Le gros bémol, c'est ma grossesse. Je ne lui ai toujours rien dit à ce propos. Plusieurs fois, ce soir, j'ai été tentée de lui en parler, surtout lorsqu'il m'a proposé de partir avec lui, mais j'ai encore manqué de courage. J'ai peur de le faire fuir, et qu'il se détourne de moi pour toujours. Un enfant ne fait certainement pas partie de ses plans, il se lance dans une affaire, il peut ne pas vouloir assumer un bout d'chou, qui n'est pas de lui, qui plus est. Déjà, le père biologique de mon enfant n'assume pas, alors…

Je me retourne sur le dos, place mes mains en coupe sur mon ventre. J'essaye de communiquer avec mon petit haricot, je sais que c'est possible, je l'ai lu, cela s'appelle l'haptonomie. Certaines sages-femmes ont mis en place des séances dans les maternités, malheureusement, je n'ai jamais pu assister à l'une d'elles. Je crois qu'il faut sentir bouger le bébé, pour faire ces séances. Un toucher fin, du père et de la mère, l'accompagne, le berce et visiblement, l'enfant se dirige vers les mains des parents, comme attiré. Cela doit être fabuleux et très émouvant de communier avec son bébé de la sorte, mais il faut être trois, le père, la mère et le bébé, et moi, eh bien je suis toute seule. Mais ce n'est pas grave, je peux bien faire de l'haptonomie seule non ? Je peux nouer des liens avec mon enfant, sans pour cela avoir besoin d'un homme. Je ne suis quand même pas la seule femme à avoir un bébé toute seule ?

N'est-ce pas un peu égoïste de ma part, de vouloir cet enfant alors que son père n'en veut pas ? Est-ce qu'il ne sert pas à combler un vide dans ma vie ?

Mon téléphone m'arrache à mes pensées. Le temps que je me lève, la sonnerie s'interrompt et une notification m'informe que j'ai un message. Je prends mon portable, allume l'écran et une lumière vive illumine la pièce.

Julien...

Je l'ai complètement oublié. Je devrais l'appeler, et tout lui dire.

J'écoute son message. « Salut, c'est moi, j'ai attendu ton appel toute la soirée, puis je suis sorti boire un verre. J'espère que tu vas bien, il faut qu'on parle, j'aimerais te voir. Je peux venir ce week-end ? »

Zut !

Non. Je ne veux pas qu'il vienne. J'ai créé mon univers sans lui ici. J'ai pourtant été claire lundi, je ne veux plus rien avoir à faire avec lui, je ne veux plus l'avoir dans ma vie, mais j'ai décidé de garder son enfant, alors, je vais faire comment ? Ma vie est d'un compliqué !

J'en ai marre d'être toujours indécise. Je suis réfléchie, mais j'ai toujours tendance à envisager toutes les possibilités, et à avoir du mal à me décider, alors, pour Julien, je fais quoi ? S'il voulait faire partie de la vie de mon bébé juste pour me récupérer ? Peut-être que me remettre avec lui résoudrait des problèmes et serait la solution idéale.

Je me lève. Je me réfugie dans la salle de bains, pour m'asseoir sur le rebord de la baignoire, une serviette enroulée autour de moi, Je compose le numéro de Julien. Il décroche instantanément.

– Jeanne ?

– Oui, c'est moi, salut, je ne te dérange pas ?

– Non, j'attendais ton appel, ça va ?

Ce garçon n'a aucune conversation. Ça va, ça va ? Non, ça ne va pas. Comment veux-tu que ça aille ? Je ne sais plus où j'en suis, c'est le bordel dans ma tête. J'ai l'impression de m'enfoncer dans les emmerdes, et je n'ai que 22 ans, punaise, je devrais profiter de ma jeunesse et au lieu de ça, je dois résoudre des problèmes à n'en plus finir. Je ne suis pas prête pour tout ça.

Je me mets à pleurer, je ne peux retenir de gros sanglots,

venus du fond de nulle part. J'en ai marre aussi d'être une fontaine, j'ai l'impression que je ne m'arrêterai plus jamais de pleurer.

Je renifle, incapable de parler.

– Jeanne, qu'est-ce que tu as ? Tu peux me parler, je t'ai dit que je serai toujours là pour toi. C'est pour ça que je veux venir te voir ce week-end, je peux t'aider. C'est certainement difficile pour toi ce que tu as…

– Je n'ai pas pu, Julien.

– Comment ça ? Tu n'as pas pu quoi ?

– Je n'en ai pas eu le courage, je me suis barrée de la maternité.

– Quoi ! ?

– Je n'ai pas pu, je te dis, je crie. Ce n'est pas moi, c'est contre tous mes principes, j'ai gardé le bébé.

…

– Jeanne ! ? C'est quoi, ce bordel ! ? Avec qui parles-tu ?

Je lève les yeux et à travers mes larmes, je vois Adam à l'entrée de la salle de bains, les yeux lourds de sommeil. Depuis combien de temps est-il là ? A-t-il tout entendu ?

Je raccroche, ma vue se trouble, et je tombe au sol.

31

Jeanne

Je me réveille dans un lit que je ne connais pas, dans une chambre que je ne connais pas, et mon corps est tellement douloureux que je n'ose bouger. En voyant mon téléphone sur le chevet, je m'en saisis pour regarder l'heure.

Six heures.

L'aube pointe à travers les rideaux tirés. Tout me revient en mémoire : mon appel à Julien, à qui j'annonce qu'il va finalement être père – contre son gré –, Adam, qui a certainement tout entendu, du moins la fin. Et, pour clore le tout, je suis tombée dans les pommes de façon magistrale, en me cognant certainement la tête par terre, si j'en crois les élancements qui me vrillent le crâne dès que je bouge.

Je tends la main pour toucher son corps, mais je ne rencontre que le vide. Je suis seule dans ce grand lit.

Pourquoi m'a-t-il laissée ?

J'essaye de me redresser un peu, millimètre par millimètre, et mes yeux font le tour de la pièce.

Je sursaute.

Il est là, près du lit, dans un fauteuil, le regard hanté.

Qu'est-ce qu'il a ?

Je ne vais pas le perdre, encore, alors que nous venons de nous retrouver. Je ne le supporterais pas. Pourquoi, mais pourquoi ai-je passé ce coup de fil à Julien en pleine nuit ? J'aurais pu attendre d'être seule.

J'avance une main dans sa direction.

– Adam, j'ai cru que tu étais parti. Tu n'as pas dormi ? Viens, viens dans le lit près de moi, ne me laisse pas seule, je t'en prie.

Il s'avance sur son siège, les coudes sur les genoux, comme s'il ne m'avait pas entendue. Il me fixe pendant de longues minutes et je ne peux que le regarder, mettant mon âme à nu pour cet homme. Il se lève, contourne le lit en boitant légèrement, pour s'allonger près de moi. Je me tourne pour lui faire face, pose une main sur sa joue. Il y appuie son visage.

– Je crois que je te dois une explication, lui dis-je doucement.

– J'ai eu tellement peur. J'ai cru que tu t'étais fracassé le crâne, je me souviendrai de ce bruit toute ma vie. J'ai cru… putain… J'ai cru que tu étais morte, je croyais t'avoir perdue, comme j'ai perdu Philippe.

Ses beaux yeux s'emplissent de larmes et il me serre contre lui, si fort qu'il m'étouffe.

– Oh, mon amour, ne me quitte jamais.

Je crois rêver…

Ces mots murmurés à mon oreille m'emplissent d'une joie immense. Jamais je n'aurais cru les entendre un jour, après ce qu'il vient de se passer, et tous mes doutes s'envolent en une seconde. Il se soulève sur un coude, me regarde.

Mon rythme cardiaque s'accélère. J'ai peur. Que va-t-il encore m'annoncer ?

– Tu es la femme que je rêve d'avoir près de moi depuis toujours, Jeanne, je t'attendais.

Je n'en crois pas mes oreilles.

– Il n'y a pas de hasard, continue-t-il, j'en suis persuadé maintenant. Je suis venu au château contraint et forcé, mais aujourd'hui, je ne regrette rien. Tu as guéri mon âme en même temps que mon corps, et sans toi, je ne sais pas ce que je serais devenu. Nous devions nous rencontrer, nous aimer pour ne plus nous quitter. Je te veux, ma belle, toi et personne d'autre. Je suis incapable de te laisser derrière moi, alors accepte de partir avec moi, dis-moi oui.

– Je veux être honnête avec toi, ensuite tu me diras si oui ou non, tu veux encore de moi.

– Rien ne me fera changer d'avis, ni ton passé, ni ton ex, ni ton avortement, je me fous de tout ça, je veux être ton avenir. Construisons un avenir merveilleux ensemble, Jeanne, tu sais que je peux te rendre heureuse. Il n'y aura que toi, je te le promets.

– Tu ne sais pas tout. Je pensais que tu avais entendu ma conversation avec Julien, mais visiblement non, alors écoute-moi, s'il te plaît, sans m'interrompre. C'est important pour moi, dis-je, en prenant sa main pour la serrer contre mon cœur.

– OK, vas-y, je t'écoute.

Par quoi commencer ?

Et si, après, il ne voulait plus de moi ? Mon cœur se serre.

– J'ai promis à Julien de l'appeler pour donner de mes nouvelles, il s'inquiète pour moi, dis-je, avec un sourire triste. Sauf que, hier, j'ai oublié. Au fait, merci pour tout ça. J'ai vécu une soirée inoubliable, tout était vraiment parfait et tu m'as comblée. Je me suis sentie comme une princesse… La robe, la voiture, le chauffeur, le pétillant à l'or, enfin, tout. Merci mille fois, personne ne m'a autant gâtée de toute ma vie.

Je l'embrasse avec passion et il répond à mes baisers. Instantanément, mon corps s'enflamme, mais il faut que j'aille jusqu'au bout, je ne dois plus rien lui cacher.

Je m'éclaircis la voix.

– Lorsque je suis allée voir Julien à Dijon, pour lui annoncer ma grossesse, j'ai compris que mes sentiments pour lui étaient morts et bien morts, je me demande même comment j'ai pu rester aussi longtemps avec un type comme lui. Bref, sans surprise, il m'a dit qu'il ne voulait pas de cet enfant, que la balle était dans mon camp. Je ne lui en veux pas. Ce bébé, nous ne l'avons pas voulu, c'était un accident. J'en ai parlé avec la sage-femme, visiblement, c'est un problème de pilule sous-dosée. Julien ne veut pas assumer, il se trouve trop jeune, et je lui ai dit que moi non plus, je n'en voulais pas. Nous étions d'accord, sauf que… Je n'ai pas pu.

Ma gorge se serre, me fait atrocement mal, de grosses larmes coulent sur mes joues. Lui parler va me soulager, j'en ai assez de dissimuler et de jouer les fortes têtes alors que je me sens si seule et si fragile.

J'ai besoin de lui. De lui et de son soutien.

Il me regarde toujours intensément sans prononcer une parole. Il embrasse mes doigts et m'incite d'un mouvement de tête à continuer. Lui ne m'abandonnera pas. Enfin, je l'espère de tout cœur, mais jusqu'où iront sa patience et sa compréhension ? Il me sonde, en attendant la suite patiemment, comme je le lui ai demandé.

– Émilie m'a fait une échographie, j'ai entendu battre son petit cœur, et à partir de là, j'étais perdue. Je me suis enfuie de la maternité, je suis rentrée au château et tu connais la suite. Alors voilà, Adam, dans huit mois, je vais mettre au monde un bébé, que j'ai choisi de garder, parce que cette petite vie en moi, je l'aime déjà. Je ne t'oblige à rien, tu ne me dois rien, je ne veux pas être un fardeau pour toi. Je veux juste que tu saches que je suis enceinte, d'un autre que toi, et que ça risque de compliquer un peu les choses, non ?

Il garde le silence, mettant ma patience à rude épreuve.

– Je te l'ai dit, Jeanne, cet enfant, puisque enfant il y a, n'est pas un problème pour moi. Je te veux, toi, et rien ne me fera changer d'avis. Ce bébé, c'est toi, alors il sera le bienvenu et je l'aimerai, je te le jure, même si ce n'est pas le mien. Nous avons tout le temps de nous organiser avant la naissance.

Il me regarde, les yeux pleins d'espoir.

– Tu veux bien me suivre, alors ? Je t'emmène dans mes

bagages ? Pour ton travail, j'en fais mon affaire, tu n'auras pas de préavis à faire. Dès que la maison sera terminée, nous pourrons nous y installer, tu décoreras comme bon te semblera, tu auras carte blanche, tu te consacreras à ta grossesse et à la chambre du bébé. Tu ne seras pas obligée de travailler, je veillerai à tes besoins.

– J'ai certainement droit à un arrêt, avec des indemnités journalières. Je ne veux pas que tu finances tout, Adam. J'ai besoin d'une indépendance financière, de cotiser pour ma retraite, ce n'est pas à toi que je vais apprendre ça. J'ai toujours été prévoyante et indépendante. Alors, j'aurai un maigre salaire, c'est vrai, mais un salaire tout de même, et je ne veux pas avoir à te demander la permission pour m'acheter quelque chose qui me fait plaisir. C'est non négociable, c'est important pour moi, tu comprends ?

– OK, alors ton salaire sera ton argent de poche, je m'occupe de tout le reste. C'est important pour moi aussi, j'aime l'idée de nourrir ma famille, je suis un peu vieux jeu sur ce sujet, dit-il en riant. Et puis, c'est donnant-donnant, comme tu dis, tu vas t'occuper de moi. Tu t'en souviens ? Je suis encore malade. Je compte sur toi et sur un dévouement de tous les instants.

– Tu n'es pas malade, tu es momentanément handicapé. Mais grâce à Dieu, pour toi, c'est réversible, et tout le monde n'a pas cette chance.

– J'en suis conscient maintenant, et c'est grâce à toi. Tu m'as ouvert les yeux, tu m'as redonné confiance en la vie. J'ai décidé d'arrêter de me plaindre, d'arrêter de m'apitoyer sur mon sort pour aller de l'avant.

– Tu n'oublieras jamais, ton accident a laissé d'importantes cicatrices qui mettront du temps à disparaître, tu dois être patient, mais je t'aiderai et je m'occuperai de toi. Avec grand plaisir.

– Jour et nuit ? demande-t-il, avec une moue adorable.

– Oui, mon gros bébé, jour et nuit, je réponds, en

l'embrassant.

Il se détache de mes lèvres.

– Il a dit quoi, ton ex, pour le bébé ?

– Je n'en sais rien, tu es entré dans la salle de bains et j'ai raccroché, donc je n'ai pas eu sa réaction. Je vais devoir le rappeler.

– Oui, eh bien, rien ne presse. Viens plus près, ma belle, oublions tout ce qui n'est pas nous. Viens sur moi et occupe-toi de moi, comme tu me l'as si gentiment proposé et comme tu sais si bien le faire. J'en ai un souvenir, comment dirais-je ? Inoubliable. Rien que de penser que je vais t'avoir toute à moi, jusqu'à la fin de mes jours, je bande comme un malade.

Ignorant mon mal de tête, je grimpe sur lui, me lèche les lèvres, joueuse.

– Hum, je vois ça, nous allons devoir vous arranger ça tout de suite, monsieur.

Je glisse le long de son corps, soulève son tee-shirt, ouvre son pantalon, pour embrasser son ventre tout en libérant son sexe. Je le caresse, je le fais languir, pour ensuite le prendre dans ma bouche.

Bientôt, le plaisir nous emporte, une fois de plus, jusqu'à ce que sonne l'heure de retourner au château, faisant voler notre bulle en éclats.

J'aurais tellement voulu ne plus sortir de cette chambre.

***

De retour au château, les heures défilent. Mon visage affiche un air béat, à tel point que tout le monde me fait remarquer ma bonne humeur et ma bonne mine. Léa et Xavier me font promettre de tout leur raconter, et je leur donne rendez-vous à la cafétéria le soir même, pour satisfaire leur impatience. Je vais devoir leur parler de mon départ, parce que j'ai succombé à mon beau patient et qu'il m'emmène dans sa nouvelle vie. Un patient que je ne connais que depuis quelques jours, ce qu'ils ne manqueront pas de me faire remarquer.

Je vais lier ma vie à la sienne, et alors ?

La valeur n'attend pas le nombre d'années, non ? Ce n'est pas ce que l'on dit ?

Je m'en fous. Dix jours ou dix ans, qu'est-ce que ça change ? Connaît-on les gens avec lesquels on vit ? Tout ça, c'est des conneries, il n'y a pas de loi. Des couples se forment en quelques jours, se marient en un mois et ne se quittent plus ; d'autres vivent plusieurs années ensemble, se marient, et divorcent dans la foulée.

Je sais qu'Adam est l'homme de ma vie, mon alter ego. Alors, à quoi bon attendre ? Il veut la même chose que moi, tout cela n'est-il pas merveilleux ? Moi aussi, j'entrevois le bout du tunnel, je ne suis plus seule et quelqu'un va enfin prendre soin de moi.

J'abandonne Adam à ses exercices de musculation, pour monter au troisième étage m'occuper de mon nouveau patient. En sortant de sa chambre, je croise une jeune femme, grande, élancée, de longs cheveux roux ramenés en queue-de-cheval vaporeuse, relativement belle, bien que semblant exténuée, et tenant par la main un petit garçon. Elle paraît perdue. Je m'arrête à sa hauteur et ne peux m'empêcher de remarquer ses yeux, d'un vert profond. Le petit garçon, qui lui ressemble beaucoup, se cache dans ses jupes, intimidé.

Je leur souris, demande :

– Je peux vous aider ? Vous cherchez quelqu'un ?

– *Yes*... euh... oui...

Elle a un très fort accent anglais, et je ne sais pourquoi, mon cœur, une fois de plus, fait un bond dans ma poitrine.

– Je cherche Adam Champdor, vous le connaissez ? On m'a dit que je pouvais le trouver ici.

– Oui, je connais M. Champdor. Venez, je vais vous indiquer

sa chambre, vous pourrez l'attendre. Que dois-je lui dire ?

– Dites-lui que Kat est là, et que je suis venue lui présenter son fils, Mike.

D'une main, je cherche le mur, pour m'y appuyer avant de perdre pied et de m'effondrer. Une fois de plus, mon monde vient de s'écrouler, et cette fois-ci, il n'y aura pas de retour en arrière possible.

32

Adam

Je m'acharne à soulever de la fonte plusieurs heures par jour. Jeanne m'a dit d'y aller mollo, sous peine de tendinites, peut-être de douleurs à vie. Mais je ne sais pas être raisonnable, je ne l'ai jamais été, ce n'est pas aujourd'hui que je vais changer, surtout avec ce que je viens de subir. Bien au contraire, à partir de maintenant, je vais mettre les bouchées doubles. J'en ai marre de croupir dans ce trou perdu, dans ce centre où il n'y a que des vieux, d'avoir l'impression de perdre mon temps et de végéter. Je n'ai jamais été aussi inactif de toute ma vie. Heureusement que j'avais ce projet de rachat qui m'a permis de ne pas m'enfoncer et de garder un pied dans la réalité, sinon je crois que je n'aurais pas survécu à toute cette merde. Mais voilà, le destin en a décidé ainsi et je me dois maintenant de chérir cette vie qui veut encore de moi, pour perpétuer le souvenir de Philippe, et continuer, pour lui. Puis je me suis surpris à faire des projets avec une femme, avec Jeanne, et sans elle je ne serais pas resté deux jours.

Mes pensées me ramènent toujours à elle.

J'ai failli la perdre et j'en étais tellement malheureux que j'ai compris que je ne pouvais plus envisager ma vie sans elle. Je suis bel et bien mordu, amoureux comme je ne l'ai jamais été. Un sourire béat habite mon visage et Xavier, passant par là, me jette un regard noir.

Eh ouais, mec, Jeanne m'a choisi, elle est avec moi, que ça te plaise ou non et je ne vais pas me gêner pour la faire partir d'ici. Sa place est à mes côtés.

Je lui tirerai bien la langue comme le gamin que je suis resté, mais au lieu de cela, je le fixe sans me démonter. Il laisse son patient, s'approche de moi.

Putain, qu'est-ce qu'il me veut ?

On ne va pas se foutre sur la gueule, là, devant tout le monde, si ? Déjà que je ne peux pas l'encadrer, il n'a pas intérêt à me gonfler.

– Monsieur Champdor, dit-il, d'une voix tendue.

– Monsieur.

– Depuis un moment j'attendais d'être seul avec vous, pour vous mettre en garde.

– En garde ? Contre quoi, dites-moi ? Votre avis m'intéresse.

Tu parles, comme si j'en avais quelque chose à foutre de tes états d'âme, mon pote. Je me fous de sa gueule littéralement, mais c'est un ami de Jeanne, alors je vais tenter de rester calme et de paraître civilisé.

– Ne fais pas le mariole avec moi, reprend-il – et je serre les poings. Je t'ai tout de suite cerné, tu as plutôt intérêt à bien te conduire avec elle, sinon, je te jure que je te pète la gueule, patient ou pas. Jeanne est quelqu'un d'exceptionnel. Elle est douce, gentille, ce n'est pas un mec dans ton genre qu'il lui faut.

– Parce que tu penses qu'elle serait mieux avec toi, peut-être ? Tu crois que toi, tu lui conviendrais mieux ?

L'air entre nous crépite de menaces, et je suis prêt à me lever pour lui en foutre une. La façon qu'il a de me toiser avec son petit air condescendant, de jouer les donneurs de leçons, me hérisse le poil. Il ne me connaît pas, il ne sait pas de quoi je suis capable. *Tu vas voir, si je me lève, tu vas moins faire le malin.*

– Un problème ? demande une voix à côté de nous.

Nous nous retournons. Je garde le silence, et l'autre connard, pris en flag', baisse les yeux. Je regarde Jeanne et je vois tout de suite que quelque chose ne va pas.

– Je peux te parler, Adam ?

– Oui, bien sûr, je réponds, surpris.

– Bon, ben moi, je vous laisse, on se voit plus tard, Jeanne. On mange ensemble, tu n'as pas oublié ?

Jeanne ne répond pas, me fait signe de la suivre, le regard fixe. Je prends mes cannes et nous sortons du service kiné. Ma respiration s'accélère. *Putain, mais qu'est-ce qu'elle a, bordel ?*

– Jeanne, tu veux bien me dire ce qu'il se passe ? demandé-je en arrivant à sa hauteur devant les ascenseurs.

Elle appuie sur le bouton, lève à peine le menton pour me regarder, si intensément que j'en ai des sueurs froides.

– Je reviens du troisième, et il y a quelqu'un qui t'attend dans ta chambre, une jeune femme rousse, une anglaise.

Je me décompose.

Merde, elle n'a pas osé venir jusqu'ici ?

Sans même m'avertir ou me demander mon avis.

– Elle a avec elle un petit garçon et elle dit qu'il est ton fils. Cette femme dit vrai, Adam ? Tu as un fils ?

Comment lui dire, pour ne pas la blesser, que je le sais depuis hier, mais que je ne lui ai rien dit pour ne pas gâcher nos retrouvailles. Je ne veux pas qu'elle me quitte à nouveau, je ne le supporterais pas, je viens seulement de la reconquérir. Je me retiens pour ne pas taper du poing dans le mur.

Je dois la convaincre de ma bonne foi :

– Je viens de l'apprendre. Elle m'a fait parvenir une lettre par Jimmy. Mais rien n'est sûr, je me méfie, et tant que je n'en aurai pas la certitude, je ne considérerai pas cet enfant comme le mien. Crois-moi, Jeanne, je n'ai pas voulu ça, je ne pensais surtout pas qu'elle allait venir foutre le bordel dans ma vie jusqu'ici.

– Tu le savais et tu ne m'as rien dit ?

Elle me regarde, les yeux remplis de larmes, et encore une fois, je la fais pleurer, ce que je m'étais juré de ne plus jamais faire.

Putain de bordel de merde, comment vais-je m'en tirer cette fois-ci ?

Elle semble plus abattue qu'en colère et une fois de plus mon cœur se serre pour elle. Elle a tellement besoin de stabilité, d'être heureuse. Je veux lui apporter ce réconfort, je veux être là pour elle, malgré tous ces obstacles que la vie place sur notre chemin.

– Hier soir, je t'ai déjà annoncé mes projets et mon départ, je n'allais pas en rajouter. Tout se passait si bien, mais ne t'inquiète pas, je vais arranger ça, je te le promets. Je vais monter voir ce qu'elle me veut, et je la renvoie chez elle avec perte et fracas.

Elle me prend le bras, le serre.

Elle est avec moi, je le sens dans son regard, je le vois dans son attitude, elle me soutient, elle croit en moi.

Enfin, j'espère ne pas me tromper, en le pensant. Ce que je lis sur son visage me rassure, je n'en attendais pas moins d'elle et je suis soulagé. Nous allons faire face, ensemble, unis, nous allons nous battre pour avoir droit au bonheur.

Avec elle à mes côtés, je me sens plus fort pour combattre l'adversité.

– D'accord, fais pour le mieux, mais reviens-moi, je t'en supplie. J'ai besoin de toi, Adam, je ne supporterais pas de te perdre encore une fois. Tu peux faire partie de la vie de cet enfant si tu le désires, je n'y vois pas d'inconvénients. Nous élèverons nos bébés ensemble, nous serons une famille recomposée comme tant d'autres. Si c'est bien ton enfant et qu'elle a besoin de toi, tu dois prendre tes responsabilités. Ne fais pas comme Julien. Je sais ce que c'est, je le vis en ce moment, c'est terrible d'être rejetée par le père de son enfant, je ne souhaite ça à personne.

– Ouais, mais il y avait d'autres moyens, bordel ! que de venir me harceler jusqu'ici. C'est une manipulatrice née, je te dis.

– Allez, ne la fais pas attendre et sois gentil. Ensuite, viens me retrouver dans ma chambre, je t'attendrai, quelle que soit l'heure.

Elle s'avance, m'embrasse.

Son baiser sonne comme un adieu, ce que je refuse catégoriquement. Je lui prends la main.

– Aie confiance en moi, en nous, ma belle, je ne veux pas te perdre, je ne renoncerai jamais à toi, même si l'on cherche à nous séparer.

– Je te crois, mon amour, à tout à l'heure. Il faut que j'aille bosser.

Je la regarde s'éloigner, le cœur gros. Je m'attendais à une scène. Au lieu de cela, elle est compréhensive et courageuse. Malgré ce qui lui arrive, elle sait rester ouverte, elle a confiance en moi et je ne veux pas la décevoir. Je vais faire face à mes responsabilités, elle a raison. Je le dois, pour mon honneur, sinon je serai incapable de me regarder en face.

C'est donc cela que Kat a voulu me dire, il y a plusieurs années, qu'elle attendait un enfant de moi ? Je sais très bien que je n'en aurais rien eu à foutre si je l'avais su à l'époque. J'aurais certainement fait comme ce connard de Julien, je lui aurais dit que ce n'était pas mon problème et que moi je n'en voulais pas, que j'étais trop jeune, que j'avais toute la vie devant moi, et l'envie d'en profiter. En un mot, je me serais conduit comme un fumier ! Comme quoi, tant que l'on n'est pas concerné, on devrait se retenir de juger les réactions d'autrui.

Ce serait tellement plus simple pour moi de tourner le dos à tout ça, de faire comme si ce n'était pas mon problème. Ce Julien, je le comprends maintenant, sauf qu'aujourd'hui, j'ai changé. Je suis un autre homme, j'ai appris de mes erreurs et surtout, je veux devenir quelqu'un de bien. Pour Jeanne. Pour moi.

Perdu dans mes pensées, je me rends à peine compte que je suis arrivé devant la porte de ma chambre. Je prends une longue inspiration et j'entre.

Ils sont tous les deux assis sur mon lit, Kat tient un livre devant son fils et lui raconte sans doute une histoire. Ils forment un tableau attendrissant. Elle est aussi fine que dans mon souvenir. Elle porte une jolie robe fleurie qui met ses courbes en valeur, dévoile ses jambes, qu'elle a très belles. Elle a la peau laiteuse des Irlandaises et je me souviens que j'aimais caresser son corps, plonger mon nez dans ses boucles rousses. Je n'étais pas prêt pour une relation sérieuse à l'époque, mais cela ne m'a pas empêché de prendre du bon temps avec elle. Elle avait un tempérament de feu, mais comme beaucoup de mes conquêtes, elle voulait plus, alors j'ai rompu lorsque j'ai compris qu'elle était amoureuse. Je ne voulais en aucun cas perdre ma liberté.

Elle lève les yeux vers moi. Si son corps est resté le même, avec cette minceur quelque peu juvénile, son visage, lui, est marqué par les années et, certainement, une vie difficile. On lui donnerait facilement dix ans de plus. Son fils, en revanche, est un joli bambin, avec de beaux yeux clairs. Je ne vois rien chez lui qui me rappelle moi au même âge. Je ne me reconnais pas dans cet enfant et je ne ressens pas ce petit pincement de certitude. Bien au contraire, je sais, j'ai l'intime conviction que cet enfant n'est pas le mien. Il ne me reste plus qu'à prouver qu'elle ment. Si elle a besoin d'argent, je lui en donnerai suffisamment pour l'aider, mais je ne pourrai pas faire plus. Je soupire de soulagement.

– Bonjour, Kat, lui dis-je, d'une voix calme et posée.

Elle semble surprise par mon accueil et fond en larmes en se jetant sur moi. Je ne m'attendais pas à ça. Je me sens con et lorsque je regarde son fils pour voir sa réaction, sa petite bouche se tord, et je crois qu'il va se mettre à brailler. Il ne manquait plus que ça.

Qu'est-ce que je vais bien pouvoir faire d'eux ? Je suis coincé, je ne vais pas les foutre à la rue, s'ils n'ont nulle part où aller. *Je suis encore dans une belle merde.*

– Kat, arrête, ton fils a peur, dis-je, en la repoussant gentiment.

Elle essuie ses larmes, me parle anglais d'une voix hachée, et j'ai un peu de mal au début à comprendre. Elle se reprend, parle français.

– J'ai pensé à toi tous les jours, en priant le Seigneur de te revoir. Excuse-moi, j'aurais dû te prévenir, mais j'avais peur que tu me repousses. J'ai appris pour ton accident, par la sœur de Jimmy, avec qui je suis restée en contact, et j'ai eu très peur. Il fallait que je te présente ton fils, Mike. *Mike, come on, my boy, this man is a good friend,* dit-elle, en s'adressant à son fils.

Je suis soulagée qu'elle ne dise pas à cet enfant que je suis son père. Cela veut peut-être dire qu'elle me ment, ou qu'elle n'en est pas sûre elle-même. Le gamin s'approche de moi, et je lui tends la main.

– *Hey, boy, how are you ?*

Je regarde Kat, demande :

– Il parle français ?

– Non, je ne lui ai pas appris.

– Pourquoi tu es là, Kat ?

– Je n'arrive plus à m'occuper de Mike, je travaille dans un pub le soir, mais parfois, je suis obligée de le laisser seul, et j'ai peur qu'il lui arrive quelque chose, ma colocataire ou ma voisine ne peuvent pas toujours le garder, et mes parents m'ont chassée de chez eux quand je suis tombée enceinte. Je me demandais, comme tu viens d'acheter une entreprise, si tu avais un travail pour moi ?

– Je ne prends aucune candidature pour l'instant, alors, rentre chez toi, reviens en septembre, et je verrai ce que je peux faire pour toi, OK ?

– Je suis partie, j'ai tout laissé, même mon appartement. J'ai tout vendu, je n'ai plus rien, me répond-elle, les yeux baissés, des larmes dans la voix.

Elle plaisante ?

– Tu es partie à l'aventure avec ton enfant, sans savoir si

tu aurais un toit au-dessus de la tête ? Tu es inconsciente.

– Juste désespérée. Je veux une vie meilleure pour mon fils. Ton fils, je te rappelle.

– Cela reste à prouver. Je vais avoir besoin de preuves, Kat, je ne vais pas te croire sur parole. Tu viens foutre le bordel dans ma vie, tu t'en rends compte, j'espère ?

J'ai envie de lui crier dessus, là maintenant.

Son immaturité, son inconscience. Comment peut-elle être à ce point irréfléchie ? Si elle était seule, passe encore, mais elle a un enfant, nom de Dieu ! Elle ne peut pas dormir sous les ponts avec son môme ! Elle profite de la situation, c'est sûr ! Elle se doute que je ne vais pas la foutre à la rue avec son gosse, je ne suis pas sans cœur. C'est pour ça qu'elle l'a amené avec elle, elle aurait pu venir seule tâter le terrain et ne pas me mettre devant le fait accompli. Non, mais je te jure ! Je fais comment, moi, maintenant ?

Mon portable vibre dans ma poche. Je m'en empare, décroche.

– Oui, maman, je suis légèrement occupé, là, je peux te rappeler plus tard ?

Des sanglots me répondent.

– Arrête de pleurer, je ne comprends rien à ce que tu dis.

Je comprends, à travers ses pleurs, que quelque chose de grave vient d'arriver.

33

Jeanne

Je tourne en rond, je n'en peux plus de cet endroit. Tout me ramène aux heures difficiles de ces dernières semaines, Julien, l'angoisse d'une grossesse non désirée, Adam, et maintenant cette Anglaise et son enfant, alors que nous venons juste de nous retrouver. J'en ai marre, il faut que je me casse d'ici, avec ou sans lui.

On frappe à ma porte.

Adam, déjà ?

Un grand sourire illumine mon visage lorsque j'ouvre, pour s'effacer instantanément. Il est devant moi, habillé comme s'il allait sortir. Il est beau. Le plus bel homme que j'aie jamais vu, et mon cœur se serre devant la menace imminente. Il part.

– Tu me laisses entrer ? demande-t-il, d'une voix caressante.

– Oui, oui, bien sûr, excuse-moi.

J'ouvre la porte pour lui laisser le passage et il entre, pour aller s'asseoir sur mon lit.

– Viens près de moi, il faut que je te parle.

– Vu ton expression, je m'en serais doutée. Tu pars, c'est ça ? dis-je, en m'essayant à ses côtés.

– Ma grand-mère a fait un malaise, elle va être hospitalisée, c'est grave. Je retourne chez moi et je ne reviendrai pas, sauf pour venir te chercher, comme je te l'ai promis. Attends-moi, Jeanne, s'il te plaît, je ne serai pas long. Ma mère a besoin de moi, et je veux être présent pour ma grand-mère.

Je baisse la tête, les yeux pleins de larmes.

Je ne veux pas ajouter à sa douleur, je dois me montrer forte. Mais malgré toute ma bonne volonté, je ne peux empêcher ma voix de trembler.

– C'est normal que tu veuilles être auprès d'elles, je comprends.

Il me lève le menton, m'embrasse. Mon cœur va exploser. Je fais bonne figure, je veux être compréhensive, mais je saigne à l'intérieur.

– Je t'aime, Jeanne. Je ne peux plus me passer de toi. Tu me crois, au moins ?

Je ferme les yeux, m'agrippe à ses bras. Je vais devoir encore endurer la solitude, cette sensation de vide. Même s'il veut me persuader du contraire, il s'en va et me laisse derrière lui. J'ai envie de hurler.

Je gémis contre ses lèvres, éperdue, anéantie, au bord de la rupture. Un sanglot enfle dans ma poitrine.

– Jeanne, murmure-t-il, contre mes lèvres.

Il m'embrasse dans le cou, tire sur mon tee-shirt. Je lève les bras, pour qu'il me l'enlève. Il dégrafe mon soutien-gorge, et avec un grognement sourd, saisit mes seins à pleines mains sans cesser de m'embrasser.

– Viens, j'ai besoin de toi… Maintenant, déclare-t-il, d'une voix rauque chargée de désir.

Pris d'un besoin urgent et irrépressible de se donner l'un à l'autre, avant d'être séparés, nos corps s'embrasent, et nous roulons sur le lit. Nous nous déshabillons en toute hâte, le souffle court, puis je m'abandonne à ses mains expertes. Plongé au fond de mes yeux, il entre en moi d'une poussée et je gémis de le sentir au creux de mon corps. Je me donne, le laisse toucher mon âme, mon cœur, comme aucun homme ne le fera jamais. Nos corps se fondent l'un dans l'autre, s'accrochent. Des larmes jaillissent de mes yeux, mouillent mes cheveux, je retiens mes sanglots, le cœur déchiré par ses assauts passionnés, aussi bien que par la peur de ne jamais le revoir. Je l'étreins, dans un geste désespéré, pour le retenir, encore un peu, un tout petit peu. Un peu plus. Son sexe entre et sort, de plus en plus vite, jusqu'à m'arracher des cris de plaisir, jusqu'à nous amener à la jouissance. Ensemble.

Au bout de quelques secondes, il se détache de moi, roule sur le côté en m'entraînant avec lui. J'essuie mes larmes, une détresse sans nom me poignarde le cœur.

Je voulais être forte, mais c'est impossible, je l'aime trop. Je me love au creux de ses bras, la tête sur son épaule, et il me caresse le dos.

– Merci, ma belle, c'était fabuleux, dit-il, dans un souffle.

– Mais de rien, tout le plaisir est pour moi ! Tu es un amant merveilleux et j'ai encore pris mon pied, je réponds, en l'embrassant sur les lèvres avec un léger sourire.

Je tente de détendre l'atmosphère. Je ne veux pas qu'il garde en mémoire une femme au visage ravagé par les larmes, mais honnêtement le cœur n'y est pas.

– Je vais devoir partir.

Il se dégage de mes bras, s'habille au pied du lit.

Suspendue au moindre de ses gestes, je veux tout garder en mémoire : la façon qu'il a de se passer la main dans les cheveux, les muscles de ses bras quand il enfile sa chemise, ses mains. Il a une belle montre au poignet, que je ne lui avais encore jamais vue, et c'est fou, mais cette simple petite chose me fait prendre conscience que je ne sais rien de lui. Rien qu'une toute petite partie de sa vie. Une infime partie.

J'ai mal.

Mal à en crever.

– Pas le temps pour une petite douche ? je demande, en lui caressant le dos.

Un sourire se dessine sur ses lèvres.

Il me regarde, sourit en coin.

– J'en ai encore les images plein la tête, elles ne me quitteront jamais. Ne t'inquiète pas, il y aura plein de prochaines fois. Je sais que ce que je te demande est difficile, tu dois avoir peur et m'en vouloir... Mais attends-moi, s'il te plaît, aie confiance en moi.

– Tu l'emmènes ?

Il sait que je parle de l'Anglaise.

J'aimerais que cette fille n'ait jamais existé. Peut-être arrivera-t-elle à le reconquérir, qui sait, en lui faisant du chantage à la paternité.

L'a-t-il aimée ?

Il suit le cheminement de mes pensées.

– Je n'ai pas vraiment le choix. Elle a tout vendu, elle n'a plus rien, plus d'appartement, plus de travail. Je ne vais pas les laisser à la rue, elle et son mioche. Mais ne t'inquiète pas, je te le répète, cette fille n'est rien pour moi, je n'ai aucun sentiment pour elle, je n'en ai d'ailleurs jamais eu. Nous avons juste baisé, rien à voir avec ce qu'il se passe entre toi et moi.

– Je te crois, Adam, j'ai confiance en toi, même si c'est difficile pour moi de faire de nouveau confiance à quelqu'un. Je t'attendrai.

Il se lève, me tend les bras, et je me serre contre lui.

– Je t'appelle très bientôt.

– Courage. J'espère que tout se passera bien pour ta grand-mère.

Il se détache de moi, récupère ses cannes, me regarde une dernière fois comme s'il voulait graver mon visage dans sa mémoire. Il fait quelques pas, mais je le retiens.

– Adam, dis-je, des larmes dans la voix.

– Oui, ma belle ?

– Je t'aime, je réponds, en me ruant sur lui et en prenant ses lèvres.

Il répond à mon baiser, puis me repousse et m'observe, le regard brillant.

– Je t'aime aussi.

La seconde d'après, il n'est déjà plus là. J'entends son pas décroître dans le couloir.

J'aimerais le retenir, l'empêcher de partir et de me laisser seule, déverser des torrents de larmes à ses pieds, hurler à m'en déchirer les cordes vocales, lui faire du chantage, m'agripper à ses jambes, le bourrer de coups de poing, trépigner, le séquestrer, mais je ne bouge pas. Je me contente d'écouter son pas disparaître, emportant avec lui mon cœur, mes espoirs et mes dernières illusions.

34

Adam

Je tiens la main de ma grand-mère, qui gît, inerte, sur son lit, branchée à une quantité incroyable de tuyaux qui la maintiennent en vie. Elle a fait un infarctus du myocarde, majeur, et s'est cassé le col du fémur en tombant. Ses jours sont en danger, nous a dit le cardiologue. Ils attendent que son cœur soit stabilisé pour pouvoir l'opérer de la hanche et lui poser une prothèse totale. Elle a l'air tellement fragile, si petite, si menue, si perdue entre ces draps blancs, dans ce lit trop grand pour elle. Elle si pleine de vie, il y a à peine quelques jours. Je lui caresse le visage, je lui parle sans interruption, sans savoir si elle reprendra conscience, ou même si elle m'entend.

Putain de chienne de vie…

Mon meilleur ami et maintenant, ma grand-mère.

J'ai envoyé ma mère nous chercher des cafés. Je l'aime, mais je ne supporte plus ses jérémiades. Je ne peux pas m'empêcher de lui en vouloir, alors parfois je n'en peux plus et je l'envoie balader. Elle n'a jamais rien fait pour se sortir de sa situation, elle aurait dû avoir plus de caractère, plus de courage, elle aurait dû me protéger plus qu'elle ne l'a fait. Je suis son fils, merde, la chair de sa chair, elle aurait dû me défendre comme une louve ! Ce n'est pas ce que font les mères aimantes ? Elle m'a seriné toute ma vie qu'elle m'aimait, qu'elle subissait tout ça pour moi, me culpabilisant un peu plus chaque jour. Mamina avait bien plus de couilles qu'elle.

Un jour, elle a foutu mon père dehors, en le menaçant de le dénoncer au fisc. Elle avait raison, il fallait le tenir par son putain de fric. Il n'en menait pas large et il est parti sans demander son reste. Je ne sais pas pourquoi ils s'étaient disputés, mais quand je suis rentré à la maison, c'est moi qui ai dérouillé.

Mamina geint, papillonne des paupières. J'approche mon oreille de sa bouche, en pensant entendre mon prénom.

– Mamina, je suis là, ne t'inquiète pas, tu vas t'en sortir.

Les larmes m'empêchent de parler. Je renifle. Avec elle vont partir mon enfance, la chaleur et l'amour qu'elle m'a toujours témoignés. Si elle s'en va, je serai orphelin et j'aurai perdu les deux êtres que j'aimais le plus au monde.

– Ne me quitte pas, Mamina, j'ai besoin de toi. Ne me laisse pas tout seul…

– Adam, mon Adam, c'est bien toi ? murmure-t-elle, avec difficulté.

– Oui, Mamina, c'est moi.

– Je… t'… attendais…

Ses mots sont hachés, j'ai du mal à comprendre.

– Approche. Bes… besoin te di… dire…

– Oui, mamie, quoi, qu'est-ce que tu veux me dire ?

– Ton père… pas… ton père…

Elle tente de lever la main pour me toucher la joue, comme elle aimait si bien le faire, mais elle en est incapable, et son bras retombe sur le matelas. Sa respiration devient sifflante, difficile, rauque. Elle peine à reprendre sa respiration, ses yeux s'écarquillent et je reste suspendu à ses lèvres, recroquevillé sur sa pauvre petite main. Son souffle se meurt, comme une petite bougie qui s'éteint. J'attends la respiration suivante, qui ne vient pas, puis la machine à laquelle elle est reliée se met à sonner. D'un long bip continu. Je comprends qu'elle m'a quitté, pour toujours, sans faire de bruit, sans déranger personne ; elle meurt comme elle a vécu et je m'effondre sur elle, en la serrant dans mes bras.

Deux infirmières entrent et se ruent sur nous. Une des deux se dirige vers le monitoring cardiaque, touche quelques boutons.

– Monsieur, écartez-vous, s'il vous plaît.

– Vous voyez bien qu'il n'y a plus rien à faire. Elle est morte, je hurle. Morte, vous entendez ! Vous, sortez de cette chambre ! Vous n'êtes que des bons à rien, vous ne savez rien faire. Et il est où le médecin, hein ? Il dort, bien tranquillement, en laissant des pauvres vieux crever seuls ?

Ma mère entre et comprend en un regard. Elle s'approche de moi, me prend dans ses bras, et me serre contre elle, fort, me retient, alors que je crie encore toute ma détresse, comme lorsque j'étais petit garçon. Je me débats, mais elle tient bon, ne me lâche pas. Alors les digues se rompent, des sanglots franchissent mes lèvres et déchirent ma poitrine.

– Maman, elle est morte, elle nous a quittés. Mamina !

Je l'appelle, je tends la main vers ce lit qui me l'a prise et je sais que plus jamais elle ne me prendra dans ses bras, plus jamais elle ne me consolera.

– Je sais, Adam, je sais. Tu étais près d'elle et c'était tout ce qu'elle voulait. Elle est partie heureuse. Elle t'attendait, tu sais, elle a tenu jusqu'à ton arrivée.

Je sanglote contre son épaule, le cœur en lambeaux. Je ne sais pas comment j'arriverai à surmonter sa mort.

– Viens, rentrons à la maison.

– Rentre si tu veux. Moi, je reste encore un peu près d'elle, j'en ai besoin.

– Comme tu veux, mais ce n'est pas raisonnable, mon grand, dit-elle en me caressant la joue.

– Ne t'inquiète pas, je rentrerai vite, je réponds, en m'appuyant sur sa main.

– J'y vais alors, à tout à l'heure. Ne te fatigue pas trop, ménage-toi, tu n'es pas encore remis de ton accident.

Je baisse la tête. Mon accident… Plus rien ne sera plus

jamais comme avant.

***

Je sors de l'hôpital, épuisé, au petit jour.

Je suis resté toute la nuit à veiller ma grand-mère. Ils attendent deux heures pour enfin prononcer le décès, c'est le délai légal. Pendant ces deux heures, seul à son chevet, je lui ai raconté mes dernières semaines, le château, ma rencontre avec Jeanne, mes projets, comme si elle pouvait encore m'entendre. Je lui ai redit que je l'aimais, qu'elle aura toujours une place à part dans mon cœur, qu'elle sera toujours avec moi, en moi, me conseillant et m'aiguillant en toute chose, comme avant. J'ai ensuite aidé à sa toilette et pour l'habiller. Maintenant, je vais pouvoir rentrer chez moi, m'écrouler sur mon lit et dormir des jours entiers.

Ensuite, j'irai trouver ma mère et j'aurai l'explication que je réclame depuis longtemps.

Je ressasse les paroles de ma grand-mère : *ton père n'est pas ton père*. Je crois que finalement, je l'ai toujours su. Cela expliquerait bien des choses.

Alors qui est mon vrai père ?

Je sors mon portable de ma poche pour appeler mon chauffeur, un type que j'ai embauché pour me véhiculer dans mes déplacements. Il m'a conduit à l'hôpital et a accompagné Kat et son fils chez mes parents. Elle est assez grande pour se débrouiller seule et s'installer dans la chambre d'amis.

Il doit être quelque part à m'attendre, au volant d'un gros 4x4 noir, flambant neuf.

Je voudrais appeler Jeanne, j'ai besoin d'entendre le son de sa voix, mais il est cinq heures du matin, je ne vais pas la réveiller, elle a besoin de repos. Elle et son bébé. Je leur en fais voir de toutes les couleurs, je dois la laisser un peu tranquille. Dès que j'aurai tiré au clair ma naissance et ma pseudo-paternité, j'irai la chercher.

Le chauffeur arrive enfin.

Ce n'est pas trop tôt, je me gelais les couilles à attendre sur le parvis de cet hôpital de merde. Je vais essayer de ne pas vider ma colère sur ce pauvre homme. Putain, là, je crois que j'en ai soupé de cet endroit, je ne peux plus le blairer, j'en ai pris pour dix ans. Le prochain qui va à l'hosto, je ne vais pas le voir ! Déjà que je n'aimais pas trop les hôpitaux avant, maintenant c'est encore pire. Je me souviens du jour où je m'étais cassé le bras, enfin, quand mon père m'avait violemment poussé et que j'ai heurté la table basse du salon. Il a rigolé quand j'ai pleuré en me tenant le bras et m'a encore foutu une taloche parce que je pleurais. Ma mère est vite accourue et m'a amené ici. Le doc m'a demandé comment je m'étais fait une telle fracture, m'a dit que j'étais un fameux cascadeur, alors j'ai menti, en voyant le regard éploré que ma mère me lançait. J'aurais déjà dû tout déballer à cette époque. Je suis ressorti avec un plâtre, mais mon cœur, lui, était cassé pour toujours.

Peut-on mettre un plâtre à cet endroit ? avais-je demandé à ma mère.

Peut-on plâtrer un cœur quand il est cassé ?

Elle n'a su que pleurer et me prendre contre elle.

***

Arrivé chez mes parents, j'installe mon chauffeur dans une dépendance et je pars retrouver ma mère. Elle est attablée à la cuisine, seule, une tasse de café entre les mains. Elle a l'air perdue et je vois en elle la petite vieille qu'elle sera bientôt, prématurément usée. Elle a perdu son seul soutien dans cette chienne de vie, je ne sais pas comment elle survivra à ce deuil. Nous sommes seuls, maintenant, seuls face à cet homme, notre bourreau à tous les deux. Cette situation a assez duré. Si ce n'est pas mon père, rien ne me retient et je vais lui faire sa fête. Mais je ne suis pas encore prêt pour les affrontements, je dois me ressourcer, et dormir, dormir, dormir.

J'espère qu'à mon réveil, je me sentirai mieux.

– Je te laisse, maman, je vais me coucher. Ah, au fait, j'ai fait installer du monde là-haut, une jeune femme avec son enfant. Elle est anglaise, mais parle très bien français. Nous allons l'héberger quelque temps, ça ne te dérange pas ? Tu verras, son enfant est très mignon et il a l'air sage, ils ne nous dérangeront pas longtemps, j'en fais mon affaire.

– Pas de problème, Adam, tu es ici chez toi, tu amènes qui tu veux. Tu en as parlé à ton père ?

– Je le lui ai dit sur la route.

Il a même fait des remarques graveleuses sur elle et moi, comme si j'étais son pote et qu'il pouvait parler gonzesse avec moi. Nous n'avons jamais eu ce genre de rapports, nous n'allons pas commencer maintenant. Je lui ai dit d'aller se faire foutre et j'ai raccroché. Il a bien dû l'accueillir comme il se doit et la draguer un peu.

Quel porc. Je n'en peux plus, non là vraiment, il faut que ça s'arrête.

Ma mère me regarde, peinée, en pensant certainement la même chose que moi, puis baisse les yeux vers sa tasse. Elle me fait pitié. Elle a vraiment gâché sa vie pour cet homme. J'espère qu'au moins, elle a été heureuse avec mon géniteur, qu'elle a passé de bons moments, qu'elle était amoureuse et heureuse de m'avoir.

Pourquoi a-t-elle épousé un autre homme que lui ? Que s'est-il passé avec mon vrai père ?

Nous allons devoir lever le voile, et très vite, mais je vais lui laisser encore quelques heures de répit.

Quelques minutes plus tard, je pousse la porte de ma chambre, mon havre de paix. J'ai passé un nombre incalculable d'heures dans cette pièce, caché dans mon placard. Je m'étais installé un petit coin au fond de la penderie, avec une couverture et mes jouets préférés, et je m'y cachais lorsque j'avais peur. Puis j'ai grandi, je me laissais de moins en moins intimider, jusqu'à véritablement m'imposer et tenir tête à mon père. Après la rouste que je lui avais foutue, il m'avait plus ou moins laissé tranquille, du moins dans les gestes, parce qu'en paroles, il était toujours aussi vexant et injuste. C'est bien simple, rien de ce que je faisais n'était jamais bien et rien ne trouvait grâce à ses yeux.

Je me déshabille rapidement pour filer sous la douche. Je masse ma cuisse sous l'eau, pour délasser les muscles, et mes pensées s'envolent vers Jeanne. J'aurais besoin de ses mains sur moi, pour détendre ma jambe douloureuse, et s'occuper d'une autre partie de mon anatomie. Je bande, au souvenir de son corps chaud contre le mien sous la douche, il n'y a pas si longtemps. Je saisis mon membre dressé. Les yeux clos, le front contre le mur, le souffle erratique, je me laisse aller.

Que fait-elle sans moi ? Est-ce que je lui manque, comme elle me manque, en ce moment même ? Peut-être fait-elle la même chose que moi, peut-être se donne-t-elle du plaisir en pensant à moi ? Jeanne emplit mes pensées. J'aime le sexe en général, et avec elle en particulier, sous toutes ses formes. J'atteins la délivrance dans un râle rauque.

Je frictionne mes cheveux avec une serviette, puis je sors de la salle de bains, nu comme un ver. Je manque m'effondrer de surprise, en découvrant Kat assise sur mon lit, en nuisette, les joues en feu.

M'aurait-elle vu me donner du plaisir sous la douche ?

Elle m'a déjà vu nu, et je n'ai aucune pudeur, j'ai toujours été relativement à l'aise avec mon corps, alors je ne vais pas me cacher pour elle.

Je me dirige vers ma commode, légèrement claudiquant, pour prendre un boxer propre. Je lui tourne le dos, comme si elle n'était pas là, pour laisser tomber :

– Qu'est-ce que tu fiches ici ? Tu n'as rien de mieux à faire que de me reluquer le cul ?

– Toujours aussi grossier, à ce que je vois.

Je ne l'ai pas entendue se déplacer, et je sursaute lorsque

ses bras s'enroulent autour de mon corps.

Ce n'est pas vrai…

– Tu es si beau, Adam. Tu te souviens nous deux, c'était bien, non ?

Je détache ses bras, la repousse sans douceur, et j'enfile mon boxer.

– C'était il y a longtemps, Kat, et non, je ne me souviens pas. Tu ne m'as pas laissé un souvenir mémorable. Il y a eu beaucoup de filles avant, et après toi.

J'intercepte *in extremis* sa main lancée à toute volée contre ma joue.

– Tu n'es qu'un salaud, un goujat, et je te déteste ! crie-t-elle, hors d'elle. Tu as détruit ma vie !

Elle s'effondre, en pleurs. Je me baisse vers elle.

– Allez, Kat, sois raisonnable, relève-toi. C'est fini, nous deux, il ne se passera plus jamais rien. Viens, je vais t'aider.

Elle renifle.

Je l'aide à se remettre debout, puis je l'accompagne jusqu'à mon lit.

– Je ne savais pas, Kat, je te le jure. Je ne savais pas pour le bébé ni tout ce que tu as vécu ensuite. Pourquoi ne m'as-tu rien dit ?

– J'ai cherché à te joindre, mais tu étais déjà reparti pour la France, et je ne savais pas si tu allais revenir. Alors je l'ai dit à mes parents, et ils m'ont chassée de chez eux. J'ai cru mourir de honte. J'étais à la rue, seule, abandonnée de tous, et enceinte. Je n'avais nulle part où aller. Heureusement, une amie m'a recueillie et j'ai commencé à travailler dans un pub. Le patron était sympa et voulait bien que je fasse des petits extra pour gagner un peu plus d'argent, puis Mike est né.

– Kat, regarde-moi dans les yeux. Je ne veux pas te manquer de respect, mais es-tu sûre qu'il est de moi cet enfant ?

Elle baisse les yeux, rougit imperceptiblement.

– Oui, je crois…

– Comment ça, « tu crois » ? je crie. Je ne suis pas une gonzesse, je ne sais pas comment ça marche, mais quand même, tu dois le savoir !

– Il y a bien eu un soir, on avait pas mal bu tous les trois.

– Comment ça, « tous les trois » ?

Je n'ose croire ce qu'elle avance et des souvenirs flous remontent à la surface. Philippe, elle et moi, lors de soirées bien arrosées. Elle n'était pas farouche à l'époque, même complètement délurée.

– Eh bien, tu étais tellement ivre que j'ai fait l'amour avec Philippe.

Quoi ! ?

Même si ça ne me fait pas forcément plaisir d'apprendre qu'elle a baisé avec Philippe dans mon dos, je m'en branle.

– Ce que tu es en train de me dire, Kat, c'est que Philippe est peut-être le père de ton enfant ?

– Je ne sais pas. Mais moi, je voulais qu'il soit de toi.

Je ne l'entends plus.

Elle baisse la tête tandis qu'un immense sourire se dessine sur mes lèvres.

Mon ami… mon frère… un enfant… un peu de lui ici-bas.

Si seulement.

35

Jeanne

Les jours défilent, sans aucune saveur, et je n'ai pas de nouvelles d'Adam. J'ai voulu l'appeler un nombre incalculable de fois, en me ravisant au dernier moment. Je ne veux pas m'imposer, ni le déranger, mais j'en crève d'attendre un signe de sa part.

Pourquoi n'appelle-t-il pas ?

Il m'avait pourtant dit qu'il m'appellerait. Il me l'avait même promis ! Cette attente m'use les nerfs. Les anciennes blessures remontent à la surface et mon imagination fait le reste, en inventant n'importe quoi, d'autant plus qu'il est parti avec cette Anglaise.

Peut-être se sont-ils remis ensemble, pour l'enfant ? Peut-être filent-ils le parfait amour, et n'en a-t-il plus rien à foutre de moi ?

Je secoue la tête, tente de me raisonner.

Non, je ne veux pas le croire.

Il faut que je lui fasse confiance. Il ne peut pas m'avoir fait tout ce qu'il m'a fait, m'avoir dit tout ce qu'il m'a dit, si je n'étais pas importante pour lui. Je ne veux pas, je ne peux pas renoncer à lui. J'ai besoin d'entendre sa voix, de le voir, de le toucher, de le sentir, de nicher ma tête dans son cou, d'avoir ses bras autour de moi, de me réchauffer au contact de sa peau.

Il me manque tellement.

Lorsque j'ai mis de la distance entre nous après l'épisode

Lucie, c'était mon choix, et je savais qu'il était là, tout près, que j'allais le revoir, même s'il ne devait plus rien se passer entre nous. Puis il est venu s'expliquer et il a réussi à me reconquérir. Il m'a fait retomber dans ses filets, m'a entraînée dans un tourbillon d'or et de paillettes, restaurant, mets savoureux, nuit de folie, pour maintenant m'imposer ça, un silence de plusieurs jours, comme si je n'étais rien pour lui.

Comment peut-il me faire ce coup-là, après m'avoir sorti le grand jeu, m'avoir demandé de partir avec lui, de partager sa vie ?

Ce mec est dingue.

Je crois que je ne comprendrai jamais comment fonctionnent les mecs. Ils ne sont peut-être pas tous comme ça, seulement je suis tombée sur deux sacrés numéros. Entre Julien, éternel gosse trop couvé par ses parents, incapable de s'assumer, et Adam…

Adam, quoi au juste ?

Il est tout ce que je recherche chez un homme. Je suis accro, je n'y peux rien, et aujourd'hui, je sais que je serais capable de tout accepter, de tout pardonner, juste pour le garder. Je veux simplement qu'il m'appelle.

Je ne m'intéresse plus à rien. Je suis redevenue un zombie. Je ne sais pas si c'est dû à mon état psychologique, mais depuis le départ d'Adam, les nausées matinales ont repris, plus intenses, plus douloureuses, et depuis hier, des douleurs dans le bas-ventre me font me plier en deux, le souffle coupé.

Sans que je ne puisse rien faire, de grosses larmes coulent sur mes joues.

Je reprends mon téléphone.

Je ne fais que ça depuis plus d'une semaine, et je m'apprête à composer le numéro d'Adam, lorsqu'il sonne dans mes mains. Je regarde l'écran, pousse un soupir.

– Maman ?

– Coucou, ma Jeannette.

– Arrête de m'appeler comme ça, maman, je n'ai plus

10 ans.

– Ça ne va pas ?

Elle n'aurait jamais dû poser cette question. Des sanglots s'échappent de ma gorge. Je pleure tellement que je n'arrive plus à émettre le moindre son. Je l'entends me questionner, s'alarmer : « Qu'est-ce que tu as ? Tu es malade ? Quelqu'un t'a fait du mal ? Réponds, tu me fais peur ! »

Je donnerais tout ce que j'ai pour être près d'elle à la maison, devant la cheminée, avec un bon roman à l'eau de rose, une belle histoire d'amour qui me remonterait le moral, me ferait entrevoir la vie autrement, avec au bout, l'espoir. L'espoir que l'amour triomphe de tout, toujours. J'aurais besoin qu'elle déverse un baume lénifiant sur mon pauvre cœur torturé, qu'elle me guérisse de mes blessures. Là, maintenant, c'est ce que je désire le plus au monde. Rentrer chez moi, retrouver mon cocon familial, me faire câliner. Ne plus rien porter, ne plus rien assumer, redevenir une enfant insouciante. Quelle ironie du sort, alors que, quand j'étais petite fille, je voulais grandir plus vite, pour gagner mon indépendance et ma liberté ! Si seulement j'avais su que grandir signifiait souffrir, je serais restée un bébé dans les jupons de ma mère…

Je caresse ce beau rêve du bout des doigts. Je ne suis plus une enfant et j'ai un travail, des obligations, des patients qui comptent sur moi, je ne peux pas partir comme ça, sur un coup de tête et tout plaquer, et j'ai promis à Adam de l'attendre. Pourtant, je suis consciente qu'avec ces douleurs, je devrais me ménager et ne plus forcer, sinon, je risque de perdre mon bébé. Le médecin du troisième étage à qui j'en ai parlé m'a conseillé de me mettre en arrêt. Dans mon état, je ne devrais pas m'occuper de patients lourds, mais comme j'ai tu ma grossesse à mon chef, je tente d'assumer.

Jusqu'à quand ? Jusqu'à quand vais-je tenir ? Entre la douleur morale et la douleur physique, j'ai le sentiment d'être tiraillée et qu'un rien pourrait me faire m'effondrer.

– Jeanne, insiste-t-elle.
– Je suis là, maman, je réponds, en reniflant.
J'entends le bip d'un double appel.
– Quelqu'un essaye de me joindre, maman, je te reprends juste après.
– Je te rappelle si tu veux.
– D'accord, à tout à l'heure.
Je regarde l'écran.
Mon souffle s'arrête un instant.
C'est lui.
Je décroche, mais trop tard, il a raccroché. Puis une notification m'annonce que j'ai un message vocal. Mon cœur s'emballe. J'ai les mains moites, je crève de trouille. S'il m'annonçait que tout était fini, par téléphone, comme Julien, je crois que je ne le supporterais pas.
J'inspire profondément, m'arme de courage, puis j'appuie sur le bouton de la messagerie.
Sa voix entre dans ma tête. Elle s'infiltre dans tous les interstices, me bouleverse tellement qu'un gémissement m'échappe.
« Jeanne, c'est moi. Je suis vraiment désolé, je voulais t'appeler plus tôt, mais ma grand-mère est décédée et j'ai été anéanti. J'ai mis plusieurs jours avant de refaire surface, tu sais qu'elle comptait beaucoup pour moi, et je ne sais plus où j'en suis. Tout est remonté à la surface, la mort de Philippe, et maintenant Mamina... »
J'entends sa douleur à travers ses mots, je perçois sa souffrance. J'ai mal pour lui. Je l'imagine, effondré, malheureux, j'aimerais être près de lui, pouvoir le prendre dans mes bras, pour lui faire oublier cette nouvelle perte, le réconforter, le consoler, l'entourer de mon amour.
Puis j'entends la suite, et mon cœur menace de s'arrêter.
« Je vais devoir remettre un peu d'ordre dans ma vie, et je viens te chercher, mais... euh, pas tout de suite... »
Comment ça, pas tout de suite ?

Qu'est-ce qui le retient ?

Pourquoi me demande-t-il de l'attendre ? Ici ? Alors que je pourrais le rejoindre ? Où qu'il soit, il le sait, je ferais des milliers de kilomètres pour le voir, pour être avec lui.

« Je te laisse, je t'embrasse, à bientôt. »

Il se fout de ma gueule ! Il me demande de l'attendre, me dit qu'il ne sera pas long, puis il m'annonce qu'il doit mettre de l'ordre dans sa vie, qu'il ne viendra pas tout de suite.

Quand alors ? Que dois-je comprendre ?

Je gémis, me noie dans mes sanglots, jusqu'à en avoir mal au ventre, jusqu'à ne plus pouvoir respirer.

Je ne veux pas revivre ça. Plus jamais. Cet enfer de la solitude, de l'attente.

Je le rappelle, mais tombe sur sa messagerie.

Alors, ça me frappe comme une évidence.

Il faut que je parte d'ici, je ne peux pas attendre Adam dans la souffrance et la solitude en me posant mille questions, c'est en train de me détruire. J'ai besoin de me protéger, de protéger mon bébé, j'ai besoin de ma famille autour de moi, de me reposer et que ma maman prenne soin de moi.

Je rentre chez moi.

Si je reste ici, je meurs.

***

Mes bagages sont bouclés en moins de deux.

Je prends tout. Je ne reviendrai pas.

J'appelle Léa pour lui expliquer la situation, lui dire que je pars définitivement, et lui demander de transmettre au chef mon absence, pour raisons de santé. Je l'appellerai plus tard, là, je n'en ai pas le courage, je suis trop dévastée. Je lui enverrai un arrêt de travail, puis je lui demanderai de me faire licencier par la direction. Il comprendra, j'en suis sûre.

***

Trois heures plus tard, j'arrive chez mes parents.

Je trouve mon père assis à la table de la cuisine, en train de lire son journal. Je suis tellement heureuse de le revoir que je fonds en larmes dans ses bras, prête à tout lui déballer. Mes parents sont au courant de ma rupture avec Julien, mais pas que je porte son enfant, ni que j'ai rencontré quelqu'un d'autre.

Comment vont-ils prendre l'annonce de ma grossesse ? Seront-ils assez ouverts d'esprit pour accepter que je veuille garder cet enfant, pour l'élever sans père ?

Je m'enivre de l'odeur de mon père, pour puiser un peu de réconfort, puis je décide de ne rien dévoiler pour l'instant.

Comme ma mère n'est pas rentrée des courses, je gagne ma chambre d'enfant, range mes affaires dans mon armoire, renoue avec les souvenirs de mon enfance, de mon adolescence torturée, impatiente, en attente de plus, de quelque chose d'exceptionnel. Je replace quelques bibelots, redresse les coussins de mon canapé, caresse du bout des doigts les livres de ma bibliothèque, puis je m'allonge sur mon lit, saisis mon téléphone et appuie sur le contact d'Adam.

Ça sonne.

Une fois.

Deux fois.

Trois fois.

Puis je suis encore dirigée sur la messagerie. Sa voix, une fois de plus, me brise. Je raccroche sans laisser de message et ferme les yeux, épuisée et triste à mourir.

Il fait nuit lorsque je reprends conscience.

J'allume la lumière de mon chevet, repousse le plaid dont ma mère – certainement, qui d'autre ? – m'a recouverte. Puis je pousse un hurlement.

36

Jeanne

Tout s'enchaîne très vite : ma mère, alertée par mes cris hystériques, entre dans ma chambre, comprend que quelque chose de grave vient d'arriver en découvrant tout ce sang sur mes cuisses, entre mes cuisses, sur le lit. Elle porte une main à sa bouche. Mon regard épouvanté, noyé de larmes s'accroche au sien. Je ne peux que psalmodier, anéantie :

– Maman, appelle le Samu, je ne veux pas perdre mon bébé. Vite, s'il te plaît.

Pitié, qu'ils fassent vite.

Je perds la notion du temps.

L'attente.

Interminable.

Les douleurs.

Atroces.

Puis le Samu, les perfusions, l'hôpital, le brancard, les couloirs traversés au pas de course, la table de consultation, les perfusions, le gel glacial sur ma peau brûlante…

– Docteur, je vous en prie, dites-moi.

Je ne veux pas perdre mon bébé. Je ne le supporterai pas, ce serait la petite goutte qui ferait déborder le vase. Je ne sais pas comment je réussirais à survivre à un drame supplémentaire. Je me suis attachée à ce petit haricot, à cette petite vie qui grandit dans mon ventre, je faisais des projets pour nous deux, je ne me sentais plus seule, j'avais un but, une motivation.

Une prière naît sur mes lèvres, alors que je cherche à trouver une réponse sur l'écran.

La gynécologue daigne enfin me regarder.

– Tout va bien, détendez-vous, vous avez fait un début de décollement placentaire, et l'un des deux placentas est prævia, d'où l'hémorragie, mais les embryons n'ont pas souffert.

Je soupire de soulagement, puis je prends conscience des implications de son discours.

Je suffoque.

– Pardon ? Vous pouvez répéter ?

– Vous attendez des jumeaux, de faux jumeaux. Vous avez deux placentas, deux poches. Vous ne le saviez pas ?

Je pense que toute couleur a déserté mon visage.

– Non… Lors de ma première échographie, la sage-femme n'en a vu qu'un.

– Eh bien, l'autre devait se cacher, ironise-t-elle. Comme je vous l'ai dit, l'un des placentas est placé sur le col : vous serez surveillée de près, classée doublement grossesse à risques et vous subirez une césarienne, un mois avant terme. Je vous garde en observation pour limiter tout risque de fausse couche, mais avec les traitements adaptés, tout va rentrer dans l'ordre, je vous le promets. Je vous fais transférer dans le service. À partir de maintenant et jusqu'à nouvel ordre, défense de poser un pied par terre.

– Ne vous inquiétez pas, docteur, je vais être raisonnable, j'ai tellement eu peur de perdre mon… enfin, mes bébés. Oh, purée, je vais devoir me faire à l'idée, terminé-je, en lui adressant un pâle sourire.

– Vous allez vite réaliser, croyez-moi. Vous voulez prévenir le père ?

– Oh… euh… nous avons rompu avant que je ne découvre que j'étais enceinte.

– Je comprends. Un choc émotionnel est très certainement à l'origine de ce que vous venez de vivre.

– S'il n'y avait que ça ! Ma vie est un désastre.

Elle me prend la main, me fait un sourire compatissant. J'apprécie sa sollicitude.

– Tout va s'arranger. Vous êtes jeune, vous avez la vie devant vous. Vous êtes kinésithérapeute, c'est ça ?

– Oui, j'étais salariée dans un centre de rééducation mais j'en suis partie et je n'ai pas l'intention d'y retourner.

– Vous êtes en excellente santé, tout devrait bien se passer à partir de maintenant, mais je vous déconseille de reprendre votre travail. Je vous envoie une infirmière et je prépare votre arrêt pour deux mois. Votre gynécologue ou la sage-femme prendront le relais, ou encore votre médecin traitant.

– Merci, docteur, merci beaucoup, vous êtes très aimable.

Elle quitte la pièce et, une fois seule, je réfléchis à ce qu'elle vient de m'annoncer.

Des jumeaux… Comment vais-je faire pour gérer deux bébés en même temps ? Les tétées, les nuits, les changes…

Je vais en baver, je demanderai à maman de venir me donner un coup de main, du moins au début. Il faut que je me trouve une maison au plus vite, pour m'installer et pouponner, avant de devenir aussi grosse qu'une baleine.

Je ferme les yeux, sentant le sommeil me gagner.

***

Je me réveille dans une chambre, un monitoring sur le ventre. J'ai dormi pendant ce qu'il me semble des heures et je n'ai absolument rien senti. J'ai rêvé d'Adam, de nos retrouvailles. J'étais tellement heureuse d'être à nouveau dans ses bras, ce rêve avait l'air si réel que j'ai envie de pleurer.

Le manque de lui me terrasse. Un manque viscéral, profond, mordant.

Quand le reverrai-je ? Est-ce que je vais le revoir un jour, sachant que je suis partie du château, le seul endroit où il savait pouvoir me trouver ?

J'aimerais faire un bond dans le passé, pour le revoir. Revoir ses yeux ténébreux, son sourire en coin, ressentir ses mains sur moi, son sexe en moi. Même nos échanges musclés du début me manquent, ses coups de gueule, ses provocations, ses reparties cinglantes.

Je dois me raisonner, croire en lui, il me l'a demandé. Ce serait le trahir, trahir ses sentiments pour moi si je ne croyais plus en lui.

Il me retrouvera.

Je me redresse tant bien que mal sur mes coussins, attrape mon sac, pour récupérer mon portable.

Aucun appel...

Je n'arrive même pas à être abattue, trop habituée à prendre des coups ces dernières semaines et à absorber des mauvaises nouvelles. Je l'ai déjà dit, je crois, je ne suis pas faite pour le bonheur. Mon monde, tout ce en quoi je crois, s'écroule indéfiniment.

Pourquoi ? Mais pourquoi ?

Alors les petites voix dans ma tête, qu'avez-vous à répondre à ça ?

Hein ?

Je vous écoute. Où êtes-vous ?

Ange : Euh... Jeanne, écoute, ces bébés t'apporteront tout le bonheur du monde. De nouvelles vies, les chairs de ta chair. Tu leur donneras le meilleur de toi-même, tu les façonneras à ton image, ils seront une petite mémoire de toi sur terre.

Démon : Non, mais n'importe quoi ! Tu t'entends ? « Une petite mémoire de toi sur cette terre », gnagnagna... Jeanne, écoute-moi bien, ces bébés, puisqu'il s'avère qu'il y en a deux, super, eh bien ces bébés, je disais, tu les as voulus, tu as choisi de les garder. Alors, maintenant, tu vas arrêter de chougner et tu vas te relever les manches. Je ne veux plus t'entendre te plaindre, tu es courageuse, battante et même si, parfois, ce sera dur, je sais que tu peux y arriver.

Ange : Bon, OK, pourquoi pas ? Tu es un peu dur, Démon,

mais pour une fois, je suis d'accord avec toi, et euh... Jeanne, tu devrais appeler Julien pour le mettre au courant.

C'est vrai, je devrais le prévenir, mais je n'ai pas envie de lui parler, en fait, je n'ai envie de parler à personne. Je vais lui envoyer un texto, ce sera suffisant.

[Salut, je suis à la maternité,
ici, à Dijon, j'ai eu un problème,
mais tout va bien maintenant.
Peux-tu passer ? je te raconterai.]

Je reçois une réponse rapidement.

[Je viendrai vers 18 h 30.
Tu as besoin de quelque chose ?]

Quoi ?

Aurait-il changé à ce point ? Il s'inquiète de moi, de mes désirs, de mes besoins, c'est une grande première.

[Je n'ai besoin de rien,
mais merci quand même.]

[De rien, c'est normal.
J'ai hâte de te voir, à toute.]

Des larmes me brouillent la vue lorsque je lis son dernier message. Que n'aurais-je pas donné pour recevoir des mots gentils de sa part il y a quelques semaines, mais maintenant, c'est trop tard. Trop tard pour nous deux. Il n'y a plus d'espoir. Je ne l'aime plus, même si je vais mettre au monde ses enfants. Il m'a trahie, de la pire des manières. Je ne pourrai plus jamais lui faire confiance, alors, à quoi bon ? La confiance, dans un couple, c'est essentiel, non ? Si à chaque retard, chaque réunion de travail, j'ai la peur au ventre qu'il me trompe, je serai malheureuse toute ma vie. La jalousie est tellement destructrice.

Oui, c'est bien beau tout ça, mais comment aimer pleinement, passionnément, sans avoir peur de perdre l'être aimé ? Adam est loin de moi depuis quelques jours seulement, et j'ai l'impression de me noyer, de manquer d'air et de suffoquer. Je me torture sans relâche, je pense à lui chaque seconde.

Que fait-il ? Pense-t-il à moi à cet instant ? Est-ce que je lui manque, comme il me manque ? C'est tellement irrationnel et fulgurant ce que je ressens pour lui. Je tape quelques mots à la va-vite, sans réfléchir.

Je ne vais pas attendre indéfiniment, j'ai besoin de savoir, et d'en avoir le cœur net.

[Adam, appelle-moi, s'il te plaît,
ne me laisse pas comme ça,
j'ai besoin de t'entendre.]

Mon doigt est prêt à appuyer sur la touche envoi.

Je doute, une fois de plus, et au dernier moment, je renonce et j'efface tout.

Putain de fierté.

Cinq minutes plus tard, à force de me torturer, je décide de l'appeler, pour mettre fin à mon calvaire, d'une façon ou d'une autre.

Je compose son numéro.

J'attends, le cœur au bord des lèvres.

– Allô ? fait une voix féminine.

Je vais m'évanouir.

Je connais cette voix.

L'Anglaise.

– Pourrais-je parler à Adam, s'il vous plaît ?

– Il est sous la douche.

Mon cœur manque un battement.

– Vous pourrez lui dire que Jeanne a appelé, s'il vous plaît ?

– Oui, bien sûr, répond-elle, sèchement, pour ensuite me

raccrocher au nez.

Super !

Je suffoque en prenant conscience de la situation.

Il est sous la douche, en plein après-midi, et c'est elle qui répond...

La douleur et la rage prennent possession de tout mon être. Je les imagine au pieu, en train de s'envoyer en l'air et c'est insupportable.

De rage, je supprime son numéro et j'envoie valser mon portable à travers la chambre.

37

Adam

Dormir m'a fait un bien fou.

Après une bonne douche, je me rends à la cuisine, certain d'y trouver ma mère. Une bonne odeur me chatouille les narines dès que je sors de ma chambre. À la table de la cuisine, le petit Mike tourne les pages d'un cahier de coloriages, tandis que Kat s'affaire autour du plan de travail. Si un photographe avait pris une photo de cette scène, vue de l'extérieur, on aurait pu penser à une famille heureuse, sauf que cette femme n'est pas la femme que j'aime et que cet enfant n'est pas le mien.

Appuyé contre le chambranle de la porte, je l'observe avec attention et je sais maintenant à qui il me fait penser : à Philippe, sans aucun doute. Je retrouve sa couleur de cheveux, ses yeux de filou. Je m'approche de Mike, lui fais un baiser dans les cheveux en le serrant contre moi. Il lève ses beaux yeux vers moi et mon cœur se serre. Les yeux de Philippe, les yeux de mon meilleur ami, de mon frère… Je crois le revoir à travers les yeux du petit Mike. Alors pour Philippe, pour Mike qui est son fils, je vais prendre soin d'eux et les aider, j'en ai les moyens. Je ne les laisserai pas tomber. Je vais les installer dans la maison de ma grand-mère si ma mère est d'accord et je donnerai du travail à Kathleen.

Cette dernière me regarde, attendrie, mais je dois la faire déchanter sur-le-champ. Rien ne sera plus jamais possible entre elle et moi, mon cœur est ailleurs. Elle devra faire avec et s'adapter, sinon elle repartira d'où elle vient.

– Kat, ne me regarde pas comme ça, tu sais très bien ce qu'il en est. Je ne t'ai rien caché, alors arrête de te faire des films, OK ? J'aime une autre femme.

– Ah oui, et elle est où, cette Jeanne ? Elle n'est pas là, que je sache, pour t'épauler dans ces durs moments.

– Comment sais-tu qu'elle s'appelle Jeanne ?

Elle pique un fard, baisse la tête.

– Tu me l'as dit. Certainement.

– Oui, peut-être, je ne me souviens plus. Tu sais où est ma mère ?

– Chez ta grand-mère pour trier des papiers, et elle m'a tout raconté. Je suis désolée, Adam, je te présente toutes mes condoléances. Merci pour tout, merci de nous accueillir. Ta maman a été très gentille avec nous et ton papa m'a proposé du travail.

– OK, eh bien, tu feras comme tu voudras. Salut, je vais voir ma mère.

– Adam, attends, dit-elle en me rattrapant. Tiens, ton portable.

– Merci, à plus tard.

Je retrouve mon chauffeur sur le perron, installé dans un fauteuil en rotin, à m'attendre.

– Tout va comme vous voulez, Martin ?

– Parfaitement, monsieur Champdor.

Je prends une décision, demande :

– Que diriez-vous d'entrer à mon service ? Je double votre salaire et vous travaillez exclusivement pour moi. J'ai besoin de quelqu'un jour et nuit. Vous serez mon chauffeur et homme à tout faire, mes jambes, en quelque sorte.

– J'en serais ravi, monsieur.

– Parfait, je contacte votre employeur dans l'heure. À partir de maintenant, vous êtes à moi. J'aime votre discrétion. Allez chercher la voiture, nous sortons.

– Bien, monsieur.

Alors qu'il s'éloigne, je jette un coup d'œil à mon portable, fais défiler les messages.

Aucun de Jeanne.

Que fait-elle, bordel ? Pourquoi ne m'appelle-t-elle pas ni ne m'envoie de messages ?

Après tout ce que nous avons vécu, toutes les promesses que nous nous sommes faites, elle ne peut pas ne plus croire en nous. C'est impossible. Je pensais l'avoir convaincue, lui avoir donné suffisamment de preuves pour qu'elle accepte de m'attendre.

Elle me manque. Tellement. J'aimerais qu'elle soit près de moi, qu'elle me soutienne, mais je dois avant cela régler mes conflits familiaux. Je veux que tout soit clair dans ma tête avant de retourner la chercher. Je ne peux décemment pas l'amener dans ce merdier.

Pas dans son état.

Je pousse un soupir, me prépare mentalement à affronter ma mère, ainsi qu'à la questionner sur mes origines.

Quelques minutes plus tard, je pousse la porte de la maison de ma grand-mère, me retenant de l'appeler, comme je le faisais toujours.

Une douleur m'étreint la poitrine.

Elle n'est plus. Ma grand-mère, la femme que j'aimais le plus au monde, est morte, emportant avec elle une partie de moi.

Je trouve ma mère dans la cuisine, des papiers étalés devant elle.

– Tu contemples ton héritage ?

– Oh, Adam, je ne t'avais pas entendu arriver.

Elle me montre les relevés bancaires.

– J'avais procuration sur les comptes, mais elle ne me tenait au courant de rien. Je suis effarée de tout l'argent qu'elle avait et maintenant, tout est bloqué. Nous aurions dû les vider dès qu'elle est entrée à l'hôpital.

– Pourquoi ? Tu n'as pas de quoi lui payer son cercueil ?

– Ne me parle pas comme ça, Adam, je suis ta mère, tu me

dois le respect.

Elle a raison.

Il faut que j'arrête de l'engueuler sans cesse, mais c'est plus fort que moi. Elle a bien assez souffert. Je ne vais pas faire comme mon père, l'écraser ou en faire mon exutoire.

– Pardonne-moi, maman, je suis dur avec toi, je le sais. Je m'occuperai de tout, ne t'inquiète pas. Je vais appeler son notaire et prendre rendez-vous. Nous serons fixés. As-tu contacté les journaux pour l'avis de décès ?

– Non, je pensais que tu t'en chargerais.

Elle baisse la tête.

Comme d'habitude, elle est incapable de prendre une décision. Je serre les poings pour ne pas lui dire ce que je pense et lui gueuler dessus. Je sors mon portable de ma poche, pour composer le numéro de notre notaire.

– Adam Champdor. Pour maître Reynart, s'il vous plaît, c'est urgent, merci.

Assez rapidement, j'entends la voix du notaire.

– Monsieur Champdor, toutes mes condoléances, j'ai appris pour votre grand-mère. Une femme remarquable. Je l'avais vue récemment, et justement, j'allais vous appeler. Quand seriez-vous disponibles, votre mère et vous, pour venir à mon étude ?

– Demain matin, à la première heure ?

– Parfait. Huit heures, ça vous irait ?

– Très bien, à demain, maître.

Je raccroche.

– Voilà, tu as entendu ? Maintenant, maman, j'ai quelques questions à te poser, et j'aimerais que tu répondes sans tourner autour du pot. Je ne te laisserai pas en paix tant que tu ne m'auras pas tout dit.

– Dit quoi, Adam ? Arrête, tu me fais peur.

– Ne commence pas à chialer, bordel ! À chaque fois que quelque chose te contrarie, tu te mets à pleurer. J'en ai assez de te voir fuir les problèmes, assume, bon Dieu, au moins une fois dans ta vie !

Elle essuie ses larmes, redresse les épaules.

Je m'assieds en face d'elle.

– D'accord, je t'écoute.

– Mamina m'a dit que…

Maintenant que le moment de vérité est arrivé, je suis mal à l'aise.

Que va-t-elle me révéler ? Ai-je vraiment envie de savoir, de remuer le passé ? Je vais enfin savoir qui est mon vrai père, et s'il est encore en vie, que vais-je faire ?

Je me racle la gorge, me lance, la voix enrouée par l'angoisse :

– Elle m'a dit que mon père n'est pas mon père biologique, c'est vrai ?

Voilà, c'est dit !

Elle me regarde intensément quelques secondes, et finit par dire :

– Je vais tout te raconter. J'aurais dû le faire il y a longtemps, tu aurais sans doute moins souffert.

J'attends avec une certaine angoisse l'histoire de ma création. Encore une fois, des questions inondent mon cerveau :

Qui était cet homme ?

L'aimait-il ?

Et elle, l'aimait-elle ?

Ma jambe tressaute sous la table. Je suis dans un tel état de nerfs que je pourrais la démonter à main nue, pour ensuite jeter les morceaux par la fenêtre.

Je m'exhorte au calme, lui demande de continuer, d'un mouvement de tête, alors qu'elle s'est tue, inquiète de ma réaction.

– Maman ?

– Hum, nous venions de nous marier, ton… Charles et moi, et ça n'allait déjà plus très fort entre nous. Il s'est révélé colérique et un rien le mettait en rage, le repas trop salé ou pas assez, mes coiffures, la façon dont je m'habillais – trop court, on voyait trop mes jambes. Tout était prétexte à me disputer. Il m'avait déjà traitée de pute et m'avait obligée à me changer avant d'aller à une soirée où nous devions retrouver les Germain. Ce soir-là, je m'étais confiée à Paul, car il avait remarqué ma détresse et mes yeux rouges. Il m'avait dit que je pourrais toujours compter sur lui, qu'il serait là pour moi, c'était mon ami. Je l'aimais, secrètement, mais il a préféré Suzanne, et moi, j'ai épousé Charles, un peu par dépit, je l'avoue. Jeunes, nous étions inséparables tous les quatre. Un soir, Charles m'a frappée plus que de coutume, puis il est sorti. J'étais effondrée, je voulais en finir, alors j'ai appelé Paul. Il avait été si gentil avec moi à cette soirée et je ne savais pas vers qui me tourner. J'étais si seule, si désemparée. Il est arrivé très vite, nous avons beaucoup parlé, puis il m'a pris dans ses bras pour me consoler et nous nous sommes embrassés.

Elle marque une pause.

Je lui prends la main.

– Continue, maman, demandé-je, le plus doucement possible, bien que trépignant d'impatience.

– J'avais tellement besoin de réconfort, de chaleur, tu comprends, et Paul a été formidable. Notre liaison a duré quelques mois, puis j'y ai mis un terme. J'étais tombée amoureuse de lui et lui de moi, la situation devenait compliquée. Il voulait divorcer, mais Suzanne s'est retrouvée enceinte de Philippe et je ne voulais pas détruire leur mariage. Suzanne était mon amie. Après avoir rompu, j'ai découvert que j'étais moi-même enceinte. Je sais que tu es le fils de Paul. Une femme sent ces choses, et ton père, enfin, celui qui t'a élevé, malgré tout, à cette période, avait une nouvelle maîtresse alors il ne me touchait plus. Quand il rentrait, toujours très tard et alcoolisé, je faisais semblant de dormir, et je me refusais à lui, jusqu'à ce que… eh bien… Je me suis laissé faire une nuit pour qu'il pense que tu étais de lui. Mais je crois qu'il a toujours eu un doute malgré tout, les dates ne collaient pas.

– Et Paul ? Il sait ?

– Non, je ne lui ai jamais dit. Il t'aimait pourtant autant que son propre fils, tu faisais partie de sa famille, tout comme Philippe faisait partie de la nôtre.

– C'est vrai, j'étais même parfois jaloux de la relation que mon p... enfin, que Charles entretenait avec lui. Philippe par-ci, Philippe par-là. Philippe réussissait tout, toujours. J'avais le sentiment d'être une merde à côté de lui, mais je l'aimais plus que tout, j'aurais fait n'importe quoi pour lui et ensuite, plus grand, il m'a beaucoup aidé, quand il a compris que mon père me frappait. Putain, maman, c'était mon frère. Il me manque tellement.

– Je sais, mon petit.

Elle se lève, vient m'entourer de ses bras. Pour une fois, elle prend en compte ma douleur, et je trouve en elle du réconfort. Le visage contre sa poitrine, je la serre contre moi.

– Ça va aller, maman, nous allons nous en sortir.

– Oui, mon fils, ce soir, je quitte Charles, j'en ai assez d'être son paillasson et je viens m'installer ici, hein, qu'en dis-tu ?

– Tu as raison, quitte ce connard, tu n'as que trop attendu, je te soutiens à cent pour cent. Par contre, je voulais proposer la même chose à Kathleen et son fils, ça t'embête si vous cohabitez quelque temps ?

– Non, pas du tout ! Ce serait même parfait, je me sentirais moins seule, tu sais comme je déteste la solitude. Mamina serait ravie que ce lieu vive à nouveau. Je peux te poser une question ?

– Bien sûr.

– Kathleen, c'est qui, au juste, pour toi ?

Je ne veux rien lui cacher.

– Je l'ai connue en Angleterre, et elle dit que son enfant est le mien.

Elle ouvre de grands yeux.

– Et ?

– Je pense qu'elle ment, ou en tous les cas, elle se sert de son fils pour me récupérer. Je pense même que c'est Philippe, le père. Visiblement, elle jouait sur les deux tableaux. Lorsque je lui ai posé la question, pour savoir si elle était sûre que j'étais bien le père, elle a baissé la tête et a eu l'air embêtée. Toi, tu le savais non ? Qui était mon vrai père, je veux dire ?

- Oui, Adam, je l'ai toujours su.

Après quelques secondes d'intense réflexion, je reprends :

– Tu te rends compte, maman, jc suis le fils de Paul, qui lui a perdu son fils légitime, mais moi je suis encore en vie et Philippe a peut-être un fils. Tu crois que Paul aurait plaisir à faire partie de la vie de cet enfant, qu'en penses-tu ?

– Je pense que tu devrais lui parler. Le seul problème, c'est Suzanne, leur couple ne va pas bien depuis de nombreuses années déjà, et je crois qu'il n'a jamais pu m'oublier.

Elle baisse de nouveau la tête, murmure tout bas :

– Moi non plus, d'ailleurs.

– Bien, procédons par ordre. Je vais inviter Paul au restaurant, pour parler travail et je verrai si je peux tout lui déballer ou non. Et Charles, tu ne lui as jamais rien dit ?

– Non, je n'ai jamais trouvé le courage, et comme je te l'ai dit plusieurs fois, je ne voulais pas gâcher ton avenir ni ton héritage.

– Putain, maman, pour ce que j'en ai à foutre de son argent ! Je me suis même acheté une entreprise pour quitter sa boîte de merde. Il peut s'étouffer avec son pognon, je ne veux rien de lui. Il me maltraitait, il me rouait de coups sans raison, c'est un peu cher payé, tu ne trouves pas ?

– Je sais, Adam. Pardonne-moi, j'ai été lâche, mais je ne pouvais pas supporter l'idée d'être à la rue avec toi, que serions-nous devenus ? Il a quand même payé tes études. Seule, je n'en aurais jamais eu les moyens. Et grâce à Dieu, tu es assez brillant et intelligent pour t'en sortir aujourd'hui sans l'aide de personne, mais quand tu étais petit, j'avais peur de l'avenir.

– Nous serions venus vivre avec Mamina. Maintenant, c'est trop tard, elle nous a quittés.

– Nous allons être heureux, je te le promets, dit-elle, en me caressant les cheveux.

***

Paul n'a fait aucune difficulté pour répondre à mon invitation. Je ne l'ai pas vu depuis plusieurs semaines, mais maintenant que je sais qu'il est mon père, ça me fait bizarre. Au moins, je le connais depuis toujours. Je sais que c'est un homme bien, un père exceptionnel, et j'enviais Philippe d'avoir un père tel que lui. Maintenant que j'y pense, il a toujours été là pour moi, il me donnait des conseils sur ma scolarité ou plus récemment sur le rachat de mon entreprise. Nous avons toujours eu un lien privilégié. J'espère qu'il acceptera de faire des recherches en paternité. J'ai trouvé un laboratoire en Suisse qui pratique ce genre de tests, avec seulement une mèche de cheveux de chacune des personnes concernées. Je leur en ai déjà envoyé pour Mike et moi, mais les délais sont importants.

À peu près trois semaines… Trois putains de semaines pour savoir si oui ou non, cet enfant est de moi.

J'ai passé du temps avec lui aujourd'hui et c'est vraiment un gamin adorable. Je ne pouvais pas m'empêcher de chercher une ressemblance avec Philippe. Il faudrait que je retrouve des photos de nous, petits, ou que j'en demande à Paul.

Ce soir sera le soir des révélations.

Je suis son fils, ça, c'est sûr, et Philippe est sans doute le père de Mike, le fils de Kathleen. Il pensait ne plus avoir de fils, il va se retrouver avec un autre fils et un petit-fils. J'espère qu'il voudra bien me donner quelque chose ayant appartenu à Philippe et s'il le veut, entre lui et moi, malgré les dires de ma mère, nous pouvons également faire le test.

Il franchit les portes du restaurant, et je lui fais un petit signe de la main. Alors qu'il slalome entre les tables, je ne peux m'empêcher de l'admirer. Il a vraiment fière allure. Il doit sortir de la banque dont il est l'un des dirigeants, car il porte encore son costume taillé sur mesure, ainsi que son attaché-case.

Je me lève, un peu emprunté, pour le serrer dans mes bras.

– Bonsoir, Adam, je suis très heureux de te voir. Comment vas-tu ? Et ta mère ?

C'est marrant, il a toujours cette petite phrase : « Et ta mère ? »

– Elle va bien, même si Mamina va laisser un grand vide dans nos vies. Je n'arrive toujours pas à me faire à l'idée qu'elle soit morte, continué-je, ému. Mais bon, c'est la vie, hein ? Elle était âgée et elle avait le cœur fatigué. Je serai près de ma mère de toute façon, je ne repars pas en rééducation. Nous allons nous serrer les coudes, et j'ai une amie anglaise de passage qui cohabitera avec elle. Elle a un petit garçon, ils lui tiendront compagnie, il y aura de la vie autour d'elle.

– Une amie de Philippe et de toi ?

Comme chaque fois qu'il parle de son fils, ses yeux se mouillent, et il regarde pudiquement ailleurs. Je lui prends la main, la serre.

– À moi aussi, il manque. À chaque seconde, chaque minute de toutes ces putains de journées depuis l'accident. Qu'ont dit tes avocats pour le procès ?

– L'instruction est en cours. Il va prendre bonbon, je peux te l'assurer, je ne vais pas le lâcher. Ils ont monté un dossier béton. Visiblement, il est récidiviste, il conduisait souvent en état d'ébriété, mais jusque-là, il n'avait tué personne. Et toi ?

– Pareil, je vais le laminer, faire de sa vie un enfer. Mais bon, ça ne ramènera pas mes amis ni Philippe. L'argent que je toucherai des assurances, je le donnerai à des œuvres caritatives. Dans mon malheur, je ferai quelques heureux.

Et Suzanne ?

– Elle ne s'en remet pas, elle sombre dans la dépression, elle qui était déjà fragile psychologiquement. Elle ne sort plus, ne s'habille plus, elle est devenue une loque, tu ne la reconnaîtrais pas. Je m'en veux, je devrais être plus présent, mais je n'y arrive pas. Depuis longtemps, il n'y a plus rien entre nous. Si son état empire, je vais devoir la faire hospitaliser, je le crains.

– Ah bon, c'est à ce point ? Tu lui diras que je passerai la voir. Peut-être que j'arriverai à la raisonner.

– Je le lui dirai, mais je ne te promets rien, la plupart du temps, elle ne veut voir personne. Sinon, tu voulais me voir pour une raison précise ?

– Je ne sais pas trop par où commencer, je réponds, en me raclant la gorge. Paul, j'ai besoin de savoir… en fait, hum… je voulais te dire…

– Adam, qu'est-ce qui se passe ? Tu peux tout me dire, mon petit, tu es comme un fils pour moi.

Je le regarde.

J'aimerais qu'il le lise dans mes yeux, qu'il le sente, au plus profond de sa chair, sans que j'aie besoin de le formuler.

– Eh bien, justement… Mamina, sur son lit de mort, m'a dit quelque chose qui m'a bouleversé.

– Quoi, Adam ? C'est à propos de ta mère ?

Ma mère, ma mère, putain, il n'a qu'elle en tête, ce n'est pas possible !

– Non, rassure-toi, cela n'a rien à voir avec elle… Enfin si, mais…

– Adam, je ne comprends rien à ce que tu racontes. Allez, mon garçon, dis-moi ce qui te tracasse. Tu as fait une connerie, c'est ça ? Et tu ne veux pas en parler à ton père ? Je sais, il est bourru, mais ce n'est pas un mauvais bougre, et il t'aime, à sa manière.

– Tais-toi, Paul, tu veux ? Arrête. Mamina m'a dit que Charles n'était pas mon père.

Il porte la main à sa bouche.
– Qui… qui ?
– Qui est mon vrai père ? Eh bien, j'ai cuisiné ma mère et elle m'a dit avoir eu une relation avec un autre homme dans les débuts de son mariage.
Il me regarde, blanc comme un linge.
– Tu vois de qui je veux parler ?
– Adam… je…
Ses yeux ne me lâchent plus, je crois même que ses mains tremblent légèrement. Quant à moi, je ne vaux guère mieux, à déchiqueter mon morceau de pain sans plus pouvoir sortir une parole. Mon cœur entame une course effrénée, caracole comme un beau diable, heureux, enfin libre.
Je m'éclaircis la voix, reprends :
– Tu n'as rien à te reprocher, tu as fait ce qu'il fallait. Tu l'as aidée à survivre et je ne te remercierai jamais assez pour ça, car sans toi, ma mère serait peut-être dans le même état que Suzanne. Tu l'as aimée ?
– Oh oui, je l'ai aimée.
Nous nous levons presque en même temps, nous jetons dans les bras l'un de l'autre, en pleurant comme des gosses et en nous donnant des tapes dans le dos.
– Mon fils. Je crois que je l'ai toujours su. Je t'ai toujours aimé, tu sais, et j'avoue que secrètement, j'espérais que tu sois de moi, dit-il, en me serrant contre lui. Tu étais tellement sage, tellement adorable, poli, studieux, pas comme ce trublion de Philippe. Mais lui aussi, je l'aimais, plus que tout, plus que ma vie.
– Papa…
Nous nous regardons, comme deux cons, sans plus savoir quoi nous dire.
– Adam, nous avons tellement de choses à nous dire, de temps à rattraper.
– Tu fais partie de ma vie, je te connais depuis que je suis

né et je t'aime déjà comme un père, tu as toujours été là pour moi. Philippe et toi, même Suzanne, vous êtes ma deuxième famille.

– Je vais aller voir ta mère, m'excuser…

– Tu n'y es pour rien, elle ne t'a rien dit. Si tu veux avoir des preuves, nous pouvons faire une recherche en paternité, tu serais d'accord ?

– Comme tu veux, mais au moins, nous en aurions la certitude.

– Je pense que c'est mieux, effectivement, pour tout le monde. Il me faudra une mèche de cheveux.

– Pas de problème. Tout ce que tu voudras.

Je décide de ne rien lui dire pour Mike, c'est assez pour ce soir, et puis, qui sait, je suis peut-être le père de ce gamin, après tout.

Je regarde mon père, enfin, mon vrai père, avec fierté.

Je suis tellement heureux. Tellement heureux que ce soit lui, mon père, qu'ils se soient aimés, jusqu'à vouloir vivre ensemble. Les pièces du puzzle se mettent en place.

Je suis un enfant de l'amour.

J'ai l'impression d'être entier, pour la première fois de ma vie.

– Ah, et aussi, je pense que tu es en droit de savoir… Ma mère va quitter Charles.

Paul me regarde, la bouche ouverte, et une petite flamme s'allume au fond de ses iris.

***

Trois semaines plus tard, je tiens une enveloppe dans ma main, la retourne dans tous les sens.

Enfin les résultats que j'attendais. Les résultats de la recherche en paternité, et je sens mon cœur s'emballer. C'est le moment de vérité. Trois semaines que j'attends cette lettre, dans l'inaction et les questionnements.

Trois semaines qui signent pour moi un nouveau départ.

Ma mère et moi avons quitté la maison de Charles, qui, visiblement, n'a rien compris à la situation. Il perdait dans le même temps sa femme, sa bonniche et son souffre-douleur de pseudo-fils. J'ai cru qu'il allait nous supplier de rester. Il a même fini par me présenter des excuses, pour ce qu'il m'avait fait endurer. Peut-être m'aimait-il un peu, après tout ?

Je pourrais lui pardonner, mais lorsque j'ai sondé mon cœur, j'ai compris que c'était impossible. Il m'avait fait trop de mal.

Je n'ai rien voulu savoir, je lui ai dit que je quittais son entreprise, que j'avais acheté la mienne, et dans la foulée que je n'étais pas son fils, qu'il n'avait aucun pardon à attendre de moi, qu'il avait bien failli me détruire, qu'il n'était plus rien à mes yeux, et que je ne voulais plus jamais le revoir, ni entendre parler de lui.

Que pour moi, il était mort.

Je lui ai crié que je ne voulais rien de lui, que j'avais largement les moyens de m'assumer, et de faire vivre ma famille. Car je le sentais venir, le « Je te déshérite, tu n'auras plus de moyens de subsistance ». Il a regardé ma mère, longuement, a tourné les talons, puis il est parti en claquant la porte.

Bon Dieu, comme ça m'a fait du bien !

J'ai l'impression d'avoir mué, d'avoir retiré un costume trop petit pour moi, étriqué, qui me plaquait au sol, m'empêchait d'avancer, d'être moi-même, d'être heureux tout simplement.

Je suis maintenant libéré de toute cette merde, je vais pouvoir avancer.

Nous nous sommes finalement tous installés dans la maison de ma grand-mère, ma mère, Kat, son fils, Martin et moi, après que le notaire m'a annoncé qu'elle me l'avait léguée, en plus de tout son argent. Kat et Martin se sont beaucoup rapprochés ces derniers temps, alors elle me lâche un peu la grappe.

Une histoire entre eux deux, pourquoi pas ?

Elle mérite d'être heureuse et Martin est un homme bien, patient, attentionné et honnête. Il est devenu un genre d'homme à tout faire. Il fait les courses avec Kat, me conduit à mes séances de rééducation, ainsi qu'à mes rendez-vous professionnels, tandis que ma mère et Kat s'occupent de l'intendance. J'ai promis à cette dernière un poste de secrétaire dans mon entreprise et d'ici-là, elle gère la maison avec ma mère.

Je me laisse vivre.

Je ne vais pas me plaindre, j'apprécie un peu de repos. J'arrive maintenant à rester calme, pendant des heures, assis dans un transat au jardin, à bouquiner.

Je prends du bon temps, discute beaucoup avec ma mère et avec Paul, qui passe presque tous les jours. Quand il ne peut pas passer, il m'appelle. Nous parlons sans gêne aucune, de tout et de rien. J'apprécie qu'il s'intéresse à moi, qu'il veuille tout savoir de moi, même s'il sait déjà beaucoup de choses. Malheureusement, il a dû faire hospitaliser Suzanne et depuis, lui et ma mère se tournent autour, mais comme ils ne sont pas encore libres, ni l'un ni l'autre, ils restent discrets. Je ne pense pas qu'ils se soient rapprochés au point de faire des projets, du moins pas encore, mais peut-être que cela viendra un jour.

L'enterrement de Mamina a été une terrible épreuve. Je me suis effondré lorsque son cercueil est descendu en terre. Tout se mélangeait dans ma tête, elle, Philippe, la perte de ces deux êtres si chers à mon cœur, surtout que je n'avais pas pu assister à l'enterrement de Philippe, étant cloué sur un lit d'hôpital. Je réalise soudain que, même si je ne ferai jamais le deuil de mon meilleur ami, mon frère, même s'il vivra toujours en moi, au fond de mon cœur, je dois le laisser partir. Je dois les laisser partir, pour penser à vivre.

Pour pouvoir revivre. Renaître.

Seule ombre au tableau dans mon paysage idyllique :

Jeanne.

Je n'ai aucune nouvelle depuis que je suis parti du château. J'ai envoyé des textos, j'ai essayé de l'appeler, rien, pas de réponse. Lorsque j'ai appelé le château, il m'a été répondu qu'elle était absente pour quelques jours, mais qu'elle serait bientôt de retour.

Je suis inquiet.

Elle me manque.

Toujours autant.

Sinon plus.

Pourquoi ne répond-elle pas à mes appels ?

Serait-elle passée à autre chose ?

Non, impossible.

Je ne veux pas.

Je ne peux pas renoncer à elle.

Jamais.

J'ouvre cette satanée lettre et je pars la retrouver au château. Je lui ferai la surprise de me mettre au piano, pour qu'elle m'entende depuis son box, et s'approche de moi, comme l'autre fois, les yeux illuminés d'étonnement et d'admiration. Je me vois la prendre sur mes genoux, la serrer contre moi et lui murmurer que plus jamais je ne la laisserai derrière moi, que nous ne serons plus jamais séparés. Je mettrai la main sur son ventre, en espérant qu'un jour, ce sera mon bébé bien au chaud au creux de son corps.

Je décachette l'enveloppe.

Blablabla…

« Pas de liens de paternité de M. Adam Champdor envers l'enfant Mike Taylor, mais existence d'un lien familial. »

Putain, je le savais, cet enfant n'est pas de moi ! Mais il est bien de mon sang.

Je peux enfin respirer. J'ai promis à Kat que je m'occuperai d'elle et de son fils quoi qu'il arrive, mais la situation est plus simple comme ça. Elle va pouvoir refaire sa vie avec un autre homme, Martin ou un autre, peu m'importe.

Voudra-t-elle vraiment savoir si Philippe est bien le père de son enfant ?

C'est elle que ça regarde, je ne veux plus me mêler de toute cette histoire.

J'envoie un texto à Kat.

[Je dois sortir, mais nous discuterons demain. Bonne soirée.]

Je sors de mon bureau, tout sourire.

J'appelle Martin sur son portable.

Direction le château, retrouver la femme de ma vie. Mon cœur bat vite et fort, j'anticipe ce moment merveilleux où je la tiendrai de nouveau contre moi.

Le trajet me semble court, tout à la rêverie de nos retrouvailles. Martin me pose devant le perron. Je m'extirpe de la voiture, sous les yeux ébahis des pensionnaires, mais j'en ai l'habitude.

Je suis debout, en m'aidant simplement d'une petite canne qui appartenait à mon grand-père, avec une tête de loup en pommeau, pour remédier à ma légère claudication, et la vision du Château est bien différente comme ça. Je suis un peu nostalgique, non pas du fauteuil, ça non, mais des premiers moments d'intimité avec Jeanne, de mon réveil à la vie.

Cet endroit m'a transformé.

L'accident m'a transformé.

Peut-être me fallait-il subir l'horreur, pour renaître de mes cendres, tel le Phénix.

Je me rends directement dans la salle d'animation, pour me placer devant le piano.

Quelques personnes me regardent faire avec curiosité, s'installent sur des chaises lorsqu'elles m'entendent débuter une mélodie. Je sais que Jeanne reconnaîtra le morceau, *Bella's Lullaby,* du film que nous avions regardé dans son lit lors de notre premier week-end ensemble. Comme beaucoup de femmes, d'après ce que j'ai compris, elle y était accro, une histoire de vampires. Même si je n'avais pas été emballé par le film, tenir Jeanne contre moi avait été un vrai bonheur.

La mélodie se termine, je la rejoue pendant au moins vingt minutes, mais toujours pas de Jeanne.

J'ai un mauvais pressentiment.

N'en pouvant plus de cette attente, je décide de passer à l'action et je me rends au service kiné, pour tomber quasiment nez à nez avec ce connard de Xavier.

Il ne manquait plus que lui.

– Monsieur Champdor ? Que nous vaut l'honneur ?

– Bonjour, Xavier, je suis venu voir Jeanne, tu sais où je peux la trouver ?

– Mais… Jeanne nous a quittés.

J'ai l'impression d'avoir reçu un coup dans la poitrine.

Comment ça, quittés ?

– Pour aller où ? Elle n'est pas… ?

– Non, bien sûr que non, elle n'est pas morte, elle est juste partie. Ailleurs.

Il rigole ce con, et je me retiens pour ne pas lui balancer une droite.

– Où ?

– Je te le dirais bien, mais je n'en sais rien, et si j'étais toi, je ne chercherais pas à la retrouver, tu ne fais que la rendre malheureuse. Tu es mauvais pour elle.

– Qu'est-ce que tu sais, toi, de moi et de notre histoire, hein ? Qui es-tu pour te permettre de nous juger ? Si Jeanne avait voulu de toi, tu le saurais. Ça fait combien de temps que vous vous connaissez ? Oh, et puis merde, je ne sais pas pourquoi je discute avec toi, notre vie ne te concerne en rien. Et Léa, elle est là ?

– Ah, ben non, tu n'as vraiment pas de chance, mon pote, elle est en RTT. Tu n'as plus qu'à te barrer et à repartir d'où tu viens.

Je m'approche de lui, pour me rendre compte que je le dépasse d'une bonne tête. Je colle mon nez contre le sien. Il recule un peu, étonné de mon attitude belliqueuse.

Et encore, tu n'as rien vu, mec, ça, c'est rien.

Avant, j'étais capable de démarrer au quart de tour, et quand j'avais les nerfs, de décoller un mec plus balaise que moi de quelques centimètres du sol.

– Tu vas voir, « mon pote », ironisé-je. Viens dehors que je te règle ton compte. Depuis le début, je ne peux pas t'encadrer, tu as voulu foutre la merde, tu vas l'avoir.

Puis je me ravise, le repousse.

Nous sommes dans un centre de rééducation, bordel, pas dans une cour d'école élémentaire, et je ne me rue plus tête baissée dans la colère.

– Dégage. J'ai passé l'âge.

Quelques minutes plus tard, je franchis la porte du bureau du directeur, sous les cris affolés de sa secrétaire.

– Monsieur, monsieur, vous ne pouvez pas entrer, monsieur le directeur est occupé.

– Il me recevra.

Je lui claque la porte au nez. Le directeur me regarde par-dessus ses lunettes.

– Monsieur Champdor, que puis-je pour vous ?

– J'ai besoin d'une adresse, d'un numéro de téléphone, de toutes les informations que vous pourrez me donner pour retrouver l'une de vos salariées.

– Qui ça ?

– Jeanne Dubreuil.

– Je n'ai pas le droit de vous transmettre cette information, monsieur Champdor.

J'appuie les poings sur son bureau, je me penche, prends mon ton le plus persuasif :

– Je vous en prie, c'est important pour moi. J'ai vraiment besoin de la voir, de lui parler. C'est une question de vie ou de mort. Personne n'en saura rien. S'il vous plaît, réitéré-je, le voyant prêt à capituler.

– D'accord, mais ça reste entre vous et moi.

– Promis.

Je monte dans la voiture.

Martin démarre doucement et mon regard s'accroche une dernière fois à cette façade de pierres qui a abrité quelque temps mes amours. Je laisse le château derrière moi. Cette période de ma vie est révolue et je compte bien ne plus jamais remettre les pieds dans cet endroit.

Il faut que je la retrouve.

Je dois la retrouver.

Je ne renoncerai jamais à elle.

38

Adam

J'enfourche ma moto, une Kawa que je viens d'acquérir. D'un magnifique vert. Superbe. Rapide. Un vrai bijou, j'en suis fan. Tout mon entourage me dit que je suis fou de remonter sur une bécane, mais la moto, c'est toute ma vie, je suis motard dans l'âme. Rien ne me fait plus planer que la vitesse. J'oublie tout lorsque je suis sur mon bolide et cette fois-ci n'échappe pas à la règle. Ce n'est pas tout à fait vrai, être entre les cuisses de Jeanne me faisait planer, saturait mon corps d'adrénaline. Faire l'amour avec elle, comme faire de la vitesse, me procurait un bien-être incroyable.

Hier, lorsque je suis entré dans la salle commune du château, où j'ai passé tant d'heures à suer pour récupérer un semblant de musculature, je la revoyais évoluer autour de moi, passer de patient en patient, attentive, souriante, prévenante. Je ne pouvais la lâcher des yeux, je voulais tout capter, tout repérer, le moindre de ses mouvements, la moindre de ses expressions, comme un toxico en manque. J'avais besoin de ma dose quotidienne avec, la plupart du temps, l'envie chevillée au corps de la charger sur mon épaule, pour la monter dans ma chambre, lui faire l'amour comme une bête, me perdre en elle. Pour montrer à tous ces mecs qui la reluquaient, à tous ces mâles en rut qui mataient son cul, qu'elle était à moi. Rien qu'à moi. Qu'elle m'appartenait.

Qu'elle m'aimait.

Moi, et moi seul.

M'aime-t-elle encore ?

Pourquoi est-elle partie ? Pourquoi ne m'a-t-elle pas attendu ?

La tête pleine de questions sans réponses, de doutes, d'angoisse, je ne vois pas le temps passer. J'aurais pu la joindre par téléphone mais je préfère lui expliquer la situation de vive voix. Et me faire pardonner. Je m'en veux de l'avoir laissée dans l'ignorance. Là encore j'aurais dû lui expliquer, lui avouer à quel point j'étais paumé, lui demander de m'attendre encore un peu jusqu'à ce que j'aie remis de l'ordre dans ma vie et dans ma tête. Mais je ne l'ai pas fait et j'espère qu'il n'est pas trop tard.

Il me faut deux bonnes heures pour trouver son bled, puis sa baraque. Toute simple. Propre, entretenue, mais simple. Je me rends compte une fois de plus que je ne sais rien de sa vie, de ses parents, de son entourage. Ce n'est pas important pour moi, elle peut être la fille unique d'un *serial killer,* je m'en tape, c'est elle que j'aime, pas sa famille, et ce que je sais d'elle me suffit amplement, je n'ai pas besoin d'en apprendre plus pour être accro. Complètement accro. Je souris en pensant que nous avons passé plus de temps à baiser qu'à parler.

Je me gare dans la cour, descends de moto, enlève mes gants, mon casque, ouvre mon blouson, tout en regardant la porte d'entrée, avec l'espoir de la voir s'ouvrir et de la voir, elle, enfin, sortir sur la terrasse et me regarder venir à elle, les yeux pleins de larmes, un sourire tremblant sur les lèvres. Elle courrait se jeter dans mes bras, nos lèvres se trouveraient, pour un long baiser qui durerait une éternité.

Euh... je crois que tu rêves, mon pote.

J'aurais peut-être dû appeler avant de venir.

Je mets mes gants dans mon casque, monte les quelques marches, sonne.

Des pas se font entendre. La porte s'ouvre et j'ai un mouvement de recul.

– Oui, c'est pour quoi ?

– Je voudrais voir Jeanne, elle est là ?

– Non, elle est sortie et ne reviendra pas avant plusieurs heures. Vous êtes ?

Son ton est mordant. Il a l'air sûr de lui, il me fait penser à Xavier. Un pit-bull qui défend son territoire, tous crocs dehors, hargneux et fourbe.

– Adam Champdor, je suis l'un de ses…

Il franchit le pas de la porte, referme derrière lui.

Il me détaille des pieds à la tête, et instantanément, j'ai envie de l'emplafonner. Sa gueule ne me revient pas.

– Je sais très bien qui tu es, Jeanne m'a parlé de toi. Tu ne devrais pas être ici.

– Pardon ?

Il fait un pas pour se coller à moi, me toise.

– Dégage.

Je me retiens pour ne pas le saisir par le col de son polo de merde ou de lui foutre un coup de casque en pleine gueule. Je lève un sourcil, prends mon air ténébreux dangereux, qui visiblement ne lui fait ni chaud ni froid. Devant mon silence, il commence à perdre les pédales.

– Jeanne est avec moi, maintenant. Nous allons nous marier, elle va mettre au monde mes enfants, alors tu dégages sans faire d'histoires, OK ? Sors de sa vie.

Je n'ai retenu que « marier, mes enfants »…

Mes enfants ? Jeanne attendrait-elle des jumeaux ?

Mon cœur s'effondre à mes pieds alors qu'il enfonce le clou, la voix chargée de haine. Je n'ai jamais ressenti, venant d'une personne, autant d'animosité envers moi. Jamais personne ne m'a traité de la sorte depuis que je suis en âge de me défendre. Après tout un speech où il n'est question que de son bonheur sans nuages avec Jeanne, de leur histoire d'amour idyllique, comment ils se sont retrouvés, leur projet de vie commune pour le bien-être des enfants, il termine par :

– Tu n'as rien à faire ici. Tire-toi, connard.

Je serre ma main sur le rebord de mon casque, prêt à m'en

servir pour lui péter la tronche.

Comment ose-t-il me parler sur ce ton, ce merdeux ?

Je le saisis par le colbac, m'approche de sa sale gueule.

– OK, je me tire, mais ce n'est pas parce que tu me le demandes, mais par respect pour Jeanne. Si j'apprends que tu la traites mal, je te retrouverai, et je te ferai la peau.

Je le pousse, rigole en douce en le voyant s'étaler contre la porte, en m'injuriant.

Bien fait pour ta gueule, merdeux ! Connard toi-même !

Je sors de la propriété, puis je mets les gaz. Le vent s'engouffrant dans mon casque me rafraîchit, me ventile les neurones, me calme quelque peu, mais les images, malgré moi, s'infiltrent dans mon cerveau, me crucifient : elle, avec ce mec, unis pour le meilleur et pour le pire, mettant au monde ses enfants. Des enfants qu'ils ont conçus. Ensemble.

Il a raison, je n'ai pas le droit de me mettre entre eux. Ces enfants ont besoin de vivre avec leurs deux parents, dans un foyer soudé.

Je dois renoncer à elle.

Putain, je vais devenir dingue.

Je ralentis à l'amorce d'un virage, les yeux aveuglés par les larmes dues à l'air qui me fouette le visage. Je rabats ma visière.

J'accélère.

Je me couche sur la moto, la tête en vrac, le cœur meurtri, pour me lancer à pleine vitesse. Je sais ce qu'il me reste à faire.

Quitter ce bled de merde.

Mettre de la distance.

Me perdre dans mon travail, partir quelques mois à l'étranger.

Tenter de l'oublier.

Baiser d'autres femmes.

Tout faire pour l'oublier.

Il en va du salut de mon âme.

39

Jeanne

Je suis tellement surprise de croiser une moto lancée à pleine vitesse dans le virage à l'entrée de mon village, que mon cœur fait un bond dans ma poitrine. J'ai le temps d'apercevoir les yeux du pilote juste avant qu'il ne rabatte sa visière.

Des yeux qui font accélérer mon rythme cardiaque.

Des yeux si semblables aux siens.

Je dois me tromper, que ferait-il ici ?

Lorsque j'entre dans la cuisine, Julien me regarde me débattre avec mes sacs de courses. Je les pose sur la table sans douceur, en poussant un long soupir d'énervement. Je ne devrais rien porter, je le sais.

– Tu aurais pu venir me donner un coup de main, ronchonné-je.

– Tu aurais pu me le demander, répond-il en se collant contre mon dos.

Je sens son érection contre mes fesses.

– Pousse-toi.

– J'ai envie de toi.

– Je t'ai déjà dit non.

– Pourquoi ? s'énerve-t-il.

– Je t'ai déjà dit pourquoi. D'ailleurs, il serait peut-être temps que tu rentres chez toi.

Pour l'aide que tu m'apportes…

J'ai besoin de m'allonger. J'ai mal aux jambes, au ventre,

j'ai la tête qui tourne et je ne veux qu'une chose : qu'il se tire, pour que je puisse me reposer. Depuis qu'il est venu me voir à la maternité, il a été si gentil, si prévenant, que je l'ai laissé reprendre une petite place dans ma vie et venir me tenir compagnie tous les week-ends. En ami.

Je ne suis pas guérie d'Adam. Je ne serai jamais guérie d'Adam.

– Nous avons eu de la visite ?

Il blêmit, se reprend aussitôt, en détournant la tête, mais j'ai eu le temps de capter un regard chargé de fureur.

– Non, pourquoi ? Tu attendais quelqu'un ?

Pourquoi ce ton suspicieux ?

– Pour rien. Je vais me coucher. Je te laisse ranger.

– Ouais, c'est ça. Je t'appelle dans la semaine.

Je lui fais un baiser sur la joue.

– Si tu veux.

Il saisit ma main au vol, me retient.

– Je peux venir le week-end prochain ?

Je soupire.

Je devrais être plus sympa avec lui. Il ne demande qu'à se faire pardonner, mais je ne peux pas, c'est au-dessus de mes forces.

– Si tu m'aides et que tu fais autre chose que regarder la télé ou être sur ton ordi, pourquoi pas ? Sinon, tu peux rester chez toi.

– OK, je vois. Salut.

– Ouais, c'est ça, salut, rétorqué-je, en le voyant enfiler sa veste et prendre la porte.

Super.

Chassez le naturel, il revient au galop.

Les larmes coulent sur mes joues, alors que je m'oblige à ranger les courses, en essayant d'oublier la douleur qui me vrille la poitrine à l'idée de me retrouver seule, désespérément seule. Seule sans lui. Même si mes parents sont présents, même si j'essaye de sortir pour de petites promenades, même si les voisins sont sympas et compatissants, même si je vais faire des parties de Scrabble avec les petites mamies du quartier, je le ressens, à chaque seconde, chaque minute, de chaque jour, ce manque de lui, qui me terrasse, me fait mal. À hurler. Alors je hurle. La tête sous mon oreiller. En pleine nuit, parce que j'ai rêvé de lui. Je hurle tellement que ma mère vient se coucher contre moi, pour me bercer et me consoler. Elle me dit que je dois me reprendre, avancer, que mes bébés ont besoin d'une maman en pleine forme, d'une maman forte.

Je ne veux pas être forte.

Je ne veux pas l'oublier.

Je ne peux pas.

Il est encore partout.

Comment faire sans lui ?

Il le faudra bien pourtant.

40

Jeanne
Huit mois plus tard.

Un peu avant la naissance des enfants, je me suis installée dans cette merveilleuse région qu'est le Jura. Je n'en pouvais plus d'être chez mes parents, même s'ils étaient aux petits soins, trop, sans doute, j'avais le sentiment d'étouffer. J'allais mieux, les contractions s'étaient arrêtées, à force de repos, alors j'ai décidé d'aller de l'avant. De trouver un job, une maison, et j'ai déniché : un petit chalet sur les hauteurs du lac de Vouglans, avec en contrebas, niché au creux des pins et des sapins, à une centaine de mètres, une plage. Une petite crique, comme une anse, encerclée de falaises arborées où, même en fin de grossesse, je m'astreignais à descendre me promener, matin et soir, pour admirer les levers et couchers de soleil grandioses.

J'ai accouché toute seule, à quasiment sept mois de grossesse. Mes bébés sont restés en couveuse, jusqu'à leur date de naissance théorique, et aujourd'hui, ils vont bien. Julien voulait assister à la naissance, mais j'ai refusé. À quoi bon, puisque ensuite il allait reprendre sa petite vie de célibataire fêtard ? Il a fini par accepter le fait qu'il ne se passera plus jamais rien entre nous, il a promis de me laisser tranquille, tout comme je lui ai promis qu'il pourra faire partie de la vie de ses enfants, mais régulièrement, il revient à la charge et me relance. Il vient de temps en temps nous rendre une petite visite et je sens qu'il commence à s'attacher à ses enfants. En général, il ne reste pas, ne demande pas pour les prendre un week-end, ou lorsqu'il est en congés. J'ai compris qu'il ne voulait en aucun cas sacrifier sa liberté et je ne veux pas qu'il emmène les enfants chez ses parents. De toute façon, ils sont encore trop petits pour que je les confie à d'autres personnes. Je suis ultra-possessive avec eux et le fait d'être seule pour les élever n'arrange pas les choses. Les enfants portent mon nom, peut-être un jour aura-t-il envie de les reconnaître. Je ne lui demande rien, je me débrouille, seule.

Oui, tout va pour le mieux.

Les enfants sont en bonne santé, ils ont deux mois maintenant et poussent comme de petits champignons et j'ai repris mon travail, dans une maison de santé à deux pas de chez moi. Léa vient me rendre visite régulièrement, j'ai des collègues de travail compréhensifs, serviables alors... Pourquoi ce poids dans la poitrine, qui ne cesse de grandir au fil des jours, sans que je ne puisse rien y faire ? Adam me manque toujours.

Affreusement.

Après avoir eu l'Anglaise au téléphone, j'ai balancé mon portable contre le mur, puis j'en ai racheté un autre et j'ai enregistré à nouveau son numéro. Je ne sais pas, je voulais qu'il y ait une petite trace de notre histoire, de ce que nous avions partagé, de mon amour pour lui, tout simplement.

J'espérais qu'il me contacte, dès qu'elle allait lui faire part de mon appel.

L'a-t-elle fait ?

J'en doute, puisqu'il n'a pas appelé.

Après quelques jours, de rage, j'ai supprimé son contact et je ne l'ai jamais remis. Pour me protéger, pour ne plus être tentée de l'appeler, même si je savais son numéro par cœur. Je souffrais tellement. Sa trahison, son abandon faisaient écho à ce que j'avais vécu avec Julien. En pire. Je me suis sentie encore une fois laissée pour compte, oubliée sur le bord de la route. Je me suis renfermée sur moi-même, pour ne plus voir, ne plus penser, ne plus souffrir, en essayant de survivre.

Parfois, je me disais que s'il l'avait vraiment voulu, il m'aurait retrouvée, où que je sois. L'urgence pour moi, à ce moment-là, était de m'installer, et d'attendre la naissance de mes bébés. Mais maintenant que j'ai atteint un rythme de croisière, que tout roule, la solitude me pèse, et son absence me ronge.

Je pense à lui tout le temps.

Une musique au piano, un brun dans la rue, un timbre de voix, et mon cœur menace de s'arrêter. Mais à chaque fois, c'est la déception. J'ai parfois l'envie irrépressible de regarder sur les réseaux sociaux, voir s'il a un profil, mais l'imaginer avec cette Anglaise, ou une autre femme, est au-dessus de mes forces. Ou d'appeler le château pour demander s'ils ont de ses nouvelles, mais je sais comment sont les patients. Dès qu'ils quittent le centre et retournent à leur vie, ils nous oublient et ne donnent plus jamais signe de vie, ce qui est frustrant pour nous, j'en conviens. Ou pour simplement obtenir son adresse, notée sur son dossier médical, dont je n'arrive pas à me souvenir, malgré toute ma volonté. Pour me pointer chez lui et réclamer des explications que je suis en droit d'exiger, mais je manque de courage.

Peut-être que la vie nous réunira-t-elle à nouveau, qui sait ?

Nous ne sommes sans doute éloignés que de quelques kilomètres. Comment savoir ?

Le pire, ce sont les nuits. Je me réveille en sueur, en larmes, le cœur en lambeaux une fois de plus. Je fais des cauchemars. Je le vois, je l'appelle et il se retourne. Je suis proche, jusqu'à presque le toucher, lorsqu'il s'évanouit, ou bien il me tourne le dos avec un rictus, prend par la main une belle blonde et part avec elle.

Il faut que cela cesse.

J'en ai assez.

Je ne vais pas passer ma vie à me lamenter. Je vais essayer de sortir, de faire des rencontres et, qui sait, peut-être qu'un jour, quelqu'un fera battre mon cœur. Il serait plus que temps.

Je ne vais pas faire que pouponner.

Les enfants vont grandir et, un jour, me quitter. J'aurai gâché ma jeunesse, je serai passée à côté de ma vie, et à l'aube de la vieillesse, qu'aurai-je fait de bien, à part élever mes enfants, seule ?

Un des jeunes médecins de la maison de santé ne me laisse pas indifférente, et visiblement c'est réciproque. Nous passons de plus en plus de temps à la machine à café, à discuter de tout et de rien, ou des patients que nous avons en commun. Il sait que j'élève seule mes enfants, je lui ai même montré des photos, et il les a trouvés très mignons.

Était-il sincère ?

Je me méfie maintenant, et je ne crois plus en rien, surtout pas en les hommes. Il est gentil, très gentil même, peut-être pour me mettre dans son lit, mais dès qu'il m'aura eue, que se passera-t-il ? Il fera semblant de ne plus me connaître, il m'ignorera superbement ? Je ne sais pas si j'ai envie de me mettre en danger encore une fois.

Le jeu en vaut-il la chandelle ?

Est-ce que j'ai tant besoin d'un homme dans ma vie ?

Je n'ai besoin que d'un seul et visiblement, il n'est pas pour moi. Alors si je ne peux l'avoir, lui, je n'en veux aucun autre.

Je vais faire comme les copines, je vais m'acheter un sex-toy. Cela fera tout aussi bien l'affaire et au moins, quand j'en ai assez, je peux le ranger dans un tiroir. De plus en plus souvent ces derniers temps, les hormones aidant, je suppose, le feu du désir me ronge et je rêve d'un homme dans mon lit, de mains sur moi, d'un sexe de chair et de sang en moi.

J'ai besoin de vibrer et j'ai besoin de jouir.

Dans ces moments-là, le souvenir d'Adam, de son visage, du poids de son corps sur le mien, se fait plus violent et l'envie de lui me dévore, me laisse pantelante, avec une soif que rien ne saurait étancher, alors j'ai envie de me donner au premier venu, pour ne pas me dessécher de l'intérieur. Pour ne pas oublier le goût de l'amour, du don de soi, et du partage amoureux. Mon corps, lui, se souvient très nettement de ce qu'Adam déclenchait en moi, de mes cris de jouissance lorsqu'il allait et venait au plus profond de mon corps, jusqu'à me faire toucher le ciel, les étoiles, me disperser en des milliards de gouttelettes d'amour. De nos mains enlacées.

Alors je pleure, encore et encore, mon amour perdu, et l'espoir de le revoir un jour s'amenuise.

***

Mon téléphone vibre dans ma poche. Mon cœur fait un bond dans ma poitrine comme chaque fois que j'ai un appel, et comme chaque fois, une petite décharge d'adrénaline me parcourt le corps de part en part suivie d'une immense déception, et d'une irrépressible envie de pleurer, car ce n'est pas lui.

Ce n'est jamais lui.

Il m'a oubliée, bel et bien oubliée, et toutes ses belles paroles n'étaient que mensonges.

– Salut, Julien, dis-je, en décrochant.

– Salut, je suis dans le coin, je peux passer te voir ?

– Sympa de me prévenir.

Il paraît un peu désemparé par mon accueil glacial.

– J'ai eu envie de vous voir, et comme je ne faisais rien, je me suis dit que…

– Tu es où ?

– Pas loin de chez toi, j'arrive.

Je pousse un soupir résigné.

– J'y serai dans cinq minutes, je suis au bord du lac.

– Jeanne ?

– Oui ?

– Non, rien… à tout de suite.

Je raccroche.

Qu'est-ce qu'il a ?

Il est bizarre en ce moment, comme éteint lui aussi et rongé de l'intérieur. Certainement une nouvelle conquête qui le fait souffrir. Bien fait pour lui, je ne vais pas le plaindre, il n'a que ce qu'il mérite. Fini, le temps où je m'évertuais à lui remonter le moral. Maintenant il peut en baver, je ne lèverai pas le petit doigt.

Lorsque j'arrive chez moi, il est déjà sur la terrasse à m'attendre. Il me rejoint, me fait un baiser sur la joue, puis il me prend la poussette des mains.

Soudain, j'entends une moto remonter l'allée de mon lotissement.

Je m'arrête, me retourne, pour la regarder passer. J'adore les motos, surtout les grosses cylindrées et celle-ci est magnifique.

– Tu viens ? dit Julien en posant une main sur mon épaule.

– J'arrive. Entre, je réponds en lui tendant les clés.

Je ne peux détacher mes yeux de la silhouette du motard, tout de noir vêtu, blouson, pantalon, bottes de moto, casque noir avec des flammes vertes. Il fait demi-tour au bout de la rue, repasse devant moi, tout doucement, et j'ai la nette impression qu'il me regarde.

Puis il accélère, se soustrait à ma vue, et j'entends les vrombissements décroître au loin.

Pourquoi la vue d'un motard me chamboulerait-elle à ce point ?

C'est vrai que je les ai toujours trouvés sexy et virils, couchés sur leur grosse bécane.

– C'est qui ? demande Julien.

Je me racle la gorge, perdue dans mes pensées.

– Je n'en sais rien. Sinon, ça va toi ? Qu'est-ce que tu fais ici ?

– Comme je te l'ai dit, j'avais envie de vous voir, vous me manquiez.

– Ce serait bien la première fois ! je réponds, en lui mettant son fils dans les bras. Puisque tu es là, tu vas m'aider pour les biberons.

***

– Tu veux un café ?

– Avec plaisir. Ils vont dormir jusqu'à quelle heure ?

Je regarde ma montre, tout en nous préparant un Nespresso.

– Une bonne heure et demie. À vingt heures, dernier bib, puis au lit pour la nuit.

Je pose nos tasses sur le bar, m'assieds en face de lui.

– Et sinon, tu t'en sors ? Je veux dire avec ton boulot, les bibs, et tout ?

– Ai-je le choix ? je demande, un peu sèchement.

Il m'énerve avec ses questions à la con.

Qu'est-ce qu'il veut que je réponde ?

Que non, ça ne va pas du tout.

Que j'angoisse, toutes les nuits, de finir ma vie seule parce que célibataire avec deux bébés de deux mois, c'est compliqué pour traîner dans les boîtes de nuit et trouver un homme qui voudrait de moi. Qu'à 23 ans, j'aurais espéré autre chose de la vie que changer des couches, être obligée de me coucher tôt parce que je suis fatiguée de devoir tout assumer, sans l'aide de personne, et parce que les petits se réveillent à six heures quand ce n'est pas plus tôt. Que les grasses matinées le dimanche matin, je ne sais plus ce que c'est, ni les câlins, ni les baisers dans le cou, ni les éclats de rire. Parce que plus personne ne me prend dans ses bras, ni ne me rassure, ou me dit que je suis belle, désirable, courageuse, et que je mérite d'être aimée. J'aimerais lui dire tout ça, mais je me contente de hausser les épaules.

– Ce n'est pas facile tous les jours. La solitude me pèse, mais ils sont vraiment sympas. J'ai des bébés en or, très patients, et depuis qu'ils sont passés à quatre bibs par jour, ça va.

– La crèche se passe bien ?

Je le regarde. La moutarde commence à me chatouiller le nez.

– Qu'est-ce qu'il se passe, tu t'es transformé en assistante sociale, ou quoi ? Tu veux savoir si je m'occupe bien de mes enfants ? S'ils ne manquent de rien, et si j'assume, c'est ça ? dis-je, en élevant la voix. Qu'est-ce que tu veux à la fin ?

– Rien, ne t'énerve pas.

Il me prend la main, mais je la lui retire aussitôt.

– Il vaut mieux que tu partes.

– Laisse-moi au moins rester jusqu'à ce qu'ils se réveillent, tente-t-il, d'une voix qui se veut persuasive. Je voudrais passer encore un peu de temps avec eux, je les ai à peine vus, ils ne font que dormir.

– Ah oui, à cet âge, ils dorment encore beaucoup. Ce n'est pas très intéressant, hein ? Tu en as fait plus que d'habitude, tu les as changés, tu as donné un biberon. C'est bon, tu peux t'en aller.

– Je pensais que je pouvais m'en occuper pour la soirée, tu pourrais… euh… sortir, prendre un verre avec des amis.

– Tu ferais ça ? je demande, abasourdie. Tu te sens capable de les garder une soirée entière, tu penses pouvoir t'en sortir ?

– Bien sûr, ce n'est pas compliqué. Je les change, je les fais manger, je leur chante une berceuse, et je les remets au lit. Je devrais pouvoir m'en tirer.

– Je peux rester pour la berceuse ? je demande, avec une petite moue.

– Ah non, toi tu sors, ça te fera le plus grand bien.

– Alors d'accord, je veux bien. Je leur donne leur bain et je file. Tu pourras m'aider, comme ça la prochaine fois, tu me les gardes un week-end entier. Excuse-moi, je vais passer un coup de fil. J'ai besoin de trouver de la compagnie pour ce soir. Oh, je suis trop contente.

Je me lève, l'enlace, pour le remercier.

Il me serre un moment contre lui et je me détache, le feu aux joues. Des images de nous deux enlacés remontent à ma mémoire.

Ah non... certainement pas... Mais ça fait combien de temps que je n'ai pas... ?

Je n'ai pas envie de compter.

– Jeanne ?

– Mmm ? je réponds, en m'éloignant.

– Tu as prévu de sortir avec un mec ?

– En quoi ça te regarde ? je crie depuis ma chambre.

Je choisis une tenue dans ma penderie.

Quel genre de fille aime Dimitri ?

Sexy, classe, décontractée, sportive ?

Étant toujours tiré à quatre épingles, il doit aimer les nanas classes.

Je passe en revue mon répertoire, et je m'assieds sur mon lit.

Nous avions échangé nos numéros il y a quelques semaines, il m'avait même appelée plusieurs fois pour m'inviter à sortir, mais j'ai toujours refusé.

Il décroche à la troisième sonnerie.

– Jeanne ?

– Salut.

– Je suis étonné que tu m'appelles, ça va ?

– Oui, ça va. Tu es libre pour aller prendre un verre, disons vers vingt heures ?

Je panique, je m'emmêle les pinceaux face à son mutisme, et heureusement qu'il ne peut pas voir le rouge qui me monte aux joues.

Je reprends :
– Je comprendrais si tu avais d'autres projets. Pardonne-moi. Je vais raccrocher. C'était une mauvaise idée.
– Non, Jeanne, attends. J'ai juste été surpris, mais je suis libre. On pourrait aller dîner ?
– Oui, si tu veux.
– Au Mauriana ? Tu connais ?
– Bien sûr, à vingt heures alors ?
– Tu veux que je passe te chercher ?
– Pourquoi pas ? Je t'envoie mon adresse par texto.
– Pas la peine, je sais très exactement où tu habites.
– Ah… Et tu as une moto ?
– Non pourquoi ?
– Pour rien. À tout à l'heure.

***

Trois heures plus tard, Dimitri frappe à ma porte.
J'ouvre, et je peux voir dans son regard que je lui plais, et que j'ai bien choisi ma tenue. Il n'est pas mal non plus : jean noir, chemise blanche, chaussures vernies, veste habillée.
Il m'embrasse sur la joue, murmure :
– Tu es très belle.
– Merci. Laisse-moi te présenter un ami, Julien, qui s'est gentiment proposé de garder les enfants, dis-je, en voyant mon ex s'avancer et le toiser.
Les deux hommes se serrent la main sans un mot.
Je prends mon imperméable.
– J'arrive, Dimitri, pars devant, je te rejoins, j'ai des consignes de dernières minutes à donner à mon baby-sitter.
– D'accord, je t'attends dans la voiture.
Il s'éloigne, non sans nous avoir jeté un dernier regard.
– Tu vas t'en sortir ? Si tu veux, je peux encore annuler. Tu es sûr que ça va ? Tu fais une drôle de tête.

– Oui, c'est bon, ne t'inquiète pas. Passe une bonne soirée. Je t'appelle si j'ai un problème.

– OK.

Je l'embrasse sur un dernier merci, mais son petit air de chien battu m'accompagne tout le long du chemin jusqu'au restaurant, et encore une partie du repas.

Ce n'est pas vrai. Je ne peux pas profiter de ma soirée, pour une fois, sans arrière-pensées ?

J'ai un homme plus que baisable en face de moi, qui paraît subjugué par mes lèvres rouges, et je ne fais que penser à cet autre, certainement avachi en caleçon sur mon canapé devant ma télévision, avec la télécommande dans une main, et l'autre… hum…

Je m'égare.

Qu'est-ce que j'ai fait au bon Dieu pour être aussi instable ?

Une vraie girouette !

J'en suis à mon quatrième ou cinquième verre de champagne, je ne sais plus, je commence à avoir du mal à articuler, et je m'esclaffe pour un rien alors que Dimitri n'est même pas spécialement drôle. Il a une belle gueule, c'est vrai, beaucoup de prestance, mais il ne m'attire pas plus que ça. Je raconte n'importe quoi, je le fais rire et j'essaie désespérément de passer un bon moment, mais le cœur n'y est pas. Je repense soudain à la dernière fois où j'ai dîné en tête-à-tête avec un homme, et je ne peux plus rien avaler.

J'ai une boule dans la gorge.

– Ça ne va pas ? Tu es toute pâle.

– Je m'inquiète pour mes enfants… Tu veux bien me ramener, s'il te plaît ?

– Oui, bien sûr.

– En plus, j'ai trop bu. Je n'ai pas raconté trop de conneries ?

– Tu as été parfaite, dit-il en se levant et en s'approchant de moi pour m'aider à enfiler mon imperméable. Il serre mes épaules, cherche à m'embrasser dans le cou, mais je me tortille pour lui échapper.

Si tu crois que c'est du tout cuit avec moi, mon p'tit gars, tu te fourres le doigt dans l'œil jusqu'à l'os, il va te falloir faire un peu plus d'efforts qu'un pauvre petit resto pour me mettre dans ton lit.

– Nous y allons ? je demande, impatiente.

Dans la voiture, je reste pensive, répondant à peine à ses questions. Je regarde ses mains et je les imagine sur moi. Je les imagine me caresser, écarter mes replis intimes, s'insinuer en moi. Je les imagine si bien que je sens mon sexe se réveiller, palpiter d'envie, mais ce sont d'autres mains que je voudrais sur moi.

– Ton baby-sitter n'est pas encore couché, dit Dimitri, en coupant le contact devant l'allée de ma maison.

– C'est un couche-tard. Il est très certainement captivé par une connerie à la télévision.

– C'est qui, au juste ?

– Un ami, pourquoi ?

– Pour rien, j'ai eu la vague impression qu'il allait me bouffer lorsque tu nous as présentés. Il ne serait pas un peu amoureux de toi ? Vous vous connaissez depuis longtemps ?

Je m'esclaffe.

– Depuis quelques années.

– Et il n'y a jamais rien eu entre vous ?

Je ne veux pas m'éterniser sur le sujet.

– Bien, Dimitri, j'ai passé une excellente soirée, merci infiniment.

Il prend ma main, la porte à ses lèvres.

J'attends un petit frisson, des papillons dans le ventre, mais non, rien. Cet homme ne me fait aucun effet.

– J'espère que nous n'attendrons pas un an pour dîner ensemble à nouveau. Tu fais quelque chose le week-end prochain ? Je connais une superbe petite auberge au bord du lac d'Annecy, à Talloires plus exactement. J'aimerais bien t'y emmener.

– Ce serait avec plaisir, mais seulement si mon baby-sitter est disponible. Nous pourrons en reparler dans la semaine ?

– Bien sûr, à lundi alors. À la machine à café ? Dix heures ?

– Parfait. À lundi.

Je me sauve avant qu'il ne lui prenne à nouveau l'envie d'essayer de m'embrasser.

Je sens son regard sur moi et je me retourne pour lui faire un petit signe avant d'ouvrir ma porte. Je pose mes clés dans la coupe du petit meuble de l'entrée, retire mon imperméable et mes talons de dix centimètres, et je me masse les pieds.

Tout ça pour ça...

Cette soirée a été un vrai fiasco et je sais pertinemment qu'il n'y en aura pas d'autres.

J'avance dans la grande pièce qui me sert à la fois de salon et de salle à manger, avec en enfilade une cuisine à l'américaine. C'est ce qui m'a tout de suite séduite dans ce chalet et j'ai signé le jour même. Je m'y sens bien. Il est assez rustique, de petite taille, mais suffisant pour moi et les enfants, et cette grande pièce à vivre est plus que confortable. Avec le lac en bas de la rue, j'ai la sensation d'être en vacances toute l'année.

La télévision fonctionne encore, éclairant la pièce d'une douce lumière blanche, et comme je l'avais imaginé tout à l'heure, Julien est étendu de tout son long sur mon canapé, en caleçon, son tee-shirt un peu remonté dévoile son ventre plat. Il dort. Il tient la télécommande d'une main tendue, tandis que l'autre est enfouie dans son sous-vêtement.

Des fois qu'elle s'envole...

Je pouffe, me retiens d'une main contre le mur, pour arrêter de tanguer.

Je me déshabille, en laissant mes habits tomber au sol.

Tous mes habits.

Je m'approche du canapé, le regarde, et l'envie de lui me cueille. Alors je les ressens, ces petits papillons dans le ventre, ce feu ardent entre les cuisses. Je retire la télécommande de sa main, pour la poser sur le chiffonnier faisant office de porte-lampe, et je m'allonge sur lui, la tête dans son cou.

Il pousse un soupir, se réveille, m'enlace.

– Jeanne, murmure-t-il.

– Ne dis rien… Fais-moi l'amour, Julien, s'il te plaît.

Je glisse la main dans son caleçon et il enlève la sienne, me laissant le champ libre. Je me saisis de son membre, le caresse doucement, tandis qu'il s'empare de mes lèvres, avec un gémissement douloureux. Son timide baiser laisse bientôt place à de plus enflammés, qui nous laissent fiévreux, essoufflés, avides de plus. Il me fait rouler sous lui, se lève pour retirer son boxer, enfiler un préservatif, puis il se positionne au-dessus de moi.

– Tu es sûre ?

– Oui. Viens.

Je le prends à pleines mains, le guide à l'entrée de mon vagin.

Je sais que c'est une très mauvaise idée et que demain, je regretterai ce que nous nous apprêtons à faire, mais là, maintenant, je ne veux que frémir dans ses bras, le laisser me posséder une fois de plus, certainement la dernière. Je sais aussi que je l'aime encore, que je le désire, à ma manière, qu'il est le père de mes bébés, mon premier amant, et qu'il aura toujours une place à part dans mon cœur.

Je sais tout cela, et je m'en fiche. Je réfléchirai plus tard.

Je le veux, en moi, tout de suite.

Je me cambre lorsqu'il entre en moi après avoir enfilé un préservatif, je gémis lorsqu'il me possède enfin, lorsqu'il entame un doux va-et-vient, et je crie de plaisir lorsque ses coups de boutoir se font plus forts, plus exigeants. Il ne m'a jamais aussi longtemps ni aussi bien fait l'amour, en étant attentif à mon plaisir. Lorsqu'il se redresse et prend mes fesses pour mieux s'enfoncer en moi, je jouis. Fort. Il me suit aussitôt, le corps parcouru de grands frissons.

***

Je me lève sans bruit, enfile ma tenue de joggeuse. J'ai besoin d'aller courir pour me défouler, évacuer les tensions et la rage qui m'habite la plupart du temps. Comme Julien et les enfants dorment encore, j'ai quelques heures devant moi.

Je quitte le lotissement pour descendre en direction du lac, pour ma boucle habituelle d'environ cinq kilomètres. J'augmente les foulées, pour pousser un sprint final sur la plage. Je suis allée plus vite que d'habitude, j'ai bouclé mon tour en moins de vingt-quatre minutes, j'ai craché mes poumons, mais la douleur, la sensation d'être allée au bout de moi-même m'ont vidé l'esprit. Les mains sur les genoux, je contemple le lac, en laissant mon souffle s'apaiser. Avec une impulsion soudaine, j'enlève mes vêtements, me glisse dans l'eau en slip et soutien-gorge. À l'heure qu'il est, la plage est déserte, l'eau encore bonne. Le soleil va bientôt poindre derrière les arbres. Tout en faisant des longueurs de crawl, je repense aux événements de la nuit.

Qu'est-ce qui m'a pris ?

J'ai encore fait une belle connerie.

Qu'est-ce que je vais bien pouvoir lui dire ? J'ai eu envie de lui, je me suis couchée sur lui, complètement nue et c'était plus que bien, je ne regrette rien, mais cela ne se reproduira plus. J'avais besoin de faire une dernière fois l'amour avec lui, peut-être pour mettre un terme définitif à notre histoire, pour le remercier d'être présent, de temps en temps, ou bien j'avais besoin d'un homme et il était là, tout simplement. J'ai aussi le besoin d'en parler à quelqu'un, quelqu'un à qui je peux tout dire, qui ne me jugera pas, ni ne me fera la morale.

Je sors de l'eau, m'assieds sur une pierre, puis j'extirpe mon portable de la petite sacoche qui ne me quitte pas lorsque je cours.

– Salut, je ne te dérange pas ?

– Mmm, non, jamais d'habitude, mais tu as vu l'heure qu'il est ? Putain, Jeanne, on est dimanche matin, et il est sept heures ! Tu ne dors jamais ? répond Léa, en bâillant.

– J'ai couché avec Julien.

Je sors ça comme ça, cash, et je l'entends hoqueter de surprise.

– Merde, tu déconnes ? C'était comment ?

Je sens mes joues s'empourprer.

– Bien. Plus que bien même, mais c'était une erreur.

– Pourquoi ? Si tu as pris ton pied, et lui aussi, vous êtes libres, vous pouvez peut-être…

– Il n'en est pas question, je réponds sèchement. Je ne sais pas s'il est libre et honnêtement, je m'en fous. Je ne sais pas ce qui m'a pris, je suis sortie avec Dimitri et j'avais trop bu.

– Tu t'es fait le doc aussi ? Deux dans la même soirée, ben dis donc, tu ne t'emmerdes pas !

– Tu es bête, il ne s'est rien passé avec Dimitri. J'avais la tête ailleurs. J'imaginais Julien sur mon canapé, et j'ai craqué quand je suis rentrée chez moi. C'était différent. Je crois qu'il a changé. Mais je ne pourrai plus jamais lui faire confiance. Ce n'est pas lui que je veux. Et toi, ça va ? je demande, pour faire diversion, les larmes aux yeux.

Adam n'est jamais très loin de mes pensées, et comme d'habitude, une douleur vive m'étreint la poitrine à l'évocation de son souvenir. La souffrance est toujours là, aussi intense, même si je m'acharne à ne jamais prononcer son nom.

– Oui, ça va, le boulot, la routine. Tu vas faire quoi pour

Julien ? demande-t-elle, après un léger temps de silence.

– Lui dire que ce qu'il s'est passé cette nuit ne se reproduira plus jamais, et réussir à l'en convaincre.

***

Lorsque j'entre dans la cuisine, je le trouve au bar. Il s'est fait couler un café. Je m'installe en face de lui.

– Salut.

– Salut, j'étais étonné de ne pas te voir en me réveillant, tu étais passée où ?

– Je suis allée courir. Ça va ? Tu as bien dormi ? je demande, en me tortillant sur ma chaise, mal à l'aise.

– Comme un bébé. Je n'avais pas aussi bien dormi depuis longtemps, et ce matin j'aurai bien refait un câlin, c'était…

– Julien, écoute, en parlant de ça…

Il me prend la main.

– Moi d'abord.

– D'accord, je t'en prie, je réponds, en retirant ma main, mais il me retient.

Ses yeux se troublent, se font suppliants.

Oh non, pas ça.

– Je voudrais que tu me donnes une seconde chance. Tu sais que je le veux depuis longtemps, je ne te l'ai pas caché. J'ai merdé, et je m'en voudrai toute ma vie, mais je veux faire partie de la vie de mes enfants. J'aimerais, si tu es d'accord, m'installer ici avec vous.

Je saute du tabouret comme un ressort.

J'ai besoin d'un répit, et de mettre mes idées au clair avant de m'énerver.

Ici ? Chez moi ?

Dans cette petite maison que j'ai achetée pour moi seule ?

Il n'en est pas question. Il ne fait plus partie de mes projets. J'ai pourtant été claire sur ce point bien avant la naissance des enfants.

– Je vais prendre une douche.

– Attends. On doit parler, ne fuis pas, dit-il, en me retenant par le bras.

Je retire mon bras, lui martèle la poitrine.

Ma colère va crescendo au fur et à mesure de mes paroles, avec l'impression de ne plus rien contrôler.

– Pardon ? Je fuis ? Tu te fous de ma gueule ? J'ai mené cette grossesse à terme toute seule, j'ai accouché toute seule, j'ai acheté ce chalet toute seule, sans l'aide de personne, et j'élève mes enfants toute seule, parce que toi, tu as fui tes responsabilités. Et c'est moi que tu traites de lâche ? C'est moi qui fuis la discussion ? Laisse-moi rire !

– Tu n'as pas voulu de mon aide, je te rappelle, répond-il en haussant la voix à son tour. Je te l'ai proposé, je voulais être avec toi et te soutenir, mais tu as refusé. J'ai même cru à un moment que tu avais quelqu'un d'autre dans ta vie, quelqu'un d'autre que ton super patient et que c'était pour cela que tu me rejetais. Mais je suppose qu'être enceinte de jumeaux, ça n'aide pas à retrouver quelqu'un.

Je reste sans voix.

– C'est ce que tu aurais voulu, hein ? Tu m'as larguée, mais tu ne veux pas que je t'oublie. Allez vous faire foutre, toi et ton ego de merde.

Il gronde :

– C'est avec moi que tu as fait l'amour cette nuit, je n'ai pas rêvé.

– Oui, c'est avec toi, et oui j'en avais envie. Mais ce n'est pas pour autant que je te veux dans ma vie. C'est fini depuis longtemps nous deux, on ne reconstruit rien de solide sur des ruines, je te l'ai déjà dit.

– Alors cette nuit, ce n'était rien pour toi ? J'ai juste été une bite, c'est ça ? Tu m'as utilisé ?

– J'avais envie de toi, mais je ne peux pas être avec toi, j'en suis désolée.

Il s'approche, me prend par la nuque, pour poser son front

contre le mien.

– Si, tu peux. Tu pourrais, si tu le voulais. Laisse-moi une chance, s'il te plaît, juste une petite chance, je ne te décevrai plus, je te le promets.

– Non, Julien, tu es incapable d'être fidèle, je te connais. Tu seras sérieux quelques mois, puis tu vas recommencer à sortir, à vouloir profiter de ta jeunesse comme tu dis, et tu vas m'abandonner encore une fois. Et cette fois-ci, tu m'auras détruite pour de bon. Je ne veux pas prendre ce risque, je n'y survivrais pas.

– Pourquoi ? C'était bien, non ?

– Oui, c'était bien. Seulement, je n'ai pas tiré un trait sur lui. Je l'aime toujours, il me manque, plus que tout, tu comprends.

– OK, j'ai compris.

Il prend son blouson, ouvre la porte, sort sur la terrasse.

Je le rattrape, le retiens par le bras.

– Attends, tu ne vas pas partir comme ça.

Au loin, le vrombissement d'une moto me fait tendre l'oreille, alors que Julien se retourne pour me faire face.

– Je pourrai au moins revenir voir les enfants ?

– Comment ?

Il réitère sa question, s'avance pour m'enlacer :

– Je peux revenir vous voir, pour passer du temps avec vous ?

Je capitule avec un soupir.

– Bien sûr, quand tu veux, tu seras toujours le bienvenu.

– Et j'aurai droit à un petit extra de temps en temps ?

La moto passe au ralenti.

Pourquoi ai-je toujours l'impression que le motard me regarde, moi, et personne d'autre ? Toujours dans les bras de Julien, je lui fais un baiser sur la joue.

– Laisse-moi du temps, un jour peut-être.

– Tu me laisses un espoir, c'est bien ce que je dois comprendre ?

– Non, pardonne-moi. Ce n’est pas bien, je ne devrais pas te dire ça. Moi, j’ai failli en mourir.

Il me serre contre lui.

Je regarde du coin de l’œil le motard repasser au pied de mon allée, lentement, trop lentement, puis s’arrêter et descendre de sa moto.

– Tu me pardonneras un jour ? demande Julien, contre mon cou.

Le motard s’engage dans mon allée, enlève son casque.

Mon cœur fait un bond dans ma poitrinc.

Lui ?

41

Adam

J'ai essayé de l'oublier.

Je jure que j'ai essayé. En me ruant tête baissée dans mes affaires, en partant le plus souvent possible à l'étranger signer de gros contrats, démarrer de nouvelles usines, superviser de nouveaux projets. En sortant. Beaucoup. En m'abandonnant dans d'autres bras, mais c'était peine perdue, tout me ramenait à elle. Toujours.

Je ne pouvais pas renoncer.

Il fallait que je la voie. C'était une question de vie ou de mort.

Alors j'ai appelé chez elle une nouvelle fois et, comme sa mère a refusé de me dire où elle était, j'ai engagé un détective privé.

Et hier, je suis passé devant chez elle, pour la découvrir dans les bras de ce connard.

J'ai besoin de lui parler, d'avoir une explication. Il le faut. Pour tout mettre à plat, pour régler mes comptes. Pour réussir à la virer de ma vie, une bonne fois pour toutes, pour ne plus fantasmer sur ce qu'elle serait, cette vie à ses côtés, comme je l'ai rêvé tant de fois.

Son mec est là.

Tant pis.

Je n'en ai rien à foutre de sa gueule, c'est avec elle que je veux discuter, et il n'est pas de taille à m'en empêcher.

Nos yeux se verrouillent et l'espace d'une seconde, j'ai le

sentiment qu'elle est tellement heureuse de me voir, tellement soulagée, qu'elle va se mettre à pleurer. Puis son tocard de jules se rue sur moi, pour m'empoigner en grondant.

Je lâche mon casque et nous nous retrouvons à tourner sur nous-mêmes, tels deux chats en colère.

Il lance les hostilités :

– Je t'avais dit de la laisser tranquille.

– Je ne reçois d'ordres de personne, répliqué-je.

– Julien, lâche-le ! crie Jeanne derrière nous.

De surprise, il obtempère et me repousse. Je ne peux retenir mon poing, qui s'écrase sur sa mâchoire. Il allait riposter, lorsque Jeanne hurle une nouvelle fois, s'interpose entre nous, entraîne son mec à l'écart :

– Ça suffit ! Répète ce que tu lui as dit.

– Je ne sais plus, répond-il.

– Je vais te rafraîchir la mémoire. « Je t'avais dit de la laisser tranquille », c'est bien ça ? Quand lui as-tu dit ça ?

– Je ne me souviens plus.

– Lorsque je t'ai rendu visite chez tes parents, il y a dix mois, je réponds à sa place. Il ne t'a rien dit ?

– Toi, ta gueule, vocifère Julien, en cherchant à revenir dans ma direction pour m'en coller une.

Jeanne le retient fermement.

– Tu ferais mieux de partir.

– C'est bon, je me casse ! Allez-vous faire foutre, tous les deux, et toi la première !

Je suis prêt à lui sauter dessus en voyant qu'il pourrait lever la main sur elle, mais le regard de Jeanne, rempli de colère, le retient visiblement.

Je suis fier d'elle, elle n'a pas perdu son répondant, sa hargne, son mordant.

Un sourire se dessine sur mes lèvres.

– Ça te fait rire ?

– Jeanne…

– Je ne te retiens pas.

– Laisse-moi au moins m'expliquer.

– Pour toi aussi, c'est trop tard. Je n'ai besoin d'aucun de vous deux.

Elle s'éloigne.

Mais ? Non… merde, je n'ai pas fait tout ça pour qu'elle m'envoie me faire foutre.

Je la rattrape, saisis son coude.

– Je suis allé chez toi, j'ai fait le premier pas, je n'ai jamais capitulé, et je suis là, devant toi, je t'ai retrouvée, alors je ne partirai pas sans avoir une explication, que tu le veuilles ou non.

– Pour me dire quoi ? Que parce que ton Anglaise t'a laissé tomber, tu te retrouves seul, comme un con ? Alors tu t'es dit que la gentille Jeanne allait te pardonner des mois de silence ? Tu rêves, mon pauvre garçon.

– Laisse-moi me faire pardonner. Prends au moins le temps d'entendre ce que j'ai à te dire !

– Certainement pas. Maintenant, barre-toi !

– Je reviendrai. Demain, après-demain, tous les jours, pour que tu daignes m'écouter.

– Tu perdras ton temps. Tu m'as abandonnée, Adam, tu m'as laissée derrière toi, alors que tu disais m'aimer ! Tu m'as demandé du temps. Combien ? Tu t'es bien gardé de le dire ! Tu t'es bien foutu de ma gueule !

Elle retient ses larmes. Sa détresse m'émeut. Elle a raison, je lui ai fait du mal. Tellement de mal. J'en suis conscient. Je n'aurais jamais dû partir sans elle, avec une autre femme, qui plus est. Elle a dû souffrir le martyre, se sentir trahie, malgré mes belles paroles. Je n'aurais surtout pas dû la rappeler si tard, lui demander de m'attendre encore, mais j'étais largué, complètement largué.

– Je suis désolé, j'ai eu beaucoup de choses à gérer. Mais tu ne m'as pas attendu, tu t'es tirée.

Je ne peux empêcher la note de reproche de ma voix.

– Parce que tout le monde doit écouter le grand Adam

Champdor ? Pas moi, je te l'ai déjà dit. J'avais mes raisons. Et je t'ai appelé, figure-toi.

– Pardon ?

– C'est Kat qui a répondu, tu étais sous la douche, paraît-il. Elle ne te l'a pas dit ?

– Non, bien sûr que non ! Je t'aurais rappelé plus tôt si j'avais su.

– Parce que tu as cherché à me joindre ?

– Oui, mais je n'ai jamais réussi à t'avoir !

– J'avais pété mon téléphone ! répond elle, en colère. Tu m'excuseras, je vais voir mes enfants.

Elle se dégage de ma poigne. Elle allait refermer sa porte lorsque je lui pose la question qui me brûle les lèvres :

– Tu l'as épousé ?

Elle se retourne, les yeux exorbités.

– Qui ? Julien ?

Ben oui, pas le pape !

– Oui, qui d'autre ?

– Pourquoi poses-tu cette question ?

– Parce que lorsque je suis allé chez toi, il m'a dit, entre autres choses, que vous alliez vous marier.

Devant son silence, je franchis les quelques mètres qui nous séparent. Je la pousse doucement contre le mur de sa maison. Lorsque je vois sa poitrine se soulever, je comprends que je lui fais encore de l'effet et j'en ressens un tel soulagement que je pourrais me jeter à ses pieds, pour griller ma dernière cartouche.

Je gronde, plongé au fond de ses yeux.

– Réponds.

– Non.

– Non, quoi ? Non, tu ne veux pas me répondre, ou non, tu n'as pas épousé ce tocard.

– Je t'interdis de dire du mal du père de mes enfants.

Nous livrons un combat.

Le père de mes enfants.

Il sera toujours entre nous.

L'aime-t-elle encore ?

– Garde tes secrets, je m'en fous.

Je place mes mains de chaque côté de son visage. Ma voix devient rauque, se charge d'émotion, en la sentant si proche. Proche de la reddition.

– Alors, jure-moi que tu ne ressens plus rien pour moi, que tu n'as pas pensé à moi tous ces mois, comme j'ai pensé à toi, et je te laisse tranquille.

Elle soutient mon regard, bien que sa voix la trahisse.

– Je n'ai pas pensé à toi. Pas une seule seconde.

Je m'empare de sa bouche, plaque mon corps sur le sien, mon bassin contre son pubis.

Oh bordel. Je bande comme je n'ai pas bandé depuis des mois.

Je l'embrasse comme un fou et, lorsqu'elle devient une parfaite guimauve entre mes bras, je romps notre étreinte. L'envie d'elle est si forte que je vais finir par lui dire des conneries. Je ne veux pas aller trop vite cette fois-ci, je veux lui permettre de réfléchir à la situation, faire monter son désir.

Qu'elle me veuille, comme jamais.

Qu'elle en meure de ne pas m'avoir dans sa vie, comme moi, j'étouffe loin d'elle. Avec la même puissance, le même acharnement.

Je caresse sa joue tendrement.

– À demain. Fais de beaux rêves.

En regagnant ma moto, je me dis que les miens seront beaux. J'ai retrouvé le sourire. Malgré tout ce qu'elle a pu me dire, je sais qu'elle veut encore de moi. Son corps me l'a hurlé.

Je ne lâcherai rien.

Je la veux.

Dans ma vie.

Dans mon lit.

Je mettrai le temps qu'il faudra, mais je saurai la reconquérir.

42

Jeanne

Ce mec est fou !

S'il croit m'amadouer avec quelques paroles d'excuses, il se trompe lourdement. Je ne ferai pas éternellement les mêmes erreurs. Lorsque j'entends s'éloigner le bruit de sa moto, quelque chose se passe. Je ne sais pas très bien quoi au juste, mais je sais que ce simple son fait s'emballer mon organe vital. Je donnerais beaucoup, je le sais, pour l'entendre tous les jours remonter ma rue, parce que tous les jours, toutes les nuits, je saurai qu'il est à nouveau à moi.

J'ai été à deux doigts de craquer, de le faire entrer chez moi, pour l'emmener directement dans ma chambre et lui demander de me faire l'amour. Il me bouleverse toujours autant, sinon plus. Il est toujours aussi beau, je craque littéralement et j'ai eu envie de lui dès les premiers instants. J'étais comme hypnotisée, plongée dans ses belles prunelles, à tel point que je pouvais à peine aligner deux pensées cohérentes, jusqu'à ce que Julien me fasse redescendre sur terre. Brutalement.

Le salaud !

De quel droit se mêle-t-il de ma vie ? De quel droit me considère-t-il encore comme sa propriété ?

J'enrage. Que de temps perdu par sa faute ! Que de souffrance, alors qu'Adam était venu me chercher, chez moi, qu'il avait fait le déplacement pour me voir ! Qu'a-t-il bien pu lui dire pour qu'Adam ne cherche plus à me recontacter par la suite ? Se sont-ils battus ?

Toutes ces questions tournent en boucle dans mon cerveau, ricochent contre ma boîte crânienne, m'empêchant de penser à autre chose. Encore aujourd'hui, alors que je suis au boulot. Encore et toujours, lorsque je franchis les portes automatiques de la maison de santé en sortant.

J'ai un mouvement de recul.

Il est là, sa grosse bécane entre ses jambes. Si envoûtant, si attirant. La magie opère à nouveau, comme lorsqu'il venait à moi dans le service kiné du château, ses beaux yeux plongés au fond des miens, comme s'il allait me dévorer.

Il me tend un casque intégral, alors que j'arrive à sa hauteur.

– Monte.

Je regarde ma montre.

J'ai une bonne heure avant d'aller récupérer les petits à la crèche. J'avais prévu de faire des courses, je n'ai plus rien dans mon frigidaire.

Pourquoi pas ?

Je ne risque rien après tout, sauf être accro, à lui, à sa présence, à ce qu'il me fait vivre, aux sensations qu'il fait naître. Enfin, encore plus que je ne le suis.

Je ferme mon blouson, mets mon sac en bandoulière, enfile le casque, et je prends appui sur un cale-pied, pour me hisser sur la toute petite place derrière lui. Pendant tout le temps de mes préparatifs, il n'a cessé de me scruter, un brin inquiet, à se demander au début si j'allais accéder à sa demande, puis en me voyant capituler, un sourire en coin a illuminé son visage.

Il remet son casque, ses gants, se tourne vers moi.

– Tu as combien de temps ?

– Une heure.

– Accroche-toi bien, bébé, termine-t-il, avec un clin d'œil.

Je pouffe malgré moi.

Il démarre, donne quelques coups de poignées pour faire vrombir le moteur.

Frimeur, va !

Les vibrations se répandent immédiatement dans mon corps.

Lorsqu'il avance sur le parking puis tourne pour prendre la direction des lacs, je n'ai d'autre choix que de me coucher sur lui en lui ceinturant la taille. Il prend l'un de mes poignets d'une main, m'attire encore plus près, puis accélère.

La sensation est incroyable.

Je suis transportée, sans ressentir aucune peur. Après quelques minutes de crispation, je me détends, pour profiter pleinement de l'expérience. Il est prudent, négocie les virages à petite vitesse, en s'inclinant légèrement, et je m'efforce de suivre ses mouvements. C'est comme une communion intime, un partage harmonieux baigné du bruit de la moto, d'air frais, de senteurs agréables. Je m'étonne de ne pas être incommodée par l'odeur des pots d'échappement, d'avoir la conscience de la route, des voitures, et de prendre un tel plaisir à me laisser porter. Je ne pense plus à rien, j'oublie tout. Tout ce qui n'est pas lui, son corps contre le mien, enfin, alors que je pensais ne plus jamais le revoir. Je ferme les yeux, fais le vide, puis je le presse contre moi, pose mon casque contre son dos, avec le besoin de me fondre en lui, de lui appartenir à nouveau.

Je le laisserais m'emmener jusqu'au bout du monde.

Je suis presque triste lorsqu'il me reconduit à ma voiture. C'est passé trop vite. Je descends, légèrement chancelante. Il retire ses gants, son casque, se passe la main dans les cheveux. Il est tellement beau que mon cœur se serre. Plus encore lorsque son regard me traverse, si doux, si chaud, que je me sens instantanément fondre.

Je lui tends le casque, qu'il refuse avec un sourire.

– Garde-le, je te l'offre.

– Que veux-tu que j'en fasse ?

– Pour notre prochaine balade.

Dois-je comprendre qu'il y aura une prochaine fois, peut-être même beaucoup d'autres, si je le veux ?

Oh, oui, j'aimerais tellement.

– Merci pour la promenade, c'était magique.

– Tu n'as pas eu peur ?

– Absolument pas, j'ai profité de chaque minute.

– Moi aussi j'ai aimé, répond-il en remettant son casque, ses gants. À demain, ma belle.

Il est déjà loin avant que je réussisse à trouver mes mots.

Demain ?

Il va vraiment venir tous les jours ? Quand ? À quelle heure ? Où ?

Il faudrait que je puisse m'organiser un minimum, je ne suis pas maître de mon temps.

***

Pour ne pas changer, Adam hante toutes mes pensées, le soir, la nuit, une partie de la journée.

Quand le reverrais-je ?

Quelle surprise va-t-il me réserver cette fois ?

Je me prépare psychologiquement, j'essaie d'anticiper le moment où il réapparaîtra devant mes yeux, pour ne pas me laisser prendre au dépourvu. Je ne veux pas qu'il pense pouvoir faire ce qu'il veut de moi, quand il veut, même si c'est le cas. Je lui dirai que j'ai besoin de temps, de preuves de sa bonne foi. Je ne vais certainement pas lui faciliter la tâche, je veux qu'il me prouve son attachement.

Je me lave les mains, me prépare pour accueillir mon dernier rendez-vous de l'après-midi, pour un massage de confort d'une heure. Un type que je ne connais pas, un certain Mercier.

Lorsque j'ouvre ma porte, pour découvrir qui est assis de l'autre côté du couloir, je ne peux m'empêcher de sourire.

– Monsieur Mercier ?

– Lui-même.

– Je vous en prie, entrez, lui dis-je en lui faisant un geste du bras. Déshabillez-vous et installez-vous.

Il me répond d'un sourire, un éclair de lubricité traversant ses beaux yeux.

Je retire ma blouse pour rester en débardeur, augmente le thermostat – même si je doute en avoir besoin, je suis déjà brûlante, mais c'est pour lui – puis je tamise la lumière, allume une petite bougie parfumée, mets en marche la musique d'ambiance, installe les coussins de massage sur la table, la recouvre de papier d'examen. Tout pour ne pas garder les yeux fixés sur lui alors qu'il se déshabille, avec une lenteur calculée. Je ne peux m'empêcher de lui jeter par moments de petits regards en coin.

Salaud !

Il sait très bien l'effet qu'il a sur moi, et il en joue. Pour me tenter, me faire baver d'envie, fondre de désir. Il enlève chaussures et chaussettes, puis son costume de parfait homme d'affaires, sa chemise blanche cintrée moulant son torse fin mais musclé. Lorsque je le vois s'attaquer à son boxer, toute salive déserte ma bouche.

Il ne va pas oser ?

Eh bien si.

Je cligne plusieurs fois des yeux, retiens mon souffle, en le regardant s'allonger sur les coussins, sur le ventre, avec un soupir de bien-être.

– Mmm, depuis le temps que j'attends ce moment.

– Pourquoi avoir donné un faux nom, tu avais peur que je refuse de te masser ?

– Avec toi, je ne suis jamais sûr de rien, répond-il, en relevant la tête.

Je me racle la gorge.

Qu'entend-il par là ?

– Tu as mal quelque part ?

– Non, je vais parfaitement bien.

– Tu ne boites plus, c'est bien.

– Je suis content, j'ai bien récupéré, et ça, c'est grâce à toi.

Il prend ma main.

– Tu m'as sauvé, Jeanne.

Je la lui retire doucement.

– Je n'ai fait que mon travail.

Il replace son visage dans la têtière.

– Maintenant, occupe-toi de mon corps. Je veux sentir tes mains sur moi, ordonne-t-il.

Je réprime un rire devant son ton autoritaire, décide de jouer le jeu.

– Tout de suite, monsieur.

J'enduis son corps d'huile, puis je commence mon massage, silencieusement. Tandis que je glisse mes mains le long de son dos, de ses flancs, je voudrais sentir les siennes sur moi, remonter le long de mes jambes, entre mes jambes. Par moments, son corps se couvre de frissons. Je me demande s'il a envie de moi comme j'ai envie de lui, et ce que je répondrais s'il lui prenait le désir de vouloir me faire l'amour, ici, maintenant.

Lorsque je lui demande, au bout d'une demi-heure, de se positionner sur le dos, après avoir retiré les coussins, je me prends à fantasmer, avec l'envie folle de me mettre nue et de me coucher sur lui.

Je l'enduis d'huile à nouveau, reprends le cours du massage, les yeux fermés, les mains légèrement tremblantes. Il est tellement tentant, si parfait, sa peau est si douce. Je refuse de voir sa virilité si proche, à portée de main. Je n'arrête pas de passer ma langue sur mes lèvres desséchées, le souffle de plus en plus court. Lorsque je remonte le long de ses jambes, son sexe s'érige lentement.

Je vais devenir dingue.

J'ai envie de lui, de le prendre dans ma bouche, de lui donner du plaisir, de le faire grossir, puis de m'empaler. Je le veux tellement que je tremble.

Sa voix me fait sursauter.

– Jeanne, touche-moi.

– Non.

Il se redresse sur les coudes.

– Pourquoi non ?

– Tu ne le mérites pas.

– Je suis là, non ? À ta merci. Tu peux faire ce que tu veux de moi. Que te faut-il de plus ? Regarde-moi.

Je bloque sur ses lèvres, puis sur sa bite au garde à vous.

– J'ai envie de toi.

– Raconte-moi. Je veux tout savoir.

– Ensuite tu t'occupes de moi ?

Je me mords la lèvre inférieure, lui retourne un regard tentateur.

– Peut-être.

Il se recouche avec un soupir à fendre l'âme.

– Tu es toujours aussi dure en affaires.

– Plus, je dirais, mais n'est-ce pas ce qui te séduit chez moi ? demandé-je, en me penchant sur son visage, comme si j'allais l'embrasser.

Il se saisit de ma nuque, s'accroche à mes pupilles.

Son souffle caresse mes lèvres.

– Ça, et bien d'autres choses. Je te veux Jeanne, aujourd'hui encore plus qu'hier.

– Je t'écoute, murmuré-je, en ignorant ce que ses mots déclenchent, le désir grandissant de presser ma bouche sur la sienne, de renouer avec la saveur de sa langue, de me glisser contre son corps.

Je me recule, reprends mon massage.

Après quelques secondes, sa voix se fait à nouveau entendre.

– J'ai fait une erreur, je n'aurais jamais dû te laisser seule au château, je te l'ai dit, et je le pense. D'autant plus que je suis parti avec une autre femme, je comprends que tu m'en veuilles. Lorsque je suis arrivé à l'hôpital, après avoir déposé Kat chez mes parents, ma grand-mère s'est éteinte dans mes bras. Ses derniers mots ont été pour me dire que mon père n'était pas mon père. Continue, s'il te plaît, me prie-t-il, alors que j'avais suspendu mon massage en percevant son extrême détresse. Ne t'arrête pas, tes mains sont tellement agréables, elles me détendent, me font oublier ma tristesse. C'est à ce moment que je t'ai appelée, pour te demander du temps. Je ne voulais pas t'imposer ma situation personnelle compliquée. Bref, mon vrai père est Paul, le père de Philippe, ce qui fait que nous étions frères, et Mike est son fils. Enfin, je crois.

– Tu n'es pas le père de Mike ?

– Non. Et il ne s'est rien passé avec Kat, je te le répète. Tu me crois ?

– Oui.

– Tant mieux, parce que c'est la vérité. Elle a répondu à ton appel, ne m'en a évidemment rien dit, parce qu'elle voulait renouer avec moi, mais pas moi, je ne voulais pas d'elle. Je ne pensais qu'à toi, qu'au désir de te revoir. Alors, je suis monté au château, et quand j'ai appris que tu étais partie, j'ai cru devenir dingue. Je n'arrivais pas à te joindre.

– C'est normal. J'étais en colère.

– Je sais. J'ai demandé au directeur l'adresse de tes parents et je suis allé te trouver. Seulement, c'est Julien qui a ouvert la porte.

– Ainsi, c'était bien toi.

– Pardon ?

– Je t'ai croisé, j'ai reconnu tes yeux avant que tu ne descendes ta visière. Tu allais vite, tu regardais droit devant toi, tu ne m'as pas vue. Quand j'ai demandé à Julien si quelqu'un était passé, il m'a dit que non.

Il rit.

– Évidemment, puisqu'il voulait te récupérer.

– Vous vous êtes battus ?

– Disons que je l'ai méchamment poussé contre la porte.

Mais il a eu le temps de me dire des choses qui m'ont amené à réfléchir, que ses enfants avaient besoin de leur père, d'un foyer solide, que vous vous aimiez, et que vous alliez vous marier. Qu'il fallait que je vous laisse tranquille. Moi qui ai été élevé par un homme qui n'était pas mon père, j'ai compris que je n'avais pas le droit de m'immiscer entre vous, que je devais te laisser tranquille.

Je retiens un mouvement d'humeur à l'encontre de mon ex. Il a réussi à foutre ma vie en l'air.

– Il a menti. Rien de tout ça est vrai.

– Il t'aime encore.

– Peut-être, mais il m'aime mal.

Il reprend, la voix rauque :

– J'ai essayé de t'oublier, mais j'étais tellement malheureux qu'il fallait que je te voie, une dernière fois, ne serait-ce que pour m'expliquer, pour te demander pardon pour le mal que je t'ai fait, pour clore notre histoire.

Je m'approche de lui, le cœur battant.

– Tu veux clore notre histoire ?

– Plus maintenant. Embrasse-moi.

Notre baiser est si empreint de douceur, de sentiments, si fort, que des larmes s'échappent de mes yeux, coulent sur mes joues puis sur les siennes. Je ne peux plus mettre en doute les sentiments qu'il éprouve à mon égard.

Je quitte ses lèvres.

– Oh, Adam, que de temps perdu ! Je suis désolée moi aussi, j'aurais dû t'attendre, mais ça me rongeait, je sombrais dans la dépression sans toi à mes côtés, j'ai même failli perdre mes bébés, tant cette situation me hantait.

– Je suis désolé. Vraiment désolé. Pour tout.

– Tu n'y es sans doute pour rien. Enfin si, peut-être un petit peu, mais pas seulement.

Il reprend ma nuque, m'attire, pour cette fois-ci un baiser enflammé.

– Viens, murmure-t-il contre mes lèvres. J'ai envie de toi.

– Pas ici. Pas maintenant.
– Quand alors ?
– Je ne sais pas.
– Demain ?
– Je ne sais pas. Je te laisse te rhabiller.
– Tu es dure.
– Je sais.

Je me dirige vers mon lavabo, pour me laver les mains. Il me surprend en venant se coller dans mon dos. J'appuie ma tête contre son épaule alors qu'il embrasse ma nuque, pour ensuite me mordiller. Je m'embrase lorsque ses mains caressent mes seins par-dessus mes vêtements, laisse échapper un gémissement en sentant son érection contre mes fesses.

– Tu as envie de moi ?
– Oui.
– Je veux que tu me supplies, que tu en crèves d'envie.

Je me retourne, l'enlace, me saisis de sa queue dressée.

– Si moi aussi, je veux que tu me supplies, que tu me demandes à genoux de recommencer quelque chose avec toi, tu le ferais ?

Je le sens grossir dans ma main, alors que je reprends ses lèvres, tout en continuant de le branler. Et c'est moi qui meurs d'envie de me mettre à genoux, pour le prendre dans ma bouche, pour le sucer, jusqu'à le faire jouir.

Il m'échappe, met un genou à terre.

Nom de Dieu.

43

Jeanne

La plage est quasiment déserte.

D'une main, je berce la poussette où Élise et Axel se sont endormis paisiblement, tout en regardant le lac, si paisible. La mélancolie me saisit sans prévenir.

Où est-il ? Quand le reverrais-je ?

Quoi que je fasse, mon esprit dérive. Il me manque, toutes mes pensées me ramènent à lui. Tout le temps. Il est dans ma tête, dans chaque infime partie de mon corps, dans chacune de mes cellules, comme s'il faisait partie de mon essence, de ce que j'ai de plus intime.

Je me désespère.

Encore.

Depuis mardi.

Quatre longs jours à me lamenter, à espérer sa visite.

Je souris en le revoyant à mes pieds. C'était complètement surréaliste.

***

Il met un genou à terre, prend ma main, qui semble si petite entre les siennes. Il me regarde, intensément, d'un air si grave qu'une boule se forme dans ma gorge. Je retiens un rire nerveux, tandis qu'un feu mordant envahit mes joues, mon cœur, mon ventre.

Dieu comme j'ai envie de lui. Jamais, au grand jamais,

j'aurais pensé qu'un homme tel que lui puisse se mettre à genoux devant une femme. Que je sois cette femme, qu'il soit prêt à tout pour se faire pardonner, jusqu'à m'implorer, me comble de fierté.

– Jeanne, commence-t-il, ému. Je ne peux pas vivre sans toi.

– Adam, tu es à poil, je crois bon de lui faire remarquer.

– On s'en branle.

Je pars dans un grand éclat de rire.

Comme ses mots doux m'avaient manqué.

– Tu sais parler aux femmes, toi, me moqué-je.

– Tais-toi et écoute ce que j'ai à te dire, bordel !

Je pince les lèvres.

– OK.

Il lève les yeux au ciel, s'éclaircit la voix.

– Qu'est-ce que je disais ? Putain, tu m'embrouilles !

Je balaie son corps d'un œil concupiscent, avec l'envie irrésistible de le coucher sur le carrelage et de lui monter dessus.

– Tu écoutes ?

– Hein ?

– Jeanne, mets-y un peu du tien, merde !

– Comment veux-tu que je me concentre, avec ta… enfin… ton…, bégayé-je, en désignant son sexe tendu entre ses cuisses.

– Alors viens sur moi, ce sera plus simple. Je te montrerai par des actes plutôt qu'avec des mots ce que tu m'inspires.

– Je devrais faire une photo, pour montrer à nos enfants plus tard, ironisé-je, sans tenir compte de son invitation à la débauche.

– Tu plaisantes ?

– Bien sûr, je réponds, en l'embrassant. Je la garderai précieusement, pour la mater quand j'ai le cafard. Pardonne-moi, je t'écoute, vas-y, terminé-je, en m'empêchant de rire une nouvelle fois devant son regard ténébreux.

– Je disais…

J'ai encore envie de dire une connerie, pour le faire sortir de ses gonds, mais je ne veux pas le mettre plus mal à l'aise qu'il semble l'être.

– Je t'aime, Jeanne, reprend-il, la voix éraillée. Je n'aime que toi. Tu es la première femme à qui j'ai envie de le dire, la première qui fait battre mon cœur de cette façon. Je suis amoureux de toi, à en mourir, je te veux dans ma vie, dans mon lit, je veux passer ma vie à t'aimer et à te rendre heureuse. À vous rendre heureux, toi et tes enfants. Je les aimerai comme les miens, je te le jure. Tu ne seras plus jamais seule, je guérirai toutes tes blessures, comme tu as guéri les miennes. Accepte de me donner une seconde chance, tu ne le regretteras pas, je te le promets, je…

Des larmes coulent sur mes joues. Je ne peux que le regarder, sans pouvoir dire un mot, me noyant dans ses iris levés vers moi, le cœur au bord de la syncope.

Il est si beau, je l'aime tellement.

– Jeanne, dis quelque chose…

***

C'était la plus belle déclaration que je n'ai jamais entendue. Toujours incapable d'émettre le moindre son tant j'avais la gorge nouée par l'émotion, je me suis jetée dans ses bras, pour l'embrasser. Encore et encore. Je riais, je pleurais, j'étais incroyablement heureuse. Nos baisers n'en finissaient plus.

Adam n'arrêtait pas de psalmodier tout en m'embrassant : *mon amour, mon amour, je t'aime, je n'aime que toi.* Je vivais un rêve éveillé. Nous aurions pu sceller notre pacte de nous appartenir pour l'éternité en faisant l'amour à même le sol, nous étions à deux doigts, mais le temps m'était compté. J'ai réussi à lui murmurer : *moi aussi, je t'aime et je n'aime que toi.*

Sauf que depuis, il est aux abonnés absents, parti quelque

part dans le monde pour son travail. Il m'a inondée de messages pour s'excuser, il m'a demandé de l'attendre bien sagement, qu'il reviendrait me trouver, où que je sois.

Alors, j'attends.

Je sursaute en sentant mon portable vibrer dans ma poche, puis je souris comme une débile en lisant son message.

[Où es-tu ?]

Je tape fébrilement :

[À la plage, en bas.]

[J'arrive, ne bouge surtout pas !]

Comme à chaque fois que je vais le revoir, mon cœur manque un battement, puis accélère sa course lorsque je perçois le vrombissement de sa moto. Quelques minutes plus tard, une silhouette à l'entrée de la plage attire mon regard. Je mets ma main en visière devant mes yeux, éblouie par le soleil rasant, puis je me lève, une main toujours sur la poussette double.

C'est lui.

Il marque un temps d'arrêt, laisse tomber son casque, son blouson, me tend les bras.

Alors je cours pour me jeter contre lui. Je me niche dans son cou, me gave de son odeur, de lui, de son corps tant aimé.

– Tu m'as manqué… Ne pars plus jamais.

– D'accord, répond-il, en riant.

– Viens que je te présente.

Je le prends par la main, le conduis vers mes bébés, puis je soulève la capote pour qu'il puisse les contempler, toujours profondément endormis.

– Adam, laisse-moi te présenter Élise et Axel, les deux amours de ma vie. Enfin, les deux autres amours de ma vie.

Il me sourit, me serre contre lui, un bras autour de ma taille.

– Ils sont magnifiques.

– Je trouve aussi, et très sages, ce qui ne gâche rien. Tu as le temps de monter chez moi ?

– Bien sûr, j'ai tout mon temps. Je suis tout à toi.

Mon cœur s'emballe à cette perspective. J'attends ce moment depuis une éternité, et une éternité ne suffira pas à prouver à cet homme que je suis folle de lui. Il est l'homme de ma vie, celui que j'ai attendu depuis tout ce temps, celui que je savais fait pour moi, qui me correspondrait en tout.

Auprès de lui, je me sentirais choyée, aimée sans restriction.

Mes désirs de petite fille me reviennent en mémoire.

Adam est cet homme-là. Je le sais, j'en suis sûre, je n'ai plus aucun doute.

Je lui dis de s'installer sur ma terrasse et de m'attendre. Je vois à peine le chemin du retour, tant l'amour et le désir me donnent des ailes.

Je souris encore en voyant sa moto garée devant mon allée. Souris de plus belle en le trouvant adossé contre la façade de mon chalet, puis lorsqu'il m'enlace, me plaque contre lui.

– J'ai rêvé de toi toutes les nuits, murmure-t-il.

– Et ?

– Je te baisais sauvagement.

Mon rire s'étrangle dans ma gorge.

– Ça a le mérite d'être clair. J'aimais ?

– Oh que oui, tu en redemandais !

Des milliers de petites lucioles virevoltent dans mon ventre, illuminent mon cœur d'une lumière bienfaisante.

– Les rêves ne sont pas la réalité, mais l'expression de nos désirs intimes, déclaré-je, avec un sourire en coin.

Il grogne dans mon cou.

– Tout à fait, je te désire, c'est le mot.

Je touche son entrejambe, serre un peu, le caresse.

– Mmm, je vois ça. Viens, dis-je, la voix enrouée, en me détachant de son corps si tentant. Je dois coucher les enfants.

– Tu veux que je te donne un coup de main ?

– Si tu veux.

J'ouvre la porte du chalet, prends Élise avec précaution, pour la lui mettre dans les bras. Nullement impressionné, il sourit, la contemple d'un air béat. Mon cœur fond, mes yeux se mouillent en le voyant câliner ma fille, comme si c'était la sienne. J'aime cet homme, chaque seconde, chaque minute un peu plus. Sa bonté, son grand cœur, me touchent, tout chez lui me touche. Lorsqu'il noue ses iris aux miens, je comprends en une fraction de seconde que mes enfants sont acceptés et qu'il fera un beau-père merveilleux, qu'il les aime déjà, parce qu'il m'aime, moi. Qu'avec lui, la vie sera douce et heureuse.

Je prends mon fils, précède Adam jusqu'à la chambre des enfants.

Il regarde partout, visiblement satisfait par ce qu'il voit. Il est vrai qu'elle est agréable. Les deux petits lits de bois blanc sont à côté l'un de l'autre, avec des tours de lits et des mobiles assortis, dans les tons bleus pour Axel, mauves pour Élise. Armoires, commodes, table à langer et rocking-chair complètent l'ensemble.

Que d'heures passées ici à m'occuper d'eux… Cela me semble si loin déjà. Ils grandissent tellement vite. Avec d'infinies précautions, il pose Élise dans son petit lit, lui fait une petite caresse sur la joue, et se tourne vers moi.

Nous nous faisons face.

Il me regarde si intensément que je me consume sur place.

En deux enjambées, il est sur moi, contre moi, puis il m'attrape sous les fesses.

– Où est ta chambre ?

Je le regarde avec un sourire en coin, m'humecte les lèvres.

– Tu ne veux pas visiter la maison, ou boire quelque chose de frais ?

– Non, Jeanne, c'est toi dont j'ai soif. Nous avons assez perdu de temps. Je te veux. Maintenant, gronde-t-il, en sortant de la pièce.

– À gauche, dis-je, dans son cou en le mordillant et en me frottant contre lui d'une façon indécente. Puis encore à gauche.

Rapidement, nous ne sommes plus que souffles mêlés, langues enlacées, soupirs, envies. L'envie de nous unir, sans attendre mon lit.

La passion nous enflamme.

Il me fait glisser le long de son corps, me plaque contre le mur, tandis que je m'active sur la ceinture de son pantalon, pour en sortir son membre déjà dressé. Il m'embrasse, me mord la lèvre, allume un incendie irrépressible dans tout mon corps. Il quitte mes lèvres pour descendre le long de mon ventre, sans me quitter des yeux, pour retirer mon jean, en même temps que ma culotte.

Lorsque sa bouche se pose sur les lèvres de mon sexe, qu'il les écarte pour se frayer un passage, qu'il lape, suce mon clitoris, introduit le bout de sa langue, je perds la tête. Accrochée à ses cheveux, je gémis de plus en plus fort, jusqu'à sentir mes jambes menacer de lâcher à tout moment.

– Adam, s'il te plaît, mon amour. Viens.

Il se redresse, m'embrasse avec toute la passion qu'il me voue.

– Je n'en ai pas encore fini avec toi, laisse-t-il échapper, d'une voix gutturale.

Il libère son sexe, m'embrasse, encore et encore, et n'en pouvant plus lui-même, il prend un préservatif dans la poche arrière de son jean, l'enfile, et entre en moi d'un grand coup de reins, jusqu'à la garde. Il m'agrippe sous les fesses à nouveau, me soulève et m'empale de plus en plus fort et de plus en plus vite, jusqu'à me faire oublier jusqu'à mon nom.

Je crie, je pleure, des larmes de joie et de bonheur.

– Mon Dieu, c'est tellement bon ! Plus fort, Adam ! Encore !

Il accède à ma demande, intensifie ses coups.

– Accroche-toi.

Je ne demande que ça. Qu'il me bouscule, qu'il me fasse

ressentir toute sa passion, sa fougue. Je n'en aurai jamais assez. Il a raison, j'en redemande, comme dans son rêve, ou le mien qui devient réalité.

Oh que oui. Encore. Toujours.

Il me soulève comme si j'étais une plume, m'emmène sur le lit.

Là, il se couche sur moi et me fait l'amour tendrement, voluptueusement, en alternant douceur et coups de reins exigeants. Il m'écrase divinement, attrape mes mains qu'il maintient au-dessus de nos têtes, et je me laisse emporter. Je réponds coups de reins pour coups de reins, mon bassin cherche le sien, je m'ouvre, le laisse me posséder. Je le laisse toucher mon âme, et dans de grands cris de jouissance, nous atteignons l'extase, pour nous libérer, ensemble, soudés l'un à l'autre.

Je ne peux que le contempler, noyée dans ses yeux, heureuse à en mourir.

***

Une heure plus tard, je me réveille, blottie contre le corps encore auréolé de sueur d'Adam.

Je souris.

À cet instant précis, je sais que j'ai touché le ciel dans un ultime moment de plénitude partagée, et que ma vie est parfaite. Je l'admire, me repais de son visage une fois de plus. Il est beau, incroyablement et divinement beau. À tomber et à se damner.

Pourquoi suis-je restée tant de temps éloignée de lui ?

Pourquoi n'ai-je pas cherché à le revoir, à avoir une explication sur son silence ?

Pourquoi n'ai-je rien fait pour le ramener à moi ? À croire que j'aime me complaire dans le malheur. Si je l'avais cherché et retrouvé, si je m'étais un peu battue pour lui, nous n'aurions pas perdu tous ces mois. Ce qui est fait est fait, mais je le regrette. Je regrette toutes ces heures passées loin de lui, à me morfondre, seule avec mes enfants, sans soutien, et sans amour.

J'avais peur, simplement. Peur de me donner, de croire en un avenir radieux et de me tromper encore une fois. Mais en cet instant, tous mes doutes disparaissent. Adam m'a aimée, pleinement, passionnément, dans une communion parfaite des cœurs et des corps, que rien ni personne ne pourra détruire. Je lui appartiens désormais, aussi sûrement que s'il avait fait de moi sa femme.

Est-ce qu'il me demandera un jour d'être sa femme ? Voudra-t-il se marier ?

Je caresse son visage chéri, l'embrasse sur les lèvres. Il est apaisé, semble heureux lui aussi.

Est-ce que le fait de m'avoir retrouvée, de m'avoir aimée, a guéri ses blessures ?

Est-ce que l'amour peut guérir de tout, toujours ?

Je l'espère sincèrement.

Je le rendrai tellement heureux qu'il n'aura plus jamais envie de me quitter.

Je me lève sans bruit afin de ne pas le réveiller, m'habille d'un shorty et d'un caraco de dentelle assorti pour me rendre à la cuisine me servir un verre d'eau. Les enfants vont bientôt se réveiller. Peut-être qu'Adam voudra m'aider à leur donner le biberon. J'ai hâte de voir comment il se débrouille avec un bébé dans les bras. Je sens que je vais me transformer en guimauve devant le tableau. C'est tellement attendrissant un tout-petit dans les bras d'un homme.

Mon téléphone vibre et je m'en empare.

– Salut, maman.

Je souris à Adam qui vient d'apparaître dans mon champ de vision, seulement vêtu de son boxer. Nos yeux se soudent, ne se lâchent plus. Je ne comprends plus ce que me raconte ma mère, je réponds par monosyllabes, alors que je me liquéfie. Je me mouille les lèvres, gigote sur mon tabouret, tandis qu'il approche de moi avec une démarche de prédateur. Il se colle contre moi, prend mes seins en coupe, m'embrasse dans le cou.

– Je vais te laisser, maman, les enfants se sont réveillés, dis-je, en haletant discrètement.

Je raccroche.

Adam délaisse mon sein, pour appuyer sur mon entrejambe, puis il se faufile sous ma lingerie, pour glisser ses doigts le long de mon sexe trempé, tout en torturant mon autre sein. Je penche la tête en arrière, lui donne ma bouche.

Il m'embrasse, me meurtrit les lèvres dans un baiser dur et exigeant, passionné.

– Lève-toi, ordonne-t-il.

J'obéis et je sens mon entrejambe prendre feu.

Il me veut, encore, et je le veux aussi.

Il descend mon shorty jusque sous mes genoux.

– Maintenant, recule.

Je me tiens au bar, recule mes fesses en dehors du tabouret. Du coin de l'œil, je le vois sortir son membre charnu de son boxer, enfiler un préservatif, et mon ventre se serre d'envie. Avec un bras, il me maintient contre lui, et de son autre main il me caresse, titille mon clitoris puis se guide entre mes fesses. Je sais ce qu'il attend de moi et je suis prête à le lui donner.

Je suis prête à tout pour lui.

Il me lubrifie de mes sucs, me pénètre doucement, très doucement.

– Tu me dis si tu as mal, d'accord ? Détends-toi, bébé. J'en ai envie. J'ai tellement envie de toi, tout le temps, tu me rends fou.

J'acquiesce sans pouvoir émettre un son.

Je m'habitue petit à petit à sa présence et, je ne pensais pas dire ça un jour, mais c'est bon, très bon même. Divin. Je me détends complètement, le laisse me posséder. Cette sensation, toute nouvelle pour moi, alliant douleur et plaisir, le plaisir dans la douleur, me transcende et, lorsqu'il me pénètre également avec ses doigts, je jouis en poussant de grands cris, pour me répandre sur sa main. Je le sens pulser au creux de moi, grossir encore, et n'y tenant plus, avec de grands coups de reins, des gémissements, et il me semble quelques jurons, il me suit dans la jouissance.

C'était le plus bel orgasme de toute ma vie.

Cet homme va me faire mourir.

Mourir de plaisir et d'amour.

Il gémit dans mon cou, le couvre de baisers, murmure :

– Épouse-moi.

Épilogue

Jeanne
Plastics Vallée, un an plus tard.

« Épouse-moi... »

Ces mots, susurrés à mon oreille par mon merveilleux amant après l'orgasme le plus incroyable de toute ma vie sont gravés dans ma mémoire à tout jamais. Je me suis retournée vers lui, pour le serrer contre mon cœur, qui battait à un rythme infernal. J'étais heureuse, incroyablement, pleinement heureuse.

Et j'ai accepté.

Nous nous sommes embrassés longuement, puis il m'a transportée sous la douche où nous nous sommes encore aimés.

À compter de ce jour, nous ne nous sommes plus quittés. Deux semaines plus tard, j'emménageais chez lui et aujourd'hui, confortablement installée dans un transat sur la terrasse, un cocktail sans alcool à la main, je le regarde jouer au loup avec les enfants sur la pelouse en contrebas. Les deux bambins se dandinent sur leurs petites jambes pour lui échapper, en riant comme des fous.

Un peu plus loin, la piscine scintille.

La propriété d'Adam est superbe. Lorsqu'il me l'a fait visiter, je suis tout de suite tombée sous le charme. On le serait à moins. Une belle maison de maître en pierres apparentes, meublée et décorée par des professionnels, spacieuse, confortable, avec terrasses et piscine, nichée dans un parc arboré isolé par de hauts murs. Un endroit de rêve, digne d'un magazine de décoration.

Il s'est occupé de tout, a fait transférer la chambre des enfants, laissé le reste. J'ai loué mon chalet et quitté mon travail.

Pour le moment, j'ai renoncé à travailler. Adam m'a proposé de profiter de mes enfants, et de la vie en général. Je reprendrai un job plus tard, pour m'occuper et parce que j'aime mon métier.

Aujourd'hui, après un an de vie commune, je ne regrette pas mes décisions, et mes doutes ont disparu, tout comme mes peurs. Adam est un compagnon attentionné, amoureux, en un mot, merveilleux. Il s'absente de temps en temps pour le travail, mais jamais très longtemps, et la plupart du temps avec Jimmy. Paradoxalement, je lui fais entièrement confiance même si je me rends compte que partout où il va, les femmes le couvent du regard et le suivent des yeux. J'ai décidé de profiter de la chance que j'ai d'être avec un homme tel que lui et de ne pas tout gâcher avec une jalousie maladive injustifiée. Jusque-là, Adam ne m'a donné aucune raison de douter de lui. Même s'il est très pris par son travail, je reste sa priorité et il sait nous concocter des petits week-ends en amoureux. Nous partons alors pour la mer, à moto. J'adore la moto. Cette sensation d'évasion, les senteurs, l'air vivifiant. Je me serre contre son dos, l'enlace amoureusement, et je pourrais me laisser emmener jusqu'au bout du monde, en ne pensant à rien d'autre qu'à nous deux.

Durant ces escapades, la mère d'Adam garde les enfants. Nous nous entendons très bien, elle est charmante, dévouée, et elle m'a tout de suite acceptée. Depuis quelque temps, elle vit avec Paul, qui s'est séparé de sa femme. Je sens qu'ils culpabilisent, mais ils ne font rien de mal, ils se sont toujours aimés et sont enfin réunis. C'est une chance pour eux, ils ne doivent pas gâcher cette opportunité d'être heureux enfin, ensemble. Ils s'occupent aussi beaucoup du petit Mike, car il s'est avéré que l'enfant est bien le fils de Philippe.

J'aimerais qu'Adam fasse la paix avec l'homme qui l'a élevé, Charles Champdor. Pour l'instant, il ne veut pas en entendre parler. Je comprends son attitude, surtout après qu'il m'a raconté le calvaire de son enfance, mais savoir pardonner est une bonne chose. Je comprends aussi que ce qu'il a vécu n'est pas facile à oublier. Il est soulagé de ne pas être le fils naturel de cet homme. Il me disait avoir peur de maltraiter ses enfants, mais je lui ai répondu que je l'en empêcherais et que je veillerais au grain. Il m'a semblé rassuré.

Nous voyons également régulièrement Jimmy et sa femme, ainsi que Kat, mariée à Martin, l'homme de main de mon mari. Et le petit Mike, bien entendu, toujours aussi adorable.

Oui, vous avez bien lu.

Adam et moi nous sommes mariés, il y a six mois, en plein hiver. Je m'en moquais, c'était le plus beau jour de ma vie. De plus, je venais d'apprendre que j'attendais à nouveau un enfant. Nous étions d'accord pour ne pas trop attendre, pour laisser faire les choses naturellement, et à peine six mois après nos retrouvailles, une nouvelle petite vie s'épanouissait en moi.

Avant notre mariage, Adam a reconnu les enfants, qui portent maintenant son nom.

Julien m'a donné son accord, du bout des dents, en ronchonnant un *fais ce que tu veux, comme tu l'as toujours fait, je m'en fous*. Ça avait le mérite d'être clair !

Adam me regarde, le sourire aux lèvres, m'envoie un baiser du bout des doigts, auquel je réponds. Mon Dieu, comme j'aime cet homme… Nous nous appartenons, corps et âme, pour toujours. J'ai décidé d'être heureuse. Fini les peurs, les doutes, les lendemains incertains, j'ai enfin trouvé ma place, et mon équilibre.

Oui, maintenant j'en suis persuadée, l'amour peut guérir de tout. De toutes les blessures.

Je reprends mon livre, abandonné sur mes genoux.

Alarmé par mes larmes, Adam accourt vers moi.

– Qu'est-ce que tu as ? C'est le bébé ? demande-t-il, en s'agenouillant à ma hauteur.

Il me secoue doucement par les épaules.

Je renifle.

– Non, moi ça va. C'est mon livre, il finit mal…

Il me tend un mouchoir en papier et je me mouche bruyamment. Il sourit, habitué à mon manque de sex-appeal légendaire – car parfois, je l'avoue, je ne suis pas sexy pour deux sous.

Je lui adresse un sourire triste.

– Je suis désolée si je t'ai fait peur.

– C'est rien, dit-il en me serrant contre lui.

Je renifle dans son cou.

Après de longues minutes durant lesquelles il caresse mes cheveux, il me repousse avec douceur.

– Tu devrais le faire !

– Quoi donc ?

– Écrire tes propres histoires ! Tu avais ce désir, tu te souviens. Des histoires qui finissent bien.

Je le dévisage intensément.

– Oui, tu as raison. Des histoires qui finissent bien, comme la nôtre, je réponds, perdue dans mes pensées.

Oui, pourquoi pas…

Fin

Remerciements

Merci à mon mari, pour son amour inconditionnel, son soutien de chaque instant, dans tous mes projets, dont celui-ci est le plus farfelu. Tu es ma vie, mon inspiration, mon moteur et sans toi, je ne suis rien. Tu es mon beau motard, pas trop abîmé par la vie, contrairement à mon personnage Adam, mais un peu cassé tout de même, ce qui t'a valu de passer entre mes mains. C'était notre destinée, nous devions nous rencontrer, et comme Adam a guéri Jeanne de ses blessures, tu as guéri les miennes.

Merci à vous, nos deux merveilleux enfants. Vous êtes ma plus grande réussite, je suis très fière de vous, et vous me comblez chaque jour.

Merci à mes parents de m'avoir faite telle que je suis, avec mes forces, mes failles et mes faiblesses.

Merci à ma belle-famille, et surtout à ma belle-sœur Suzanna, pour ses encouragements et son soutien.

Merci à Béatrice de m'avoir inspiré le personnage de Léa, et à Cécile. Vous êtes mes deux meilleures amies et je vous aime.

Merci aux amies et patientes qui m'ont soutenue, inspirée, en me racontant des bribes de leur vie : Irène, Patricia, Françoise, Estelle, Chantal…

Merci à Jennifer pour ses idées de scénario.

Merci aux Éditions Addictives, à toute l'équipe éditoriale, et à Maud en particulier, d'avoir cru en moi, et en mon histoire.

Et enfin, merci à vous, chers lecteurs, d'avoir lu ces mots, en espérant que cette romance vous a plu et donné du plaisir, autant que j'en ai eu à l'écrire.

À très vite.

Extrait

The New York Office

Zoé Murat

1

DÉCROCHER LE GRAAL

Hazel

Ma gorge se noue un peu plus lorsque je sors du métro, le cœur battant. J'ai le trac comme jamais je n'ai eu le trac. Je prie pour que celui-ci ne se lise pas sur mon visage, mais avec ma peau de blonde, je ne me fais aucune illusion : mes joues seront bientôt en feu.

Je m'applique à respirer calmement pendant que je me dirige vers le building qui abrite Brevitz & Cie, chez qui je dois passer un entretien pour un stage d'assistante juridique. L'unique entretien que j'ai décroché. Pour le stage indispensable à la validation de mon diplôme de droit. Autant dire que la pression est maximale et mon appréhension stratosphérique. La porte vitrée automatique s'ouvre devant moi. Je cherche des yeux l'ascenseur qui me mènera au cabinet d'avocats, qui se trouve au treizième étage.

Pourvu que ça ne me porte pas malheur…

L'ascenseur arrive et je vérifie pour la millième fois ma tenue avant d'appuyer sur le bouton. J'ai tout fait pour ne pas ressembler à une étudiante, en optant pour un tailleur bleu marine ajusté sans être moulant et un chignon bas sur la nuque. Talons, pochette, tablette avec mon CV enregistré, j'ai tout. Tout sauf confiance en moi, mais plutôt mourir que laisser quiconque s'en apercevoir. Troisième étage. Je souffle un grand coup et jette un œil à mon reflet, renvoyé par les portes métallisées.

En fait, ma peau de blonde réagit d'une manière inédite : je suis livide de peur.

Je sais qu'au sein de ma promotion, je suis la dernière dans la course au stage. Malgré mes bonnes notes, malgré les appréciations élogieuses des enseignants. Mon père n'est pas associé d'un cabinet, ma mère n'a jamais gagné de procès, ma tante ne serre pas la main du procureur et je ne connais personne qui siège au Congrès ! Je n'ai ni piston ni carte de visite intéressante. Je suis Hazel Rivendale, étudiante boursière, dont les parents habitent en Arizona. Cinquième étage. Ma respiration se bloque. Je souris. Mes yeux bleu-vert trahissent mon stress, mais je tente d'afficher un air calme et déterminé.

Déterminée, ça, je le suis, mais calme… on verra après l'entretien.

Peut-être y a-t-il quelque chose qui coince dans mon parcours, une option mal choisie ou un trop grand manque d'expérience sur mon CV. Je dois aussi envisager ce cas de figure.

Non, je dois me concentrer et cesser de jouer à me faire peur.

Mon parcours est brillant et mon expérience plutôt honorable pour une fille née à Phoenix, ayant réussi à intégrer Yale et à finir dans les dix premiers étudiants de sa promotion ! Il me manque un carnet d'adresses, c'est tout.

Et c'est l'essentiel, hélas.

Je souffle encore pour évacuer mes pensées négatives.

Le cabinet Brevitz & Cie a une bonne réputation, même s'ils ont récemment perdu leur plus gros dossier contre The Energy Company. J'ai encore en tête l'intégralité de l'article qui en parlait le mois dernier.

« Me Brevitz et Me Soporovski, avocats du cabinet Brevitz & Cie, ont refusé toute déclaration après l'annonce d'un accord entre les habitants de la zone polluée par les émissions de gaz et la très puissante Energy Company.

Il y a quelques semaines, les deux avocats annonçaient être sur le point de déposer une plainte contre la TEC au nom d'un collectif de victimes. Pour rappel, les riverains accusaient l'entreprise TEC d'avoir ignoré une fuite à l'origine d'une pollution responsable de nombreuses maladies et décès dans les environs.

Me Brevitz soutenait alors que "les plaignants et [son] cabinet ne reculeraient pas devant une multinationale". Mais les habitants ont finalement accepté un accord financier proposé par le cabinet d'avocats VFC Lawyers, au nom de la TEC. La société échappe donc à un procès qui s'annonçait difficile. »

En d'autres termes, Brevitz & Cie a perdu un procès d'action collective avant même qu'il ne débute et a donc vu lui échapper plusieurs millions de dollars de bénéfices.

C'était le genre de procès qui lance un cabinet sur orbite pour une décennie.

Paradoxalement, c'est peut-être ma chance d'obtenir un stage. Mes chers camarades ont certainement dû mettre ce cabinet en bas de leur liste déjà bien remplie. De toute façon, au point où j'en suis, je n'ai pas le choix. J'ai envoyé plus de quarante candidatures dans tous les États de la côte Est et j'ai récolté deux réponses : une négative et une convocation. Chez Brevitz & Cie, donc. Je n'ai pas droit à l'erreur.

Il faut que j'arrête de me dire ça.

Treizième étage. Les portes s'ouvrent, mon cœur s'arrête.

Mes pieds se mettent en route indépendamment de ma volonté. Je suis recroquevillée à l'intérieur de mon corps, qui s'avance tout seul vers la banque d'accueil, où se tient une jeune femme de mon âge ou à peu près. Blonde, pulpeuse, elle me sourit chaleureusement dès qu'elle m'aperçoit. Je lui souris en retour, contaminée par la joie décontractée qui émane d'elle.

– Bonjour, je suis Hazel Rivendale, j'ai rendez-vous avec Me Soporovski pour…

– Ah, pour le poste d'assistante ! me coupe la jeune femme. Je vous annonce tout de suite.

– Merci.

Elle se détourne pour passer son appel. J'en profite pour regarder autour de moi. Les lieux sont lumineux, très modernes, peut-être un peu froids. L'accueil est situé dans une sorte de hall, sur lequel donnent tous les bureaux. Les murs vitrés et les portes ouvertes laissent voir le personnel, hommes et femmes en costume et tailleur, sourcils froncés devant un ordinateur, en train de discuter ou de prendre des notes. La décoration est sobre. Du gris, du beige, quelques plantes en pots, des lithographies d'art abstrait aux murs. Seul l'éclairage apporte une touche de chaleur.

– Il arrive, fait l'hôtesse d'accueil en raccrochant. Je suis Selena, veuillez me suivre, je vais vous indiquer où vous pouvez patienter.

Elle se lève, me laissant voir son tailleur tout aussi strict que le mien, mais sérieusement réveillé par une paire d'escarpins rose vif. Elle surprend mon regard sur ses chaussures et me fait un clin d'œil, avant de me désigner une espèce de petit salon, un peu à part. Les sofas de cuir crème semblent confortables, une petite table basse propose des magazines divers, un énorme bouquet d'iris décore une élégante console, qui supporte des tasses de porcelaine blanche.

– Je peux vous proposer un café, un thé, une boisson

fraîche ? récite Selena, sans se départir de son lumineux sourire.

– Merci, ça ira. Je suis assez nerveuse comme ça, ajouté-je, le cœur battant.

Mais qu'est-ce que je raconte ? Je vais avoir l'air d'une gamine qui débarque de sa campagne !

Heureusement, Selena ne relève pas. Elle se dirige d'un pas assuré vers une fontaine à eau, dissimulée derrière un énorme yucca, et remplit un gobelet en carton.

– Buvez, ça vous évitera d'avoir la bouche sèche, murmure-t-elle avant de s'éclipser.

Je la regarde partir, un peu surprise. Cette attention désintéressée m'apparaît comme un signe. Je bois consciencieusement le verre d'eau, à petites gorgées, puis prends place dans un fauteuil, face à la baie vitrée. Je révise mentalement tout ce que j'ai découvert sur Me Mary Soporovski, 54 ans, associée principale du cabinet, deuxième portefeuille de clients : une avocate brillante, connue pour sa ténacité et sa connaissance encyclopédique du droit. Un vrai modèle.

– OK, on va faire vite, je suis pressé ! lance une voix masculine.

Je me retourne, doutant presque qu'on s'adresse à moi, mais je reconnais sans peine celui qui vient de parler avec un débit de mitraillette.

– Maître Brevitz, annoncé-je aussitôt en me levant. Je suis ravie de…

– Dans mon bureau.

OK, c'est donc une tradition de couper la parole, ici. Bon à savoir.

Ma petite blague intérieure ne suffit pas à dissiper mon trac, mais l'attitude expéditive de l'autre associé du cabinet ne me laisse pas le temps d'angoisser davantage.

Me Brevitz marche au pas de course, pénètre dans une immense pièce – vitrée, évidemment –, sans fermer la porte derrière lui. Il se dirige vers un bureau gigantesque, envahi de papiers, dossiers, de trois tablettes et d'une bonne dizaine de tasses de café vides.

– Ce n'est donc pas Me Soporovski qui me fait passer l'entretien ? m'étonné-je en restant debout, face à lui.

– Mary est en vacances. Fauteuil, ajoute-t-il en me désignant vaguement un siège en cuir.

Je prends place, puis sors ma tablette que j'allume d'un geste. Je toussote pour me donner une contenance, tandis qu'en face de moi Me Brevitz balaie son bureau de ses yeux noisette. Son costume manifestement hors de prix est légèrement froissé. Ses cheveux en bataille et son air un peu largué ne me font pas oublier que c'est lui qui a fondé ce cabinet. À 35 ans, avoir son nom sur la plaque, c'est tout simplement exceptionnel.

– Ah, voilà votre CV ! s'exclame-t-il soudain, avant de se laisser tomber dans son propre fauteuil.

Je souris, patientant tant bien que mal tandis qu'il semble découvrir mon parcours et ma lettre de motivation en temps réel. Le papier épais que j'avais soigneusement choisi est taché de café.

– Ma dernière expérience en tant que stagiaire s'est très bien déroulée et j'avais joint la lettre de recommandation de mon…

– Hum, oui, Mary m'a dit que votre profil était pas mal, me coupe-t-il encore.

Ah non, ça suffit.

– De mon précédent responsable, terminé-je, un peu crispée.

Il ne relève pas, mais me lance un regard bref. Un instant, je crains d'avoir fait le mauvais choix. Souvent, les avocats cherchent des assistantes qui savent prendre des initiatives, certes, mais aussi rester discrètes.

Oh non, pitié, il me faut ce stage.

J'hésite un instant, puis décide de poursuivre sur ma lancée.

– J'ai donc apporté le double, au cas où, afin que vous puissiez jeter un œil.

– Prévoyante, marmonne-t-il sans détourner le regard. Bon ! Votre CV me semble correct, votre expérience aussi. Vous passerez un entretien de routine avec Mary… Me Soporovski à son retour de vacances, afin qu'elle confirme votre embauche. Mais pour moi, c'est bon.

Déjà ? Pas de question ? Rien ? Tant mieux, mais… c'est expéditif.

Le cœur battant, je hoche la tête avec enthousiasme.

Euh… Mais quand rentre-t-elle de vacances ? Je dois attendre une autre convocation ?

– Et ce second entretien, demandé-je, tentant d'avoir l'air sûr de moi, vous pouvez me dire quand il aura lieu ?

– Leonard, tu… Ah, j'ignorais que tu étais en rendez-vous.

L'homme qui vient de pénétrer dans la pièce est immense. La seconde chose que je remarque, c'est son regard. Bleu glacier. Ses yeux froids se posent sur moi une demi-seconde. Leur pupille noircit alors le lac gelé de ses iris et il se détourne aussitôt. Je reste figée.

– Ce n'est rien, je faisais passer un entretien pour un stage, mais Mlle Rivendale allait partir.

Je comprends le message et me lève, les jambes flageolantes. Leonard Brevitz se lève aussi, poliment, et m'accorde enfin un peu d'attention en me raccompagnant à la porte de son bureau. Lorsqu'il arrive près de l'homme au regard glaçon, qui passe négligemment la main dans sa chevelure brune, je remarque qu'ils font la même taille.

Mais clairement pas le même effet.

– Merci encore, j'attends donc que vous me rappeliez pour le second entretien, tenté-je.

– Voilà.

L'homme au regard froid s'assied alors que je sors, un peu sonnée par ce rendez-vous qui s'est déroulé d'une manière complètement différente de tout ce que j'avais imaginé. Pourtant, j'avais envisagé mille versions, toutes plus stressantes les unes que les autres, histoire de me sentir parfaitement préparée ! J'ai lu tout ce que j'ai pu trouver sur Brevitz & Cie et les principaux avocats, j'étais prête à réciter le Code civil, le Code pénal et le mode d'emploi des photocopieuses de n'importe quelle marque.

Encore que j'espère bien faire autre chose que des photocopies.

Un léger malaise ne me lâche pas : si Me Brevitz ne m'a pas interrogée davantage, est-ce parce que mes tâches seront secondaires ? Ou laisse-t-il le soin à Me Soporovski de me questionner ? Je suis soulagée d'avoir décroché un stage, mais je ne peux m'empêcher de me demander dans quoi je viens de mettre les pieds.

***

J'entends la musique d'Esther avant même d'ouvrir la porte. Lorsque j'entre, elle est complètement absorbée par son activité et pousse un cri de surprise en me voyant.

– Ah ! Mais la trouille ! Je ne suis pas encore habituée à avoir une colocataire, j'ai failli avoir une crise cardiaque, s'exclame-t-elle en riant, la main sur le cœur.

– Désolée, m'excusé-je, sincère. Un nouveau tableau ?

– Oui, j'étais inspirée !

J'avance au milieu du salon, où elle a posé un chevalet et une toile qui fait bien un mètre sur un mètre. Elle y a esquissé un nu masculin, en érection, dont le visage porte un maquillage de clown.

addictives

Louve Baxter
Challenge the Boss

Rose Becker
Le Bébé, mon milliardaire et moi (aussi en poche)
Torride, sexy & dangereux
Dangerous

Aimée Bianca
B.O.S.S. Beau, Odieux, Sexy, Snob

Phoebe Campbell
Lui résister… ou pas

Mia Carre
Bad for You
Teach Me Everything
Charmant connard !

Mélodie Chavin
Campus Rules
Fucking Wedding
Coloc avec mon ennemi

Alexia Clemens
Red Python. Save Me

Sonia Eska
Ne me tente pas

Anne Ferra
One More Time

Emma Green
Toi + Moi : L'un contre l'autre (aussi en poche)
Toi + Moi : Envers et contre tout (aussi en poche)
Toi + Moi : Seuls contre tous (aussi en poche)
Call Me Baby – volume 1
Love Me if You Can
Kiss Me if You Can
Bliss. Le faux journal d'une vraie romantique – volumes 1 et 2
Jeux interdits
Jeux insolents
Jeux imprudents
Une toute dernière fois
Fallait pas me chercher ! – volumes 1 et 2
Corps impatients (aussi en poche)
Cœurs insoumis (aussi en poche)
Âmes indociles (aussi en poche)
Cent facettes de Mr Diamonds
Bliss. Le faux journal d'une vraie romantique – l'intégrale
(Im)parfait (aussi en poche sous le titre *Fais-moi une place*)
Love Me if You Can
Kiss Me if You Can
It's Raining Love !
The Boy Next Room
Call Me Baby – l'intégrale
Call Me Bitch – l'intégrale
PS : Oublie-moi !
Fallait pas me chercher ! – l'intégrale
Recherche coloc : emmerdeurs, râleurs, lovers… s'abstenir !
10 bonnes raisons de te détester !
Just 17
Love & Lies on Campus
Bien plus forte que toi !
If You Wanna Be My Lover…
The Boy on Fire
La Vie en vrai

Megan Harold
Breaking the Rules
Initiation with My Boss

Ludivine Hart
Arrogant & Tattooed

Amy Hopper
Gone Boy
Le Coloc

Charlie Lazlo
Mon insupportable boss

Sienna Lloyd
Mords-moi !

Caroline Mongas
Mariage forcé. Un contrat indécent

Zoé Murat
Boss Me Around (aussi en poche sous le titre *The New York Office*)

Clara Nové
Offside

Lina Parker
Campus at Sea

Gaëlle Sage
Kiss, Kill & Ride
Lost Rider
Arrogant Rider

Ana Scott
Dark Ride
Last Ride
Vicious Ride
The Dominant
Evil Ride
Sensual Stepbrother
Un enfoiré mais un coup d'enfer !
Say Yes to the Boss
Le Meilleur Ami de mon frère
Entre nous le chaos

Camilla Simon
Le voisin parfait est un enfoiré
Initiation with My Enemy
Le mec parfait est un inconnu… ou presque !
Le rockeur parfait est insolent et tatoué

Liv Stone
Love Lessons (aussi en poche)

Lisa Swann
Adore-moi !

Louise Valmont
Campus Initiation
Mon insupportable voisin !

Chloe Wilkox
Extreme Lover
Immoral
Dominant Boss. Apprends-moi
The Virgin's Price

Luv

Ana K. Anderson
Indompté
Scottish Bastard

Sophie Auger
Be with Me

Sonia Birdy
L'Initiation
Touchdown. Campus Star

Laura Black
Dark Initiation
Games of Desire
H.A.R.D. Hot, Arrogant, Rebelle, Déterminé
Sulfurous Bad Boy
Italian Boss

Margot D. Bortoli
Too Young

Anne Cantore
Promets-moi. Louise et Marco

Sarina Cassint
Avec toi… peut-être
Insolent Boss

Romy Cole
Never Kiss a Soldier

Mary Ann Davis
Coach Me Love

Gwen Delmas
Noël, toi & moi
Sex Friends. Pas de contraintes, que du plaisir !

Sarah Dheilm
Hot Reward
Elite Fighter

Eugénie Dielens
Imprévisible boss
The Boss Next Door

Cléa Dorian & Ninon Vars
Dark Love

Laurie Eschard
Love Naked

Lil Evans
Boss Affair

Lou Garance
Can You Keep a Secret ?
(aussi en poche)
Foutu coloc !
L'Infiltrée

Alexandra Gonzalez
Shades of You

Erin Graham
Teach Me Love
The Boss
Secret Stepbrother
Strong Addiction
Coloc avec mon boss
The Initiation
Un boss dans mon chalet

Joh Harper
Crazy Love
Broken but Alive

Marie Hayle
Under Control
Lover Next Door

Missy Heart
Dark Domination

Ellie Jade
About Last Night

Emma S. James
Under the Rain

Sara June
Rider in the Dark
Sexy Wild Rider

Emily Jurius
Love to Hate You

Antinea Kane
In Love with My Enemy

Allie Krown
High School Challenge

Marion Laurent
Mr Alpha
I Want You in My Bed!
My Fake Boy Friend

Pauline Libersart
Tiger. Entre ses griffes

Nina Loren
Breaking the Ice
Teach Me Again. Impossible Desire

Ella Lores
Mariée par accident à un connard arrogant rencontré la veille...
My Best Enemy
Fucking King

Jessica Lumbroso
Emma X. Secrète et insoumise

Émilie Maes
7 Days to Resist

Lili Malone
Coloc avec un inconnu

Mila Marelli
Dark Man in Love
Crazy Wedding

Mag Maury
My Hipster Christmas

Billie Morgan
Free Fighter

Aurore Nox
Foutu menteur!

Alix Parks
Never Kiss the Boss

Jeanne Pears
Insupportable coloc
Colocs & Sex Friends
H.O.T. Hypnotique, Obstiné, Ténébreux
The Most Insolent Man

Alexia Perkins
Arrogant Fake Lover

Sophie S. Pierucci
L'Inconnu de l'ascenseur & Moi (aussi en poche)
My Stepbrother. L'initiation

Silvia Reed
Darkest. La dernière heure
Too Close

Anita Rigins
No Rules
My Rules
J'aime pas Noël ni les voleurs de taxis!
Toxic Hell

Jana Rouze
Effet de vague – saisons 1, 2 et 3

Isla A. Rowley
Le Coloc de mon frère

Caroline Sauvage
I Hate My Boss!

Ana Scott
À corps brisés (aussi en poche)

Adora Sky
Decadent Lover

Léana Soal
Fight & Hope

Cara Solak
Perfect Obsession

Izia Soley
Fauve
Initiation. On Your Skin

Liv Stone
Initie-moi. Mes jours contre tes nuits

Lena K. Summers
Perfect Bad Boy
Donovan, roi des connards

Kaly Swann
Austin. Breathe with Me

Oly TL
Jardin secret

Fanny Twice
Burning First Love

Anna Wendell
Arrogant Bad Boy
Apprends-moi le désir
Colosse. Le maître du jeu
Break Your Chains

Mina Zadig
Just Sex & Tattoos
Arrogant Highlander

New adult addictives

Sonia Birdy
California High School

Mélodie Chavin
Stepbro' Next Door

Juliette Duval
Falling for my Stepbrother

Sianna Milano
High School Initiation

Isla A. Rowley
Toxic Games

addictives POCHE

Rose Becker
Le Bébé, mon milliardaire et moi (aussi en grand format)
Désirs & Désastres

Marjorie Burbaud
The Campus Teacher
Foutu Highlander…

Olivia Dean
À lui, corps et âme – volumes 1 et 2

Sonia Eska
My Last Chance

Lou Everly
Bad Boy Crush

Lou Garance
Can you keep a secret ? (aussi en grand format)

Erin Graham
Nos amours contraires
Back to Campus

Emma Green
Seuls contre tous (aussi en grand format sous le titre *Toi + Moi : Seuls contre tous*)
L'un contre l'autre (aussi en grand format sous le titre *Toi + Moi : L'un contre l'autre*)
Envers et contre tout (aussi en grand format sous le titre *Toi + Moi : Envers et contre tout*)
Corps impatients (aussi en grand format)
Cœurs insoumis (aussi en grand format)
Âmes indociles (aussi en grand format)
Fais-moi une place (aussi en grand format sous le titre *(Im)parfait*)

Kim Grey
Fausse fiancée & vrais ennuis

Megan Harold
Sublime-moi !

Charlie Lazlo
Kiss Me I'm Famous
The Duke

Aimée Lou
Royal Bodyguard

Zoé Murat
The New York Office (aussi en grand format sous le titre *Boss me Around*)

Jeanne Pears
Jamais avec mon coloc !

Sophie S. Pierucci
L'Inconnu de l'ascenseur & Moi (aussi en grand format)
Deep & Dark

Lise Robin
Forbidden Stepbrother

Ana Scott
À corps brisés (aussi en grand format)

Liv Stone
Love Lessons (aussi en grand format)

Alexane Tolley
The Boss Rules

Chloe Wilkox
Your Game, My Rules

Ils ont tout en commun : la même rage, le même désir, le même immeuble…

Dès leur première rencontre dans un pub écossais, Lila le sait : si Reid ne lui saute pas dessus, c'est elle qui va se jeter sur lui. L'attirance entre eux est trop puissante pour qu'il en soit autrement. Mais en une nuit, tout bascule. Deux ans plus tard, Lila veut se venger de Reid et lui ne veut plus jamais entendre parler d'elle. Le problème ? La passion entre eux est toujours là, presque aussi brûlante que leur rage. L'autre problème ? Reid vient d'emménager dans l'appartement juste en dessous de chez Lila. Comment résister alors qu'un étage seulement les sépare ?

Autrice : Ana Scott

Edisource – Éditions Addictives
100, rue Petit, 75019 Paris
Imprimé par FINIDR – Lipova cp. 1965 – 73701 Cesky Tesin,
République tchèque
Dépôt légal : mars 2023 – Achevé d'imprimer : février 2023
ISBN : 978-2-37126-550-9

Réf. contrat : ZJEA_001